Pichler : Waggerl

Ernst Pichler

Karl Heinrich Waggerl

Eine Biografie

Haymon

Für
JANNE
Retterin
in mancherlei Nöten

Die Deutsche Bibliothek - CIP-Einheitsaufnahme

Pichler, Ernst:
Karl Heinrich Waggerl : eine Biografie / Ernst Pichler. -
Innsbruck : Haymon, 1997
ISBN 3-85218-257-3

Umschlag: Benno Peter unter Verwendung eines
Selbstporträts von Karl Heinrich Waggerl

Scans und Belichtung: Gramont, Innsbruck
Druck und Bindung: Wiener Verlag, Himberg bei Wien

Gedenkt,
wenn ihr von unsern Schwächen sprecht,
auch der Zeit, der ihr entkommen seid.

Bert Brecht

Vorwort

Denn wer zu Gericht sitzt
über die Sünder, sitzt hinterm Kreuz, ist im Recht, braucht seiner Schuld
nicht zu gedenken, darf seiner Sünden vergessen.
Und der Henker erspart der Pflicht sich selbst den Kopf abzuhauen.

Karl Kraus

Daß es sich hinterm Kreuz behaglicher sitzt als davor, hatte Waggerl am eigenen Leib erfahren. Wohl kannte er auch den Platz dahinter, doch hat er ihn sich selten angemaßt. Im Alter verzichtete er ganz darauf. Er hatte erkannt: Richten sei nicht sein Amt. Es lag nicht in seiner Natur. Auch hatte er genug ungerechte Richter in seinem Leben erlebt; sowas schreckt ab.*

Warum und mit welchem Recht er selbst auf die Anklagebank geriet, wird zu untersuchen sein. Waggerl selbst empfand den Platz vor dem Kreuz als zu unrecht und wehrte sich. Doch auch sein Wehren wurde übel vermerkt. Buße tun und mea culpa schreien, das war die Parole, und das tat er im Gegensatz zu den Selbstbezichtigern und Heuchelvirtuosen seiner Zeit nur mit wenigen einfachen Worten. Er war nie ein Mann der großen, und schon gar nicht der vielen Worte. Nun wurden sie auch in seinem Schriftstellerleben weniger und weniger.

Zwar fehlte es ihm im Alter nicht an öffentlichen Ehrungen, und die Käufer seiner Bücher gingen in die Millionen. Vortragssäle und Stadthallen waren überfüllt, wenn Waggerl las, und die Einschaltziffern beim Fernsehen stiegen, wenn er am Bildschirm erschien. Nur Skiweltmeisterschaften liefen ihm in Österreich den Rang ab. Doch solch plebejische Popularität hat ihm bei esoterischen Literaturkritikern Verachtung eingetragen; von der Literaturwissenschaft wurde er eine zeitlang überhaupt ignoriert oder wie ein Trilobit behandelt, der sich unverantwortlicher Weise aus dem Kambrium in den Froschteich des Nachbarn verirrt hat. Gegen den Hochmut, die Ignoranz und die Verachtung der Elfenbeintürmer wehrte sich Waggerl durch Zynismen wie etwa: *Ich bin ja kein Dichter, ich schreib nur für die*

---

* Siehe das Nachwort auf Seite 313

Leut. Das brachte ihm neuen Tadel ein: Waggerl, der Autor, der sich dem Publikum anbiedere! Man überhörte die Ironie und übersah, daß auch Shakespeare diesen Ausspruch hätte tun können.

Nun waren es sicher nicht nur die Pöbeleien der Kollegen vom „Geistesadel", die Waggerl veranlaßten, nach kurzer aber fruchtbarer Schaffenszeit immer weniger zu schreiben. Zu seinem siebzigsten Geburtstag erklärte er die Werkstatt für endgültig geschlossen. Er wolle nur noch leben. Mit Freunden ein paar Gläser trinken. Und ein paar Anekdoten erzählen. Etwa die von jener Dame, die sich von ihm, den sie nicht erkannte, am Wagrainer Friedhof das Grab des Joseph Mohr* zeigen läßt und sich nach einer gebührenden Zeit ergriffenen Schweigens bei ihrem Führer erkundigt: Und wo liegt der Waggerl …? – Als ihn ein Interviewer zu seinem Fünfundsiebzigsten fragte, ob er sich vor dem Sterben fürchte, antwortete er: *Ich denk mehr ans Leben. Ich lebe gern …*

Kein ganzes Jahr sollte er diesem Vergnügen noch frönen dürfen. Am 4. November 1973 verlöschte sein Leben. Im Wiener *Kurier* las man:

Der Dichter Heinrich Waggerl ist tot. Ein Mensch, dessen Werk vielen Hunderttausenden Freude, Trost und Erbauung brachte, starb an den Folgen eines Autounfalls. Und in den *Salzburger Nachrichten* stand: *Sonntag abend ist K. H. Waggerl im Krankenhaus Schwarzach einem Gehirnschlag erlegen, fünf Wochen vor seinem Geburtstag: ein stiller Mann, der sich nicht genug darüber wundern konnte, daß ein Dichter aus ihm geworden war.*

Der Totenschein hingegen besagt, Waggerl sei an Gehirnerweichung gestorben. Sein Tod stünde in keinerlei Zusammenhang mit dem Autounfall. Bei diesem Unfall aber, so erfuhr man, war Frau Waggerl am Steuer gesessen. In einer unübersichtlichen eisigen Kurve war sie mit ihrem Wagen ins Schleudern geraten und hatte einen Leitungsmast gerammt. Sie selbst wurde nur geringfügig verletzt.

Autounfall oder Gehirnerweichung?

Wie vieles in Waggerls Leben war auch sein Sterben von Rätseln umgeben. Das ließ Legenden blühen. Doch da der österreichische Mensch ein guter Mensch sein will, geraten ihm – als Ausgleich – seine Legenden meist ins herzhaft Böse. Zwar hatte im November 1973 noch Pietät das Übergewicht.

* Der Textdichter von *Stille Nacht, Heilige Nacht*

Vor allem in der Presse. Da wurde viel vom *feinsinnigen Dichter*, vom *Tröster der Betrübten* und *dessen stillem Humor* geschrieben, vom *naturverbundenen Menschen* und seiner *selten gewordenen Einsicht in die kleinen Dinge*, da wurde beim Begräbnis dann auch von der großen Anteilnahme der Bevölkerung seines Heimatortes Wagrain berichtet, von Anteilnahme der Politiker des Landes und von der allgemeinen *Trauer in ganz Österreich*.

Was man in solchen Fällen eben schreibt.

Gleichzeitig aber trübten Mißtöne den Tod des *Feinsinnigen*. Noch betrafen sie nicht den Dichter selbst, nur die Umstände seines Todes. Der Staatsanwalt verlangte eine erneute Obduktion. Und der Gerichtsmediziner stellte nunmehr einen massiven Sprung im rechten Schläfenbein fest. Der war bei der ersten Obduktion merkwürdigerweise übersehen worden. Außerdem hatte eine beim Aufprall geöffnete Schlagader zu Gehirnblutungen geführt. Eine Hirnlähmung habe schließlich den Tod des Dichters verursacht.

Auch darüber, in welchem Zustand Waggerl ins Spital eingeliefert wurde, gab es verschiedene Aussagen. Da steht in der einen, er sei bei der Einlieferung noch durchaus ansprechbar, in einer andern, er wäre bewußtlos gewesen. Dieses *bewußtlos* wurde auf dem Zeitungsausschnitt, den ich im Waggerlarchiv fand, dick unterstrichen, am Rand aber stehen in Frau Waggerls Handschrift die Worte: *unwahre Behauptung!!*

Schon taucht die Frage auf, war der Arzt, der den Totenschein erstellte, unfähig, die Schädelfraktur zu erkennen? Oder sollte etwas vertuscht werden? Die Schuld der Gattin am Tod des Gatten? Gerüchte tauchten auf, die Ehe sei nicht mehr besonders gut gewesen, ja sie sei nie gut gewesen, und hinter vorgehaltener Hand wurden der armen Frau Waggerl bei dem Unfall Tötungsabsichten unterstellt. Eine Gerichtsverhandlung fand statt, die neue Seltsamkeiten an den Tag brachte. Bei dem Streit, ob vor der verhängnisvollen Kurve ein Warnschild aufgestellt gewesen sei oder nicht, wurde der zuständige Rayonsinspektor auch nach dem Zeitpunkt der Unfalluntersuchung befragt, und da stellte sich heraus, daß die Beamten – obwohl sie sofort verständigt worden waren – infolge eines Mißverständnisses erst dreieinhalb Stunden nach dem Ereignis am Unfallort erschienen. Trotz ungeklärter Einzelheiten wurde die siebenundsiebzigjährige Witwe, weil sie ihren Gatten in den Tod gefahren habe, zu einer Geldstrafe von 8000 Schilling verurteilt und ermahnt, künftig auf das Auto zu verzichten.

Danach wurde es einigermaßen still um Karl Heinrich Waggerl. Nur im Untergrund, von Presse und Publikum kaum bemerkt, wühlten sich jetzt die Wissenschafter an Werk und Leben dessen heran, den sie zu seinen Lebzeiten ignoriert hatten, wobei sie ihn klassifizierten, mumifizierten, aber vor allem einordneten. Genau dort, wo er ein Leben lang sich zu stehen geweigert hatte: als „Heimatdichter“ in die Schämdichecke der Literatur.

Dort landeten auch seine Leser.

Das soll niemand allzu ernst nehmen. Wer Österreich kennt, weiß, daß man Persönlichkeiten, die man in diesem Land verhungern ließ, nach ihrem Tode mit Begeisterung aus ihren Gräbern zerrt, um sie als Opfer einer verständnislosen Vätergeneration aufs tiefste zu bedauern und denkmalreif zu loben. Weh dem jedoch, der das Pech gehabt haben sollte, schon zu Lebzeiten Erfolg zu haben; nach seinem Tode kommt ihn das teuer zu stehen.

Waggerl selbst bekam zwar noch eine Gnadenfrist von beinahe zwanzig Jahren. Erst nach dem Tod seiner Gattin brach der Wirbel richtig los. Nun wurden Tonbänder ans Licht gezerrt, Aktfotos veröffentlicht und unter seinen Büchern verzweifelt nach dem einzigen Buch gesucht, das Germanisten noch zu interessieren schien: nach dem Parteibuch.

Der tote Waggerl mußte erneut auf die Anklagebank.

Eva Kreissl spricht im Museumsführer des Waggerl-Hauses zu Wagrain die Vermutung aus, es könnte sich bei manchen der posthumen Angriffe auf den Dichter um eine Spezialform österreichischer „Wadelbeißerei“ handeln. Doch da es sich in diesem Fall zum Teil um akademische Wadelbeißer handelt, bekommt ein solcherart gehobenes alpenländisches Wadelbeißertum Wissenschaftscharakter, worauf die Menge – wissenschaftsgläubig, wie sie erzogen wurde – das Urteil prompt übernimmt.

Da wird's für den Biographen haarig. Er fragt sich, ob der hundertste Geburtstag im Jahr 1997 überhaupt der rechte Zeitpunkt sein kann für eine Biographie? Und sucht bei einem toten Kollegen Rat. Arno Schmidt. Der unterscheidet – was Lebensbeschreibungen berühmter Männer angeht – drei zeitliche Stufen. Auf der ersten finden wir Biographien, die zum Teil noch zu Lebzeiten des zu Beschreibenden entstanden sind. Oder gleich nach dessen Tod. Der Verfasser hat auf jeden Fall noch in Kontakt mit der Berühmtheit gestanden. Es sind vor allem sogenannte autorisierte Biographien, die Schmidt ins Visier nimmt. Zwei Hauptfehlerquellen ortet er:

a) Vertuschen & Beatifizieren.

b) falls der Autor ein Schelm sein sollte – und welcher Autor ist es nicht? – ist großmaßstäblich die Möglichkeit einzukalkulieren, daß er dem Interviewer so recht con amore die Hucke vollgelogen haben könnte.

Die zweite Stufe nach Schmidt wird 20, 30 Jahre nach des Autors Tod – falls das Werk noch bedeutend lebt – fällig und von einem *mit dem Œuvre brav Vertrauten* vorgenommen. Arno Schmidt erwartet von diesem *Fleiß & Gelehrtenscharfsinn.* Dann vor allem, daß er genügend Geld hat, um viel herumreisen zu können und daß er sich Einblick in noch unveröffentlichte Manuskripte und Korrespondenzen verschafft. Hier sieht Schmidt als Hauptschwierigkeiten schämige Verwandte und Freunde, die vor allem mit wichtigem Material hinter dem Berg halten; und natürlich das Taktgefühl des Biographen selbst.

Die dritte Stufe kann erst betreten werden, wenn – ich zitiere wieder – *den fast immer die Forschung blockierenden Herrn Verlegern endlich die Werke aus der Hand genommen werden können. Auch muß der Herr Weib & Kinder des Dichters zu sich genommen haben – es klingt frivol, ich weiß es ... [...] Solange „Rücksichten" etwelcher Art zu nehmen sind, ist eine wirklich unbefangene, leidlich objektive Beschreibung & Beurteilung von Autor & Werk nicht möglich.*

Entsprechend der Zeit meines Beginnens stünde ich auf Stufe II, wenn ich tatsächlich eine hieb- und stichfeste Biographie schreiben wollte. Doch schon was die von Schmidt geschilderten *„Rücksichten"* betrifft, wurde ich ihrer enthoben; einerseits dadurch, daß noch ungeheuer viel Wissenswertes unter Verschluß liegt, außerdem Waggerls uneheliche Tochter ein allgemeines Veto ausgesprochen und beim Kuratorium der Waggerlstiftung hinterlegt hat, es dürfe nichts aus dem Nachlaß ihres Vaters veröffentlicht werden, was nicht schon veröffentlicht worden sei. Dieses Veto wird begreiflich, wenn man sich – wie sag ich es am schicklichsten? – der oft einseitigen Berichte erinnert, die nach posthumer Veröffentlichung Waggerlscher Fotografien (darunter eben die inkriminierten Aktfotos) im Jahr 1993 für kurze Zeit die Medien Österreichs beherrschten. Damals wurde Waggerl mit Jaucheladungen ätzender Bemerkungen überschüttet.

Nun fordert Arno Schmidt für die Stufe II der Biographik auch, daß *ein Werk noch bedeutend lebt.* Da scheint der Medienrummel kein schlechtes Lebenszeichen. Auch nicht die Beschimpfung des Jubilars. Ein unbeschimpfter Autor, was wäre das heute noch? Jeder Schreibende – tot oder lebendig – muß sich glücklich schätzen, von irgendwem beschimpft zu werden. Das fördert Bekanntheit und Kauflust des Publikums.

Zu Schmidts Forderung für die Stufe II, daß der Biograph viel Geld und Fleiß für seine Arbeit aufzuwenden habe, kann ich keine Stellung nehmen, behauptete ich nämlich, daß Geld und Fleiß von Anbeginn in einem verkehrt proportionalen Verhältnis gestanden haben, könnte das als Protzerei oder – schlimmer noch – als geheimes Selbstlob aufgefaßt werden. So übergehe ich diese Frage und stelle dafür eine, die Arno Schmidt zu stellen vergessen hat. Die Frage nach dem Motiv. Was kann einen denn überhaupt zu diesem Unternehmen treiben?

Ich sage ehrlich: eine von manchen als donquichottisch empfundene Lust aufzuzeigen, mit wieviel Fahrlässigkeit, Hochmut, ja – wie mir scheint – Haß einige österreichische Publizisten über einen Dichter herfielen, der es sich einzig und allein zur Aufgabe gemacht hatte, anderen Menschen Freude zu bereiten. Somit scheint schon klar, daß es keine gewöhnliche Biographie wurde, die ich schrieb. Ich fühle mich eher als einer, der nach einer turbulenten Theatervorstellung versucht, verwelkte Blumen gleichermaßen wie faule Eier und Tomaten wegzuräumen, um Platz zu schaffen für eine Lebensbeschreibung eines Österreichers ohne Heuchelei, aber auch ohne begleitende Haßgesänge, wobei mir für letztere Otto Weiningers Satz zuzutreffen scheint: *Man haßt nicht etwas, mit dem man keinerlei Ähnlichkeit hat!*

Steht also hinter der Einstellung einiger österreichischer Intellektueller gegenüber Waggerl der Selbsthaß des Österreichers gegenüber allem Österreichischen? Die geheime Wonne, eigene Fehler vor allem bei andern zu entdecken und sie mit selbstquälerischer Lust erst ins Metaphysische aufzublasen, um sie danach vor Publikum mit Genuß platzen zu lassen? Oder ist es die Lust an Menschenhatzen im allgemeinen, die in unseren so humanen Zeiten zur Leichenhetz sublimiert?

Man wird mir im Ton höchster moralischer Entrüstung antworten: Hier ginge es einzig und allein um die Bewältigung der Vergangenheit.

Bewältigung! Welch unglückseliges Wort, das seit rund einem halben Jahrhundert mißbraucht wird! Wer bewältigt da was oder wen? Ist es die Vergangenheit des Bewältigers, die bewältigt werden soll? Nun gut, das wäre seine Sache. Hut ab, wenn es ihm gelingt. Aber meist machen sich die Bewältiger nur an fremde Vergangenheiten heran. An Vergangenheiten, die ihnen gar nicht gegenwärtig sind. Da wird es fahrlässig. Allein das Wort „bewältigen" – man verzeihe – klingt verdächtig nach überwältigen, kurz: nach Gewalt. Ich glaube kaum, daß irgend jemand je mit Gewalt zum Verständnis jener Vergangenheit kommen wird, die (auch nicht mehr die jüngste) gerade deshalb so gewalttätig wurde, weil sie wiederum ihre eigene Vergangenheit mit gewalttätigen Worten zu bewältigen suchte, Worte, die sehr bald in gewalttätige Taten umschlugen.

Nun aber scheint die Waggerl-Bewältiger an ihrem Opfer besonders zu reizen, daß es versuchte, eine Literatur ohne Bewältigung und Vergewaltigung zu machen; und ohne Haß. Dafür mit Ironie. Mit Selbstironie. Mit einer Selbstironie freilich, die das Menschsein insgesamt mit einschloß; also auch das der Kritiker. Diese kritisieren unter anderem, daß es Waggerl dem Leser zu leicht mache. Aber muß man sich wirklich an einem Stück Literatur fast die Zähne ausbeißen, bevor man in den wahren Genuß kommt? Gewiß: Waggerl-Texte rutschen dem hastigen Leser so leicht über den Gaumen, daß der oft nicht merkt, was er alles zu schlucken kriegt. So häufen sich die Mißverständnisse.

Dabei leidet Waggerl nicht nur unter seinen Verächtlichmachern, sondern auch, ja mehr noch unter seinen Beweihräucherern, wobei diese zu allem Überfluß jenen noch die Munition zur Verächtlichmachung liefern, allen voran zur Behauptung, Waggerl sei ein Blut-und-Boden-Dichter gewesen, mit einem Wort ein Nazi, der nur mehr von Jung- und Alt-Nazis – wenn überhaupt – gelesen würde.

Leider hat mir noch niemand erklärt, was ein Nazi ist*. Muß man das ein Leben lang bleiben? Wie ein Chinese Chinese? Oder ein Jude Jude? Aber hier schon beginnt der Vergleich zu hinken. Denn ein Jude kann ein Christ wer-

---

* Uwe K. Ketelsen hat zwar in seinem Werk *Literatur und Drittes Reich* (1983) zumindest eine Definition des Faschismus versucht: *Der Faschismus [...] betreibt die Geschäfte [...] der Industrie und des Kapitals. In der Herrschaftskrise der Bourgeoisie stellt er die „offen terroristische Diktatur der am meisten reaktionären und imperialistischen Elemente des Finanzkapitals" dar (Georgi Dimitroff) und sichert damit den Fortbestand der bürgerlich kapitalistischen Produktions- und Gesellschaftsordnung gegen ihre sozialistisch demokratische Überwindung.* Bemerkenswert, daß Ketelsen nicht fähig scheint, den Faschismus mit eigenen Worten zu definieren, sondern sich an die *spätmarxistischen* Sprachfiguren eines Dimitroff anhängt.

den. Aber ein Nazi kaum ein Jude (das Umgekehrte habe ich in der eigenen Familie erlebt). Ich glaube also, es ist besser, vorerst auf Vergleiche oder gar auf Definitionen zu verzichten, zumal ältere Menschen beschwichtigend raunen, Waggerl war gar kein richtiger Nazi, er war ein Mitläufer. Da freilich muß ich sofort geständig werden, damit der Leser weiß, mit wem er es zu tun kriegt:

Ich war einer! Ein Mitläufer!

Ich begann gerade zu laufen, als Hitler die Macht ergriff. Mein Lebenslauf und der Hitlers liefen sozusagen eine zeitlang parallel. Kurze Zeit war ich sogar ein Begeisterter. Mitläufer. Bis man mir als Vierzehnjährigem das ehrende Angebot machte, für Führer, Volk und Vaterland den Heldentod zu sterben. Damals nützte ich die lang genug geübte Kunst des Laufens, um nicht mehr „mit" sondern „davon" zu laufen, was beinah zum Aufhängen geführt hätte.

Dieses Eingeständnis mache ich, um dem Leser jeden Zweifel zu nehmen, daß ich jene vielzitierte Vergangenheit schon bewältigen mußte, als sie noch tödliche Gegenwart war, und um klarzustellen, daß ich ihrer wenigstens ausschnittweise teilhaft wurde, was ich nicht unbedingt für einen Nachteil halte, wenn es gilt, ein Leben zu schildern, das auch unter (und an) dieser Epoche gelitten hat.

Aber nicht nur um die Zeit geht es. Es geht auch um Grenzen. Um die Grenzen dieser und unserer Zeit. Um begrenztes Denken, um begrenztes Handeln. Und um die Überschreitung solcher Grenzen. Und da Karl Waggerl – so steht der Name unseres Dichters im Taufregister – in einem Grenzland (?) geboren wurde, einem Land, das ihn zum Grenzgänger machte, so beginnen wir am besten mit einer Betrachtung jener Grenzprovinz, von der dieses Leben seinen Ausgang nahm.

Land der Berge, Land am Strome
Land der Äcker, Land der Dome …

Paula von Preradovic

Karl Waggerl war – was vielleicht überrascht – Kind zweier höchst gegensätzlicher Welten, die zwar oft zum Greifen nahe lagen; doch so nahe sie einander auch kommen mochten, sie ergänzten sich kaum, sie überschnitten sich vielmehr und überkreuzten sich. Und sie befehdeten einander. Das war immer so und hat sich bis heute kaum geändert. Auch wenn Österreichs Hymne den Gegenstand seiner Lobpreisung als vielfältige Einheit und nicht als einfältige Vielheit vorstellen möchte, dem *Land der Berge,* dem *Land am Strome* fehlt das verbindlich-verbindende „U n d".

Die Dichterin hat es weggelassen. Dem Versmaß zuliebe. Vielleicht auch aus der tiefen Einsicht, daß dieses Und ganz fehl am Platz sei. So sehr nämlich Österreicher sich im Ausland als Österreicher gebärden, in den eigenen vier Wänden bleiben sie zweigeteilt. Doppelköpfig, wie einst ihr Wappenvogel war. Und wenn auch der kaiserlich-königliche Doppeladler von einst längst einen seiner Köpfe verloren hat, im Geiste hacken sie noch immer aufeinander los: Das *Land der Berge* und das *Land am Strome.*

Vor allem die Literaten vom *Strome* gingen mit den Menschen (und Literaten) vom *Berge* nicht immer freundlich um. Joseph Roth prägt in seinem Roman *Kapuzinergruft* das Wort vom Alpentrottel und läßt eine seiner Figuren die Meinung aussprechen, auf den Bergen wohne die Dummheit. Robert Musil wiederum schreibt 1926 in einer Rezension zum Roman *Das Grimmingtor* von Paula Grogger: *Wenige Eisenbahnstunden vor den Toren der Zivilisation fängt ein Land der kernigen Kuriosa an, das uns durch die Naivität der Versuche, es zum Vorbild zu machen, unverständlich geblieben ist; unsere heimischen Primitiven sind uns fremder als die Südsee.*

Gehen wir einstweilen darüber hinweg, daß Musils Ironie weniger auf die *heimischen Primitiven* selbst gemünzt war, sondern auf jene, die diese allen Österreichern *zum Vorbild* machen wollten. Reden wir (zumindest in diesem Kapitel) erst einmal von dem Teil des Satzes, in dem ein Bewohner Wiens die nahe und doch so ferne Welt zwischen Rax und Bregenzerwald als *Land kerniger Kuriosa* bespöttelt.

Ich habe gegen Kriegsende als Dreizehn- bis Vierzehnjähriger, sechzehn Jahre nach Musils Kritik und zehn Jahre, nachdem Waggerl seinen letzten Roman geschrieben hatte (um sich nur mehr in kleinen und kleinsten Formen auszudrücken), das Land der *heimischen Primitiven* erwandert: die Niederen Tauern, in denen Paula Grogger lebte und schrieb, und die Hohen Tauern, in denen Waggerl lebte und schrieb. Ich habe zu dieser Zeit auch die Berge meiner slowenischen Urheimat bestiegen. Und habe immer wieder das Gleiche erlebt: Nur wenige hundert Meter hinter einer Dorfkirche, einem Pfarrhof oder einer Volksschule endeten die elektrischen Leitungen, die Straßen verwandelten sich in Karrenwege und in den Bergbauernhöfen prasselte das offene Feuer am Herd. Spätestens oben aber auf den Almen war ich nicht nur in einem anderen Land, ich war auch in ein anderes Zeitalter geraten; Rauchkuchl, Petroleumfunzel oder gar Kienspan erhellten eine durch und durch heidnisch-magische Welt. Drudenfüße sicherten die Hütten, Steinmale erinnerten an die Seelen der Verstorbenen und zeigten den Lebenden die Wege durch Nebel und Schnee. Gewitter wurden mit Gebeten, Glocken und geweihten Böllern bekämpft und jede Mahlzeit wurde durch endlose Gebetslitaneien eingeleitet, die – aufgeteilt auf Vorbeter und Nachbeter – eine seltsam mystische Stimmung erzeugten.

Das war Gottesdienst und Dämonenbeschwörung. Der Katholizismus im Bergland war nur Tünche (übrigens in allen Bergländern, wie ich in Mexiko erlebte). Oder sagen wir lieber: Der Katholizismus war das prunkvolle Feiertagsgewand über heidnischem Wollkittel.

Und noch etwas habe ich im Land der Berge erlebt, was unten im Tal schon völlig ausgestorben war: Gastfreundschaft. Die Seßhaften gaben dem Wanderer von dem Wenigen ab, was sie selbst mühselig der Natur abgekämpft hatten. Das lag wohl daran, daß dieses *Land der Berge* zum Teil noch am Rand der Arktis lag und gleiches Klima ähnliche Sitten hervorbrachte wie die der Inuit. - Wer seine Wanderung am Morgen in Mitteleuropa begonnen hatte, konnte zu Mittag schon durch kanadische oder sibirische Tundren spazieren, um eine halbe Stunde später Grönland zu erreichen. (Mit Seilbahn und Sessellift geht das heute rasanter und wird so von niemandem mehr wahrgenommen.) Hier herrschte Frieden mitten im Krieg, und mancher vom *Land am Strome* mochte sich nach dem vormals bespöttelten *Land kerniger Kuriosa* sehnen.

Heute ist es zwar zur *Heimat stolzer Söhne* geworden (das *Land der Berge*), vor allem wenn *die heimischen Primitiven* sich zu *kurios-kernigen* Skihelden mausern, um das tief am Boden schleifende Selbstbewußtsein Gesamtösterreichs mit ihren Siegen aufzurichten; unterschwellig aber schwelt noch immer Mißtrauen.

Wer mich nun freilich fragt, wie die Grenzen dieser feindlichen Gebiete verliefen und noch verlaufen, dem muß ich achselzuckend antworten: sie sind vorhanden, aber nicht faßbar. Manchmal habe ich den Verdacht, sie beginnen schon irgendwo auf der Wiener Ringstraße zwischen Burg und Oper, kriechen in Schlangenlinien zwischen den Abgeordnetenbänken des Parlamentes durch, verkrümeln sich in den Wiener Kaffeehäusern, um in Dorfwirtshäusern wieder gestochen scharf hervorzutreten und im Kopf von Literaturprofessoren oder Politikern seltsame Knäuel zu bilden. Das *Land der Berge* streckt eben seine Gletscherzungen tief hinein ins Stromland. Aber auch umgekehrt zieht es deren Bewohner immer wieder hinauf ins feindliche *Land kerniger Kuriosa* und wird in seinen Umrissen in der Wirklichkeit umso schemenhafter, je klarer es in den Köpfen der Literatur-Nach-Denker hervortritt.

Schon Ende des vergangenen Saeculum suchten Wort-Artisten aus dem Stromland das exotische Reizklima der Alpen als Inspirationshilfe auf. Reden wir noch nicht von jenen Dichtern, die im Herzen der Alpen geboren wurden: Rosegger, Kranebitter (ein heißes Eisen!) und (jenseits der Grenze, aber noch immer auf *kernigem Kuriosa*-Boden): Ludwig Thoma. Reden wir von denen, die außerhalb der Gefahrenzone das Licht einer zivilisierteren Welt erblickten und sich freiwillig mitten hinein in den geistigen Gefahrenherd der Alpen begaben. Bahr und Werfel auf den Semmering. Schnitzler geradewegs ins Höllental. Jakob Wassermann zu den Ausseer Wassermännern. Carl Zuckmayer ins Salzkammergut. Stefan Zweig mitten ins Amphitheaterrund der Salzburger Kalkalpen. Hermann Broch ins Nord- und Kafka ins Südtirolische. Karl Kraus zog's zum Brenner-Kreis. Und der Flachländer, aber längst bergverseuchte Thomas Mann verbrachte seine Sommer in seiner Tölzer Villa, um angesichts der aufragenden Alpenkette mit seinem *Zauberberg* zu einem ersprießlichen Ende zu kommen.

Robert Musil aber, der im Windschatten der Karawanken Geborene, dessen spöttischen Satz über das *Grimmingtor* wir im Gedächtnis behalten,

Musil hat die Grenzen zwischen der *zivilisierten Welt* und dem *Land, fremder als die Südsee* in der Erzählung *Grigia* auf so beängstigende Weise überschritten, daß ich beim Lesen immer wieder den Eindruck habe, sein Aufstieg in die von ihm mißtrauisch betrachtete Bergwelt wurde ihm zum Abstieg ins eigene Unterbewußte.

Gang zu den Müttern.

Auch Musil, gewiß einer der Großen dieses Jahrhunderts, der aus einer von Bergen mißtrauisch umlagerten Stadt kam, hat sich literarisch nur wenig in die Bergwelt zurückgewagt. Doch gerade deswegen sollte niemand jene anderen, jene Kleinmeister verachten, die den umgekehrten Weg gehen mußten. Es war mühsam genug, sich aus den Bergen herauszuarbeiten, zumal zu einer Zeit, als nur opferfreudige Grenzgänger sich den Weg aus einer Kultur *fremder als die Südsee* in die sich siegreich gebärdende Zivilisation erhungern, erbetteln und ertrotzen mußten. Das allein schon sollte ihnen unsere Achtung sichern. Und die Aufmerksamkeit für sie schärfen.

Doch mit dem Wort „Grenzgänger" scheine ich mich verheddert zu haben, nachdem ich gerade eingestand, keine Landkarte erstellen zu können, in der das *Land der Berge* vom *Land am Strome* säuberlich getrennt erscheint. Doch wenn ich auch keine Grenzlinie anzugeben weiß, so kann ich immerhin Grenzposten der Zivilisation ausmachen. Verdichtungspunkte der Kultur über Jahrhunderte: Paßübergänge, Bergwerke, an die sich Industrien anhängten und damit fortschrittliches Wissen.

Und nicht zu vergessen die Badeorte im Gebirge, die zum Treffpunkt der großen Welt wurden: Zivilisationen inmitten unzivilisierter *Alpentrotteln.* Außenposten des Fortschritts. Angelpunkte, in denen sich die Zeit schneller um die eigene Achse drehte und die Menschen in ihren Strudel zog, als anderswo im Gebirge.

Einer der merkwürdigsten Vorposten der Zivilisation in den Bergen war Waggerls Geburtsort Badgastein.

Wildbad Gastein!

Goldgräberlager (wenn wir Böckstein und den Radhausberg in die Betrachtung einbeziehen) und Heilbad der Erzbischöfe von Salzburg, die aber ihr Bade-Palais nur hohen Adeligen und Klerikern zur Verfügung stellten. Noch am Beginn des 19. Jahrhunderts schreibt ein balneologisch interessierter (bürgerlicher) Reisender: *Wir fanden an Gastein, an diesem welt-*

Badgastein um die Jahrhundertwende (kolorierte Ansichtskarte)

berühmten Badeorte, die elendste Hüttengruppe und schlechteste Herberge, die man in irgend einem Winkel der Erde finden konnte. *

Doch das blieb nicht so, als das Land Salzburg während der Franzosenkriege und erneut beim Wiener Kongress 1815 dem Haus Habsburg zugesprochen wurde. Mit der Säkularisierung des ehemaligen Erzbistums bahnte sich rund um die Heilquellen in Gastein ein wirtschaftlicher Aufschwung an. Vor allem als im Jahr 1859 der preußische Generalfeldmarschall von Moltke seinen österreichischen Kollegen, den Feldmarschall Freiherrn von Heß, in diesem abgelegenen Wildbad zu kriegerischem Gedankentausch traf, hatte das für den romantisch gelegenen Ort höchst friedliche Folgen. Moltke war von seiner „zufälligen“ Kur so begeistert, daß er seinem König ebenfalls diesen Badeaufenthalt empfahl. Wilhelm I. erschien zum ersten Mal 1863 inkognito als ein Graf von Zollern in Gastein. In seinem Gefolge der

---

* *Reise durch Salzburg und Berchtesgaden* von J.A. Schultes, Wien 1804

Kronprinz von Preußen und Otto von Bismark. Auch Franz Josef kurte (zufällig) um diese Zeit, zusammen mit dem späteren Ministerpräsidenten Eduard Graf Taafe. Im nächsten Jahr schlug sich auch noch der englische Gesandte (alles zufällig) zu den erlauchten Badegästen. Und 1865 schlossen (nicht mehr ganz so zufällig) Österreich und Preußen in Badgastein einen Vertrag, der in weiterer Folge zum Blutbad von Königgrätz führen sollte; der Vertrag schadete allerdings nur dem Haus Habsburg. Gastein profitierte. Es war durch diesen nach ihm benannten Vertrag so bekannt geworden, daß es zum Nobelbadeort der Monarchen avancierte.

Damit aber begann eine Wachstumseuphorie von beängstigendem Ausmaß. Hoch über Abgründen balancierend wuchsen Hotelwolkenkratzer aus den Wäldern, die armseligen Bauernkeuschen von ehemals rücksichtslos beiseite schiebend; das *Land am Strome* begann seinen Vormarsch in das *Land der Berge*. Das wilde Bergauf, Bergab der Fuhrwege wurde zivilisiert und zu Fahrstraßen und Promenadewegen begradigt. Auf ihnen bewegten sich – auf Bewährung sozusagen – die sogenannten besseren Menschen: alter Adel und neuer Adel, regierende und nicht regierende Fürsten, Hochstapler, Tiefstapler, Spekulanten und alles, was dazugehörte von der Kammerkatze bis zum Miet- und Mistkutscher.

An der Grenze zu diesem Wunderreich wurde Karl Waggerl geboren. Nicht grad im Zentrum der High Snobiety kam er zur Welt. Ein wenig außerhalb des Ortes. Fast schon wieder in der Wildnis. Dort, wo die Gasteiner Ache sich anschickt, kopfüber in die Tiefe zu stürzen. In der Mansarde einer Schmiede. Hoch über der Welt des schönen Scheins.

Sozial aber tief darunter. Und doch wieder nicht ganz so tief, wie es manchmal dargestellt wird.

Vom Vater hab ich die Statur
Des Lebens ernstes Führen,
Vom Mütterchen die Frohnatur
Die Lust zu fabulieren

Johann Wolfgang Goethe

Ein Motto, das umgedreht werden muß, soll es auch auf Waggerl passen. *Des Lebens ernstes Führen*, was immer man darunter verstehen mag, glaubte bei den Waggerls die Mutter in die Hand nehmen zu müssen, da der taube Vater in der Gattin oft unpassend scheinenden Momenten die *Frohnatur* herauskehrte. Allerdings war Johann Waggal (wie er sich anfänglich schrieb) keine lauthalsige *Frohnatur*, eher ein stiller hintersinniger Mensch – ein „Hinterfrager" nach heutigem Sprachgebrauch. Ein gelernter Zimmermann, der – wenn die Not ihn zwang – auch anderen Tätigkeiten nachging. Während seiner Militärzeit im Tiroler Unterland diente er bei der Artillerie. Hier eignete er sich mathematische Kenntnisse an, auch zeichnerische. In einem Wachsheft, das sein Sohn verwahrte, finden wir Berechnungen von Geschoßbahnen, logistische Aufstellungen, dazu mit Akkuratesse ausgeführte Darstellungen von Kanonen, Mörsern, Festungswerken, Bomben und bombensicheren Unterständen; und mitten unter allen mörderischen Gegenständen, liebevoll gezeichnet, das Gesicht eines Engels. Johann Waggal war also – trotz seiner Beschäftigung mit martialischen Aufgaben – für das Schöne nicht unempfindlich. Allerdings konnte er sich in Bildern sichtlich besser ausdrücken, als in Worten. Doch auch hierin hat er sich versucht.

I komm nicht Dazua

... schreibt er in ein Schulheft, das seine gesammelten Werke zu enthalten scheint:

Ich tät so gern heiraten sie dürfen mirs glauben
Ich wär ja schon alt genug ja wen sies erlauben.
Mein Nachbarin a Withfrau, ihr Mann war ein Schmid,
sie hat a schöne Werkstat, viel Geld und Rentit
Die nemad mich gleich sie hat gsagt schon oft gnua
Aber weil i kan Schmid bin komm i net dazua.

Das Notizbuch von Waggerls Vater, dem Vormeister „Johann Waggal“

Und nach der Schilderung eines weiteren Objektes seiner Begierde – einem Wirtstöchterlein, dessen Hand ihm der steinreiche Vater verweigert – folgt eine elegische Passage:

Was für Wellen was für Flammen,
schlagen über mir zusammen.
Ach wie groß ist meine Not.
Mit Geduld will ich es tragen,
denk ich immer nur zu Dir,
Alle Morgen will ich sagen:
oh mein Lieb wann kommst zu mir?

*St Rocco am 12 Juli 1885 Johann Waggal Vormeister**

Das gönnerhafte Lächeln, das einen vielleicht beim Lesen der naiven Zei-

* Die in diesem Kapitel zitierten Texte Johann Waggals stammen aus dem handschriftlichen Liederbuch bzw. aus seinem Notizbuch, das im Wagrainer Waggerl-Archiv aufbewahrt wird.

Zeichnung in Waggals Notizbuch

len (die vermutlich von irgendeinem Singspiel inspiriert waren) überkam, verfliegt, wenn man bemerkt, was darunter steht:

Uhrlaub 13 Monat und 19 Tag

Zuerst versteht man nicht. Wendet die Angabe hin und her. Prüft die andern Daten und entdeckt endlich, daß der Vormeister Waggal sehnsuchtsvoll die Tage bis zum nächsten Urlaub in der Heimat zählt. Und tatsächlich: Mehr als ein Jahr muß er noch warten!

Zwischen 1884 und 1886 finden wir immer nur Datumsangaben mit den Ortsnamen *St Rocco* und *Trient*. Erst im Juli 86 steht vor der Datumsangabe: *Hochfilzen*. Und im Februar 1887 wird er beim Badgasteiner Zimmermeister Josef Röck – wie Laurenz Krisch, der Erforscher von Waggerls Gasteiner Zeit, festgestellt hat – in die Lehre eintreten und bis zum Dezember 1889 dort arbeiten. Danach muß er nochmals zum Militär. Bis 1892.

Wohl hat er später seine Militärzeit als glücklichste Zeit seines Lebens bezeichnet – das war, als er verzweifelt um seine und seiner Familie Existenz kämpfen mußte. Während seiner Dienstzeit aber notiert er sich eine holprige Litanei, die von der Glückserfülltheit wenig merken läßt:

Was ist der Soldat?

Der Soldat ist ein vom Weibe geborenes, zum Leiden erkorenes, vom Lande gekommenes, öfter geschimpftes, viel Hunger habendes, an Kommisbrod sich labendes, im gleichen Marsch gehendes, auf Kommando stillstehendes, langsam Schritt machendes, in Reih und Glied nie lachendes, [...] Krampfhaft Marschirendes, den Winterlang vrierendes, [...] nach ruhe sich sehnendes, endlich Pension nehmendes, zum Schutzmann oder Briefträger sich bequemendes Individium. Amen.

Johann Waggal Vormeister

Zum Briefträger wird er allerdings erst 1901. Und auch nur vorübergehend, denn im gleichen Jahr war er auch als Zimmermann in Badgastein tätig. Zuletzt als Gemeindediener. Die schwere Krisenzeit hatte er davor. Im letzten Jahrzehnt des vorigen Jahrhunderts. Nach der endgültigen Entlassung aus dem Militär 1892. Am Ende dieses Jahres finden wir ihn in Gastein angemeldet. In jenem Haus über dem Wasserfall, in dem fünf Jahre später sein Sohn Karl zur Welt kommen wird. Hier zieht er mit der als Kellnerin und Stubenmädchen im Hotel Bellevue arbeitenden Margarethe Zehentner ein.

Die Zehentner stammen, wie Waggerl einmal stolz vermerkt, aus einem alten Pinzgauer Bauerngeschlecht. Es sollen große Herren gewesen sein. Bauernkönige. Der Name stamme von einem, der den Zehent eingetrieben habe. Von diesem ehemaligen Reichtum ist der armen Margarethe nichts geblieben als ein leicht zu verletzender Stolz. Sie bringt, außer ihrer Armut noch zwei Kinder mit: Maria und ebenfalls einen Johann, Kinder, die sie zu Bauern gibt, da sie ihren Lebensunterhalt verdienen muß und sich nicht um sie kümmern kann. Waggerl wird diese Art der Aufzucht später in seinem Roman *Mütter* beschreiben. Dort setzt er auch seiner Halbschwester Maria in der Figur der Barbara ein Denkmal; ebenso ihren unehelichen Kindern.

Aber auch aus der Lebensgemeinschaft von Johann Waggal und Margarethe Zehentner gehen zuerst uneheliche Kinder hervor: Sebastian, der nach wenigen Monaten stirbt, und Ludwig, der zeitweise auch noch bei fremden Leuten aufwächst. Erst im Jänner 1897 tritt das Paar vor den Traualtar, elf Monate vor Karls Geburt, der als erster im Schutz der Familie aufwächst.

Fast muß ich annehmen, daß der Engel von 1889, den ich zwischen Bomben und Kanonen in Waggals Skizzenbuch gefunden habe, diese Margarethe ist, auch wenn ich sie auf einem Familienfoto von 1906 nur mehr schwer wiedererkennen kann. Aber sie hat hart zupacken müssen in den dazwischenliegenden Jahren. Wann und warum sie die Arbeit im Hotel aufgeben hat müssen – es war ja nur Saisonarbeit –, wissen wir nicht. Soweit Karls eigene Erinnerungen reichen, war sie fast nur mit Näharbeiten beschäftigt, schneiderte für Nachbarn, für die Familie und besserte den Bauern ihre alten Trachten aus. Und hat schon deshalb unsere Anerkennung verdient, weil sie es war, die neben all ihrer Arbeit sich viel mit Karl beschäftigte. Von ihr lernte er die Bedeutung der Buchstaben und Ziffern, lernte, am Sonntag neben ihr im Betstuhl sitzend, die Namen der Heiligen aus dem Gebetbuch lesen und lernte die Sorgen kennen, die man hat, wenn man eine siebenköpfige Familie erhalten muß. Die schlimmste Zeit scheint die Zeit bald nach Karls Geburt, also 1898/99, gewesen zu sein. Da war die ganze Familie auf der Stör. Man zog von Bauernhof zu Bauernhof – Verwandte der Frau Margarethe –, wobei der Vater Schäden an Dachstühlen, hölzernen Oberbauten, aber auch an Möbeln und Arbeitsgeräten in Ordnung brachte, während die Mutter sich der Kleidung der Bewohner annahm.

Fröhliche Armut.

Die mit Ironie, aber doch auch mit leiser Wehmut unter diesem Titel erzählte Geschichte seiner Kindheit hat Waggerl in jüngster Zeit den Tadel sozial engagierter Denker eingebracht. Das Wort *fröhlich* wird von ihnen als Hohn und Heuchelei empfunden. Eine Meinung, die sich deshalb verfestigt haben mag, weil wir den alten Begriff der Fröhlichkeit nicht mehr nachempfinden können. Natürlich hat die Waggerlsche Fröhlichkeit nichts mit dem lautstarken Gegröle auf Fußballplätzen und in Heurigengärten zu tun. Wer kann heute im *Stille-Nacht-Heilige-Nacht*-Geplärr der Supermärkte noch nachempfinden, was das einmal war: Weihnachten? Denn nichts ist ein Fest ohne die Vorbereitung. Die Fröhlichkeit, von der Waggerl erzählt, entsteht

Die Familie Waggerl 1906: Hinten Vater Johann und Margarethes Sohn Johann Zehentner, vorne von links: Karl, die Mutter Margarethe, Elisabeth, Maria Zehentner und Ludwig.

in der kargen Freizeit, in denen die Armen sich auf die großen Feste des Jahres einstimmen. Die werden dann freilich intensiver ausgekostet als unsere gehetzten, mit List abgequetschten verlängerten Wochenenden.

Übrigens lasse man sich von dem Titel von Waggerls Erinnerungen an seine Kindheit nicht täuschen. So fröhlich ist Waggerls *Fröhliche Armut* gar nicht. Die Fröhlichkeit – das Prinzip Hoffnung könnte man auch sagen – gewinnt nur in all der Umzingelung von Kümmernissen und Ängsten die Oberhand. Die Ängste des kleinen Karl aber werden durch alle Ritzen und Risse des Lächelns Waggerlscher Erzählkunst sichtbar.

Zur tiefsten Stufe der Armut allerdings waren die Waggerls – schon durch den starken Familienzusammenhalt – nie abgesunken, auch wenn der Stolz der Frau Margarethe durch das Herumzigeunern tief getroffen wurde. Die wirkliche, die schrecklichste Form der Armut im *Land der Berge* kannte Waggerl nur aus der Distanz: das armselige Schicksal vaterloser Mägde-Kinder. Vor allem das der Mädchen, die wiederum nur vaterlose Kinder in die Welt warfen; herumgestoßene, gedemütigte und geprügelte Geschöpfe, denen der Dichter ein Denkmal setzte. Ein keineswegs idyllisches Denkmal, in einem seiner angeblich so idyllischen Romane. Doch davon später.

Die wichtigere Frage im Augenblick scheint mir: Wie weit können wir Waggerl überhaupt als Chronisten trauen? Als Schilderer seiner Eltern. Er selbst ist nämlich jederzeit bereit, unser Mißtrauen gegen seine Glaubhaftigkeit zu schüren:

Was immer mir begegnete, der harmloseste Vorfall blähte sich im Erzählen zum Abenteuer auf. Ich gewahrte mit leisem Grauen, aber auch mit heimlicher Lust, wie die Dinge sich verwandelten, während ich sie nannte, wie sie zu Bildern wurden und vor meinen Augen deutliche Gestalt annahmen, bis mich endlich selber nichts mehr daran wunderte, außer dem Umstand, daß mir meine Zuhörer nicht glauben wollten. Die Mutter, als sie voll Entsetzen dieses neue Laster in meiner Seele aufkeimen sah und sogleich daranging, die Höllensaat mit Strenge wieder auszurotten, die bekümmerte Mutter wußte nicht, daß sie auf diese Weise das Übel nur förderte, weil sie mich zwang, um so sorgfältiger zu lügen, je schärfer sie mich prüfte. Noch weniger ahnte sie freilich, daß diese widerwärtige Kunst später einmal hinreichen würde, ihren mißratenen Sohn zu ernähren. *

Da stehen wir natürlich vor dem Paradoxon, das in ähnlicher Weise schon griechische Denker verwirrte. Was macht man mit einem, der von sich behauptet, er sei ein Lügner. Kann so einer denn wirklich ein Lügner sein?

Es gibt genug Anhaltspunkte in der Geschichte Gasteins, die mit Waggerls Kindheitserzählungen übereinstimmen, so daß wir diese, cum grano salis, als Dokumente gebrauchen können. Etwa die Hochwasserkatastrophe vom Jahr 1903, bei der ein Teil des Ortes um einige Meter absackte und die der fünfjährige Karl im Haus über der tosenden Ache erlebte. Oder jene Ereignisse rund um den Bahnbau, der 1901 im Anlauftal begann und in den nächsten drei Jahren bis Gastein weiterkroch. Es muß schon gegen Ende der Fertigstellung der Gasteiner Trasse gewesen sein, als sich der Siebenjährige mit einem italienischen Sprengmeister anfreundete und ihm mit *wieselhafter Flinkheit* bei seiner gefährlichen Arbeit half. Dabei fischte er allerlei italienische Sprachbrocken auf. In der Kriegsgefangenschaft in Italien wird er sich dieses Anfängerkurses entsinnen.

Doch zurück in die Vorschulzeit, in die Wanderjahre der Familie Waggerl.

---

* Alle Zitate in diesem Kapitel stammen aus der *Fröhlichen Armut.*

Dauerten sie wirklich drei Jahre, wie Laurenz Krisch meint? Fast nicht zu glauben, wenn man bedenkt, daß Johann Waggerl auch eine Zeit im Gasteiner Goldbergwerk gearbeitet haben soll, zwischen Juni und September 1901 bei der Post Aushilfsdienste leistete und von Oktober 1901 bis Mai 1902 wieder als Zimmermann tätig war. Anschließend wieder als Postler einsprang, ehe er im März 1904 die Stelle des Gemeindedieners erhielt und mit seiner Familie in eine Wohnung im Kurkasino-Gebäude übersiedelte. Waggerl selbst schreibt: *In meinem vierten oder fünften Jahr mußten wir die Heimat ganz verlassen und auf die Wanderschaft gehen.*

Die *Wanderschaft* muß – wenn wir alle gesicherten Beschäftigungen des Vaters in Erwägung ziehen – also spätestens in Karls drittem Lebensjahr begonnen haben. Und sie dauerte nur bis ins vierte, also vom Sommer 1899 bis zum Sommer 1901. Natürlich gab es später noch die eine oder andere Kurzzeitarbeit der Mutter bei Bauern der Umgebung, wie etwa am Röckhof. Das aber war nicht mehr die eigentliche Stör. Das eigentliche Wanderleben.

Wie kurz die zigeunernde Lebensweise auch gedauert haben mag – jene Zeit also, die mit bitterster Not verbunden gewesen sein soll –, für Karl war es eine Zeit aufregender, durchaus nicht trostloser Erlebnisse. Sie brachten dem Kind erste Eindrücke vom bäuerlichen Leben, aber auch die Begegnung mit merkwürdigen Käuzen, Musikanten und Geschichtenerzählern.

Natürlich reisten wir zu Fuß auf der Landstraße mit unserer ganzen beweglichen Habe. Der Vater schritt uns voran, er trug sein Handwerkszeug in einer Strohtasche über der Schulter wie der biblische Zimmermann. Nur der Korbwagen statt des Esels fügte sich schlecht in das fromme Bild, und noch weniger ich mit meiner wieselhaften Neugier. Mir war alles lieb, die endlose Straße und was darauf gelaufen kam, die Wiesen nebenher und das flatternde Getier und die Wälder, es gab damals noch viel mehr Wald in den Tälern, stundenweit. Der Vater pfiff und schwang den Stock auf kunstvolle Weise, und oft, wenn ich müde wurde, ließ er mich auf seinen Schultern reiten. So viel ich plappern mochte, der Vater war mit seiner listigen Taubheit nicht zu ermüden und mir machte es wenig aus, daß Frage und Antwort nur selten einmal zusammenstimmten.

Diese *listige Taubheit*! Waggerl meinte, sie sei die Eigenheit aller Zimmerleute. Aber die Taubheit hatte sich Johann wohl nicht als Zimmermann, sondern eher als Kanonier zugezogen. Bei Schießübungen, ein wirklicher Krieg blieb ihm erspart. Oder vielleicht bei Sprengungen im Stollen. Aber wo immer er sich das Gebrechen geholt haben mochte, er schlug daraus Kapital; vor allem beim Kampf um den häuslichen Frieden.

Die Taubheit war also, glaubt der Sohn, eine der Quellen aller Gelassenheit des Vaters. Geschützt gegen alles Dreinreden der Welt, konnte er seine Entscheidungen in aller Stille überdenken. Konnte auch die Zeit der wirtschaftlichen Krisen und Wanderungen leichter überstehen. Die Mutter scheint in ihrem Stolz getroffen worden zu sein, als das Überleben der Familie allein vom Gutwill bäuerlicher Verwandter abhing. Dabei leistete sie – nach dem Zeugnis ihres Sohnes – in der Schneiderkunst Beachtliches. Sie kannte geheime Tricks bei der Fertigung von Trachtenteilen, die bei Handwerkern aus dem städtischen Milieu bereits in Vergessenheit geraten waren. Vor allem den ortsansässigen Schneider scheint diese zunftlose Konkurrentin verbittert zu haben, denn mit der Familie dieses Professionisten lag die Mutter ständig im Kampf. Gewiß war auch Frau Margarethe eine etwas streitbare Person, vor allem wenn es galt, die Reputation der Familie aufrecht zu halten. Und sie war kein Ausbund an Zärtlichkeit, doch war sie voll mütterlicher Sorge um ihren Buben – wie sie auch noch den berühmt geworden Sohn in ihren Briefen anreden wird, um den später zugelegten „Heiner" zu vermeiden – und voll Angst, erneut in Armut und Demütigung zurückzufallen.

Armut ist ja keine Konstante, der absolute Nullpunkt. Armut ist vielmehr eine Frage der Vergleichsmöglichkeiten und ist eine Frage geistiger Einstellung; ein Säulenheiliger, der sich von Heuschrecken nährt, ist nicht arm. Ebensowenig ein Sadhu des Himalaya, der nichts als sein Lendentuch und eine Bettelschale besitzt. Waren die Aborigines Australiens arm, ehe Cook sie entdeckte? Oder die Indianer des Rio Grande, ehe die Spanier sie auf der Suche nach dem Gold von Eldorado zu Sklaven machten?

Auch die Menschen im *Land der Berge* waren nicht arm, ehe andere ihre Armut entdeckten. Wohl waren die Gasteiner – im Gegensatz zu anderen Bergbewohnern – gegen das Entdecktwerden schon einigermaßen immunisiert, zu oft waren sie immer wieder entdeckt worden (von Hunnenfürsten über Awarenhäuptlinge bis zu Preußengeneralen). Aber gerade in so einem Gebiet tritt die Grenzscheide zwischen reich und arm, mächtig und ohnmächtig besonders krass hervor. *Kaiser und Könige stiegen ab,* schreibt Waggerl. *Man konnte ihnen begegnen wie dem Pfarrer oder dem Briefträger ...*

Solch enges Nebeneinander von arm und reich, hoch und niedrig, arrogant und demütig ließ Risse im sozialen Gefüge zurück. Solche Risse konnten mitten durch eine Familie gehen, manchmal sogar mitten durch den eigenen Kopf. Bei den Waggerls – so scheint es – lag die Armutsgrenze genau zwischen dem Vater und der Mutter. Der leichte Sinn mit dem der Gatte den Geldmangel ertrug, war in den Augen der Gattin Leichtsinn. Das Schneiderhandwerk, das sie mit soviel Souveränität auszuüben schien, haßte sie. Und die Angst um ihren jüngsten Sohn quälte sie.

Karl steckte von allem Anbeginn in keiner guten Haut. Gleich nach seiner Geburt trat er in einen Atemstreik, das heißt, er lehnte es ab, mit dem Leben außerhalb des Mutterleibes ernsthaft zu beginnen; er verweigerte das Atmen, eine Erscheinung übrigens, die auch heute wieder bei Neugeborenen die Runde macht und großes Rätselraten auslöst. Damals rätselte man nicht lange. Die Hebamme befahl, den Wurm – immer wenn er Anstalten machte, sich feige aus der Welt zu stehlen – kräftig zu schütteln. Vielleicht sind die Weltflüchter im Säuglingsalter heute schon konsequenter. Beim neugeborenen Waggerl half die Behandlung noch. Eine ganze Nacht hielt die Familie Wache, um den Neuankömmling zurechtzurütteln. Auch später setzte der Sohn die Mutter in Angst und Schrecken. Er muß über zehn gewesen sein, als eine schwere Krankheit ihn buchstäblich zu Boden warf. Diesmal hielt die Mutter allein an seinem Bett Wache und legte ihm die kühlende Hand auf die Stirn, wenn ihn das Fieber zu verbrennen drohte. Nein, man soll der Frau nicht Unrecht tun und ihr Lieblosigkeit vorwerfen, nur weil sie mit allem, auch mit ihrer Zärtlichkeit, haushälterischer umging als der Vater. Es ist das umgekehrte Rollenspiel in dieser Ehe, das den Betrachter verwirrt.

Johann war der Weichere, der Herzlichere. Ein ausgeglichener Ausgleicher. Unter anderem hat ihm der Sohn in der *Fröhlichen Armut* ein Denkmal gesetzt: *Vielleicht lag das Geheimnis seiner Lebenskunst einfach darin, daß er seine Arbeit liebte. Der Vater war unermüdlich tätig, aber er nahm seine Pflichten nicht wie ein Kreuz auf sich, wie eine quälende Last, die der Arme schleppen muß, um dafür dem launischen Himmel ein wenig Glück des Müßiggangs abzunötigen. Für ihn lag das Glück in der Arbeit selbst. Mühsam und schwierig wurde ihm das Leben erst, wenn er nichts zu tun hatte.*

Zuletzt tastet sich Waggerl weiter an das Geheimnis dieser Ausgeglichenheit heran: *Mein Vater war kein Mann des Fortschritts. Niemand kann einen goldenen Braten essen, sagte er. Er sah sein Heil nicht darin, Recht zu fordern, sondern recht zu tun.* Ein kleiner Seitenhieb auf den Habenhaben-Sozialismus aus dem Stromland, der damals noch nicht aktuell war und den Karl Heinrich wohl erst Jahrzehnte später dem Vater in den Mund legte. Doch daß Fortschrittsgläubigkeit und Konservativismus auch in Johann Waggerls Gehirn nebeneinander existieren konnten und nicht gleich zu Mord und (Gehirn-)Totschlag führen mußten, zeigt die nächste Charakterisierung durch den Sohn:

Der Vater glaubte mit unbeirrbarer Zuversicht, daß die Menschen insgesamt d o c h stetig zum Besseren f o r t s c h r i t t e n. Er setzte mir oft im Gespräch auseinander, daß alles Übel in der Welt eigentlich gar nichts Wirkliches, sondern nur etwas weniger Gutes sei, so wie der Frost nur ein geringeres Maß von Wärme. Und wie vertriebe man den Frost, sei er etwa ein Ding, das man mit Händen greifen und durchs Fenster werfen könne? Nein, nein, man dürfe das Gute und das Schlechte nicht für zweierlei nehmen, als ob Gott beides nebeneinander zuließe. In Wahrheit wüchse das Böse niemals aus einer eigenen Wurzel. Wir seien nur nachlässige Arbeiter im Garten des Herrn und deshalb müsse das Gute immer wieder so kläglich verkümmern. Die Mutter freilich wollte die Schuld an dem jämmerlichen Zustand der irdischen Dinge lieber dem Teufel als sich selber aufhalsen. Sie wußte nicht recht, wie es zu deuten war, wenn ihr der Vater entgegenhielt, auch der Leibhaftige sei ja nicht eigens erschaffen worden, und wer ihn im Leibe habe, könne nicht hoffen, ihn mit Gewalt auszutreiben, er müsse trachten, ihn allmählich zu bekehren, damit er wieder würde, was er anfangs war, ein Engel.

Da mischt sich nicht nur Fortschrittliches mit Rückständigem, mit solchen Spekulationen führt uns Johann der Zimmermann in gnostische Unzugänglichkeiten, für die er noch in der beginnenden Neuzeit den Tod auf dem Scheiterhaufen verdient hätte. Das kann man behaupten, auch wenn einem nicht sein blasphemisches *Vaterunser* in die Hände geraten wäre, das folgendermaßen beginnt: *Vater unser, der Du bist in Wien, Dein Wille geschehe bei uns, wie in allen Garnisonen, Wir bitten Dich um eine bessere Menage und gib uns täglich zwei Brod und einen Gulden Geld, laß uns unsere paar Kreitzer in Frieden, führe uns nicht zu oft zum Rapport ...* usw.

Karl lernte das Christentum nicht nur durch die Religionsroutine der Mutter oder den skeptischen Blickwinkel des Vaters kennen. Es gab in Gastein seiner Zeit zumindest einen wirklichen Christen. Einen, bei dem auf

Anhieb niemand ketzerische Neigungen hätte entdecken können. Einen alles verzeihenden, großen Friedensstifter. Einen Menschen voll Toleranz und Nächstenliebe. Das war der Pfarrer von Badgastein – zumindest nach Waggerls Schilderung. Karl durfte bei ihm ministrieren. Und des öfteren nahm ihn der alte Herr auch zu den Versehgängen mit. Ein höchst begehrter Dienst, da es Brauch war, dem Pfarrer und seinem Gehilfen nach der geistlichen Tröstung eine leibliche Stärkung zukommen zu lassen. Der ewig hungrige Karl riß sich um das lukullisch-lukrative Amt. Auf dem Heimweg aber, wenn der gute Hirte es nicht mehr so eilig hatte, nahm er sich Zeit, zeigte seinem Weggefährten heilsame Kräuter, Wurzeln, nannte ihre Namen und lehrte ihn das Geheimnis, eßbare Pilze von giftigen zu unterscheiden. Auch die Tiere waren dem alten Herrn vertraut. Seine Begegnung mit ihnen hat etwas Franziskanisches, wenn nicht gar Heidnisch-Schamanisches:

Er konnte Eidechsen dazu bringen, daß sie in seine Hand schlüpften, und wenn wir im Bärenkraut lagen, geschah es, daß sich plötzlich eine blaue Wolke auf ihn herabsenkte, unzählige Schmetterlinge, die den Schweiß seiner Stirne wie Nektar tranken. Einmal, als wir hoch über dem Wald an einem Quelltümpel rasteten, rauschte es gewaltig zu unseren Häuptern und ein Adler stand rüttelnd über uns in der Luft, so nahe, daß ich die rote Glut seiner Augen sehen konnte, die furchtbaren Dolche an den Fängen. Er tat uns aber nichts zuleide. Mit einem heiseren Laut breitete er die Schwingen aus und warf sich wieder in den Wind. [...] Geschöpfe begegneten uns, die es nur noch vom Hörensagen gab, einmal auch eines, das wie ein riesiger Igel aussah. Es zottelte geruhsam über den Weg und schnüffelte so lange nach dem Pfarrer hin, bis er die Hand hob, um es zu segnen. Darauf erst verschwand es befriedigt im Gesträuch und der ganze Vorgang wäre um nichts wunderbarer gewesen, wenn sich das Tier auch noch bekreuzigt hätte. Die Mutter wollte nicht glauben, daß ich wirklich einen Dachs gesehen habe, er war mir ja auch inzwischen zur Größe eines Bären herangewachsen.

Also selbst so ein kirchenfrommer Mann bekommt in der Natur der Bergwelt einen Hauch jenes Heidentums, das uns in einer anderen Gestalt aus Waggerls Kindheit völlig unverfälscht entgegentritt: die Großmutter.

Da weht uns Mittelalter an. Ein Nachklang aus Hexenfurcht und Zauberglaube. Eine unheimliche Erscheinung, die Alte mit dem tonlosen Lachen. Auf einem Foto sieht sie aus, wie einem Gruselmärchen entsprungen. Ihr Wesen scheint – ähnlich dem gefallenen Engel aus Johanns Schilderung – eine

Mischung aus Güte und Bosheit gewesen zu sein. Die Kinder fürchteten sich vor ihr. Obwohl sie immer Süßigkeiten in ihren ausladenden Kitteltaschen versteckt hielt, rückte sie damit nie heraus. Man mußte sich die Schätze aus den Tiefen ihrer Rockfalten selber holen. Doch manchmal fanden sich statt der Süßigkeiten irgendwelche krabbelnde Wesen im Stoffabgrund der gebauschten Röcke. Dann zuckte die Hand des Kindes erschrocken und angewidert zurück. Wenn aber dann die Großmutter selbst wieder in den Sack griff, waren es nur die ersehnten süßen Köstlichkeiten.

Sie braute heilsame Säfte. Hatte andererseits die Macht, Menschen zu verwünschen. Aber auch zu heilen. Und erschien immer dort, wo man sie am wenigsten erwartete.

Niemand weiß zu sagen, wann die Großmutter starb. Sie verschwand einfach und hat kein Grab unter den Menschen. Vielleicht ist sie immer noch irgendwo unterwegs in den Wäldern und eines Tages treff ich sie wieder.

So schrieb der Enkel, als er gegen die Fünfzig ging. Und man ahnt vielleicht schon jetzt, daß ihn – trotz aller Ironie, mit der er sich an all diese urtümlichen Erscheinungen erinnert – die Verwirrtheit des Glaubens seiner Kindheit noch nicht verlassen hat. So steckt er dem Heiligen Antonius, wo immer er ihn antreffen mag, ob in Padua oder auch nur an der Ecke seines Gartens, wo der Heilige eine Kapelle sein eigen nennt, ein paar Kerzen zu. Läßt aber dann in einer Weihnachtsgeschichte den Engel Gabriel im Stall zu Bethlehem sich aufführen wie einen Quartiermacher des preußischen Militärs, setzt dem Jesusknaben einen Floh ins Ohr und schreibt (Agnostiker, der er oft zu sein vorgibt) Marienlegenden, die man in ihrer rührenden Innigkeit den *Blümlein des Heiligen Franz* an die Seite stellen möchte.

Bestimmt ist diese Technik, das Heilige und das Profane in immer wieder überraschenden Wendungen aneinander zu reiben, ein Nachhall aus der Kindheit, als Waggerl noch an der Grenze zwischen dem *Land der Berge* und dem *Land am Strome*, das Aufeinandertreffen zweier grundverschiedener Weltsichten aufmerksam, wenn auch verwirrt, beobachten konnte. Eine Kinderperspektive, sicher. Eine Perspektive, die er sich bis ins Alter bewahren konnte. Das mag ihm der eine oder andere Kritiker verübeln. Dabei aber macht gerade das, man möge dies bedenken, einen großen Teil des Charmes seiner Erzählungen aus, einen Teil des Charmes und des Charismas seiner Persönlichkeit.

... das Paradies ist verriegelt und der Cherub hinter uns;
wir müssen die Reise um die Welt machen,
und sehen, ob es vielleicht von hinten irgendwo wieder offen ist.

Heinrich von Kleist

Das Ende der Stör – für die Eltern ein Schritt in eine sicherere Zukunft – war für Karl die Vertreibung aus dem Paradies. Die Erste! Es sollten deren noch mehrere folgen, denn die Vertreibungen aus den Paradiesen der Kindheit erfolgen nicht mit einem Schlag, sie gehen in kleinen Schritten vor sich.

Auch der berufliche Aufstieg des Vaters erfolgte in mehreren Schritten. Erst eine längere Arbeit als Zimmermann im Ort, dann Aushilfsdienst bei der Post. Zuletzt – Krönung seines Strebens nach Sicherheit und Wohlstand – Ernennung zum Gemeindediener. Doch jeder Aufstieg bringt Zwänge mit sich. Vor allem für Karl. Man zog in die bessere Wohnung im Kurkasino. Zog sich bessere Kleider an. Und zog damit sonntags – ein weiterer Zwang – entlang der Kaiserpromenade hinaus zum Grünen Baum, wo sich Johann mit Kegelschieben, die übrige Familie bei Kaffee und Kuchen vergnügte. Das heißt: Karl vergnügte sich nicht. Einerseits weil er mehr Kuchen vertragen hätte, als geboten wurde, anderseits weil er das Stillsitzen am Kaffeetisch als Zwang empfand. So mündeten diese Vergnügungsausflüge zuletzt meist in Familienkatastrophen.

Der ärgste Zwang aber war der Schulzwang.

Am 1. Mai 1904 wurde Karl ausgiebig geschrubbt, eine Prozedur, mit der alle großen Ereignisse eingeleitet wurden. Am 2. Mai trat er in die erste Klasse der damals nur zweiklassigen Volksschule und damit in eine neue Lebensepoche ein. Hier rächte sich eine zu früh erworbene Gelehrsamkeit. Da er des Schreibens und Lesens schon kundig war, langweilte er sich in den ersten Stunden zu Tode und versuchte den Unterricht mit „Show-Einlagen" aufzulockern. Verstand *hübsche Dinge aus Papier* zu erzeugen: *Vögel, die mit den Flügeln schlugen, wenn man sie am Schwanz zog,* oder er setzte seinen Fingern Hüte auf und bemalte seine Fingernägel mit lustigen Gesichtern. Mit diesen Akteuren führte er kleine Szenen auf. Auch weniger lustige Belustigungen fielen ihm ein. Eine seiner Schulkolleginnen, noch dazu die Tochter eines Lehrers, erinnerte sich noch Ende der sechziger Jahre, daß ihr der hinter ihr sitzende Karl aus purem Übermut die Zöpfe ins Tintenfaß tauchte und danach unschuldig beteuerte, das sei aus purem Zufall geschehen. Schwierigkeiten mit seiner Lehrerin entsprangen aber auch echten Mißverständnissen:

Nun ist es mir eigen, daß ich gewisse Gegensätze nicht auseinanderhalten kann, mein und dein noch zur Not, links und rechts auf gutes Glück. Als uns die Lehrerin einmal beim Turnen erklärte, wir müßten beim Ausschreiten, je nachdem wir die Beine setzten, den einen oder den anderen Arm nach vorne schwingen, da entdeckte ich zu meiner Bestürzung, daß es mir auf keine Weise gelingen wollte, das Gehen zu erlernen. Was ich auch anstellen mochte und wie sehr ich mich auch abmühte, ich hüpfte nur umso hilfloser voran und flatterte dazu wie ein gelähmter Vogel. Für die anderen war das ein Spaß, aber die Lehrerin mußte es für eine reine Bosheit halten. *

Wie so oft in seinem Leben brachte ihn auch hier die Unfähigkeit, das Einfache einfach zu tun, in Schwierigkeiten. Die Lehrerin verklagte ihn bei seiner Mutter, die ihn für vermeintliche Kasperliaden strafte. Das hielt Karl für ungerechtfertigt und er biß seine Klägerin – die ihn am nächsten Tag mit freundlichen Streicheleinheiten wieder versöhnen wollte – in den Finger.

Das scheint überhaupt d i e Waffe gewesen zu sein, mit der er sich gegen Widerwärtigkeiten des Schicksals zu wehren suchte. So wollten die Eltern ihren ewig hungrigen Buben – wie seine älteren Geschwister – für einige Zeit zu einem Bauern in Kost und Quartier geben. Doch so sehr er das Landleben liebte, ganz allein bei fremden Leuten zu sein, machte ihn todunglücklich. Als der Vater ihn besuchte um zu sehen, wie er sich eingelebt habe, biß er sich in dessen Hose fest und ließ erst los, als Johann versprochen hatte, ihn wieder heimzunehmen. Bissigkeit als Waffe gegen vermeintliche oder tatsächliche Ungerechtigkeit werden wir noch beim erwachsenen Waggerl finden, auch wenn er seinen Kritikern nicht gleich an die Beinkleider ging.

Der Biß in den Finger der Lehrerin hatte zur Folge, daß Karl in die Eselsbank versetzt wurde. Hier, zwischen altersgrauen Riesen, die, von keinem Lehrer belästigt, von keinem Inspektor eines Blickes gewürdigt, hoffnungslos aufgegeben dem Ende ihrer Schulzeit entgegendämmerten, hier konnte er keinen Unfug stiften, durfte aber dafür in Frieden den eigenen Neigungen nachgehen.

---

* Alle in diesem Kapitel zitierten Texte stammen aus der *Fröhlichen Armut.*

Der etwa achtjährige Karl Waggerl mit seinen Eltern

Trotzdem endete sein erstes Schuljahr mit einem Triumph. Als der Inspektor gegen Semesterschluß die Klasse besuchte und den Kindern alberne Rätsel aufgab, deren Lösungen mit Walnüssen belohnt wurden, da war es ausgerechnet der Kleine aus der Eselsbank, der fast alle Nüsse knackte. Auch hier wieder der typische Waggerl, der alles mit Feuereifer und Geschick anpackte, was nur *nicht nach Pflicht und Nutzen schmeckte.*

Ein schweres Unheil der anderen Art traf ihn, den Jüngsten der Familie, am 9. April 1905. Niemand hatte ihn auf das zu erwartende Ereignis vorbereitet, und so dachte er, als er die Mutter im Raum nebenan stöhnen und jammern hörte, sie sei sterbenskrank. Dazu kam noch diese fremde Frau, die mit einer Selbstverständlichkeit aus- und einging, als wäre sie hier zu Hause. Doch plötzlich hörte er Babygeschrei und erfuhr, daß der liebe Gott ihm ein Schwesterchen geschenkt habe, ein Geschenk, das er nie erbeten hatte.

Ein runzeliges Ding, diese Elisabeth, die von Anbeginn seinen Argwohn erweckte. Aus dem Argwohn wurde Ärger, als er im Laufe der Zeit die Aufgabe erhielt, dieses Wesen täglich an die frische Luft zu bringen. Nun hatte er aber schon eine Reihe außerfamiliäre Aufgaben zu erledigen. Lukrativere. Die Hilfsdienste beim Bahnbau habe ich schon erwähnt. Sie waren arbeitsaufwendig, Karl mußte ihretwegen Schule schwänzen. Eine gefährliche Tätigkeit noch dazu: Seine Aufgabe bestand wieder einmal im raschen Zubeißen; er hatte – nach Anweisung des italienischen Sprengmeisters – die Sprengkapseln mit den Zähnen an die Zündschnur zu klemmen. Danach wurden die Schnüre entzündet, und er und sein grauhaariger Mentor *liefen zwischen den zischenden Rauchschlangen um ihr Leben* hinter die nächste Deckung.*

Bei dieser schon äußerst riskanten Tätigkeit ging es kaum um Geld. Die italienischen Bahnarbeiter schwammen auch nicht darin. Hier ging es um das Abenteuer, um den Duft der weiten Welt. Und ums Essen. Karl lernte in Gesellschaft dieser stets bewegten und beweglichen Südländer die Kunst, Spaghetti auf der Gabel aufzurollen und sie aus höchster Höhe langsam in den Schlund gleiten zu lassen. Und im Spätherbst, so versprachen ihm seine neuen Freunde, würden sie ihn mitnehmen in ihre Heimat, in das Land, in dem angeblich jeden Tag die Sonne schien und wo Feigen und Trauben einem direkt ins Maul wuchsen. *Ja, wunderbar, das alles lockte mich sehr. Aber die Mutter? Konnte ich sie einfach verlassen, mußte ihr nicht das Herz brechen um den verlorenen Sohn?*

Die Mutter. Die arme Person. Wenn sie auch nur die geringste Ahnung gehabt hätte, in welch schrecklicher Gesellschaft sich ihr mißratenes Kind bewegte (von den Gefahren gar nicht zu reden). Sie war nämlich der Meinung, daß diese ausländischen Bahnarbeiter *gleich Zigeunern mit Messern warfen und gebratene Katzen verzehrten.*

Neben seinen Hilfsdiensten beim Sprengen hatte Karl auch weniger gefährliche Geschäfte übernommen. Eine gute Einnahmequelle war es, sich an Liebespaare heranzuschleichen und sie durch einen gellenden Pfiff aufzuscheuchen. Wenn die verwirrten Leutchen erschrocken aufsprangen und den Ort ihres heimlichen Vergnügens fluchtartig verließen, vergaßen sie oft

* Wie weit hier Waggerls eigene Erlebnisse sich mit denen seines Halbbruders Johann vermischen, der ganz offiziell beim Bahnbau beschäftigt war, ist natürlich nicht festzustellen.

Gegenstände von Wichtigkeit. Das war der Augenblick, wo Karl eilfertig das Liegengebliebene aufnahm, den Davoneilenden nachlief und es ihnen devotest überreichte. Meist brachte das bare Münze. Im Ort stellte er sich zu den Pferden, wenn die Kutscher in der Schank beim Straubinger ihr Bier süffelten, oder trug Liebesbriefe aus. *So prächtig gediehen mir Handel und Wandel, daß ich es früh zu einer gewissen Wohlhabenheit hätte bringen können, wäre nicht der ganze Segen wieder durch meine Gefräßigkeit aufgezehrt worden.*

Der Hunger ist ein Leid- und Leitmotiv in Waggerls Erinnerungen an die Kindheit. Ich kann mir nicht helfen, wir dürfen es nicht der Armut der Eltern allein zuschreiben, denn Karls kleine Schwester gedieh prächtig bei der elterlichen Kost. Karl war bestimmt, was man einen schlechten Futterverwerter nennt. Er blieb es sein ganzes Leben. Selbst in Zeiten, als er es dann wirklich zu einer *gewissen Wohlhabenheit* gebracht hatte, setzte er keine Jahresringe an. Doch welche Ursachen sein ständiger Hunger auch haben mochte, durch die brüderliche Hilfe, die er seiner Schwester angedeihen lassen mußte, war sein Geschäftsleben beeinträchtigt. Wohl versuchte er, Elisabeth bei Freunden in Obhut zu geben – natürlich gegen Hüterlohn – während er den Geschäften nachging, doch das führte nicht nur zur Verringerung der eigenen Einkünfte, es hatte auch zur Folge, daß das arme Ding oft weiterverschachert wurde und Karl nach Dienstschluß nicht mehr wußte, wo er das ihm anvertraute Geschöpf finden konnte.

Immerhin, wir gewöhnten uns mehr und mehr aneinander, ich empfand sogar eine gewisse Zuneigung für dieses hintergründige Wesen. Die Schwester war indessen ein hübsches Ding geworden, freilich so überaus beleibt und gewichtig, daß ich sie kaum noch schleppen konnte. Ich half mir, indem ich sie in eine Schlinge setzte, die ich schärpenartig quer über die Schulter knüpfte, und wenn ich dann ihre Beine noch in meinen Hosenbund steckte, sahen wir wie ein ungleiches Paar zusammengewachsener Zwillinge aus.

Überall, wo dieses Schaubild brüderlicher Liebe vorüberwankte, erregte es Anteilnahme und erhielt freundliche Gaben. Eine zeitlang gesellte sich auch ein zottiger Hund zu uns, der sich herrenlos herumtrieb. Von nun an zogen wir gleich einem Trupp fahrender Zirkusleute auf den Promenaden von Bank zu Bank. Elisabeth hatte weiter nichts zu tun, als niedlich auszusehen. Der Hund wiederum konnte aufwarten und tanzen, auch zeigte er sich als ungewöhnlich kluges und erfahrenes Tier. Ich selber aber stand dem Ganzen vor […] und behielt die Zuschauer achtsam im Auge, damit uns kein unredlicher Zaungast um den Groschen betröge.

Der kleine Karl, schon damals ein Vermarktungsgenie und Showman, könnte man sagen. Und soweit man es nicht hämisch sagt, bin ich bereit einzustimmen. Es ist nämlich noch kein Künstler zu Ruhm und Ansehen aufgestiegen – zumindest zu seinen Lebzeiten keiner –, der sich nicht auch vermarkten und zur Schau stellen konnte.

Die größte Schau seiner jungen Jahre war – wenn sie wirklich stattfand – nicht durch übertriebene Selbstsicherheit gekennzeichnet. Sie galt einem Ereignis von größter allgemeiner Bedeutung. Karl sollte – wie er in der *Fröhlichen Armut* erzählt – bei der Eröffnung der Tauernbahn vor dem Kaiser ein Gedicht aufsagen. Wann das gewesen sein soll, verrät er uns leider nicht. Die Bahn wurde ja zweimal, eigentlich sogar dreimal eingeweiht. Erstmals am 20. September 1905. Damals wurde die erste Teilstrecke der Tauernbahn von Kaiser Franz Joseph persönlich eröffnet. Sie erschloß das Gasteinertal dem Zugsverkehr, durchstieß aber noch nicht den Alpenhauptkamm. Badgastein war Endstation. 1909 wurde der Tunnelbau vollendet und für das Militär geöffnet und erst 1911 dem allgemeinen Verkehr zugänglich gemacht.

Für den Ort selbst war die Eröffnung der Teilstrecke 1905 von größter Wichtigkeit. Die Hoteliers erwarteten sich davon einen großen Aufschwung ihres Gewerbes. Die Fuhrwerksbesitzer allerdings das Gegenteil. Insgesamt aber war es eine Sensation. Bis dahin trabten auch Majestäten, Prinzen und Prinzessinnen, Fürsten aus dem Salzachtal mit Pferdegespannen heran. Vom alten Adel verwendeten nur wenige schon Autos. Diese lautstarken, stinkenden Dinger, die ihren Kraftstoff noch in der Apotheke einkaufen mußten, waren in Gastein gar nicht besonders gern gesehen. Der Kommerzialrat Opel, der – auf der Fahrt zur Kur – mit seinem hausgemachten Gefährt nicht nur die Kühe des Tales in maßloses Erstaunen setzte, brachte auch Pferde zum Scheuen und trieb eine Postkutsche in den Graben. Das ließ die Bahnarbeiter sich zusammenrotten, die den verschreckten Autopionier zu lynchen drohten. Opel verzichtete auf das Heilbad und suchte sein Heil lieber in der Flucht. Die Gemeinde aber beschloß, fürderhin vor jedem Automobilisten innerhalb des Ortes einen Wachmann vorausgehen zu lassen, der ahnungslose Fußgänger vor dem Herannahen des Ungetüms warnen sollte.

So rückständig das klingen mag, zur gleichen Zeit entstand in Badgastein das größte und modernste Hotel der Monarchie: das Hotel Europa. Zehnstöckig. Und – allerdings nur von der Talseite her gerechnet, die gute zehn Meter tiefer lag als die Bergseite – fünfundfünfzig Meter hoch.

Doch zurück zum Kaiserbesuch und zum gedichtaufsagenden Waggerl. Es spricht einiges für die Annahme, daß Karl seinen Auftritt vor dem Kaiser im Jahr 1905 hatte. Das stimmt mit der Aneinanderreihung der Geschichten in der *Fröhlichen Armut* überein. Auch die Ängste, die uns der fünfzigjährige Waggerl in Erinnerung an die Kindheit schildert, sind die Ängste eines Siebenjährigen. Die märchenhaften Hoffnungen, die dieser an das Ereignis knüpfte, sind die Hoffnungen eines Siebenjährigen. Ebenso der Glaube, der Kaiser werde ihm einen Wunsch erfüllen und die daraus sich ergebende Schwierigkeit, auch den richtigen Wunsch zu finden, um nicht dazustehen wie der Mann im Märchen, der nur Unsinn wünscht und so das Erwünschte gleich wieder verliert. Das Lampenfieber allerdings, das er uns schildert, ist an keine Altersstufe gebunden:

Durch den Nebel meiner Verwirrung gewahrte ich das weiße Tuch des Lehrers, wider Willen trat ich aus dem Gehölz und stand plötzlich allein vor der hohen Gestalt des Kaisers. Das bärtige Gesicht sah ich über mir, das vertraute Angesicht unter dem grünen Federhut, aber die blauen Augen blickten nicht streng, sondern es glomm ein Funken gelassener Heiterkeit darin. Und mit einem Male löste sich meine Zunge, mit einem unsäglichen Glücksgefühl hörte ich, wie mir die Worte leicht und laut von den Lippen kamen.

Ja, Treue und Liebe, ewig und immerdar, es war freilich ein falscher Eid, den ich damals vor dem Kaiser schwor, Gott weiß es. Aber mein Herz glühte im Feuer der Hingabe, und als ich geendet hatte, hob der Erlauchte seine Hand und klopfte mir sacht und freundlich auf die Schulter. [...] Und das ist wahr. Ich wüßte heutzutage niemanden mehr in der Welt, der mich dadurch auszeichnen könnte, daß er mich auf die Schulter klopft.

Gleich nach dieser Episode kommt Waggerl auf die erste Bahnfahrt mit der Familie: *Etliche Wochen später, als noch keine Brücke eingestürzt und kein Dampfkessel zerborsten war, ließ sich die Mutter überreden, mit uns eine Fahrt durch das Tal hinaus zu wagen. Wie jedesmal, wenn etwas Ungewöhnliches herankam, wurden wir alle den Abend zuvor gebadet und bis ins Innerste gesäubert, denn wir sollten wenigstens, was die Hälse und Füße betraf, nicht zuschanden kommen, falls uns der Zug über das Ziel hinaus ins Jenseits beförderte.*

Die Ängste und Aufregungen vor der ersten Eisenbahnfahrt erinnern an die eines anderen Bergbewohners, des ebenfalls aus einfachsten Verhältnissen stammenden Peter Rosegger, der bei seiner ersten Fahrt mit dem Dampfwagen ähnliche Gefühle durchlebte. Roseggers Reise endete in einem hochnotpeinlichen Verhör, da er mit seinem Paten unwissentlich schwarz gefahren war. So geht es „Eingeborenen", wenn sie in den Sog einer unbekannten Zivilisation geraten. Bei den Waggerls endete die Fahrt mit einem stundenlangen Rückmarsch nach Hause, die im kleinen Karl auch die Frage nach der Sinnhaftigkeit einer Eisenbahnfahrt aufkommen ließ. Rosegger und sein Pate erlebten ihr Abenteuer bald nach Eröffnung des Semmeringtunnels. Also 1854 oder 1855. Waggerl fünfzig Jahre später. Also 1905.

Wann aber fand das Gedichtaufsagen vor dem Kaiser nun wirklich statt? Laurenz Krisch meint – wenn überhaupt –, so erst 1909, also zur Eröffnung des Tauerntunnels für das Militär. Er hat auch eine Zeugin dafür, eben jene Lehrerstochter, der Karl die Zöpfe in die Tinte getaucht hat. Mitzi hieß sie und schrieb sechzig Jahre danach als Frau Marie Alpach–Schwarzenauer für das Gasteiner Badeblatt einen Artikel, in dem sie sich selbst als Gedichtaufsagerin vor dem Kaiser darstellte. Nebenbei erwähnt sie auch ihren Schulgenossen Waggerl, der – sozusagen als männliches Pendant – damals ebenfalls ein Gedicht aufgesagt habe. Ich kann mich aber des Eindrucks nicht erwehren, daß diese Erwähnung nur aus Courtoisie geschah, um den inzwischen in hohen Ehren stehenden Dichter mit seiner Kaiser-Geschichte nicht Lügen zu strafen; in Wirklichkeit spricht Marias Erzählung für deren Alleingang vor dem Kaiser. Auch in der Schulchronik lesen wir nur von ihrem Auftritt, nichts aber vom zwölfjährigen Karl.

Gleichgültig aber, ob nun Waggerl 1905 oder 1909 oder vielleicht überhaupt nie vor dem Kaiser ein Gedicht aufgesagt hat, wesentlich an des Dichters Erinnerung ist mir der Satz: *Ja, Treue und Liebe, ewig und immerdar, es war freilich ein falscher Eid, den ich damals vor dem Kaiser schwor, Gott weiß es, aber mein Herz glühte im Feuer der Hingabe ...*

Es lohnt, sich diesen Satz einzuprägen. Seine eigenartige Konstruktion drückt alle Gefühlsschwankungen aus, denen einer, der noch in der Monarchie aufwuchs, im Laufe seines Lebens ausgesetzt war. Das – und nur das allein – scheint mir an dieser Textstelle merkwürdig.

Alles was mit dem Lust- und Unlustproblem zusammenhängt,
rührt an eine der wundesten Stellen der heutigen Psychologie.
Wir wollen versuchen, möglichst aus den Bedingungen
des vorliegenden Falles zu lernen ...

Sigmund Freud

Wimmelt es in den Kinderstuben der Genies unseres Jahrhunderts meist von großen Namen, stießen wir bei Waggerl bis jetzt nur auf fabulierende Knechte, italienische Sprengmeister, Kräuterhexen und Sennerinnen. Aber wir verdanken ihm auch eine der recht seltenen Schilderungen der erotischen Leidenschaft eines Kindes.

Sie galt einer Lehrerin.

Widmet Waggerl in der *Fröhlichen Armut* seiner Begegnung mit dem Kaiser nicht einmal eine Seite, der *Engel Johanna* bekommt deren sieben*. Es sind wichtige Seiten, die dabei auf- und angeschlagen werden. Leider – oder vielleicht gar nicht so leider – konnte die Person, die sich hinter diesem Sigle verbirgt, in den Annalen der Schule nicht geortet werden. Sicher gab ihr Waggerl aus Pietät einen falschen Vornamen, vielleicht war es nur eine Hospitantin, die deshalb in den Akten nicht aufscheint; sie muß existiert haben, zu sehr bewegt ihre Gestalt den Dichter noch nach vierzig Jahren. Karls *würgende Seligkeit*, wenn sie ihn straft, sein Versuch durch ständig neue Streiche ihre Aufmerksamkeit zu erregen, die Fehler, die er absichtlich macht, nur damit sie sich über ihn beugt, und zuletzt die quälende Eifersucht auf den Kurkapellmeister, für den er den Liebesboten machen muß. Quälender noch ihr plötzliches Verschwinden aus Gastein nach einem Streit mit dem Musikanten, den die Mutter als einen Windmacher bezeichnet, und bewegend für Karl ihr plötzliches Wiedererscheinen und seine Verwicklungen in das Liebesdrama. Zuletzt ein Selbstmordversuch der Angebeteten. Das alles liest sich heiter. Eine Schmunzelgeschichte. Doch nur für den raschen Darüberhinwegleser. In Wirklichkeit sind es Tragödien, wenn auch nur in kleine und kleinste Satzkürzel verpackt.

Waggerl schreibt diese Erinnerung vierzig Jahre später. Weltkriege, Bür-

* Sieben Seiten in der Gesamtausgabe, die relativ eng gedruckt ist.

gerkriege, Revolutionen liegen dazwischen. Im Gedröhn und Gebrüll der Weltenauf- und Untergänge sind ihm die lauten Töne vergangen. Immerhin gerät er für den Bruchteil eines Absatzes in ungewohntes Pathos: *Zum ersten Mal in meinem Leben hatte ich ein ahnendes Gesicht von der gnadenlosen Gewalt des Schicksals, die geheimnisvoll zwischen den Menschen wirkt. Von Stund an befiel mich eine heftige Krankheit, die wohl schon eine Weile in mir gesteckt haben mochte. Schon bewußtlos mußte ich ins Spital gebracht werden, und die Mutter zog mit mir, des festen Glaubens, daß wir nun alle sterben und verderben würden.* *

Sterben. Gleichgültig, welchen Namen der Engel und welchen Namen die Krankheit hat, die ihn niederwirft. Die Leidenschaft hat ihn in die Todesnähe gebracht. Und nun ist die Mutter wieder da. Sie, die sonst so herbe Frau. Sitzt an seinem Krankenbett und kühlt ihm die Stirn. Wohl erscheint auch der Vater kurz. Rückt ein wenig hilflos das Bett hin und her. Wirft in seiner Verstörtheit noch ein Glas Wasser zu Boden und verschwindet. Krankheiten liebt er nicht. Die Mutter ist die ewig sich Sorgende, die im Spital bleibt Tag und Nacht. Sich ein Bett zum kranken Kind stellen läßt und, als sie glaubt, daß nur noch die Seele zu retten wäre, den Pfarrer rufen läßt. Karl weiß nur zu gut, was das bedeutet, zu oft war er selbst mit dem alten Herrn unterwegs, als andere die letzte Wegzehrung bekamen.

Doch dann scheint die Mutter eine Eingebung zu haben. Eine Rettungsidee. Wir lesen es – wie oft bei Waggerl – zwischen den Zeilen. Sie läßt Johanna rufen. Kann sein, daß das fiebernde Kind in seinen unruhigen Träumen den Namen der Lehrerin ausgesprochen hat. Kann sein, daß sie, die uns manchmal hochfahrend, zänkisch und unsensibel Erscheinende, doch sensibler war, als ihre Umwelt es ihr anmerkte. Sie nur konnte es gewesen sein, die diese Johanna – die im Ort schon sichtlich in Acht und Bann war – überall suchen läßt und findet.

Weißgekleidet und himmelschön schwebte der Engel heran, ich sah seine Augen über mir und dann küßte er mich sogar. Es ging schnell vorüber. Die Mutter, aufrecht, wie sie sich immer hielt, meine Mutter nahm den weinenden Engel an sich und führte ihn wieder hinaus.

---

* Dieser und alle anderen Waggerl-Texte in diesem Kapitel stammen aus der 1948 erschienenen *Fröhlichen Armut.*

Damit trat aber in Karls Krankheitszustand die Wende ein. Er genas. Oder besser gesagt: sein Zustand hatte sich so weit gebessert, daß er in häusliche Pflege gegeben wurde. Aber was für Krankheit hatte ihn zu Boden geworfen? Die Krankheit zum Tode, die jeglicher Berufung vorangeht? Eine Initiation sozusagen? Zumindest in primitiven Gesellschaften wäre das so gedeutet worden. Ein zukünftiger Seelenführer und -tröster, und als einen solchen wird sich Waggerl später sehen, muß in jungen Jahren als gewöhnlicher Mensch sterben, muß das alte Ich zum Himmel aufsteigen lassen, ehe er als Wiedergeborener seine Lehrzeit als geistiger Führer beginnen kann.

Befinden wir uns nicht am Rande einer Gesellschaft, die Animismus und Christentum auf nicht immer durchschaubare Weise vermischt?

Doch vielleicht versteige ich mich mit dieser Deutung, weshalb ich schleunigst den Rückzug antrete, um mich auf die Suche nach dem medizinisch faßbaren Namen der Krankheit zu machen. Laurenz Krisch hat auch hier geforscht und in der Gasteiner Schulchronik eine Diphtheriewelle geortet, die im Februar 1909 ein Todesopfer forderte. Diphtherie ist sehr ansteckend und kann auch Erwachsenen gefährlich werden. Außerdem befinden sich im Haushalt der Waggerls noch die kleine Elisabeth und manchmal auch der halbwüchsige Ludwig*. Daß es sich aber tatsächlich um eine höchst ansteckende und gefährliche Krankheit handelte, geht aus dem Verhalten des Vaters hervor.

In seiner Freude trug er mich auf den Armen die Treppe [des Spitals] *hinunter und ins Leben zurück. Er hatte einen ganzen Gulden für ein zweispänniges Fuhrwerk verschwendet, und auch der Doktor meinte, das sei redlich verdient, ein Begräbnis wäre schließlich weit teurer gekommen. Unterwegs war der Vater merkwürdig gesprächig. Wir würden staunen, sagte er, und unsere Stube gar nicht wiedererkennen, blitzsauber alles und frisch geweißt! – Wieso denn fragte die Mutter argwöhnisch dazwischen, warum neu gemalt?*

Und darauf stottert der Vater etwas von einem herabgefallenen Ofenrohr, und Mutter und Sohn nehmen an, daß die Kochkünste des Vaters – gemeinsam mit der nun schon erwachsenen Stieftochter führte er den Haushalt – größere Katastrophen verursacht hatten. Aber es waren keineswegs

* Nach Auskunft von Waggerls Nichte Benedetto starb Ludwig 1916 in einem Militärspital an Tuberkulose.

Dampf-, Rauch- oder Fettflecken, die als Menetekel an der Wand erschienen waren und entfernt werden mußten, sondern die Wohnung sollte, wie Waggerls Nichte durch die Familiensaga weiß, gründlichst desinfiziert werden.

Doch Diphtherie kann es nicht gewesen sein. Zumindest nicht die Diphtherie allein. Ein zweiter Krankheitserreger muß sich auf den geschwächten Körper gestürzt haben, da Waggerl schreibt:

Der ganze Winter ging vorüber, ehe ich wieder ein wenig zu Kräften kam. [...] Meine Mutter kam an mein Bett, um mich zu trösten. Ihre heimliche Sorge war, es möchte sich vielleicht ein unheilvoller Rest der Krankheit in mir festgesetzt haben, dort, wo ich ihrer Meinung nach schon von jeher nicht ganz heil gewesen war, nämlich in meinem Kopf.

Aber der Doktor wollte das nicht gelten lassen. Im ersten Frühjahr, als es ein wenig wärmer wurde, holte er mich unbarmherzig aus dem Bett. Ich dachte die Mutter mit einem Auferstehungswunder zu überraschen, gleichsam die Krücken von mir zu werfen und davonzuhüpfen wie der Jüngling in der Schrift. Aber es mißlang mir völlig.

Sein Knochengestell hatte sich während des Liegens unendlich in die Länge gezogen. Doch die Muskeln hatten bei dem hypertrophen Wachstum nicht mitgehalten. Nun mußte er wieder gehen lernen. Diesmal ohne theoretische Anweisungen. Schritt vor Schritt stelzte er dahin, wie ein wintermüder Weberknecht. Fiel dazwischen auch immer wieder zusammen. Damit er dennoch an die Luft käme, führte ihn Elisabeth – sich für die einstigen Trägerdienste revanchierend – im Leiterwagen durch den Ort. Karl sah so elendiglich aus, daß ein Vetter sich seiner erbarmte und ihn zur Erholung auf eine Geißenalm schickte.

Auch hier trifft er wieder Menschen, die sich zu Romangestalten verdichten lassen, aber nicht erfunden werden brauchen. Der Knecht Andreas, der in einem fernen Krieg in einem fernen Land gewesen war, wo es keine Berge mehr gab, und der daher Geschichten zu erzählen weiß, die einem Háry János* Ehre gemacht hätten. Und während Waggerl diesen Geschichten lauschte, saßen sie – er und der Knecht – vor dem offenen Herdfeuer oder draußen auf der Bank vor der Hütte. Oder sie lagen in einer Mulde unterm

---

* Ein ländlicher Bramarbas aus der ungarischen Tiefebene, dem Zoltan Kodaly ein musikalisches Denkmal setzte.

Gipfel und beobachteten den Flug der Dohlen. Oder suchen heilkräftige Wurzeln. Richtige Arbeit hatten sie keine, denn die Sennin – Martha, ein mächtiges Frauenzimmer – nahm ihnen jedes Arbeitsgerät aus der Hand *und tauschte es gegen ein Butterbrot.* Im Winter davor war ihr Kind gestorben. Ein Mädchen in Karls Alter. Ein genauso verdächtig durchscheinendes Wesen wie dieser verhungerte Bub. *Aber das, meinte sie, sollte ihr kein zweites Mal passieren, daß ihr jemand unter den Händen an der Auszehrung stürbe.*

Auszehrung. Das Stichwort ist gefallen. Der Volksmund hat sich dabei wohl nicht unbedingt auf eine bestimmte Krankheit festgelegt. Aber meist bezeichnet er damit Lungenschwindsucht. Tuberkulose. Dafür sprächen auch die mehrmaligen Rückfälle, die Waggerl über zehn Jahre lang immer wieder zu Boden warfen. Dafür spräche auch, daß sein Bruder Ludwig an dieser Seuche zugrundeging. Damit aber wäre auch die Behandlung, die ihm durch die kreuzbrave Sennin widerfuhr, goldrichtig. Viel essen. Süße Milch. Saure Milch. Butterbrote. Aber noch ein Verdienst ist der guten Seele zu verbuchen. Sie war die Erste, die Karl einen literarischen Auftrag gab. Sie wollte eine Grabinschrift. Für das verstorbene Mädchen. Und Karl machte sich an die Arbeit. Schichtete und schaufelte tagelang Worte um und um. Und quälte sich ab, einer unbekannten Toten ein sprachliches Denkmal zu setzen.

Eine Blume wollte ich schildern, eine zarte Menschenblüte, die der Reif versengt, oder der Sturm geknickt, und die aus Himmelshöhen herniederblickt, so ungefähr. Was mir solcher Art zuflog, schrieb ich hastig und mit pochendem Herzen auf meinen Zettel, aber wenn ich später die Zeilen wieder überflog, dann fand ich in meinen Worten nichts mehr vom berückenden Glanz, der mich so überwältigt hatte. Ich geriet in eine unsägliche Verwirrung, was war das nur, was geschah mit mir?

Damit ich doch nicht ganz zuschanden käme, las ich mein Machwerk einmal abends am Herdfeuer vor und da erlebte ich ein Wunder: daß schon ein schwacher Funke genügt, um eine Flamme zu entzünden. Martha fing sofort zu schluchzen an, – ach, es war alles aus der Seele gesprochen, genau wie sie es empfand.

Das Werk wurde nie in Stein gehauen, denn Martha brachte das Geld für ihr Grabdenkmal doch nicht zusammen. Beinah wäre ihr aber das andere Werk geglückt, Karls Heilung. Doch dann fiel überraschend Schnee in den Bergen, der Almabtrieb begann früher als sonst, und die Heimkehr machte die ganze mühselige Leib- und Seelenkur zunichte. Karl hatte erneut einen Rückfall. Da wurde es dem behandelnden Arzt zu dumm. Er nahm ihn privat in die Kur. Das heißt, dieser Arzt – nach Laurenz Kirsch müßte es der langjährige Gemeindearzt von Badgastein Dr. Anton Wassing gewesen sein – nahm Karl für einige Zeit in die eigene Familie auf, um ihn direkt unter seinen Augen wieder auf die Beine zu bringen. Es war sicher nicht alltäglich, wenn ein Arzt den Sohn des Gemeindedieners zu sich ins Haus nahm, um ihn gesund zu pflegen. Er hätte dieses Kind nicht zu sich genommen, wenn ihn nicht irgend etwas an ihm fasziniert hätte. Es war nicht nur der Ehrgeiz des Heilers, dem Tod seine Beute endgültig abzujagen, da muß auch noch was Besonderes an dem Knaben selbst gewesen sein. Eines x-beliebigen Dummkopfs wegen läßt man sich mit dem Tod auf keinen so intensiven Zweikampf ein.

Karl tat also den ersten Schritt über jene Grenze, an der er bis jetzt immer nur entlangbalanciert war, die Grenze zwischen dem Land *kerniger Kuriosa* und dem *Land einer Verheißung*, von dem er noch nicht wußte, wo es liegen konnte und was es ihm verheißen würde. Das, was bei den Wassings aus einer andern Welt kam, aus der Welt der (Hoch-)Kultur (würden wir heute sagen), war die Frau des Doktors. Eine ehemalige Sängerin, die sich von Zeit zu Zeit herabließ, in der Ortskirche ihren kostbaren Gesang verströmen zu lassen. Angesteckt durch das mütterliche Vorbild, war aber auch der älteste Sohn des Doktors auf dem Wege, Musiker zu werden. Der jüngere – etwas jünger als Karl – kam gerade in das Alter, in dem man in musikalischen Haushalten die Umwelt mit Tonleitern vom Klavier aus terrorisiert. Karl konnte solchen Talenten nur handwerkliches Geschick entgegensetzen. Er schnitzte Pfeifen aus Weidenholz, denen man durch Verschieben des Kernstücks verschieden hohe Töne entlocken konnte. Spielen konnte er auf dem von ihm gebauten Instrument nicht. Das konnten wieder die Söhne des Hauses. Und wieder fühlte er sich auf den zweiten Rang verwiesen, als er hörte, wie andere seinem primitiven Instrument schönste Melodien entlockten.

Aber nicht die Musikkultur war es, die Karl im Haus des Doktors das Leben erschwerte, es war die Tischkultur.

Es galt, mir eine Unzahl von Regeln und Bräuchen beizubringen, wie sie niemand hätte wunderlicher erfinden können. Daheim am Tisch des Vaters handhabte man Messer und Gabel wie irgend ein anderes Werkzeug nach der Ge-

legenheit und seinem natürlichen Nutzen. So würde jedermann, wenn er zum ersten Mal Zuckererbsen vorgesetzt bekäme, selbstverständlich nach dem Löffel greifen. Aber nein, das war nicht erlaubt. Ich mußte das grüne Quecksilber mühsam mit der Gabel zusammenfangen, und wenn ich Anstalten machte, einer entsprungenen Erbse unter den Tisch hinein nachzukriechen, dann galt auch das wieder für ungehörig, – laß es jetzt, meinte der Doktor. Vielleicht setzen wir uns nachher alle auf den Teppich.

Der Doktor Wassing war ein Mann, der vom Reißen der Zähne bis zum Ausbrennen eitriger Wunden und Annähen halb abgehackter Finger, die ganze Palette eines Dorfbaders beherrschte, der sein Handwerk bei den einfachen Leuten wortkarg ausübte. Die wohlhabenderen, Kurgäste vor allem, bekamen längere Texte zu hören. Dafür zahlten sie auch mehr. Wassing war also ein Mann des sozialen Ausgleichs, und er war auch der Mann, der darauf drang, daß man den kleinen Waggerl in die Bürgerschule* schicken müsse. Der Knabe habe das Zeug zum Studieren, meinte der Doktor und sprach – so erzählt Waggerl – auch den Gedanken aus, daß sein Schützling Arzt werden solle, um vielleicht eines Tages seine Praxis zu übernehmen, da die Söhne in die musikalischen Fußstapfen der Mutter zu steigen schienen.

Doch Bürgerschule war beim Sohn eines Gemeindedieners leicht gesagt. Die nächste erreichbare Bürgerschule war in Salzburg. Das hieß, den Dreizehnjährigen mutterseelenallein allen Gefahren der Stadt auszuliefern. Das hieß aber vor allem, die Mittel für Kost und Quartier auftreiben. Dazu schreibt mir Frau Hildegard Benedetto, Waggerls Nichte: *Die Großmutter* [also Waggerls Mutter] *hat ja Tag und Nacht gearbeitet nur für die Familienerhaltung beizutragen. Sie wusch in der Nacht auch für die Kurgäste und für die ganze Familie. Nähte für die Badgasteinerinnen Kleider. Elisabeth aber mußte Zeitungen an die Hotels austragen, damit Karl studieren konnte. Sie lebten sparsam und ohne Schulden. Taschengeld konnten sie ihrem Sohn kaum geben, deshalb litt er auch oft an Hunger in Salzburg.*

Vielleicht hat auch Dr. Wassing anfänglich ein wenig mitgeholfen. So wenigstens höre ich es aus dem Waggerl-Text: *Mir freilich glückte es nicht, sein Erbe anzutreten. Ich bin kein Arzt geworden, oder doch nur was dergleichen, denn die gütige Hand meines Gönners erlahmte zu früh.* Der Mann, der so vie-

* Entspricht der heutigen österreichischen Hauptschule

len Menschen das Leben rettete, konnte sich selbst nicht retten, als er sich auf der Kegelbahn an einem rostigen Nagel den Tod holte.

Ich unterbreche ...

Ich bin der Zeit vorausgeeilt und es scheint notwendig, die bis jetzt gesammelten Details in eine zeitlich halbwegs gesicherte Ordnung zu bringen. Ein paar Fixpunkte gibt es ja. Den Schulbeginn: 1904. Im gleichen Jahr beginnt Johanns Aufstieg zum Gemeindediener und die Übersiedlung der Familie in eine Wohnung im Kurkasino, eine Wohnung übrigens, die groß genug war, um auch noch Untermieter aufzunehmen, wie eben jenen Kurkapellmeister, der dem *Engel Johanna* so viel Kummer bereitete. 1905 dann die Geburt von Karls Schwester und der erste Besuch des Kaisers, anläßlich der Eröffnung der Bahnstation Badgastein. Dann verlassen uns die Daten, die wir auf Waggerl beziehen könnten bis 1909. Im Februar dieses Jahres stirbt ein Schulkind an Diphtherie. Im Juli Einweihung des Tauerntunnels (der einstweilen nur fürs Militär freigegeben wird). Wieder durch den Kaiser persönlich. Für diesen Termin ist der Auftritt der kleinen Mitzi Schwarzenauer durch eine Eintragung in die Schulchronik gesichert, nicht aber die Waggerls.

Das nächste gesicherte Datum für Karl – ich habe es noch nicht erwähnt – ist der Sommer 1910. Da arbeitet der zwölfjährige Karl (er wird ja erst im Dezember dreizehn) im Hotel Weismayr.* Als Laufbursche und Liftboy. Vielleicht um Geld für den Schulbesuch in Salzburg zu verdienen? Im Herbst dann Übersiedlung nach Salzburg. Im Sommer 1911 arbeitet er wieder in Gastein beim Weismayr. Um die nächsten zwei Jahre im Winter wieder nach Salzburg zu gehen. Vom August 1913 haben wir ein *Ärztliches Zeugnis* von *Dr. Anton Wassing, Badarzt in Badgastein* in Händen, in dem festgestellt wird, *dass Karl Waggerl, 16 Jahre, Sohn d. Johann & Margarethe W. bis dato Schüler der 3ten Bürgerschulklasse in Salzburg geistig und körperlich gesund ist.*

Ob er wirklich so ausgeheilt war, wie wir nach diesem Zeugnis glauben sollten, steht auf einem anderen Blatt. Im Moment interessiert uns nur: Wann begann diese Krankheit?

---

* Empfangshalle, Speisesäle, ja auch manche Appartements haben – wenn auch auf Hochglanz renoviert – den Charme der Jahrhundertwende beibehalten. So wäre der Rahmen, in dem der *Sohn des Zimmermanns* seine weiteren Schritte in die Welt tat, noch zu besichtigen.

Die Liebe Karls zum Engel Johanna zeigt pubertäre Züge. Es ist ein erstes, sehr frühes Aufflammen einer körperlich-seelisch ihn schüttelnden Leidenschaft, die noch den fünzigjährigen Dichter beunruhigt: *Der Engel Johanna hatte die Gewohnheit, lautlos von einem zum andern zu schweben, wenn er unsere Arbeit im Schreibheft überwachen wollte, und weil er ein wenig kurzsichtig war, wie die meisten Engel zu sein scheinen, die hier auf Erden beschäftigt sind, beugte er sich tief über den Schreibenden. Ich entdeckte bald, daß man den Engel am sichersten mit Klecksen im Heft herbeiziehen konnte. Er gab dann Seufzer und leise, klagende Laute von sich, während er versuchte, den Schaden gutzumachen. Ich aber schmiegte mich indessen schaudernd und beseligt in seine Umarmung, und dabei verhalf mir der Engel Johanna zu Einsichten, die eigentlich einer viel späteren Zeit meines Lebens angemessen waren.*

Es braucht nicht allzuviel Phantasie zu erraten, welcher Art die Einsichten waren, die Karl bei dieser Umarmung hatte. Halten wir uns an Waggerls Kunst des Aussparens und fragen lediglich: Mit welchem Alter hatte er diese Einsichten zum ersten Mal? Die Tragödie des Engels hängt ja eng mit dem Ausbruch jener Krankheit zusammen, die sich über zwei Jahre hinzog. Die Jahre von 1911 bis 1913 können wir ausklammern. Da besuchte Karl schon die Bürgerschule. Sommer 1910 und 1911 tummelte er sich beim Weismayr herum. Wenn wir aber – was ich ohnehin gern täte – auf das Gedichtaufsagen vor dem Kaiser im Jahr 1909 verzichten, könnten wir den Ausbruch der Krankheit tatsächlich in den Winter 1908/09 verlegen, im Sommer 1909 wäre dann der Almaufenthalt anzusetzen. Danach käme der Rückfall und der Aufenthalt im Hause Wassing.

Mit dieser chronologischen Einteilung könnte man die Diphtherie als Auslöser jener anderen Krankheit in Erwägung ziehen, die in hohem Maße Waggerls Leben bestimmte, jene Krankheit, die im fin de siècle die Dichter und Komponisten (sofern sie nicht selbst gerade von ihr befallen waren) zu großartigen Werken inspirierte: die Schwindsucht. Man könnte sie geradezu als die Modekrankheit zum Tode bezeichnen.

Sie sollte Waggerls Leben bestimmen.

Überblicke ich jene Zeit, dann ist mir, als hätte ich damals auf einem anderen milderen Stern gelebt. Oft versuche ich, jungen Leuten zu erklären, wie die Welt in jenen Jahren beschaffen war, aber es glückt mir nicht ...

Karl Heinrich Waggerl

Die Geschichte seiner [Waggerls] *Kindheit und Jugend vor 1914 und seines jungen Erwachsenenseins bis zum Ende der 20er Jahre ist die erschütternde Geschichte eines in vieler Hinsicht Geschlagenen: physisch, psychisch, sozial.*

Dozent Dr. Karl Müller

Auch wenn ich die stilistische Diskrepanz zwischen beiden Zitaten diskret übergehe, die inhaltliche zwischen dem, was der Gelehrte über seinen Gegenstand aussagt und dem, was dieser selbst von sich und seiner Zeit behauptet, ist – gelinde gesagt – erstaunlich. Kennt Müller diesen Satz von Waggerl vielleicht gar nicht? Oder will er behaupten, daß Waggerl sich in den eigenen Sack lügt? Und damit natürlich auch in den seiner Leser?

Oder wurde vielleicht – ich stelle es nur zur Diskussion – Karl Müller selbst ein Opfer? Opfer eines – ich würde sagen „Innerhofer-Effekts" –, eines Effekts, der seit Erscheinen des Romans *Schöne Tage* von Franz Innerhofer, alle die in sein wollen, zwingt, die innerhofersche Kindheit in den Bergen als Maßstab zu nehmen. Nun bin ich ja durchaus überzeugt, daß der arme Innerhofer eine scheußliche Jugend hinter sich hat. Aber warum muß deswegen alle Welt „innerhofern"? Vor allem, warum soll einer, der Innerhofers Welt nicht so erlebt hat, sich plötzlich mit und an Innerhofer messen lassen?

Mißtrauisch könnte man Waggerl gegenüber wohl eher werden, wenn dieser – um die Höhe seines Aufstiegs bedeutender erscheinen zu lassen – das Elend seiner Kindheit in schwärzesten Farben gemalt hätte. In Wirklichkeit aber ist es Waggerl, der wohl sagt, daß er gehungert habe. Nicht nur nach Nahrung. Auch nach Büchern. Nach Verständnis. Vielleicht auch manchmal nach mehr Zärtlichkeit. Aber er hat dabei gelebt! Abenteuerlich. Aufregend.

In einer Welt, in der das Heilige und das Profane ungetrennt nebeneinander existierte, Heidnisches und Christliches. Auch Atheistisches mochte in dieser Welt seinen Platz haben. Doch es erscheint mythisch verklärt: Gibt es auch keinen Gott, gibt es doch Schicksalsmächte, die gebannt werden müssen. Es war ein zweites Paradies mit Sprüngen und Abgründen, in denen Karl sich nunmehr bewegte. Doch auch aus diesem wurde er 1911 vertrieben. Vertrieben aus dem Schutz der Großfamilie und in die Anonymität der Stadt gestoßen, in die Wüste der Beziehungslosigkeit – so verspürte er es zumindest anfänglich.

So wendet auch noch der Erwachsene all seine gemütlichen Gedanken von einer ihm ungemütlichen Gegenwart ab und dem verlorenen Paradies der Vergangenheit zu. Mehr als jeder andere Schriftsteller ist Waggerl nicht nur ein Kind seiner Zeit, sondern vor allem ein Kind seiner Kinderzeit.

Berührende Hommagen an den Vater finden wir verstreut in fast allen Werken. Der Mutter gedenkt er – wie die Beziehung der beiden wohl auch war – verhaltener. Die Frau ist, wenn auch im Alltag sparsam mit Gefühlen, in allen Extremsituationen für ihn da. Nicht nur am Bett des schon Aufgegebenen. Auch als Waggerl die Familie 1911 verlassen muß, um in die Selbständigkeit zu reisen, – nach Salzburg, ist sie es, die ihn auf diese Fahrt begleitet.

Ich war dreizehn Jahre alt, als ich zum ersten Mal die Stadt betrat, ein mageres sommersprossiges Bürschchen an der Hand der Mutter. Es hat freundlichen Mitreisenden manche Anstrengung gekostet, uns beiden mit meiner ganzen Aussteuer an verschnürten Bündeln und Schachteln aus dem Zug zu helfen, aber die Not fing erst an, als wir gottverlassen in dem Leutehaufen auf der Straße standen. *

Die Stadt mit ihrem Gezappel und Gedränge schüchtert beide ein. Verzweifelt suchen sie sich mit ihren Türkenkoffern durch die Massen zu Karls Quartier in der Goldgasse durchzuschlagen. Doch der Weg scheint nicht zu enden. Sie finden sich nicht zurecht. Stranden zuletzt in einer Parkanlage. Hier, auf einer Bank im Garten des Schlosses Mirabell, gönnen sie sich eine Verschnaufpause: *Die Mutter saß schweigsam neben mir nach Art der Landleute, die krummen Hände ineinandergelegt und die Röcke ein wenig gerafft, da-*

---

* Dies und das folgende Zitat aus *Garten meiner Jugend*

mit man einen Saum vom guten roten Unterzeug sehen konnte. Auch mir war gleich ein wenig wohler ums Herz, hier gab es doch Gras und Strauch...

Dabei ist das nun wirklich keine überwältigende Großstadt, in die Mutter und Sohn geraten sind. *Landstadt Europas!* jubelt Weinheber in einem Sonett an Salzburg aus dem Jahr 1941. Landstadt – ja. Ich weiß aber nicht, wieviel von Europa 1941 in dieser Stadt noch zu finden war. Hugo von Hofmannsthal war tot. Stefan Zweig vertrieben. Auch Arturo Toscanini, Bruno Walter, Max Reinhardt, Anton Faistauer. Jakob Wassermann, Carl Zuckmayer, Franz Werfel, Thomas Mann kamen nicht mehr. Die Stadt war geistig verödet, wie dreißig Jahre zuvor, als Waggerl sie betrat. Vergessen und noch nicht wiederentdeckt. Einem einzigen Großen hätte er 1911 begegnen können. Einem – von der Stadt kaum Wahrgenommenen –, der ihren zerbröckelnden Glanz in Morphiumdelirien und Drogenräuschen besingt, dann aber voller Verzweiflung einem Bekannten schreibt: *Ich wäre so froh, wenn Sie nach Salzburg kämen; ich habe jetzt keine leichten Tage daheim und lebe so zwischen Fieber und Ohnmacht in sonnigen Zimmern dahin, wo es unsäglich kalt ist. [...] Wie dunkel ist diese vermorschte Stadt voll Kirchen und Bildern des Todes ...* *

Welch andere Stadt als die Weinhebers, die wohl nur per Zufall den gleichen Namen trägt. Wie auch die ehemals glaubensmächtige der Kirchenfürsten und des jungen Mozart eine andere ist, als die des Theaterfürsten Max Reinhard. Ganz zu schweigen von der Stadt jenes Dreizehnjährigen, der sie 1911 betritt und im Schloßpark zu Mirabell im Angesicht der vielen barocken Statuen erstaunt feststellen muß, daß Nacktheit unter gewissen Umständen nicht Armut oder Schamlosigkeit, sondern höchsten Luxus und Kultur bedeuten kann.

Nun halte ich ja nicht viel von Was-wäre-wenn-Gedankenspielen. So auch nichts von der Frage, was aus Waggerl geworden wäre, wenn er seine Studienzeit statt im verschlafenen Salzburg im (damals) geistig explodierenden Wien verbringen hätte können (dürfen, müssen); er wäre vielleicht vor die Hunde gegangen. Aber ich halte einiges davon, sich ins Gedächtnis zu rufen, welches Umfeld, welche geistigen und gesellschaftlichen Anregungen Waggerl n i c h t hatte.

---

* Aus einem Brief Georg Trakls

Denken wir an den gleichaltrigen Robert Neumann: aus wohlhabendem jüdischen Haus stammend, hatte er alle Möglichkeiten, die Wien bot, konnte studieren und konnte in Ruhe das Vermögen der Eltern bis zur Neige auskosten, ehe er sich in die Literatur stürzte.

Setzen wir fort bei dem nur um ein Jahr älteren Heimito von Doderer; Sohn eines Bauunternehmers (der übrigens auch am Bau der Tauernbahn verdiente). Heimito hat einen eigenen Hauslehrer. Besucht aber auch die fortschrittlichst geführte Übungsschule der Lehrerbildungsanstalt. Erhält zu Hause Unterricht in Englisch, Französisch und Cellospiel.

Oder, nehmen wir den um zehn Jahre älteren Hermann Broch. Sohn eines Textilgroßhändlers, später Textilfabrikant. Erhält natürlich auch Privatunterricht. Besucht später die k.k. Staats-Realschule im ersten Bezirk, zusammen übrigens mit Alban Berg.

Oder Ludwig Wittgenstein. Acht Jahre älter als Waggerl. Sohn jenes Wiener Industriellen, in dessen Haus Mahler, Brahms und Clara Schumann verkehren, den aber Karl Kraus vor allem dadurch berühmt macht, daß er ihn des Börsenschwindels überführt (den Vater, nicht den Sohn. Dem graust vor Geld). Oder der sternschnuppenhaft aufsteigende Otto Weininger, einer, der Waggerl in seinen ersten schriftstellerischen Versuchen stark beeinflussen wird. Auch ein Sohn aus gutem Haus, der alles, was ihn berühmt (und elend) machte, dem Bildungsgang verdankte, den ihm sein Vater ermöglichte.

Reden wir noch nicht von den bereits groß gewordenen Größen, die aus ähnlichen Verhältnissen stammen: Arthur Schnitzler, Hermann Bahr, Sigmund Freud, Karl Kraus, Stefan Zweig, Peter Altenberg. Nicht zu vergessen, skandalumwittert, Arnold Schönberg (auch er schreibt). Alle – mit Ausnahme Doderers – Juden, und somit in die Außenseiterecke gedrängt. Doch alle mit bester Schulbildung. Und alle in Abwehrstellung gegen die Vätergeneration, die im Gieren nach finanziellem Erfolg nur selten Verständnis für die geistigen Bestrebungen der Söhne aufbringen und mit ihrer Abwendung vom Judentum* die Söhne in den Zionismus, in den Atheismus, in den Katholizismus, in den Alkoholismus oder – wie Otto Weininger – in den

* Ausnahme: Martin Buber. Auch er wuchs in sicheren Verhältnissen bei seinem Großvater Salomon Buber auf. Der war nicht nur Bankier, sondern auch ein jüdischer Rechtsgelehrter.

Selbstmord treiben. Und alle suchen sie ihr *Unbehagen an der Kultur* literarisch zu bewältigen. *Der Schmerz macht Hühner und Dichter gackern,* lästert schmerzgepeinigt der Pastorensohn Friedrich Nietzsche und gackert vorbildlich voraus.

Wenn die Wiener Schriftsteller, die den Glanz der Wiener Kultur der Jahrhundertwende ausmachten, auch durchwegs Juden waren, sie waren keineswegs alle Wiener. Sie trafen einander nur in Wien. Gut die Hälfte kam aus Prag oder zumindest aus dem Böhmischen. Werfel, Kafka, Rilke, Kraus, Blei, Brod, Roth und als Nachzügler Torberg. Sie waren durch gleiche Pressuren und Blessuren zu einer Familie geworden, was aber – wie bei jeder größeren Familie – Gezänk, Haß, Freundschaft und auch Liebschaften nicht ausschloß. Da liebt Broch Milena, die Freundin Kafkas, da verfolgt Karl Kraus Franz Werfel mit seinem Zorn. Da rächt sich wiederum Werfel an dem Kraus-Jünger Canetti, den er bei seiner ersten Lesung im Zolnay-Verlag mörderisch brüskiert. Da rettet Max Brod Franz Kafkas Werk gegen den Willen des Autors in die Nachwelt. Und da schreibt Robert Musil über diese Gesellschaft eine Posse – *Vinzenz und die Freundin bedeutender Männer* – in der er einen Teil dieser Gesellschaft auf die Bühne bringt.

Und all diese Geistigkeit zusammengeballt in einem magischen Dreieck der Wiener Innenstadt, dessen Winkel durch drei Wiener Kaffeehäuser abgesteckt sind: Das Café Central, das Café Museum und das Herrenhof. Dort traf sich alles. Dort trafen sich auch Bildende Künstler wie Gustav Klimt, Egon Schiele, Oskar Kokoschka und die Architekten Otto Wagner, Koloman Moser, Adolf Loos. Gar nicht zu reden von jenem anderen Adolf (dem verhinderten Architekten), der im Herrenhof oder im Central an Trotzki und Lenin (Stalin düster im Hintergrund) – doch, ja, die treffen einander auch manchmal hier! – selbstgezeichnete Ansichtskarten zu verkaufen versuchte, während Otto Bauer und Karl Renner (den Ansichtskartenverkäufer scheuchend) den russischen Revolutionären die Vorzüge des Austromarxismus zu erklären suchten (was ihnen – zum Schaden der Weltgeschichte – leider nicht gelang).

Und – von all den gewaltigen Zukunftsperspektiven anscheinend unberührt – Peter Altenberg, der auf kleine Bierdeckel kleine Gedichte für kleine Mädchen schreibt und sie an zahlungsstatt den Kellnern (oder den kleinen Mädchen) überreicht.

Salzburg hatte nichts dergleichen.

Der dreizehnjährige Waggerl wäre im Bazar kaum auf einen Kellner gestoßen, der sich mit Grabinschriften hätte abspeisen lassen. *Nach heutigen Begriffen hätte ich verkommen müssen, aber nur das Heimweh erwürgte mich beinahe, nicht der Hunger, obwohl nur der Zufall mein Nährvater war. Ein wenig half wohl auch meine bauernschlaue Einfalt dazu, sie ließ mich gleich ein Schiebefenster in der Klostertür entdecken, durch das mir zweimal in der Woche die Armensuppe gereicht wurde. An drei anderen Tagen lud mich das Glück in einer Kochschule zu Gast. Nie mehr im späteren Leben hatte ich so seltsame Gerichte verschlungen und auch glücklich verdaut. Am Sonnabend durfte ich bei einem Selchermeister in der Kaigasse einkehren, der mästete mich gleich für den Sonntag voraus. Diesem guten Mann hab ich viel Kummer gemacht. Wenn ich vor der Schüssel hockte umkreiste er mich knurrend und manchmal hängte er seinen Gast an den Haken der Kälberwaage, weil er nicht begriff, wie ich so viele seiner besten Würste verschlingen konnte, ohne ein wenig Fett anzusetzen.* *

Dazu kam der geistige Hunger, den er auch nicht – wie die Söhne aus gutem Haus – stillen konnte, wie er wollte. Wohl war ihm das Lesen schon in der Volksschule zur Leidenschaft geworden. Eine Leidenschaft, die an keinen Stoff gebunden war. Es ging schon dem sechsjährigen Waggerl wie noch dem hundertjährigen Ernst Jünger, der in einem Fernsehinterview bekannte, wenn ihm sonst nichts zum Lesen zur Verfügung stünde, würde er Annoncen über Damenunterwäsche mit gleicher Genauigkeit lesen, wie eine Sure des Koran oder das *Kommunistische Manifest.* So stillte schon der sechsjährige Waggerl seinen Lesehunger an allem was ihm in den Griff kam.

Aus meiner Kindheit sind mir zwei Bücher in dauernder Erinnerung geblieben [...] Das eine war das Gebetbuch meiner Mutter. An Sonntagen, wenn ich neben ihr im Kirchstuhl hockte und auf unschicklichste Weise alles versuchte, was mit bloßen Händen und Füßen gegen die Langeweile zu unternehmen ist, dann sah die Mutter zürnend auf mich nieder und gab mir das heilige Buch.

Das andere [...] aber war der Kalender. Den kaufte der Vater im Spätherbst auf dem großen Jahrmarkt, und wenn der dicke Band endlich erstanden war und sicher in meinen Armen lag, dann hatten alle Buden mit Knallbüchsen und Rollschlangen, mit Lebkuchen und türkischem Honig keinen Reiz mehr für mich. **

* Aus *Garten meiner Jugend* ** Dies und das folgende Zitat aus *Freundschaft mit Büchern*

Der Vater scheint sich auf diese Art viel Geld erspart zu haben. Die Mutter aber – trotz ihres Wissens um des Sohnes Leidenschaft – hätte es *für sündhaft gehalten, ein Buch zu kaufen, das nicht für einen nützlichen Zweck taugte.*

Damit freilich gibt es Parallelen zu den großen Söhnen aus den großen Häusern. Nützlichkeit stand auch dort obenauf. Von Broch wird berichtet, daß es im Hause sehr wohl eine Bibliothek gab, doch nur als ein Dekorationsstück. Niemand las. *Wer liest, ist faul,* hieß es. Broch konnte sich nur heimlich an den Bücherschatz heranmachen.

Auch Waggerl fand Wege, an Lesestoff heranzukommen. In Badgastein zumindest. Parkbänke, auf der zerstreute Damen oft ihre zerstreuende Lektüre verstreuten, waren ein Hoffnungsgebiet. Eine Hotelbibliothek ein anderes. Dort, so erzählt er, sei er immer beim Fenster eingestiegen, um sich Bücher auszuleihen. Einmal, beim Zurückgeben eines Buches, sei er von einem Gast überrascht worden. Der habe ihn auf sein stotterndes Geständnis hin nicht gleich dem Kadi übergeben, sondern ihn – im Gegenteil – in die Buchhandlung mitgenommen, ein Buch aussuchen lassen und es ihm gekauft: Es war der *Robinson Crusoe.*

Ach wie hab ich dieses Buch geliebt! Ich besaß es noch, als ich längst den Kinderstrümpfen entwachsen war und meine Jugend in den Schützenlöchern und Kavernen der Gebirgsfront begraben mußte. Irgendwo verlor ich es auf dem Marsch oder in der Dämmerung der Gefangenschaft ... *

Ein anderer Krieg ist es, den er mit Immanuel Kant auszufechten hat. Das muß zwischen dem ersten und zweiten Jahr Bürgerschule gewesen sein: In seinem Sommerjob im Hotel Weismayr, wo er 1910 erst als Kaffeeholer, dann als Türaufreißer und -schließer in prächtiger Uniform Fug und Unfug stiftet, danach als Sündenbock, der die wichtige Aufgabe hatte, bei allen Beschwerden der Gäste die Schuld auf sich zu laden und zerknirscht dreinzuschauen. Diese Aufgabe erfüllte er so virtuos, daß ihn der Besitzer – um ihn jederzeit griffbereit zu haben – den Aufzug bedienen ließ. *Dieses Gerät besaß ein empfindsames Gemüt und seinen eigenen launischen Willen, wie alle Maschinen in jener Morgenzeit ihrer Erfindung.* Den Vorgänger von Karl, *der das Unglück hatte, ihm zu mißfallen, quälte der Aufzug mit der Unversöhnlichkeit*

---

* Aus *Freundschaft mit Büchern*

eines Elefanten zu Tode. Immer einmal raste er krachend und splitternd gegen die Decke oder er verspreizte sich im Schacht und überließ es ungerührt der Feuerwehr, die Fahrgäste vor dem Verhungern zu retten. * Karl aber, dem aufmerksamen Beobachter, der immer dahinter kommen wollte, wie Menschen und Dinge funktionieren, gelang es, das eigenwillige Gerät zu zähmen, und so schwebte er eine zeitlang in einer Raumkapsel aus Gold und Samt selig, wie ein Cherub auf und nieder, bis ... – ja bis man einen neuen Mangelberuf für ihn entdeckte. Ein Gast des Hauses suchte einen Vorleser. Der Liftboy, der als heimlicher Leser anscheinend schon bekannt war, wurde dafür ausersehen. Und so kam es, daß die erste Waggerllesung nicht Waggerl sondern Immanuel Kant galt.

Freilich war der Erfolg dieser Darbietung nicht ganz der erwartete. Der Dreizehnjährige las zu buchstabengetreu, was in dem Buche stand, was wiederum zu Mißverständnissen führte. Der Gast – seiner Hakennase und seines langen nackten Halses wegen (der wiederum aus einem zerzausten Pelzkragen ragte) nannten ihn alle den Geier – stutzte erst, als ihm einiges im Text seltsam vorkam, begann seinen Vorleser zu kontrollieren und geriet endlich in größte Heiterkeit. *Er umflatterte mich krächzend, sträubte sein Gefieder vor Entzücken darüber, daß es meiner Einfalt so leicht gelang, einen Weisen dieser Welt zum Narren zu machen.*

Waggerl erzählt uns leider nicht, ob er wegen dieses Mißerfolges wieder in ganz niedrige Dienste zurückversetzt wurde. Er erzählt uns ja auch nicht, oder nur sehr ungenau, wie er zu diesem Hoteljob gekommen war. Er spricht vom Besitzer des Hotels, das er nicht beim Namen nennt, als von seinem Taufpaten. Seine Mutter habe ihn zu diesem gebracht, damit die Sommerwochen nicht ganz unnütz vergeudet würden. Nun hatte Waggerl – wie Laurenz Krisch nachweisen konnte – gar keinen Taufpaten, sondern eine Taufpatin: Louise Rummel. Die war Hotelbesitzerin. Ihr gehörte zur Zeit von Waggerls Geburt zwar nicht das Weismayr, aber das Bellevue. Im Bellevue hat Waggerls Mutter vor ihrer Verehelichung gearbeitet. So scheint es ganz natürlich, daß sie ihre Chefin ersuchte, die Patenschaft für Karl zu übernehmen. Das taten die Armen gern, erhofften sie sich doch vom reichen Paten die Förderung ihrer armen Kinder.

---

* Dies und das folgende Zitat aus *Fröhliche Armut*

Doch 1910 verkaufte Frau Rummel das Bellevue. Karl arbeitete in den Sommern 1910/11 auch gar nicht dort, sondern, wie schon gesagt, im Weismayr. Laurenz Krisch erwägt nun die Möglichkeit, daß es sich bei Herrn Weismayr nicht um den Tauf-, sondern um den Firmpaten gehandelt haben könnte.

Nun schiebt aber Waggerl in der Novelle *Wägen und Wagen* als Icherzähler eine Geschichte seiner F i r m p a t i n ein. Und diese Patin ist in der Erzählung eine Bräumeisterin! Stoßen wir uns nicht an diesem Titel, das ist nur eine schwache Übermalung, und ich bin sicher, dahinter verbirgt sich Frau Rummel. Die Anekdote über diese Dame gerät ihm ganz unvermittelt in seine Erzählung und hat mit der übrigen Handlung nichts zu tun. Sie dient lediglich der Charakterisierung des provinziell auftrumpfenden Verhaltens einer Beherrscherin des Gasteiner Gastgewerbes und scheint mir ein eigenartiges biografisches Dokument:

Einmal in ihren jüngeren Jahren reiste sie in die Kaiserstadt. Sie trat in den vornehmsten Laden, fand einen prunkvollen Spiegel, der ihr gefiel, und wollte ihn kaufen. Als man ihr aber freundlich bedeutete, der sei wohl zu kostbar für ihre Verhältnisse, da holte die Patin wortlos aus, mit der Krücke ihres Regenschirms, und schlug den Spiegel in Scherben. „So mein Kind", sagte sie mütterlich, „nun wirst du mich hören lassen, was er kostet!"

Das wäre also die Patin. Waggerl verwischt nur ein wenig ihre Konturen, um Nachkommen nicht zu ärgern. Aber er verwischt auch wieder nicht zu sorgfältig. Darin ist er durchaus ein Thomas Bernhard-Vorläufer. Oder Bernhard ein Waggerl-Nachläufer, wie man will (Bernhard war Waggerl-Leser!). Jedenfalls haben einige von Bernhard Porträtierte sich zu gut getroffen gesehen, so daß sie Klage gegen ihn erhoben. Vom armen Waggerl hat sich anscheinend niemand getroffen gefühlt; vielleicht waren die abgeschossenen Spitzen doch zu zart. Oder die Betroffenen zu robust.

Letzten Endes aber ist es wieder einmal egal, wie Pate oder Patin geheißen haben mögen, was an Waggerls Miniaturen interessiert, sind die Porträts der kleinen, aber mächtigen Herrscherfamilien dieses höchst kuriosen Badeorts, die sich jederzeit so ein Bürschchen, wie den Sohn des Gemeindedieners, gegenseitig zuschieben konnten. So nämlich erkläre ich mir, wie Waggerls Patin sich ihrer Patinnenpflicht gegenüber dem Patenkind entledigt hat. Sie hat es einfach dem Kollegen Weißmayr zugeschoben, der mehr damit anfangen konnte. Und so rutschen die Hoteliersgestalten in der Figur jenes Paten zusammen, von dem Waggerl sagt, daß er *so unermeßlich reich war, daß es ihn beinah um den Verstand brachte.* Oder wie es in *Das ist die stillste Zeit im Jahr* heißt: *Einmal geschah das Wunder, daß mich mein Taufpate zur Weihnachtsjause befahl. Dieser Pate war in meinen Augen mindestens so reich und mächtig wie der liebe Gott und offenbar auch allwissend, wie sonst hätte er sich nach so langer Zeit noch meiner erinnern können.*

Und so benimmt sich der Pate, als er Karl als Hotelgehilfe aufnehmen soll: *Er betrachtete mich lang schweigend mit angewiderter Miene, als hielte er es für unmöglich, daß er auch nur zum Scheine mitgewirkt haben könnte, einem so kümmerlichen Gewächs ins Leben zu helfen. Aber gottähnlich auch in seiner Großmut, erbarmte er sich endlich doch, ein stummes Kopfnicken reichte hin, mich mit einer prachtvollen Uniform auszustatten, wie sie meiner neuen Würde angemessen war ...*

Und noch einmal bekommt der Pate eins drauf (oder besser die Gesellschaft der Mächtigen des Ortes), als Waggerl schildert, wie er Verwandte und Bekannte aufsuchte, um sie um Hilfe für sein Studium zu bitten:

Ich begann die Wallfahrt bei meinem Paten, in der Meinung, daß mein vornehmster Gönner für die anderen ein Beispiel abgeben werde. Aber da kam ich übel an. Er wolle meiner Vermessenheit nicht auch noch Vorschub leisten, sagte der Pate gewichtig, und ich würde bald genug erfahren, wohin es führe, wenn unseresgleichen nicht Maß zu halten wüßten.

Nun auch dieses Wort mochte Goldes wert sein. Ich steckte es also ein und ging und schob meinen Karren vor das Haus des Pfarrers. *

Waggerl kommt beim Pfarrer und der Pfarrer bei Waggerl besser weg. Es ist der geistliche Herr, dem sich die Tiere so ungescheut anvertrauen. Als Karl zu ihm kommt, gerät er ebenfalls in höchste Aufregung, aber aus dem gegenteiligen Grund wie der Pate. Er hat nichts. Und er weiß nicht, was er seinem ehemaligen Gehilfen mitgeben soll. Einen silbernen Muttergottespfennig. Natürlich geweiht und somit ein geistiger Schutz. Das hat der fromme Mann schon zur Hand. Aber das Bürschchen braucht auch etwas zu essen. Ein Tabakbehälter in Gestalt eines Türken wird mit Honig gefüllt und wechselt den Besitzer. Geld aber ist das Wichtigste, wenn einer in die Stadt will.

---

* Aus *Fröhliche Armut*

Karl Waggerl während eines Ferienaufenthaltes im Jahr 1914 mit seiner Schwester Elisabeth (links) und dem Neffen Karli Zehentner

Und da keines im Pfarrhaus ist, läuft der alte Herr rasch in die Kirche, um zu sehen, was sich im Opferstock angesammelt habe.

Frau Hildegard Benedetto, Waggerls Nichte, berichtet, daß – immer wenn ihr Onkel nach den Ferien nach Salzburg fuhr – allerlei nicht Niet- und Nagelfestes mit ihm verschwand. Da gab es eine Wilhelm-Busch-Ausgabe, die Johann Waggerl besonders liebte. Sie diente dem Sohn nur kurz als Lektüre. Als er alle Verse auswendig konnte, wanderten auch sie ins Pfandhaus. Oder auch herrenlosen Schmuck aus dem Gasteiner Fundamt, der jahrelang vergebens auf seinen Besitzer gewartet hatte und nach angemessener Wartezeit in den Besitz von Gemeindebediensteten überging. Bei den Waggerls hielt er sich nicht lange: Auch er wanderte mit Karl nach Salzburg und dort ins Versatzamt.

Wieder höre ich das Triumphgeschrei der Elends-Theoretiker und komme mir vor wie eine gesprungene Schallplatte, wenn ich wiederhole: Aber ja, sie waren arm, die Waggerls. Arm, wie ihre ganze Verwandtschaft. Aber sie hatten auch ihren Stolz, den ich noch aus einem Brief seiner Nichte herauslese: *Sie lebten sparsam und ohne Schulden.* Ohne Schulden! Das war eine ethische Forderung, die heute aus der Mode gekommen ist. Die wirkliche Armut aber, die seelische Verlassenheit, das eigentliche Elend, begann für Karl erst in der Stadt. Wer je in diesem Alter in einer fremden Umgebung ausgesetzt wurde, wird es ihm nachfühlen.

Waggerl hat selbst über die Zeit in der Bürgerschule kaum ein Wort verloren. In der Schule fand er keine Menschenseele, die ihm wohlwollte, außer dem Deutschlehrer, der seinen Stil, den er gerade an Ganghofer geschult hatte, zu schätzen schien. Mit seinen von der Mutter geschneiderten Röhrlhosen erntete er bei Kameraden und Lehrern nur Spott und Gelächter. Der Bruder seiner Wirtin traktierte ihn mit Fußtritten, während die Wirtin ihn zu verführen suchte. In seiner Verlassenheit dachte er an Selbstmord.

Doch dann entdeckt er Fluchtwinkel in der Stadt, Plätze, die ihm Geborgenheit gewähren, wie etwa die steinernen Heiligen auf dem Domplatz. *Ich hatte sie ihrer seltsamen Gesten wegen im Verdacht, sie seien mitten in einer nicht ganz passenden Unterhaltung überrascht und zur Strafe auf ihre Postamente gebannt worden. Damals standen sie ja noch nicht so im Gedränge wie heutzutage, es wuchs so viel Gras auf dem Platz und die Mauer entlang, daß eine Kuh sich hätte davon nähren können.**

Der Dom selbst ist für ihn keine Fluchtburg. Mit seiner hochmütigen Pracht schüchtert er ihn ein. Seine große Liebe gilt der Franziskanerkirche, die aus einem düsteren romanischen Schlund in die unbegreifliche Helle ihres gotischen Chors mündet. *Aus der Düsternis des Schiffes kommend, hat man einen lichten Wald vor Augen, man meint wahrhaftig die Stämme ein wenig schwanken zu sehen, als rauschte oben ein sanfter Wind durch die Kronen, und nachher kann man es kaum glauben, daß es nur fünf schmucklose Säulen sind die das entrückte Gewölbe mit unglaublicher Leichtigkeit schwebend halten.*

Aber Salzburg ist auch sonst nicht arm an Gelegenheiten, ein bedrücktes Gemüt wieder aufzurichten. Da wäre St. Peter in der Nähe, weithin berühmt [...] als eine Stätte ehrwürdiger Kunst und wegen seines Weinkellers.

---

* Dies und das folgende Zitat aus dem Essay *Klang einer Stadt*

Doch der wird den Dreizehn-, Vierzehnjährigen noch kaum getröstet haben. Eher die Klosterpforte, wo er sich um die Klostersuppe anstellte; wenn es leicht ging, zweimal. Auch der Friedhof von St. Peter hatte etwas Tröstliches, obwohl dies gerade der Platz war, an dem er sein Leben beenden wollte. Lieblingsaufenthalt aber war der Garten des Schlosses Mirabell. Jener Park, wo er und seine Mutter auf dem Weg vom Bahnhof zum Quartier Rast gemacht hatten. Er hatte sich dort mit dem Gärtner angefreundet und durfte sich – vor allem im Winter war das eine Annehmlichkeit – im gewärmten Glashaus aufhalten. Zum Dank malte er seinem Gastgeber die Namen der Sämlinge in krausem Latein auf gelbe Brettchen.

Malen!

Und da sind wir bei jener andern Beschäftigung, die ihm Zeit seines Lebens, wenn er sich einsam fühlt, inneren Halt gibt. Ein Pinsel, ein Zeichenstift, das sind Rettungsanker. Sobald er zeichnet, fühlt er sich geborgen. Nein, ich rede nicht vom Marktwert seiner Bilder. Auch nicht davon, ob er Avantgardist war oder Epigone, ich rede lediglich von seiner Lust am Gestalten. Obwohl …

Obwohl ich beim Betrachten der Zeichnung von Waggerls Zimmer in der Goldgasse auf eigenartige Weise an ein anderes Zimmer gemahnt wurde. In seiner Gedrängtheit, in seiner Perspektive, ja sogar in seiner Anordnung von Fenster und Bett ähnelt es verblüffend einer Tuschzeichnung van Goghs, die sein Zimmer in Arles zeigt (Vorstudie der Gemälde). Das gleiche Inventar. Nur spiegelverkehrt. Und an der Stelle des van Goghschen Waschtisches steht ein kleiner wackeliger Schreibtisch. Doch die perspektivische Verkürzung, die Gedrängtheit könnte vom großen Flamen gestohlen sein. Ist es natürlich nicht. Sind eben nur die gleichen „elenden“ Verhältnisse, die zu gleicher Formgebung zwingen.

Aber man weiß ohnehin nie, wo Waggerl seine Anregungen her hat. Schon in der Volksschule zeichnet er in den Pausen Landschaften an die Tafel, Kunstwerke, die nur ein Pausenleben führen (wie ein Klassenkamerad bedauerte). Später im Krieg werden Feldpostkarten als Zeichenblätter verwendet und an Verwandte und Bekannte verschickt. Und noch später, als er schon ein namhafter Autor ist und vorlesend durch die Lande zieht, kommen die Briefbögen diverser Hotels in den Genuß, durch Waggerlsche Zeichnungen verschönt zu werden. Trotz dieser Lust am Zeichnen und Malen

Waggerls Zimmer während seiner Schulzeit in Salzburg, von ihm selbst auf einer Postkarte gezeichnet

glaube ich nicht, daß er je ernstlich mit dem Gedanken gespielt hat, Maler zu werden. Zum Grafen Meran (der es mir wiedererzählte) sagte er einmal, wenn er etwas ganz in sich aufnehmen wolle, müsse er es nachzeichnen. Aber er dachte nie daran, eine Austellung mit jenen, heute in alle Winde zerstreuten, Blättern zu arrangieren. Erst seine Verleger und Freunde brachten ihn dazu, seine immer sparsamer werdenden Texte mit Scherenschnitten, Aquarellen und Zeichnungen *zu strecken.*

Als ewig Hungernder hätte der Heranwachsende seine Werke bestimmt gern zu Geld oder zumindest zu Schinkenbroten gemacht. Vielleicht ist er auch – wie der verhinderte Architekt – mit gezeichneten Ansichtskarten durch Salzburger Wirtshäuser gezogen. Vielleicht hat sich auch der mildtätige Selchermeister aus der Kaigasse einige der Frühwerke an die Wände gehängt, wo sie inzwischen verblichen sind.

Nach drei Jahren Bürgerschule jedenfalls scheint in der Familie die Diskussion über Karls Möglichkeiten etwas zu verdienen, erneut aufgeflammt zu sein. Ich höre das aus einer Passage der Erzählung *Wägen und Wagen* heraus, die auch wieder starke autobiographische Züge trägt:

So geschah mir, als ich der Schule entwachsen war und mich für ein Handwerk entscheiden mußte. Niemand tröstete mich und nichts wollte helfen, weder zornige Auflehnung noch bitterste Tränen der Verzweiflung, weil ich nun alles begraben sollte, den Traum, in die Welt zu gehen und dereinst etwas unerhört Großes zu vollbringen, ich, eines Zimmermanns Sohn.

Eines Zimmermanns Sohn! Ein Gefühl des Auserwähltseins steckt in diesem Satz. Und um *unerhört Großes zu vollbringen*, ist er auch bereit, das Elend der Stadt neuerdings auf sich zu nehmen. Aber häuslicher Widerstand hat sich geregt. Natürlich, drei Jahre ist er der Familie auf der Tasche gelegen, selbst wenn andere hilfreich nachgeholfen haben sollten. Seine Noten waren auch nicht gerade überwältigend. Im Durchschnitt befriedigend, was den Eltern höchst unbefriedigend erscheinen mußte; kein Grund, ihn weiterstudieren zu lassen. Jetzt, mit Sechzehn, ist es höchste Zeit, als Sohn armer Leute etwas Nützliches zu tun. Nicht nur in den Sommermonaten. Zwar hat sich für die Jahre 1912/13 keine weitere Arbeitsbestätigung gefunden. Aber es waren auch nicht alle Tätigkeiten geeignet, an die große Glocke gehängt zu werden. So erzählt er uns nur ganz beiläufig, wie er einem Vetter beim Wildern den Treiber machte. Oder, ausführlicher, wie er bei einem Onkel, der Bergführer war, als Träger mitlief. Der Alpinismus ist ja noch keine Großindustrie. Noch zählt die Einzelinitiative. Noch sind die Bergführer und ihre Kunden so etwas wie Pioniere.

Ich begriff nicht, wie ein Mensch davon leben konnte, mit Seil und Pickel auf dem Kirchplatz zu hocken und auf Narren zu warten, auf Leute, die nicht einmal ein Schaf besaßen oder sonst etwas, wonach sie oben auf dem Gipfeln hätten suchen müssen. Aber der Onkel fuhr nicht übel bei dem Geschäft, er dachte sogar daran, mich als Lehrbuben anzunehmen. Einen Gulden wollte er mir jedesmal zahlen. Das war ungeheuer viel Geld, wenn man bedenkt, daß in jener Zeit ein Braten mit Sauerkraut samt einem Krug Bier in der Kutscherstube elf

Kreuzer kostete, und dann blieben einem immer noch 89 Kreuzer übrig. So viel konnte man überhaupt nicht essen ... *

Essen. Zu Brot kommen.

Ich verdächtige ihn aber des weiteren, daß er – wie später noch oft – auch brotlosen Künsten nachging. Skifahren etwa! In Gastein fanden 1908 erste Skikurse statt. Sie waren allerdings noch nicht für jedermann. Die Auserwählten waren aber nicht reiche Kurgäste; es gab ja noch keine Wintersaison. Die Auserwählten waren am Beginn dieses Jahrhunderts noch die Soldaten. Ich bezweifle aber keinen Augenblick, daß die Kinder der Umgebung die ersten Nachahmer waren. Und wer erlebt hat, mit welch elenden Brettern Bauernkinder noch in den dreißiger Jahren die Hänge der Alpen herunterrutschten, der kann sich gut vorstellen, daß sich Karl solche *Brettln* – es waren ja wirklich nur *Brettln* – leicht vom Vater zusammenzimmern ließ. Dieser Vater nämlich beherrschte eine noch viel modernere Kunst des winterlichen Schneegleitens. Im kleinen Essay *Winterliches Dorf im Gebirge* schildert Waggerl, wie sich Johann am Samstag nach Feierabend seine Stiefel auf ein vorn aufgebogenes Brett schnallte und damit, auf einen langen Stock gestützt, pfeilgeschwind zu Tal fuhr. So wäre denn Vater Johann einer der ersten Snowboardfahrer Österreichs gewesen. Und wieder – wie nach so vielen anderen Waggerlbemerkungen – steht man vor der Frage, warum der Vater den Sohn zu diesem Vergnügen nicht mitgenommen hat? Oder hat er? Doch gleichgültig, ob auf einem oder auf zwei Brettern, gefahren ist auch der Junior schon früh.

Wenn er später mit dieser Kunst noch einiges Gute in jener Gemeinde stiften sollte, in die ihn das Leben verschlug, im Moment war das noch eine Hungerkunst.

Von einer lukrativeren Tätigkeit, für die er à la longue kaum geeignet war, die er aber zumindest ein paar Wochen ausgeübt hat, berichtet er in *Wägen und Wagen.* In jedem Wort der Einleitung zu dieser Novelle spürt man das Selbsterlebte. Die Geschichte erzählt von einem Verwandten, Vitus mit Namen, der Kaufmann war; kein großer Handelsmann, wie Waggerl ihn schildert, vielmehr ein Krämer, aber doch einer unter all den Habenichtsen in der Sippe, der ein eigenes Geschäft besaß. Daß einer überhaupt so etwas besaß,

* Aus *Der Berg*

war so ungewöhnlich, daß ihm von allen Seiten nicht nur Bewunderung entgegengebracht wurde, sondern daß man ihn, sozusagen als letzten Nothelfer, allgemein beweihräucherte. An Karl aber lag es, *den dünnen Faden seines Wohlwollens weiterzuspinnen* und zu allen heiligen Zeiten wie zu Weihnachten, Ostern oder am St.-Vitus-Tag Glückwunschkarten zu verfassen. Karl tat es in Versen. Und da es *ungemein schwierig war, ständig denselben Onkel* mit neuen Einfällen zu loben, umgab Karl den fernen Gönner nach und nach mit der *Glorie eines Heiligen.* Und als ihm auch da der Stoff ausging, verglich er den Onkel eines Tages mit dem Gott Merkur, dessen Funktion als Gott der Kaufleute ihm vielleicht aus einem Kalenderbüchl geläufig war. Daß es sich auch um den Gott der Diebe handelte, schien weder Absender noch Empfänger weiter zu stören. Der Onkel war von der poetischen Erhöhung seiner Person so tief gerührt, daß er einen Brief abschickte, in dem er ankündigte, er werde demnächst selbst erscheinen, um sich des Neffen anzunehmen. *Dieser Brief ging in der Verwandtschaft von Hand zu Hand, ein Sendschreiben des Kaisers hätte keine größere Wirkung tun können.*

Der Onkel* kam dann wirklich, so zumindest in Waggerls Novelle, und er kam nicht etwa mit der Bahn, er kam – altmodischer Trotz oder bereits wieder elegantes Außenseitertum – mit dem eigenen Zeugl.

Da ich geneigt bin anzunehmen, daß Karl tatsächlich einmal, wenn auch nur kurz, Handelslehrling war (zu sehr sprechen die Krämerszenen in seinen Romanen von seiner genauen Kenntnis des Milieus), so muß ich das auch zeitlich einordnen. Die Sommer 1912 und 1913 sind noch frei. Da fänden wir noch Platz für eine Kaufmannslehre während der Ferien. Diese Lehre allerdings, wie uns der Icherzähler in *Wägen und Wagen* andeutet, endete durch die Intrige einer Base. Aber auch ein Wiederaufflammen der Krankheit wird in der Geschichte angedeutet. Am Schluß kommt Waggerl zu einer typisch auf sich selbst gemünzten Aussage:

Jedenfalls bin ich doch kein Kaufmann geworden. Die Freunde behaupten heute, das hätte ich der Vorsehung zu verdanken. Sie mögen recht haben, aber dennoch denke ich manchmal, es wäre mir wohler, wenn ich den Leuten ein

* Obwohl die sonst gut informierte Nichte Waggerls, Frau Hildegard Benedetto, von diesem Onkel nichts weiß, muß er existiert haben, denn Waggerl erwähnt ihn nochmals in seinem letzten autobiographischen Text *Ein Mensch wie ich.*

Stück Kattun anbieten könnte, statt des fragwürdigen Gespinstes, das zu weben mir auferlegt worden ist.

So wird er also weiterstudieren. Aber er muß ein Studium wählen, das schnell geht und keine so großen Kosten verursacht, wie das Medizinstudium. Neben dem Priesterseminar gibt es da nur noch das Lehrerseminar. Und dieses zu besuchen wird ihm vom Familienrat dann offensichtlich doch gestattet.

Im Herbst 1913 zieht er erneut nach Salzburg und hungert sich weiter durch. Aber nur drei Jahre braucht er sich zu quälen, dann nimmt sich der Staat seiner fürsorglich an. Ein Staat, der nun endlich so weit ist, für alle seine Völker eine lebenswichtige Beschäftigung bereit zu haben, kann nun auch Halbgebildete und Ungebildete aus dem *Land der Berge* dringend brauchen, vor allem für seine Spezialaufgaben im Gebirge.

Im August 1916 rückt Waggerl zum Militär ein. Freiwillig, wie er behauptet; um den Heimsuchungen der Mathematik und auch des Hungers zu entgehen. Doch wenn er gehofft hatte, wenigstens beim Militär seine täglichen Nahrungssorgen los zu werden, wurde er eines Schlechteren belehrt. Hier bekam er wieder nichts. Das allerdings regelmäßig.

Leset die Statistiken nach, die über das letzte Jahrzehnt vor dem Krieg aufgenommen wurden. Ihr werdet finden, daß von Jahr zu Jahr die Lohnstreiks sich verdichten, die unterirdischen Revolten stärker grollen, das Erstickungsleid der Seelen sich in sonderbaren Selbstmordepidemien zu entladen beginnt.

Franz Werfel

Nicht, daß Werfel diese Sätze schon in den ersten Tagen des Ersten Weltkriegs niedergeschrieben hätte. Die meisten Dichter und Denker brauchten zumindest ein paar Monate, bis sie begriffen oder gar zu artikulieren wagten, daß dieser Krieg anders war als alle bisherigen; keines der üblichen blutigen Kampfspiele, die die Völker angeblich jung erhielten, sondern ein technisch schon recht perfektes Massenschlachten, welches einen Dschingis Khan oder Tamerlan vor Neid hätte erblassen lassen.

Zwar lösten die Kriegserklärungen noch einen durch nichts zu dämpfenden Jubel aus, der alle Schichten des Vielvölkerstaates aufs Seltsamste vereinigte. Auch die Intelligenzia – Lenins *nützliche Idioten* – jubelte oder erwartete wenigstens *still und ernst* vom angekündigten *Stahlbad* die Totalreinigung einer, wie allgemein empfunden wurde, *ungesunden Atmosphäre.*

Kaum einer bleibt von der Massenhysterie verschont. Der sensible Kafka kauft Militärstiefel und sieht voll Neid den Ausrückenden nach. Trakl brüllt: *Es lebe der Krieg!* und erhofft sich Erlösung aus seinem eigenen psychischen Elend. Hofmannsthal möchte durch dieses *Völkerringen* – wie poetisch das klingt: *Völkerringen* – den österreichischen Geist in seiner Vielfalt gerettet sehen. Musil erwartet sich vom Krieg die *große Wende*, Ganghofer, Bahr, sogar Rilke werben von der *Heimatfront* aus für das Schlachtfest draußen im Feld und ersparen sich dadurch den Weg in selbiges.

Einzig Karl Kraus ist es, der sich diesem *Geist der Zeit* von Anbeginn entgegenstellt:

In dieser großen Zeit!

die ich noch gekannt habe, wie sie so klein war; die wieder klein werden wird, wenn ihr dazu noch Zeit bleibt ...

Und greift trotz Zensur, trotz Verfolgung und Bedrohung die staatlich subventionierten Kriegsglorifizierer in der Heimat, vor allem die kleineren

Geister, die in den Kriegspressequartieren den staatlich verfügten Mord verherrlichen, frontal an: *Dekorateure des Untergangs, Rekommandateure der Leichenfelder, diese elenden Schmierer, die daheim mit dem Entsetzen Ärgeres treiben als Spott, nämlich Leitartikel und Reime, indem sie eine Gebärde aus zehnter Hand, die schon in der ersten falsch war, zu einer schnöden Wirksamkeit verarbeiten.*

Und trotzdem dürfen wir heute den Schriftstellern und Dichtern dieser Zeit – großen wie kleinen – nicht einfach den Prozeß machen, weil sie in den allgemeinen Jubel einstimmten. Vergessen wir nicht, daß der Mensch eine, wenn schon nicht Herden-, so doch Hordennatur besitzt, die mitröhrt, wenn irgendwo geröhrt und mitkreischt, wenn wo gekreischt wird. Und aus dieser Röhr- und Kreischgemeinschaft kann man die Dichter und Denker nicht einfach ausschließen, auch wenn eine nachtragende Ethik es von ihnen verlangte.

Stefan Zweig schreibt in der *Welt von Gestern*: *Sie haben ehrlich gefühlt und meinten ehrlich zu handeln, diese Dichter, diese Professoren, diese plötzlichen Patrioten von damals.* Und wenig später vermerkt er zur eigenen pazifistischen Haltung und zu der Schwierigkeit, sie gegen irgend jemanden auszusprechen: *Allmählich wurde es in diesen ersten Kriegswochen von 1914 unmöglich, mit irgend jemanden ein vernüftiges Gespräch zu führen. Die Friedlichsten, die Gutmütigsten waren von dem Blutdunst wie betrunken. [...] Kameraden, mit denen ich seit Jahren nie Streit gehabt, beschuldigten mich grob, ich sei kein Österreicher mehr; ich solle hinübergehen nach Frankreich oder Belgien. Ja, sie deuteten sogar vorsichtig an, daß man Ansichten wie jene, daß dieser Krieg ein Verbrechen sei, eigentlich zur Kenntnis der Behörde bringen sollte, den „Defaitisten" – das schöne Wort war eben in Frankreich erfunden worden – seien die schwersten Verbrecher am Vaterlande. Da blieb nur eines; sich selbst zurückziehen und zu schweigen, solange die andern fieberten und tobten. Es war nicht leicht. Denn selbst im Exil – ich habe es zur Genüge kennengelernt – ist es nicht so schlimm zu leben wie „allein" im Vaterland.*

Pazifistisch zu denken und zu fühlen, war in dieser Zeit auch einem Menschen wie Stefan Zweig nur deshalb möglich, weil er schon in frühester Jugend viele Länder Europas bereiste, Freundschaften schloß und sich in gleicher Weise als Europäer wie als Österreicher fühlte, der noch knapp vor Ausbruch des Krieges in Belgien Emile Verhaeren und James Ensor besuchte und während des Krieges mit dem großen Kriegsgegner in Frankreich, mit Romain Rolland korrespondierte. Für die meisten anderen Schriftsteller der Monarchie – wohl auch, wie Zweig, Söhne aus gutem Haus – galten andere Werte: Patriotismus, männlicher Mut, „Pflichterfüllung um jeden Preis", Ehre. Nur wenigen gelang es – wie Hermann Broch –, sich aus diesen magischen Wortgängelbändern herauszuwinden. Sie zu durchschneiden. Wahrscheinlich gehörte in solchen Tagen schon großer Mut dazu, sich zur eigenen Feigheit zu bekennen; zur Unlust, sich und andere mutwillig dem Getötetwerden auszusetzen. Mut zum Un-Mut.

Wirklichen Mut zeigte einzig Karl Kraus, den Mut, seine Verachtung gegen den Krieg laut herauszusagen. Das allerdings ist kein Pazifismus mehr. Das ist militante Kriegsgegnerschaft.

Der Pazifismus selbst hat ja bereits biblisches Alter. Doch die Bibel – bleiben wir vorerst beim Alten Testament, da es für Juden und Christen gleich gültig ist – verlangt immer nur vom Gegner Friedfertigkeit. Nur dessen Greueltaten werden verdammt. Die eigenen Ausrottungsfeldzüge des *Auserwählten Volkes* bei der Eroberung des Gelobten Landes werden im Buch der Bücher stets als Triumphe gefeiert. 1914 aber wimmelt Europa von biblisch erzogenen *Auserwählten Völkern.* Und alle diese Völker scheinen sich vom Krieg irgendeine Endlösung ihrer eigenen Probleme zu erwarten. Besonders verwirrend dieses Gewimmel in der Österreichisch-Ungarischen Monarchie, da sie ja gleich mehrere solcher Auserwähltheiten innerhalb ihrer Grenzen beherbergt. Auserwähltheiten, die einander nicht immer freundlich gesinnt waren und Ethnisches und Ethisches in kaum zu entwirrender Weise verknotet hatten.

Für viele wurde die Atmosphäre unerträglich. Selbstmorde waren an der Tagesordnung. Der Selbstmord Otto Weiningers ragte nur deshalb aus dem suizidalen Alltagstrott heraus, weil es für viele aussah, als habe sich der Dreiundzwanzigjährige aus jüdischem Selbsthaß umgebracht. Trakl, der gleich nach seinem uns erschreckenden Kriegsgeschrei ebenfalls versuchte, sich das Leben zu nehmen, war ein ebenso empfindliches Empfangsgerät für die unguten Schwingungen der Zeit. Und niemand soll sein *Es lebe der Krieg!* als Jubelruf mißdeuten. Es war ein Schrei der Hoffnung auf eine Erlösung in der allgemeinen Auslöschung.

Schriftsteller und Dichter, Außenseiter der Gesellschaft allesamt, wirken oft wie Seismographen; aber mehr können auch sie nicht. Es wäre keine kleine Dummheit, den Seismographen für das Erdbeben verantwortlich zu machen. Auch das empfindlichste Gerät kann Katastrophen nur voraussagen, nicht verhindern.

Kommen wir auf Waggerl zurück. Wie erlebt er die Wochen und Monate vor Kriegsausbruch? Reagiert auch er als empfindlicher Seismograph? Auch er, wenn auch noch kein Schriftsteller, so doch ein Außenseiter, wenn auch nicht ein Außenseiter der gehobenen Art. Zweifellos quält auch den *Sohn des Zimmermanns* die Unangepaßtheit an seine Umwelt, das Gefühl, seinen Mitschülern unterlegen zu sein, es ihnen zeigen zu müssen. Kann sein, daß er insofern auch von der Krankheit der Zeit befallen war: im zerbröckelnden Nationalitätenkonglomerat wollte niemand einer zweitklassigen Nation angehören und im zerbröckelnden Kastenwesen keiner der untersten Kaste angehören; jeder fürchtete, unter dem eigenen Wert gehandelt zu werden. So gesehen scheinen Rassenhaß und Klassenhaß aus den gleichen Wurzeln zu sprießen und die gleichen Neurosenknospen zu treiben. Und d i e gedeihen in gleicher Pracht links und rechts des Weges. Waggerl war beidseitig gefährdet: Als Unterprivilegiertem drohte seinen Neurosen der Linksdrall. Als *Alpentrottel* der Drall nach rechts. Seltsamer Weise litt er – soweit wir aus dieser Zeit mit Informationen versorgt sind – weder unter Links- noch unter Rechtsphobien. Alle seine Komplexe verdichteten sich in einem einzigen Symbol: in seinem Namen.

W a g g e r l .

Um zu erfahren, wie sehr Karl diesen Namen als Stigma empfand, müssen wir nochmals zurück in die Tage vor Ausbruch des Krieges. Ein Studienfreund berichtet uns über die Zeit. Einer, der uns die Atmosphäre der Bildungsanstalt, in die Waggerl 1913 eingetreten war, überzeugend nahebringt. Springenschmid heißt der Freund. Auch ein Karl wie Waggerl. Einer, der Bücher schreiben wird. Früher als Waggerl. Und der damit wohl den Stachel ins Fleisch Karl Waggerls treibt. Später wird Springenschmid ein bedeutender NS-Funktionär im Gau Salzburg werden. Da wir uns aber 1913 noch in einer Monarchie befinden, hat das Wort Gau in seinem Bericht nichts mit den Gauen der Nazis zu tun. Salzburg ist schon seit urdenklicher Zeit in Gaue eingeteilt. Also könnnen wir uns den Erinnerungen Karl Springenschmids (noch) anvertrauen, ohne Gefahr zu laufen in eine ideologische

Falle zu tappen. Und so schildert er uns die Klasse, der nun auch Waggerl zugeteilt war.

Sie saßen in viel zu engen Bänken, siebenundzwanzig Knaben aus allen Gauen des Landes Salzburg, die meisten knapp fünfzehn Jahre alt, nur wenige etwas älter. Sie Knaben zu nennen, ist allerdings etwas vermessen; denn erst vor wenigen Wochen hatten sie, wenngleich zumeist mit Ach und Krach, die Aufnahmsprüfung in die Lehrerbildungsanstalt bestanden und durften sich seither als „Lehramtszöglinge" bezeichnen. Einige von ihnen hatten daraus sogar eine akademisch anmutende Formel geprägt und schrieben ein „stud.päd." zu ihrem Namen.

Einer, der Sohn eines höheren Finanzbeamten, hatte sich schon eine Visitenkarte mit diesem Sigle drucken lassen. Wir sehen also Waggerl, wenn schon nicht von der geistigen Blüte Salzburgs umgeben, so doch von Jünglingen, die sich als etwas Besseres fühlten. Da erst wird Karl die Stigmatisierung durch seine Herkunft voll bewußt. Und jetzt wird ihm sein Name zu einem nicht gutzumachenden Makel: W a g *g e r l*. Ein Diminutiv, das ein eigenes Kapitel verdiente.

Wohl liebt es der Ostösterreicher (also der *am Strome*), alles nur Mögliche zu verkleinern. So bestellt er sich beim Schnitzlwirt, wo er genau weiß, daß er dort ein Schnitzl, groß wie einen Abortdeckel bekommen wird, kein Schnitzl, sondern er fügt dem Monstrum noch ein „erl" an und verkleinert es verbal, um seine Freßsucht zu verharmlosen. Er bestellt ein Schnitz e r l ! Dazu ein Salat e r l (aus einer Riesenschüssel), schlürft vorher ein Supp e r l, danach stopft er vielleicht noch ein Palatschink e r l hinterdrein und trinkt ein Glas e r l dazu. Und da es nicht bei einem Glas e r l bleiben wird, endet das ganze in einem Besäufnis, dessen Ergebnis er zärtlich-harmlos ein Räusch e r l nennt. – Woher diese Lust am Verkleinern?

Er verkleinert ja auch sich selbst, bezeichnet sich gegenüber seiner Geliebten als Schatz e r l oder Maus e r l und tut dies, weil er insgeheim an seinem unziemlich-prunkvollen Gattungsnamen leidet: Öster r e i c h e r ? Wer war je reich in dem Reich, das einem Fleck e r l teppich glich, auch als es noch ein Reich war. Das Schuldgefühl, nicht zu sein, was das Wort vortäuscht, läßt den Österreicher sich verkleinern. Präziser: den Ostösterreicher. Den vom Strome. Den Gebirgsösterreicher hingegen – der ja viel mehr Vorarlberger, Tiroler, Salzburger, Steirer ist als Österreicher – den reizen solche

Verkleinerungsformen eher zum Lachen. Und ausgerechnet so einer muß Wagg e r l heißen.

Wie sehr er die Verkleinerungsform des Namens als Verkleinerung seiner Persönlichkeit empfand, geht aus einer von Springenschmid überlieferten Szene hervor. Es war die erste Unterrichtsstunde im Lehrerseminar und es wurden vom Klassenvorstand zum ersten Mal die Namen aller Studierenden verlesen. Der Name Waggerl kam naturgemäß als letzter. Nun nimmt der Bergbewohner an und für sich das g dieses Namens weiter hinten am Gaumen als der Strombewohner. Zwei gg wiederum verkürzen das a sosehr, daß der Name Waggerl in den Bergen eher wie Wackerl klingt, also einen (wenn auch kleinen) wackeren Gebirgsmenschen ankündigen könnte. Nun aber, ausgerechnet in der neuen hochheiklen Umgebung dieses neuen Bildungsinstitutes, sprach der Professor den Namen Waggerl wie W a a gerl aus, was verteufelt an ein Kinderwagerl erinnert.

Laut aufbrüllendes Gelächter der neuen Kollegen war die Folge. Und eine wütende Reaktion Waggerls, der die Aussprache des Professors korrigieren wollte, was zur damaligen Zeit einem Majestätsverbrechen nahekam und auch zu einer saftigen Gegenattacke des Lehrers führte.

Man unterschätze die Stigmatisierung durch dieses - e r l im Namen des zukünftigen Dichters nicht. Man stelle sich nur vor, was aus einem Berthold Brecht geworden wäre mit so einem e r l hintendran: ein Brechterl. Waggerl mußte mit seinem e r l erst einmal fertig werden. Springenschmid überliefert uns ein Gespräch, das so wortwörtlich genommen werden darf, wie eine von Thukydides überlieferte Rede des Perikles. Er hat sicher das Wesentliche, was Waggerl ihm dargetan hatte, behalten und uns folgendermaßen überliefert: ... *da ist dieses verdammte „L" am Schluß meines Namens, das alles verkleinert und lächerlich macht. Und dazu der Vorname, dieses einfältige „Karl", mit dem wir beide geplagt sind. Vier Buchstaben und der letzte wieder ein „L", vielleicht das Ganze auch nur ein verstecktes Diminutivum. Also weder Vorname noch Schreibname zu gebrauchen! [...] ... ich brauche einen Namen, der zu mir paßt. Natürlich kann es nur ein zweiter Vorname sein, nachdem man den Schreibnamen, leider, nicht ändern kann. Ich brauche einen Vornamen mit einem energischen Schluß. [...] Was sagst du zu Heiner?*

So berichtet Springenschmid von der Geburtsstunde des zweiten Vornamens von Karl Waggerl. *Heiner!* So werden ihn später seine Freunde nennen.

Auch Freundinnen. Und auf seinen Büchern wird Karl Heinrich Waggerl stehen, wobei in diesem „Dreiheber" unwillkürlich der Heinrich die Betonung bekommt. – Das alles aber erst nach dem Krieg. Der Krieg mit seiner „gesunden" Ordnung zwingt ihn noch, beim einsamen Karl zu bleiben.

Noch eine Nachricht verdanken wir Karl Springenschmid. Nämlich die, daß der *Heiner* zu dieser Zeit einen kleinen Kreis um sich geschart hatte, zu dem neben Springenschmid auch ein Kai Mühlmann gehörte. Diesen beiden trägt Waggerl ganze Seiten aus Otto Weiningers *Geschlecht und Charakter* auswendig und mit *hinreißender Begeisterung* vor. Und Karl Kraus. Eines der großen Rätsel, wie ein Bettelsuppenschlürfer und Röhrlhosenträger zu einer solchen Lektüre kommt. Dazu einen Kreis von »Bessergestellten« um sich schart, die er mit Weininger- und Kraus-Texten füttert.

Warum aber meldet sich dann der Jünger des Kriegsgegners Karl Kraus freiwillig zum Militär? Sehen wir einmal von seiner eigenen Behauptung ab, er habe sich freiwillig gemeldet, um der Schule zu entkommen. In seinem Arbeitsheft aus der Ausbildungszeit – ein Heft, das an das seines Vaters erinnert – finde ich die Eintragung:

Allgemeine Wehrpflicht
1. Jänner d. 19 Lebensjahres

Waggerl, der 1897 geborene, steht 1916 ja im 19. Lebensjahr. Springenschmid – der ebenfalls einrückte – ist gleich alt. Wenn Freund Mühlmann zu Hause bleibt und weiter studiert – wie man aus den Feldpostkarten ersieht, die ihm Waggerl schreibt –, so hat er wohl einen speziellen Schutzengel bei der Stellungskommission, wie ihn auch Zweig, Rilke und Hofmannsthal zu finden fähig waren. Oder wie ihn Hermann Broch* geradezu genial in seine Dienste zwang.

Doch ob nun Waggerl freiwillig einrückt, um den Bedrückungen der Schule zu entgehen, oder einfach, weil er muß, so hat er doch gleich bei seiner Ausbildung in Salzburg Meinungsverschiedenheiten mit einem Offizier, der ihm dreißig Tage Arrest aufdonnert, weil er sein Gewehr achtlos hinter sich herschleift. So zumindest schreibt er in *Ein Mensch wie ich* und setzt fort: *Nie wieder wagte ich es, mich aufzulehnen, ich stand, wo man mich hinstellte, oder ich lief, wenn man mir zu laufen befohlen hatte, nur wendete ich überall*

* Siehe nächste Seite!

meine ganze Bauernschlauheit daran, dem Verhängnis einen kleinen Vorteil abzugewinnen. [...] Nur wenige, aber ungemein deutliche Bilder sind mir in Erinnerung geblieben, ein verschlammtes Grabenstück etwa, in dem ich mühsam eine Wespe vor dem Ersaufen rettete, dann wieder schläfriges Hindämmern in tropfenden Löchern, oder ein plötzliches betäubendes Getümmel unter dem ruhigen Glanz des südlichen Himmels ...

Erinnerungen des inzwischen berühmt Gewordenen fünfundvierzig Jahre danach*. Aber unter seinen Entlassungspapieren mache ich eine andere überraschende Entdeckung. Schon der Siebzehnjährige war bei einer Vereinigung, die man (natürlich nur aus heutiger und außeralpiner Sicht) als paramilitärisch deuten könnte, wollte man Waggerl jetzt auch noch einen Hang zum Militarismus unterstellen: Er war bei den Pongauer Schützen. Das brachte eine gesellschaftliche Aufwertung. Die Schützen – noch immer von der Gloriae einstiger Landesverteidiger umgeben – galten viel in der Bevölkerung und traten (und treten immer noch) vor allem bei festlichen Ereignissen malerisch in Erscheinung. Das gab dem hochgeschossenen, aber durch Krankheit noch immer schwachen und kindlich Wirkenden, einen Schuß ins Martialisch-Männliche. Doch wird er aus dieser Vereinigung auf Grund eines Musterungsergebnisses vom *31/VII 1915* entlassen. Die Entlassung enthebt nicht von der Verpflichtung, bei der Landsturmmusterung seines Jahrgangs zu erscheinen, steht auf dem Dokument.

Das reißt einen natürlich zu neuen Spekulationen hin. Warum wurde er entlassen? Aus gesundheitlichen Gründen? Das Entlassungs-Zertifikat gibt keine Auskunft, aber es muß gesundheitliche Ursachen gehabt haben. Unwillkürlich läuft die Spekulation weiter zu Hermann Broch, der sich freiwillig zu den Ulanen meldete, da er sich ausgerechnet hat, daß er, der Brillenträger und schlechte Reiter mit dem gerade nicht kerngesunden Herzen, von dieser sportlichen Spitzentruppe mit freundlichem Gelächter abgelehnt und für untauglich erklärt werden würde.

So lief das bei Waggerl sicher nicht. Das war komplizierter. Verwirrender. Der Vater hatte ja – zumindest gegenüber seiner Familie – die Zeit beim Militär als die glücklichste Zeit seines Lebens bezeichnet. Sohn Karl, der den Vater abgöttisch liebte, wollte ihm sicher imponieren. Ebenso seiner Umwelt.

---

* *Ein Mensch wie ich* erschien 1963.

Eine freiwillige Meldung zur Infantrie ist also auch aus diesem Grund möglich. Durch den Massenwahnsinn erhielte der Entschluß noch Nachschub. Eine erleichterte Matura wäre ein weiterer Grund, für das Vaterland sein Leben in Gefahr zu bringen; damals.

Die nüchternste und verläßlichste Quelle ist noch immer eine amtliche Bestätigung. Im Fall Waggerl die Kriegsdienstbestätigung. Aber auch die verhält sich zweideutig. Dort lesen wir: *Karl Waggerl 1916 27/5 eingerückt als Gemusterter zur akt. Dienstleistung zum Infrgt 59.* Erst für *19/7* 1916 steht: *freiwillig assentiert.*

Ich greife zu seinem Tagebuch, in der Hoffnung, diesem Fast-noch-Knaben näherzukommen. Am Titelblatt steht: *Geführt im Felde vom Tage des Ausmarsches am 22. August 1916.* Darunter die Adressen derer, die im Falle seines Todes zu verständigen seien. An erster Stelle der Vater. Ein Lehrer folgt – Hermann Rasp in Oberndorf – und zuletzt der noch daheim gebliebene Freund Kajetan Mühlmann.

Danach erste Notizen, die sich auf die letzten Tage in Salzburg beziehen: *21. Aug. abends der Marschbefehl. Noch eine unruhige Nacht. [...] Endlich gegen 1/2 6 das erlösende Vergatterung. Marsch in die Franz Josef Kaserne. Ansprache der Herrn Obersten. Volkshymne. Gebet vor der Schlacht, schmerzende Schultern, Schweiß auf der Stirne, lauter Eindrücke, die in ihrer wirbeligen Verschwommenheit kein rechtes Bild festhalten lassen. 10 000 Menschen – die Zahl ist unterschätzt – bilden uns Spalier. Ein altes Mutterl hat mir ein Heiligenbildchen und ein Georgs Medaillon zugesteckt. Lene war nicht unter der Menge.*

Der Einsatzort ist irgendwo an der italienischen Grenze. Der Zug fährt also nahe der Heimat vorbei. Das hat Waggerl den Eltern telegrafiert und hofft, daß sie zum Bahnhof Schwarzach kommen, wo der Transport haltet. Doch schon die Einwaggonierung in Salzburg ist desillusionierend: *Am Bahnhof hatten wir noch einen höllischen Krawall. Es waren zu wenig Wagen vorhanden – 48 Mann in einem Rindviehkasten. Darob große Entrüstung in den wein- und biererhitzten Köpfen. Unser Wagen war angefüllt mit einer Horde von wilden Meuterern und mein Rekrutenherz erfüllte sich mit Entsetzen ob der Worte, die unsere „Heil" rufenden Offiziere am Perron zu hören bekamen.*

Nun rollt der Zug langsam in den Abend hinaus. Das Mädchen – die Lene

---

*Zitate aus dem Kriegstagebuch unter Verwendung des *Nach-Lesebuches*, hrsg. von Lutz Besch

– war nicht da. So hofft er wenigstens die Eltern in Schwarzach zu sehen. Doch die Fahrt zieht sich. Der *Viehtransport* bleibt bei jeder *Milchkandl* stehen. In Schwarzach ist tiefste Nacht. Stockdunkel. Und niemand winkt. Die Eltern haben, wie sich herausstellen wird, sein Telegramm nicht erhalten. Aber auch die ältere Halbschwester Maria*, die in Innsbruck lebt, kommt am Morgen nicht zum Bahnhof. Sie hat ebenfalls keine Nachricht bekommen.

Jubel kann man aus diesen ersten Aufzeichnungen gewiß nicht herauslesen. Während der Weiterfahrt auf den Brenner döst er dahin. Doch nachdem sie den Paß überquert haben, erwacht sein Interesse für die neue Landschaft. Südtirol. Noch immer Tirol und damit Heimat. Und doch schon ein Hauch von Italien. Es ist seine erste Reise in die Fremde. Klausen – das schon Dürer auf seiner ersten Reise in den Süden beeindruckt und zum Skizzieren angeregt hat – erregt auch Waggerls Aufmerksamkeit. Säben, das tollkühn auf wahnwitzigem Felsen hockende Kloster (er hält es für eine Burg), beflügelt seine Fantasie.

Doch ihr Ausbildungsort Terlago (keine zehn Kilometer von San Rocco entfernt, wo der Vater seinerzeit seine Schrapnells und Granaten geschlichtet hat) ist ein *elendes Bergnest,* das zwei Krämereien hat, mit deren Verkäuferinnen – wie er schreibt – *man ein Verhältnis anfangen muß,* ehe man auch nur die geringste Aussicht hat, von ihnen irgend etwas verkauft zu bekommen. Er ist zwar in einem malerischen Schloß untergebracht, Marmorportale, marmorne Fensterstöcke. Aber alles bröckelig und vom Einsturz bedroht. *Der Bürgermeister ist ein Schwein,* vertraut er dem Tagebuch an, wagt dann aber doch nicht, auch die Beweise für diese Behauptung festzuhalten. Dafür zieht er über das Essen her: *Die Menage war anfangs elend schlecht, mittags unkenntliches Gemüse, abends Zuckerwasser und Rum, offiziell so benannt. Jetzt wird die Menage besser. Neulich war sogar ein Steigeisen in der Suppe.*

Noch sind sie in der Ausbildung, und er führt über alle staatlich angeordneten Mordbefehle, Mordwaffen und Mordarten, ganz wie sein Vater in einem eigenen Heft, sorgfältig Buch. Allerdings geht es bei seiner Ausbildung – im Gegensatz zu der vom *Vormeister Waggal* – weniger darum, andere mit schwerstem Geschütz niederzukartätschen, sondern eher darum, sich selbst

* Waggerls Kontakt zu den älteren (Halb-)Geschwistern war schwächer als der zur jüngeren Schwester Elisabeth, mit der und deren Tochter Hildegard er stets in enger Verbindung blieb.

Von Waggerl gezeichnete Feldpostkarte aus seinem Ausbildungsort Terlago in Welschtirol

vor dem Niederkartärschtwerden zu schützen. Ich finde unter seinen Aufzeichnungen Skizzen zur Anlage von Stellungen. Auf Feldpostkarten, die er den Eltern schickt, zeichnet er Dorfkirchen und altes Gemäuer. Die Namen der Örtlichkeiten sind sorgfältig ausradiert. So nahe der Front könnten auf diese Weise militärische Geheimnisse verraten werden. Da fühlt man sich um 130 Jahre zurück und um nur 10 km nach Süden versetzt, wo ein anderer Italienbesucher in Malcesine beim Zeichnen einer Turmruine beinahe als Spion verhaftet und in die Bleikammern nach Venedig geliefert worden wäre. Messer Goethe – der hervorragend italienisch spricht, aber am Venezianischen total scheitert – amüsiert sich in der Erinnerung an diesen kriegerischen Zwischenfall. Doch er hatte es leicht, sich über den Krieg zu amüsieren. Alle seine Kriegserlebnisse (Sohn aus gutem Haus!) stammen aus einer Nobel-Perspektive. Waggerl erlebte – zumindest den Ersten Weltkrieg – aus der Drecksperspektive.

Umso überraschender, daß wir in seinen dienstlichen Aufzeichnungen zwischen Geländeskizzen, Einteilung von Truppenkörpern und Kampfarten, Befehlsanweisungen und einer Waffenlehre eine Überschrift finden, die nicht ganz hierher zu passen scheint: *Wie führt man Schule.*

Darunter stehen eine Menge moderner didaktischer Überlegungen. Da diese Aufzeichnungen ohne Datumsangabe sind, könnten sie auch aus einer späteren Phase seiner Ausbildung zum Unteroffizier stammen. Aber wann und wo auch immer er sich das notiert hat, es sind Aufforderungen an einen Lehrenden, sich erst einmal selbst klar zu werden, was er will. Den Stoff an einem konkreten Beispiel zu besprechen, oder *praktisch im Freien* vorzutragen, weil dies den Schülern besser im Gedächtnis bleibt. Dabei sollte sich die Sprache des Lehrers dem Bildungsstand der Schüler anpassen. Wenn der Lehrer Fragen stellt, solle er die Frage an alle stellen und erst dann einen für die Antwort bestimmen; nur so kann man *alle zwingen,* sich mit der jeweiligen Aufgabe zu beschäftigen.

Das sind sehr klare, einfache Gedanken. Gedanken eines Lehrers, kaum die eines militärischen Ausbildners. Hat Waggerl das im Widerstand gegen einen sich tölpisch gebärdenden Feldwebel so formuliert, sich selbst klar machend, wie es richtig laufen sollte? Oder stieß er tatsächlich auf das Ausbildungswunder, auf das alle vergangenen, gegenwärtigen und zukünftigen Armeen neidisch blicken müßten?

Wie weit Waggerl diese Grundsätze hinüber in den Frieden und in seinen zukünftigen Beruf retten konnte, wird sich drei Jahre später erweisen. Didaktik allein macht ja noch keinen guten Lehrer. Das wichtigste Element jeglicher Unterweisung hat Paulus im ersten Brief an die Korinther klar beschrieben: *Und wenn ich mit Menschen- und mit Engelszungen redete, und hätte der Liebe nicht…*

Liebe! Das mag für die Kunst des Unterrichtens gelten. In der Kriegskunst scheint sie weniger am Platz. Diese Kunst aber, die bis jetzt nur theoretisch vorexerziert wurde, sollte nun endlich in der Praxis geübt werden.

Am 4. Oktober 1916 geht es an die Front.

Wunderbar jedoch, wie schnell der nichts weniger als geborene Eisenfresser mutig werden kann. Die erste Kugel, die den Nachbarn trifft, raubt Sinne und Bewußtsein, aber die zweite schon nicht mehr in dem Grade, oft bringt sie uns wieder zu Sinnen. Die dritte macht gleichgültig ...

Karl Postl, alias Charles Sealsfield

... und wie die andern einsahen, wie es gehe, wuchs ihm der Mut, und wie nur erst der zweite und dritte von den Feinden fiel, da flog eine wilde Lust heran, der Teufel des Mordens jauchzte und die ganze Karawane drängte vor.

Adalbert Stifter

4. Oktober [1916]

Heute um 8 10 sind wir von Terlago abmarschiert. Meine Rüstung wog über 30 Kg. [...] Nach dreistündigem Marsch ohne Rast kommen wir in Trient an und werden ohne Unterbrechung sofort einwaggoniert. Als Menage erhielten wir Fleisch, fast roh, Bohnen von geradezu seltener Härte und Suppe, die verbrannt und ungesalzen und in ihren Bestandteilen höchst zweifelhaft.

Nachmittag nach halbstündiger Fahrt erreichen wir Caljano [Calliano] *im Etschtal. Abends sollte der 8 Stunden lange Marsch nach Folgaria und von dort in die Stellungen angetreten werden.* *

Das wird also ein Fünfzehnstundentag für ihn. Auf halber Strecke, in Mezzo Monte machen sie eine einstündige Rast. Alle werfen sich rechts und links der Straße ins Gras und sind sofort eingeschlafen. Doch es ist Oktober. Wenn auch der Tag sonnig und glänzend war, die Nacht ist kalt und neblig und läßt sie rasch wieder aufschrecken.

Der nun folgende Weg war der qualvollste Teil der ganzen Strecke. Endlos kriechen die Serpentinen bergan. In kurzen Abständen liegen einzelne Erschöpfte und Ohnmächtige, keine Seele schert sich darum. So schleppe ich mich mit lahmen

---

* Die folgenden Zitate aus Tagebüchern, Feldpostkarten und Briefen sind dem von Lutz Besch herausgegebenen *Nach-Lesebuch* zu danken. Sie wurden mit den in Wagrain befindlichen Originalen verglichen und, wo notwendig, korrigiert bzw. behutsam ergänzt.

Knien weiter. Nur ein Takt irgend einer blöden Melodie oder eine sinnlose Phrase klingen mir fortwährend im Ohr.

[...] In der letzten halben Stunde holen wir den Train ein. Selbst die Pferde konnten nicht mehr...

Der nächste Tag ist weniger anstrengend, aber von schrecklicher Eintönigkeit. Der Weg windet sich zwischen Behelfsbaracken und Pferdeställen weiter. Der Abschnitt hinter der Front wirkt wie ein unendlicher Parkplatz. Von hier aus wird der Nachschub organisiert. Noch bewundert der Tagebuchschreiber die Logistik, die das alles zu lenken versteht. Das Abendessen lobt er sogar. Nur die vielen Blutbuchen, die den Ort umstellen, scheinen ihn zu beunruhigen.

[6. 10.] *Ohne Rast aufwärts keuchend und im Bestreben, die langweiligen Serpentinen abzuschneiden, die unsinnigsten und zwecklosesten Anstrengungen machend, erreichen wir um Mittag die Unterstände der Durrahöhe. Inmitten eines jetzt stark gelichteten Tannenwaldes stehen die im Felsboden eingelassenen ziemlich geräumigen Blockbauten. Wir trafen sie derart verwahrlost, daß unsere erste Arbeit war, den Krieg mit den Läusen und Ratten zu eröffnen. In manchen Höhlen waren außer diesem Viehzeug ein 28-cm-Blindgänger oder etliche Granatenfetzen die einzigen Bewohner. Wir rissen also den ganzen Balkenboden heraus, räucherten die Bude gründlich aus und ließen die Gemütlichkeit einziehen. Die kam in Form eines kleinen verrosteten Ofens, den eine Gesellschaft von scharfsinnigen „Tachinierern"* nirgendwo aufzugabeln imstande war.*

Natürlich notiert er sich wieder allerlei über die Verpflegung. Sie muß stundenweit hergeholt werden und kann, obwohl reichlicher als in Terlago, seinen Hunger nicht stillen. So macht er Ausflüge in die Umgebung, um die Bergwälder zu erkunden und nach Nahrhaftem zu durchstöbern. Und da stößt er zum ersten Mal auf einen Toten.

Beinahe komisch sieht sich das an. Die Mütze bis auf die Nase herabgezogen, die Hände im Erdreich vergraben, als ob sie in der Tasche steckten und kein äußeres Zeichen des Todes. Als ob er schliefe, den warmen seligen Schlaf der Lebendigen. Ich möchte ihn gern bestatten, aber ich kann das Grauen nicht verwinden. Ich bin noch nicht gewohnt, den Tod zu sehen.

---

* Menschen, die viel Mühe und Fleiß aufwenden, um sich vor jeder Art von Arbeit drücken zu können.

Seltsam, wie distanziert das klingt. Doch die Begegnung arbeitet weiter in ihm. Sie wird sich zu Versen verdichten – zu den wenigen Versen, die uns von ihm erhalten blieben. Doch erst einmal treibt es ihn weiter im Vorfeld des Todes. Weit und breit kein Zeichen von Leben. Er findet kaum eine Tierfährte. *Von Mäusen wäre schon mehr zu berichten. Die kleinen Feldgrauen sind mir zu zutraulich. Sie helfen uns unsern Bims und Zwieback verzehren, graben ganze Kavernen in den neu angekommenen Gugelhupf, beißen am Rucksack die Schnüre durch und richten sich in den Pelzhandschuhen wohnlich ein.*

Das erinnert an Robert Musils Mausgeschichte. Die spielt auch an der italienischen Front. Eigentlich geht es bei Musil um eine Bank. Eine mit schöner Aussicht, die niemand genießt, da die Einsicht des Gegners ebenso schön ist. *Die Schüsse zogen über sie hin. Ruhig wie Schiffe, wie Scharen von Fischen. Sie schlugen weit hinten ein, wo nichts und niemand war, und verwüsteten dort mit eiserner Beharrlichkeit seit Monaten einen unschuldigen Abhang. Ein Irrtum der Kriegskunst? Eine Laune der Kriegsgötter?* – Vorne aber, an der Bank, *hatte eine Maus ein System von Laufgräben angelegt.* Musil beobachtet diese Maus, die wiederum einen Menschen zu beobachten scheint, der auf dieser gefährlichen Bank Platz genommen hat. *Aus dem Grollen der Luft taucht eine ungeheure Stille auf. Die Menschenhand sank von der Lehne der Bank. Ein Auge, so klein und schwarz wie ein Spennadelkopf richtet sich dahin. Und man hatte einen Augenblick lang ein so sonderbar verkehrtes Gefühl, daß man wirklich nicht mehr recht wußte, ob sich dieses kleine, lebendige, schwarze Auge drehe oder ob sich die ungeheure Unbeweglichkeit der Berge bewege ...**

Zwei Mäusebeobachter im Kriegseinsatz.

Zwei, die ein wenig irrational über die eigenen Laufgräben hinweg überrascht auf eine andere Welt von Laufgrabenfabrikanten blicken. Der Offizier Musil besitzt schon die Meisterschaft, die Beobachtung in eine Miniatur zu bannen, die in den nicht ganz zugänglichen Grenzbereich des menschlichen Erfassungsvermögens einzudringen sucht. Der Gemeine Waggerl hat diesen Grenzbereich noch gar nicht verlassen. Er ist siebzehn Jahre jünger. Seine Nase steckt tief im Dreck jener Laufgräben, die der Oberleutnant Musil – Herausgeber der *Tiroler Soldatenzeitung* in Bozen – nur von fern und von oben betrachten kann. An die Front kommt er kaum. So werden die beiden

* Aus Robert Musils *Nachlaß zu Lebzeiten.*

einander nie begegnen. Damals nicht. Später nicht. Wahrscheinlich hätten sie sich auch nichts zu sagen gehabt. Es sind andere Perspektiven, die sie immer haben werden, auch wenn ihnen eines gemeinsam ist: die Sorgfalt und die Genauigkeit in ihrer Arbeit an der Sprache.

Das Gedicht aber, das in Waggerl gearbeitet hat und das er sich im November ins Tagebuch schreibt, hätte Musil in seiner Zeitung ohnehin nicht verwenden dürfen. Es wäre zu defätistisch gewesen.

Mein toter Freund
Dich überkam der Tod
wo hundert starben ...
Wer achtet eurer Not?
Und niemand singt dein Lied
In hellen Farben.

Ich aber seh den Krieg
Wider das Leben
Den herben Pyrrhussieg
Wie eisenharte Qual
Um deine Lippen schweben.

Hoch irgendwo im Ried
Liegst du begraben ---
Der Firnwind singt dein Lied
Der brausend talwärts fährt
Und heis're Raben ...

Das Gedicht hat Waggerl nie veröffentlicht. Erst nach seinem Tod hat es Lutz Besch im Kriegstagebuch entdeckt. Wohl auch auf der Suche nach den literarischen Ursprüngen seines Freundes. Auch weil er wissen wollte, wann Waggerl begonnen hat, Waggerl zu sein. Der *Sohn des Zimmermanns*, der im großen literarischen Angebot der Zeit einmal etwas eigenes bieten wird, etwas Unverkennbares, das andere, bei allem Ruhm, nicht zu bieten haben. Doch im Augenblick scheint Schreiben vor allem Selbsttherapie. Instinktiv hat Waggerl begriffen, er dürfe nicht einfach losbrüllen. Er müsse Distanz halten, wenn er sich das Grauen des Todes vom Hals schreiben will. Dabei gab es in seinem Frontabschnitt noch *keine Verluste*. Noch ging es ihm und seinen Kameraden wie Musils Maus. Die Kugeln pfiffen über sie hinweg.

Doch der Tod robbt sich langsam heran. Sein ganzes Leben hindurch bleibt Waggerl unter seiner strengen Aufsicht. Aber erst Jahrzehnte später, im Alter, mitten im Frieden, wenn seine Jahrgangsgenossen ihn plötzlich verlassen, fühlt er sich wieder an der Front des Todes. Und diesmal spricht er den treuesten Begleiter seines Lebens direkt an:

Mein dunkler Freund, rufst du mich aus dem Traum?
Ich seh dein beinern Haupt im Wolkenschaum,
die blanke Sichel trägst du vor dir her,
schwer liegt dein Mantel auf dem Lande, schwer!

Streift mich dein Blick schon? Holst du nach mir aus?
Laß mich nicht sterben in der Nacht, im Haus!
Laß ungewarnt mich stürzen in das Kraut
des Feldes. Ohne Laut
will ich dir liegen, wenn das liebe Licht
nur einmal noch in meine Augen fällt, vor dem Gericht.

1916 erliegt Karls älterer Bruder Ludwig in einem tschechischen Militärlazarett der Tuberkulose. Im gleichen Jahr stirbt der Uralte, der, dessen Erscheinen in Gastein beim Knaben so tiefen Eindruck gemacht hat. In Waggerls Tagebuch steht lakonisch:

22. November 1916

Heute 9 Uhr erhielten wir die Nachricht vom Tode unseres obersten Kriegsherrn, des Kaisers.

Und am nächsten Tag:

Nachmittags drei Uhr haben wir unserem jungen Kaiser [...] den Fahneneid geleistet. Viel begeisterte Feierlichkeit war daran nicht zu spüren. [...] Gib uns den Frieden junger Fürst und du bist unser Kaiser ...

Weiß Waggerl, wie sehr dieser *junge* Fürst seinen Völkern den Frieden geben möchte? Ahnen es die Kameraden? Wird darüber gesprochen? Darf darüber überhaupt gesprochen werden? Wieviel unerforschte Kommunikationen gibt es zwischen der Masse und dem Einzelnen? Kommunikation, die nicht über die Gazetten läuft?

Der junge Kaiser macht sich selbst zu einem Instrument der Kommunikation. In Leutnantsuniform jagt er von Frontabschnitt zu Frontabschnitt, um dem Elend, das hier herrscht, in die Augen zu sehen. Versucht über die

Frontszene. Da das Foto aus dem Besitz Waggerls stammt, ist anzunehmen, daß es seinen eigenen Abschnitt zeigt. Wer die Aufnahme gemacht hat, womöglich er selbst, ist nicht bekannt.

Vettern seiner Frau die Kampfmüdigkeit des Gegners auszuforschen. Versucht Friedensfäden zu spinnen. Aber ein Krieg – ist er erst einmal begonnen – geht seine eigenen Wege und gehorcht niemandem, nicht denen, die ihn bejubelt haben, und noch weniger denen, die ihn beenden möchten.

Am Elend an den Fronten hat der Tod des Alten und die Ernennung des Jungen nichts geändert. Mit den ersten starken Schneefällen wird die Versorgung im Gebirge schwieriger. Tagelang bleibt der Nachschub aus. Die Besatzung hungert und unterhält sich mit Läuse- und Mäusefangen. Als die letzten Konserven verbraucht sind, wird eine Expedition ins Tal geschickt, mit der Aufgabe, Brot zu beschaffen. Währenddessen unterhält sich Waggerl mit Zeichnen. Irgendwo muß er einen Rasierspiegel haben, denn er zeichnet sich selbst. Allerdings mit einer schief sitzenden Mütze, wie der Tote *im Ried.* Und er zeichnet auch einen Kameraden. Erst noch in Uniform, rasiert. Dann immer unrasierter und verwahrloster, grinst uns zuletzt ein Räuberhauptmann in Räuberzivil an.

Aber das sind sie ohnehin alle. Mordbuben unter staatlicher Kontrolle. Beamtete Killer, die im Gegensatz zu freiberuflichen Mördern, auch am Heiligen Abend ihren Dienst verrichten müssen. Der allerdings wird auch vom Gegner respektiert.

Weihnachten in der Feldwachkaverne. Wir haben uns ein kleines Bäumchen mitgenommen und mit Schmuck, den uns eine gute Seele aus der Heimat sandte, herausgeputzt. Nun sitzen die Alten mit bleichen bärtigen Gesichtern herum und von den Jungen vergräbt manch einer den Kopf im Arm und träumt von daheim. Irgendjemand summt die alte Weihnachtsweise, ein anderer fällt leise ein, und schließlich singt der ganze Chor [...] Der letzte Akkord verklingt, einer sieht den andern verlegen lächelnd an und leise zuckend sinkt das erste Flämmchen in sich zusammen. Zehn Uhr. Ich muß auf Posten. Unendlich rein und klar wölbt sich der Sternenhimmel von einer Bergkontur zur anderen. Kein Schuß bricht die heilige Stille, unten singen die Italiener in den Kavernen des Cavirja.

Doch schon am nächsten Morgen ist der Frieden wieder vorbei. Schüsse werden laut. Schrapnells zerspratzen. Gegen Abend kommt die Ablöse über den Grat, der vom Gegner so gut eingesehen wird wie Musils Aussichtsbank mit Maus. Da geht die Hölle los. *Schüsse knattern, ein schriller Wehlaut, leises Wimmern – die ersten Opfer.* Sie werden zurück in die hinteren Stellungen gebracht. Der Rest stürzt in den schützenden Graben des Vorpostens.

Nun heißt es für die, die bis jetzt Wache geschoben haben, zurück in eine leidliche Sicherheit. Aber der Weg dorthin geht eben über jenen einen eingesehenen Hang, den gerade die Kameraden überquerten. Zwar dämmert es, aber die auf der anderen Seite haben Scheinwerfer. Wer in den Lichtkreis gerät, wird zur aufleuchtenden Zielscheibe.

Mit etlichen Sätzen bin ich an der bedenklichen Kehre. Eine aufklatschende Kugel zwingt mich nieder. Ich weiß, drei Schüsse sind abzuwarten. Die Hand greift in eine glitschige Masse. Blut!!

Sssst! – Drei! Das Grauen treibt mich weiter. Es ist schon dunkel, jeden Augenblick kann der Scheinwerfer aufleuchten. Noch zwei Sprünge, Ssst ---! Ich fühle beinahe die Kugel, wie sie haarscharf vorüberpfeift und in den Felsen gellt. Bin ich verwundet? [...] Erst im Laufgraben kommt die Nachwirkung der gewaltigen physischen und psychischen Anstrengung. Mit wankenden Knien denke ich nur immer: Warum hat es nicht mich erwischt? Als ob ich jemand unrecht getan hätte, ist mir zumute.

Silvester muß er wieder Wache schieben. Da ist die Stimmung nicht so friedlich, wie am Vierundzwanzigsten. Um Mitternacht beginnt ein Feuerwerk, das den ganzen Talkessel mit höllischem Lärm erfüllt. Und es ist keineswegs ein Freudenfeuer, das über den einsamen Wächter niederprasselt. Ein Fest der Menschenopfer.

2. Jänner [1917]

Heute bin ich zum Gefreiten befördert worden. So stand ich denn von 5-7 zum letzten Mal auf Posten. Abends werden wir abgelöst [...] und morgen zurück auf Reserve. [...] wenn ich nur gesünder wäre ...

Ich nehme die Aufzeichnungen zur Hand, die mir Waggerls Nichte hat zukommen lassen. Sie schreibt: *Was Onkel Karl betrifft, so war er an der itl. Front noch gesund.* Gleich darauf läßt sie aber Auszüge aus den Feldpostbriefen folgen, die Waggerl an die Familie geschickt hat. Und da steht es doch wieder: *2.8.1917. Ich bin fast gesund, nur die Lunge scheint nicht recht in Ordnung.* Oder später wieder ein merkwürdiger Satz: *Ich glaube schon, daß Ihr Euch über meine Gesundheit wundert. Mir kommts selber unheimlich vor, in Zivil wäre ich nach den ersten acht Tagen mausetot gewesen ...*

Das sind doch Hinweise, daß er krank ist. Auch wenn er später einmal den Eltern schreibt: *Gesund bin ich und für ein paar Wochen auch sicher,* so scheint mir das eher eine Beruhigung der Lieben daheim zu sein.

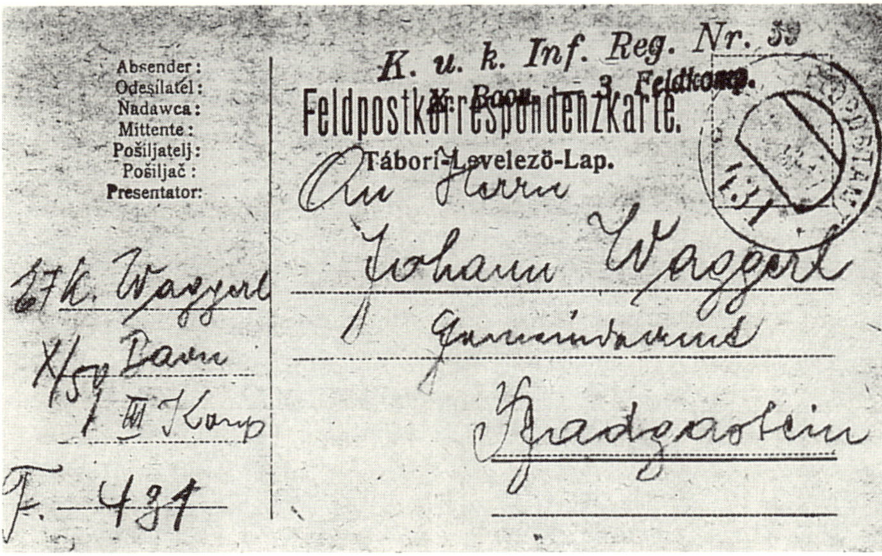
K. u. k. Inf. Reg. Nr. 59

Feldpostkorrespondenzkarte.

Tábori-Levelező-Lap.

Absender:
Odesilatel:
Nadawca:
Mittente:
Pošiljatelj:
Pošiljač:
Presentator:

An Herrn

Johann Waggerl

Gemeindeamt

Badgastein

Eine der vielen Feldpostkarten an die Familie

Warum aber zum Teufel meldet er sich nicht krank? Ist es die Scham, in den Geruch zu kommen, ein Drückeberger zu sein? Noch dazu, wo er gerade befördert wurde? Will er die Kameraden nicht im Stich lassen? Seinen *jungen Fürsten*? Daß ihm das Kriegsspiel gefiele, kann man aus diesen Aufzeichnungen nicht heraushören. Ist es dieses merkwürdige *Als ob ich jemand unrecht getan hätte ...*, das ihn nicht auf und davongehen läßt?

Wenn wir hier – und nicht nur hier – Schwierigkeit haben dahinterzukommen, was er denkt und glaubt, so mag uns trösten, daß es ihm mit sich selbst nicht anders geht. So wird er am Ende seines Lebens sagen, daß es keinem Menschen nutzen würde zu wissen, was er glaube. *Obendrein weiß ich es auch kaum mit einer Genauigkeit zu sagen, weil ich in jedem Augenblick meines Lebens bereit bin, irgend eine Erkenntnis gegen eine andere, und wie mir scheint bessere, einzutauschen.**

Er meldet sich also nicht krank, er sucht nur um Heimaturlaub an. Und der wird ihm überraschend schnell gewährt. Er hat allerdings einen triftigen

* *Ein Mensch wie ich*

Grund angegeben. Er will die Matura machen. Jetzt, wenn er von der Front kommt, wird kein Professor es wagen, ihn durchfallen zu lassen. Aus dem Streß des Krieges kommend, wird der Streß der Prüfung zu einem Nichts zusammenschmelzen. Vielleicht auch ein Grund, warum er sich nicht krank meldet. Es geht um die Matura. Endlich auch daheim als fertiger Mensch zu gelten, nicht nur aus der Perspektive Front.

Auf dem Weg zur Bahn hat er eine merkwürdige Begegnung:

[17. Januar 1917]

In Folgaria bestaune ich eine reizende, fast befremdend elegant gekleidete Schwester vom Roten Kreuz [...]. Auch den Kaiser habe ich dort getroffen, im einfachen Schlitten vorüberfahrend. Ich wunderte mich, wie dieser kleine schäbige Leutnant, oder was er sonst sein mochte, da unter die goldstrotzenden Generals- und Marschallskragen hineingeraten sei. Jeder Feldwebel in dem Nest hätte ihn beschämen können, mit Extramütze und sauberen Wickelgamaschen.

Macht sich Waggerl lustig über diesen jungen Mann aus gutem Haus, der ein zwar gewaltiges, aber doch auch so fragiles Erbe übernehmen mußte und sich nun verzweifelt bemüht, das bröckelnde Unding zu retten? Findet der frisch gebackene Gefreite es nicht richtig, daß sein frischgebackener Kaiser in schlichter Uniform die gemeinsame Welt zu retten sucht? Wir sollten die rasch notierten, für niemanden bestimmten Sätze des Neunzehnjährigen nicht gleich auf die Goldwaage legen. Es spricht vielleicht aus ihnen lediglich kindliches Erstaunen, daß ein junger Kaiser auf Reisen auch nur so aussieht wie alle andern jungen Soldaten.

Karl (Heinrich) Waggerl ist ein großes Kind und wird es immer bleiben. In Situationen wie diesen sehe ich ihn als Bruder eines Hans Christian Andersens. Selbst wenn er aus Dreck, Not und Todesgefahr kommt, bleibt er in seinem Lebensmärchen hängen. Diese naive Art, die Gegenwart zu erleben, wird er nie ablegen können. Vielleicht auch nicht wollen. Er ist in dieser Hinsicht nicht der einzige der Gilde. Darum möchte ich dieses Kapitel mit einem naiven Text schließen, den er ans Ende seines ersten Kriegstagebuches setzte. Keinen eigenen. Den eines Bruders im (kindlichen) Geist. Eines, der ebenfalls ins Gerede scharfer Richter gekommen ist. Schwarzfahrer auf der ersten Gebirgsbahn der Welt, jenem Ding, daß die enge Welt der Leute vom *Land der Berge* genauso sprengen sollte, wie die höchst explosiven Gedanken, die ein anderer Karl in die Gehirne der Intellektuellen Europas einlagerte,

Gedanken, die einmal – nach Meinung dieser Intellektuellen – dazu führen sollten, die Welt wohl noch einmal tüchtig in die Luft zu jagen, danach ihr aber endlich die ewige Gerechtigkeit und damit auch den ewigen Frieden zu geben. Doch Intellektualismus ist schon das Vorrecht derer vom Strome. Und so haben die Worte, die sich Waggerl von Rosegger notierte, keineswegs den intellektuellen „Touch", wie man sie heute von einem Schriftsteller „mit Recht" (mit welchem übrigens?) verlangt. Da sie aber ein Neunzehnjähriger notierte, der tagtäglich dem Tod ins Auge sehen mußte und in diesem Text so etwas wie Trost fand, mag er hier stehen:

Der Ewige saß auf dem Richterstuhl und ließ die Großen der Menschheit an sich vorüberschreiten.

Zu Moses sagte der Richter: „Was hast Du Deinem Volk gegeben?"

„Das Gesetz."

„Was hat es daraus gemacht?"

„Die Sünde."

Dann fragte der Richter Karl den Großen: „Was hast du meinem Volke gegeben?"

„Den Altar."

„Was hat es daraus gemacht?"

„Den Scheiterhaufen."

Dann fragte er Napoleon: „Was hast du dem Volke gegeben?"

„Den Ruhm."

„Was hat es daraus gemacht?"

„Die Schmach."

So fragte der Richter viele und jeder führte Klage darüber, daß seine Gabe entwürdigt worden sei.

Endlich fragte der Ewige auch seinen Eingeborenen: „Mein lieber Sohn, was hast Du den Menschen gebracht?"

„Den Frieden."

„Und was haben sie daraus gemacht?"

Christus antwortete nicht. Mit durchstochenen Händen verhüllte er sein Gesicht und weinte.

... Ihr Leben und Ihr Wille laufen in getrennte Richtungen und Sie werden zerrissen sein und sich nach etwas sehnen, wovon Sie glauben, daß es Ihnen die Einheit von Leben und Wille wiedergibt. Am besten arbeitet man dann mit einem Lehrer, der den Einheitspunkt in sich gefunden hat.

Marquis von Puységur *

War Waggerl ein Zerrissener? Zerrissen durch die Diskrepanz zwischen dem Bild, das ihm der Vater von seiner Militärzeit malte, und dem, das er sich nun selber machen mußte? Zerrissen auch von den prägenden Vokabeln „Treue, Ehre und Pflicht“ und dem Grauen, das ihm die Erfüllung all dieser ethischen Forderungen einflößte; ganz abgesehen davon, daß er mehr und mehr entdeckte, daß alle, denen diese Vokabeln so wunderleicht über die Lippen kamen, sich „in Erfüllung höherer Pflichten“ nur selten an der vordersten Front blicken ließen. War also Waggerl einer, der einen Guru suchte, der ihm seine innere Einheit wiedergab? War er überhaupt das, was man so gern einen Suchenden nennt, einer, der e t w a s finden möchte und sei es einfach „sich selbst“. Oder war er ein reiner Tor? Ein Parzival, der immer wieder an seinem Heil vorbeistolpert, um am Ende in einer heillosen Irrfahrt nichts als ein *Tischlein-deck-dich* zu entdecken?

Waggerl war – wie fast alle seine Kameraden – naiv in den Massenwahnsinn des Krieges geschlittert. Aber die Naivität ist ihm rasch vergangen. Auch der *Kalenderbüchl*-Text von Rosegger, den sich Waggerl ins Tagebuch eintrug, ist ja nicht ganz so naiv, wie er sich gibt. Ein Erlöser, der angesichts der Pleite seines Erlösungsunternehmens die Hände vors Gesicht hält und weint, ist kein sehr frömmelndes Bild. Trost bringt es nur einem, der aus ähnlichen Lebensumständen kommend sich von ähnlichen Zweifeln geplagt sieht.

Zweifle, damit du nicht verzweifelst. So lautet einer der Aphorismen des frühen Waggerl.

Vom Heimaturlaub zurückgekehrt, beginnt er ein neues Journal: *Geführt*

* Figur aus P. Sloterdijks Buch *Der Zauberbaum.* Montségur war der geheimnisvolle Berg der Katharer; Sloterdijks (erfundener?) Puységur scheint dazu eine Art Gegenstück zu sein, eines, das in die Tiefe führt, bedenkt man die Klanggleichheit von Puy und puits (Brunnen).

vom 22/2 1917. Er gibt es aber schon nach wenigen Seiten auf, da ihn langsam hilflose Wut gegen alle Kriegspielerei erfaßt. Einiges hat sich schon auf der ersten Seite des Heftes verändert. Die Schrift hat an Schwung und Großzügigkeit verloren. Auch die Adressen derer, die von seinem Tod verständigt werden sollen, sind nicht gleich geblieben. Zwar stehen da noch immer der Vater und Kai Mühlmann. Der Lehrer Rasp aber wurde durch eine Elise Ohrlinger ersetzt; sie wohnt in Salzburg, ganz nahe dem geliebten Park des Schlosses Mirabell. Franz Josef-Straße. Wir werden ihr nicht mehr begegnen. Ebensowenig wie einer Magdalena Binder aus Linz, die auch bei Waggerls Tod verständigt werden soll. Daneben gibt es noch die Adresse einer Gusti Lucek aus Pilsen. Die Lene, wie wir wissen, ist bei seiner ersten Fahrt an die Front nicht am Bahnhof gewesen, dafür gibt es eine Mily, mit der er einen Teil des nächsten Heimaturlaubs verbringen wird: Lebe rascher Kamerad, hinter jedem Urlaube lauert der Tod!

Aber warum plötzlich in Städten? Salzburg. Wegen der Matura! Gut. Aber Linz? Pilsen? Das Grenzgängertum der Knabenzeit verläßt ihn auch jetzt nicht. Immer wieder wird er sich in Städten nach dem Land, und am Land nach den Städten sehnen. Und in beiden nach einer in Verlust geratenen Kindheit. Die Suche nach Unwiederbringlichem erzeugt Unsicherheit. Dabei gibt es so vieles in seinem Leben, das er mit solcher Sicherheit anpackt, daß niemand diese innere Unsicherheit erkennen wird. Sie verbirgt sich hinter Aufmüpfigkeit. Gegen Lehrer. Schon in der Bürgerschule. Später im Lehrerseminar. Sogar beim Militär hängt er einem Offizier ein paar freche Worte an, da dieser ihn zur Rede stellt, weil er sein Gewehr nach Ende des Exerzierens lässig hinter sich nachschleift. Doch meist wirft er nach Auseinandersetzungen dieser Art das Handtuch, weil er immer wieder erkennen muß, daß er nichts ändern kann, die Sache im Grunde auch zu wenig wichtig ist, um mit Feuer und Schwert loszuziehen, und außerdem das Unrecht unausrottbar; am ehesten ist es noch zu bekämpfen, indem man es lächerlich macht oder zumindest lächelnd übergeht.

Das ist für Moraltheoretiker aller Couleurs natürlich ein Fall extremer „moralischer Laxheit", der als psychischer Defekt angesehen werden muß. Um die Ursachen solchen Defekts zu finden, ist man heute geneigt, die Psychoanalyse zu Hilfe zu rufen. Aber was soll zumindest der klassisch geschulte Analytiker mit jemandem anfangen, der ohne halbwegs brauchbaren

Ödipuskomplex sein Leben fristen muß. Weder lud die herbe Haltung der Mutter zu gedeihlicher Libidobindung ein, noch der gütig ausgleichende Vater zum Tyrannenmord. Eine vage Hoffnung könnte man noch in die Figur jenes Hoteliers setzen, der als Pate im Hintergrund Waggerlscher Erzählungen rumort. Doch seit wir wissen, daß dieser Pate eine Patin war, die Figur der Erzählungen eher insgesamt die Oberschicht des Hoteldorfs symbolisiert (eine Menschengattung, die Karl bald in ihrem Dünkel durchschaute und einfach beiseiteschob), zerbröckelt auch dieser Anhaltspunkt.

Und andere Feindbilder?

An äußeren und inneren Feindbildern hätte die Monarchie keinen Mangel gehabt: serbische Anarchisten, italienische Irredentisten, tschechische Panslawisten, ungarische Hegemonisten, jüdische Kapitalisten und kapitalistische Journalisten (und manche alles zugleich!) bedrohten den inneren Frieden. Sobald diese Gestalten aber in Badgastein erschienen – soweit sie dazu reich genug waren –, waren sie zu armseligen bresthaften Figuren geschrumpft; die erweckten weder Furcht noch Tadel, höchstens Mitleid.

Festumrissene Feindbilder bekam Waggerl erst in der Stadt vorgesetzt. Mancher höhere Lehrer einer höheren Anstalt höherer Bildung konnte sicher als Feind-Attrappe dienen. Später vielleicht der eine oder andere Politiker. Doch hat er nie die Lust verspürt, sich an deren Stelle zu setzen*. *Es gibt redliche und unredliche Politiker.* Notiert er einmal. *Die Unredlichen täuschen das Volk über ihre wahren Absichten. Die redlichen täuschen sich selbst.*

Also hält er sie sich auf Distanz. Mit Bauernschläue, wie er das nennt. Einer Schläue, die der unbäuerliche Bert Brecht in seinem (Jaroslav Hasek entlehnten) *Schweyk* ebenfalls einer tyrannischen Übermacht entgegenstellt. Und von der er auch selbst ausgiebigen Gebrauch macht, wenn er statt des hochgelobten Arbeiterparadieses die USA zum Asylland wählt, wenn er dann im gehaßten Asylland mit Schläue durch die Maschen des Mc-Carthy-Ausschusses zu schlüpfen weiß, oder wenn es ihm nach Stalins Tod und nach dem Aufstand der Berliner Arbeiter am 17. Juni 1953 mit Schläue gelingt, weder sein Gesicht noch sein (volkseigenes?) Theater zu verlieren.

Waggerl – im Reich der Ideen nicht so selbstsicher zu Hause wie der aus

* Warum Waggerl für kurze Zeit das Amt des Bürgermeisters von Wagrain ausübte, wird auf Seite 272 f. dargestellt. Es war alles eher als Lust an der Politik, die ihn dazu trieb.

gutbürgerlicher Familie stammende *arme B.B.** – setzte seine Bauernschläue, wie wir bis jetzt beobachten konnten, nicht zur Gewinnung höherer Ideale ein, sondern lediglich zum Überleben. Das war schwierig genug.

So meldet er sich 1917 von der Front zur Kriegsmatura. Und sie gelingt ohne Schwierigkeiten, weil er ja von der Front kommt. Ein Held also. Als Durchschnittsnote wird diesem Helden allerdings nur ein *befriedigend* gewährt. Verwundert vermerkt man, daß die Lehrer-Kommission, die sein *sittliches Verhalten* nur nach seinem Benehmen beurteilen konnte, das er noch vor seinem Einrücken an den Tag gelegt hatte, als *befriedigend* einstuft. Wer Lehrer kennt und weiß, wie unbefriedigend für sie das Verhalten eines Kandidaten sein muß, um ihm in dieser Rubrik nur ein *Befriedigend* zu geben – die Noten dieses Gegenstandes bewegten sich üblicherweise zwischen *lobenswert* und *vorzüglich* –, der kann daraus schließen, daß ihnen der Gefreite Waggerl, ehe er einrückte, ein eher lästiger Geselle gewesen war. Ein Widerspruchsgeist. Hin- und hergerissen von den Strömungen der Zeit. Noch dazu ohne festen Standpunkt.

Dabei gab es 1917 schon genügend feste Standpunkte am Jahrmarkt der Meinungen. Standpunkte, an die man sich hätte halten können. Standpunkte, mit denen allerdings weder die Monarchien noch die ihnen nachfolgenden Republiken zu Rande kamen. Zwar scheint Kai Mühlmann, jener Freund, dessen Adresse sich auch im zweiten Tagebuch gehalten hat, ein Jüngling sicherer Standpunkte gewesen zu sein. Doch das mußte Waggerl eher ärgern; ihn beeindruckten weniger die Standpunkte der Standpunkteeinnehmer als vielmehr deren riesige Scheuklappen, die ihnen den Blick zu anderen Standpunkten verwehrten. So gab es zwischen Kai und Karl (Heiner) immer wieder Streit, was allerdings ihrer Freundschaft keinen Abbruch tat.

Nur einmal sollte diese Freundschaft auf eine harte Probe gestellt werden. Am Beginn des Jahres 1918. Da ging es um keine Weltanschauung. Um keine Partei. Und wenn doch, so war das alles nur Vorwand. Es ging um ein Mädchen. Um Kais Mädchen, das Waggerl bisher nur aus Erzählungen des Freundes kannte, in das er sich aber sichtlich schon bei dessen Erzählungen verliebte. Bei seinem Fronturlaub im März 1918 sollte er es endlich kennenlernen. Zwei Jahre später – nach blutigem Grabenkampf am Cimone und

* Ein Kürzel, das sich der Tantiemen-Millionär Berthold Brecht selbst zulegte.

am Col die Rosso, nach Gefangenschaft und schwerer Krankheit – sollte dieses Mädchen Waggerls Frau werden. Und wenn diese Frau für den Heiner auch nicht zum endgültigen Puységurschen Einheitspunkt wurde, sie wird doch zur Hüterin von dessen Fluchtburg werden, in die er aus der Welt immer wieder reumütig zurückkehrte.

Natürlich ist mir klar, mit derartigen Formulierungen begebe ich mich in die gefährliche Nähe von Hans Christian Andersens *Märchen meines Lebens.* Doch ich setze mich bewußt dieser Gefahr aus, da es Parallelen im Leben des Sohnes eines Zimmermanns in Gastein und des Sohnes des Schusters zu Odense gibt: Aufstieg aus ärmlichen Verhältnissen, geringe Schulbildung, Erkennen der eigentlichen Begabung erst nach mehreren Anläufen, Verachtung durch literarische Zirkel, das Schicksal, als *literarische Parvenues, ohne solide Bildung** abgetan zu werden (wie Andersen es vom jungen Kierkegaard widerfuhr, der den älteren Schriftsteller doch so wichtig nahm, daß er zur Begründung seiner Ablehnung ein ganzes Buch schrieb). Auch der Vorwurf der *politischen Indifferenz,* die revolutionäre Söhne aus gutem Haus Andersen vorwarfen. Und nicht zuletzt das hinter vorgehaltener Hand gemunkelte sexuelle Außenseitertum des Märchenerzählers.

Hier jedoch beginnt der Vergleich – Schicksal manches so flott begonnenen Vergleichs – zu hinken. Bei Andersen geht es, wie ein Zeitgenosse es dezent ausdrückt, um die *weibliche Natur* des Märchendichters. Er war, wie er einem ärztlichen Freund in seinen letzten Jahren gestand, *virgo intakta* geblieben (zumindest gegenüber dem weiblichen Geschlecht). Seine unerfüllten Lieben zu jungen Frauen – die er schmerzvoll zur Schau stellte – waren der Wandschirm, hinter denen sich die erfüllteren zu jungen Männern verbargen.

Nun, d a s wird niemand Waggerl vor- bzw. nachwerfen können. Noch stehen wir im Jahr 1917. Noch hat er die Frau aus Kais Erzählungen nicht kennengelernt, doch es ist Krieg und es gibt genug andere Mädchen, die es für ihre Pflicht halten, den Helden die spärlich bemessenen Urlaubstage zu verschönen. Karl – noch immer ein halbes Kind – treibt es wie den Beaumarchaischen Cherubin von einem verwirrenden Angebot zum andern, immer wieder die Idealgestalt aus Kais Erzählung im Kopf. Wieder zurück

* Zitiert nach Hans Mayers *Außenseiter*

an der Front, notiert er am 22. 2.1917 in sein neues Tagebuch: *Nun bin ich wieder in meiner alten Stellung am guten Cimone, nur etwas weiter oben. Ganz hinten im Gedächtnis klingt noch was, wie ein goldenes Märchen.*

Doch das ist auch die einzige Märchenpassage in dem neuen Büchlein. Schon auf der zweiten Seite kommt Ärgerliches aufs Tapet. Wir erfahren etwas über eine groteske Entlausungsaktion hinter der Front. Als er, am Beginn des Urlaubs, völlig dreckig und voller Ungeziefer aus dem Schützengraben kam, hatte sich niemand um ihn gekümmert, niemand ihm geholfen, wieder zu einem menschenwürdigen Aussehen zu kommen. Nach dem Urlaub aber – als er sauber und adrett aus der Heimat zurückkommt und auf dem Weg zur Front ist – da fällt er einer Hygieneabteilung in die Hände. Und nun wird er entlaust, daß ihm Hören und Sehen vergeht, obwohl die kleinen Mitbewohner schon längst daheim ihr Leben ausgehaucht haben.

In der neuen Unterkunft in der neuen Stellung gibt es keine Läuse mehr. Nur Flöhe. Die Schlafstellen wimmeln davon. Waggerl meditiert über den unterschiedlichen Charakter von Laus und Floh. Und er gibt den Läusen entschieden den Vorzug: Sie sind demütiger als die widerspenstigen Flöhe, die wild herumspringen und versuchen, sich ihrer gerechten Ausrottung zu entziehen. Läuse hingegen unterwerfen sich willig ihrem Schicksal, ducken sich und erwarten mit Geduld den Tod durch Zerquetschen.

Auch in der Einschätzung des Verhältnisses von Ästhetik und Bequemlichkeit kommt Waggerl (Leser der Zeitschrift *Jugend*) zu einer Umwertung aller Werte: *Ein Hinterländler, der gewohnt ist, Schönheit mit mehr oder weniger Zweckmäßigkeit zu verbinden, dürfte nicht urteilen. Das Bequeme ist der Feind des Geschmackvollen.* Aber nicht nur die Ästhetik, auch Bequemlichkeit kommt in den neuen Quartieren zu kurz. Die neuen Schlafplätze sind für jeden einzelnen so eng bemessen, daß alle sich umdrehen müssen, wenn auch nur einer dieses legitime Vorhaben in die Tat umsetzen will.

Auch über die kulturellen Aktionen seines Regimentskommandanten mokiert Waggerl sich. Der alte Herr mit *feinen Schrullen* wurde zum Schreckgespenst aller Offiziere. Er veranstaltete, natürlich in sicherer Entfernung von den vorderen Linien, Leseabende und quälte seine Offiziere mit Schiller- und Goethe-Texten. Der gemeine Landser blieb zwar davon verschont. Dafür erhielt er auch keinen französischen Cognac, mit dessen Hilfe das Herz der Ranghöheren für die deutsche Klassik aufgetan werden sollte.

Der Gefreite Waggerl und seine Leute bauen inzwischen neue Stellungen aus, ein Vorgang, der vom Feind mit Mißtrauen beobachtet und immer wieder durch Schüsse behindert wird. Mit der sich dadurch steigernden Gefahr verändert sich auch Waggerls Schrift. Nein! Es sind noch nicht die winzigen Buchstaben, die berühmt werden sollten, weil sie nur mit der Lupe entziffert werden können, Buchstaben, so eng aneinandergepreßt, daß auf zweiundzwanzig Seiten ein ganzer Roman Platz findet*. Eine Schrift, die er in den zwanziger Jahren entwickeln wird, um Papier zu sparen. Zum Sparen hat er an der Front nicht die Nerven. Im Gegenteil. Jetzt wachsen die Buchstaben ins Überdimensionale. Seine Schrift, die am Beginn noch ordentlich und etwas rechtsgeneigt war, wohl ein wenig schülerhaft, aber doch weltoffen und optimistisch, sie richtet sich am 5. März 1917 plötzlich empört auf. Etwas gar nicht so Erregenswertes scheint ihre Veränderung bewirkt zu haben. Es ist wohl die Gesamtstimmung, die sich an der Front breitmacht, die nicht nur Rückenhaare sondern auch Buchstaben sich aufrichten läßt, während die Nacken sich beugen. Es geht um den Transport von Drahtrollen (Stacheldraht?) zu den Stellungen. Und es wurden keine Pferde bereitgestellt, obwohl doch hinter der Front, wie er gesehen hat, dieser endlose Marstall angelegt wurde.

Wir spielen wieder einmal Tragtier. [...] So ein Ding wiegt 60 kg und der Weg ist schlecht und steil. Ein alter Landstürmer seufzt und sagt: „Meinersöll, unser Herrgott hat viel mitg'macht, aber bei die Neunafufzger is er nicht g'wesn.“

Im Tagebuch notiert Waggerl einiges im Dialekt. In seinen Werken wird er ihn stets vermeiden. Und wenn sein Journal auch manchmal Situationen prägnant formuliert, so daß wir den künftigen Sprachartisten ahnen können, ich zweifle, ob wir diese Texte schon als heimliche Etüden werten dürfen. Niemals kommt er später auf dieses brachliegende Material zurück. Überhaupt arbeitet er im Alter keine Texte aus seiner Jugend auf, wie Goethe in der *Campagne in Frankreich* oder Stendhal in den *Souvenirs d'egoisme.* Waggerl wird nie der *Homme des lettres* werden, der alles, was ihn einmal zum Schreiben bewegt hat, zu Alterswerken streckt und dehnt. Das überläßt er bruchstückweise späteren Herausgebern. Aber auch im Tagebuch selbst

* Das dem Verleger Kippenberg geschenkte Original liegt heute im deutschen Literaturarchiv Marbach.

stehen nur Bruchstücke. So nehme ich manchmal das Schriftbild zu Hilfe, um des Schreibers Zorn und Erschütterung nachzuvollziehen.

Dem Schriftbild der nächsten Seiten nach könnte man glauben, leidlicher Friede sei wiederum eingekehrt. Dann aber, beim Bericht über die Zustände im neuen Vorposten, wird die Schrift wieder zerfahren. Wenn er schildert, wie jedes Herauskriechen aus der Kaverne zum russischen Roulett wird. Heraus jedoch muß jeder einmal, und sei es nur, um seine Notdurft zu verrichten. Auch im Innern der Kaverne sieht es trostlos aus. So *brütet man dahin mit brummendem Schädel und fiebernder Haut.* Also doch wieder Fieber? Oder darf man es dieses Mal nur bildlich nehmen?

10. 3. 1917

Ein Komet kommt am Himmel, das ist was für unseren Astronomen.*

Damit hat sich die Schrift erneut aufgerichtet, wird aber durch etliche Streichungen schwer entzifferbar; so tue ich mir anfangs schwer, den Schreiber richtig zu verstehen. Er schreibt – in der dritten Person – von einem sonderbaren Kauz in seiner Kompanie, einem, der ebenso häßlich wie dreckig ist. Und der, insofern er nicht in den *Räumen der Unsterblichkeit* wandelt, ein armer Bauernknecht wäre. *Sein Rucksack steckt voll von Büchern, Werken und Abhandlungen von u*[nd] *über Herschel ...* Damit kann nur der Entdecker des Uranus, der zuletzt in London gelebt habende Freund Josph Haydns gemeint sein! Im Rucksack des sonderbaren Sternguckers findet sich aber auch die Kraus'sche *Fackel.*

Hier stutzt der Entzifferer und fragt sich, ob Waggerl in seinem Gefechtsstand so etwas wie einen Doppelgänger hat. Einen zweiten *Fackel*-Leser aus dem *Land der Berge?* Oder ob er ein Selbstporträt skizziert: *Sein Innenleben krankt an einem merkwürdig zerstörenden Zwiespalt. Einerseits wühlt in ihm dieser Drang nach Wissen und Erkenntnis, der freie Blick einer beinahe faustischen Natur, anderseits liegt er in den Fesseln, den vom Jahrhu ...*

Hier fällt die Schrift plötzlich nach links und endet in einem Gekritzel. Die Ursache solcher Veränderungen kann natürlich an rein äußerlichen Umständen liegen. Es ist nur merkwürdig, daß sie immer dann in Erscheinung tritt, wenn ihm etwas Unbehagen bereitet, wie hier seine eigene Distanz zur

---

* Es handelte sich um den Komet IP/Mellissh, der im März 1917 im Zeichen des Widders auftauchte.

Kirche. Schon auf der folgenden Seite erholen sich die Buchstaben wieder, so daß wir wieder lesen können: *Er glaubt mit rührender Einfalt an die biblischen Schöpfungssagen, wie an die modernen Hypothesen von Weltgeburt und Urzeugung. Natürlich fehlt ihm bei mangelnder Grundbildung auch fast jede Fähigkeit logisch zu denken u. zu schließen. Mag er das fühlen oder nicht...* Des weiteren wird von diesem Unbekannten gesagt, er glaube nicht an den restlosen Triumph der forschenden Wissenschaft, er halte sich lieber an Mirakel und Wunder. Und zum Abschluß dieses kleinen Porträts: *Ich rede gern mit ihm und glaube daß er doch mehr ist, denn ein haltloser Narr, als der er verschrien und verspottet ist.*

Beim Entziffern dieser Passage denkt man, Waggerl liefere sich mit diesem *haltlosen Narren* (so bezeichnet er sich manchmal selbst) ein rücksichtsloses Selbstporträt in der dritten Person. Aber das fügt sich dann doch nicht in den Zusammenhang. Es bleibt die Schilderung eines seltsamen Halbwilden, die den neunzehnjährigen Waggerl bewegt, weil er sich einerseits diesem Astronomen bildungsmäßig überlegen fühlt, aber doch wieder – wenn auch auf einer höheren Ebene befindlich – verwandt.

11. März [1917]

Drei Mann flechten Drahtverhau vor der Stellung. Sonnenhell und friedlich ist der frühe Abend. Da stört ein hohles Sausen die stille Arbeit – heulend fährt die Hölle heran, mitten in die zusammengeduckten Leiber hinein. Schmetterndes Krachen, aufwallende Gasschwaden, stillstehende furchtbare Sekunden, dann wieder Sonnenhelle und Abendfrieden. –

Der Schnee ist aufgewühlt zu einer schmutzigbraunen schaumigen Masse, weithin verstreut liegen Uniformfetzen und – frisches hellrotes Fleisch. In den Maschen des Drahtverhaus hängt das Grauen.

An dieser Stelle reißt es die Buchstaben chaotisch nach rechts und links. Es ist, als ob die Granate mitten in die Schrift geschlagen habe.

Ein Stück Kiefer mit blanker Zahnreihe, Hirn, Fleisch, Sehnen, bloßgelegte Luftröhren, ein Fetzen roter Lunge – und Blut, helles schaumiges Blut, das in schweren Tropfen im Schnee verschmilzt. [...] Spät abends schleppen wir den einen im Zeltblatt durch den Laufgraben. Das Hirn am Scheitel bloßgelegt, beide Arme von Sprengstücken zerfetzt, und in den Eingeweiden vergraben der Flügelschwanz einer schweren Mine.

Ich glaube, er hat drei oder vier Kinder daheim.

Danach folgen Reflexionen, wie Menschen im Hinterland so einen Tag erleben und in der Zeitung beruhigt lesen: *Tiroler Front – nichts von Bedeutung,* wie sie ihr Frühstück selbstzufrieden schlürfen, und dieses *nichts von Bedeutung* genüßlich hinunterschlucken, sich nicht vorstellen können, daß dieses *nichts von Bedeutung* unter anderem zwei zerfetzte Menschenleiber am Cimone einschließt. Und dann bricht der Schreiber in kaum gebändigte Wut aus: *Die da sündigen in sträflicher Dummheit die es noch wagen das Wort Krieg auf die Zunge zu laden [...] die jubeln und flaggen, wenn tausende sterben!! Werkeltagsromantiker, ihr Afterhelden – schweigen sollt ihr, wenn wir bluten.*

Noch bricht das Tagebuch nicht ab. Vier Eintragungen folgen nach. Eine schildert wieder einen Tag auf einem äußerst exponierten Vorposten. Ausgerechnet der Eingang zum schützenden Unterstand ist – wohl geländebedingt – so angelegt, daß er vom Feind eingesehen wird. Ein makaberer Humorist unter denen, die hier Wache schieben müssen, hat eine weithin sichtbare blecherne Zielscheibe befestigt. Und tatsächlich knallen die Italiener immer wieder auf dieses Blech. Im Innern des Unterstandes hört sich das an, wie wenn einer von Zeit zu Zeit höflich anklopfte – *mit knöchernem Finger.*

Das Tagebuch endet am 18. März 1917. Obwohl noch viele Seiten frei wären, zeichnet er nur noch Schneckenhäuser. Für ein halbes Jahr verlieren wir ihn ganz aus den Augen. Am 1. November 1917 schreibt er nach Hause:

Euren Brief und die l[iebe] *Karte v*[on] *Vater erhalten. Herzlichen Dank dafür. Wir sind heute wieder auf dem Marsch, Gott allein weiß wohin. Sorgt Euch nicht weiter um mich, es wird schon alles gut gehen...*

Und am 31. Dezember 1917 schreibt er:

... ihr stellt Euchs ein wenig leicht vor, einen Urlaub zu kriegen. Wenn ich nicht befördert werde, habe ich auch nicht die geringste Aussicht freizukommen. Aber Kopf hoch, einmal muß es ja doch werden ... Dann:

3. Jänner 18

Nun ist der Jahreswechsel auch vorüber. Wir haben nicht viel davon gemerkt, höchstens, daß 1918 auch noch Krieg ist: meine Glückwunschkarte werdet ihr ja erhalten haben. Die Dokumente von Salzburg sind schon da, aber wie lang sie jetzt noch herumwurschteln, weiß der Teufel. Vielleicht werde ich doch noch krank und komm ins Spital. Viel besseres kann einem nämlich nicht passieren. Übrigens, daß ich diese letzten zwei Monate aushalten konnte, hätte ich nicht geglaubt. Bin immer noch gesund.

Gruppenfoto nach der Fähnrichstaufe im Februar 1918. Waggerl steht ganz hinten in der Mitte.

Dieses *Bin immer noch gesund* schreibt er merkwürdigerweise zwei Mal und das zweite Mal unter Anführungszeichen. Anderseits hat er seine Papiere angefordert und erwartet seine Beförderung. Er ist also wieder einmal hin- und hergerissen: befördert werden oder krank werden? Und er entscheidet sich für das Befördertwerden. Am 11. 2. 1918 ist es soweit. Äußerst vergnügt – Waggerl ist sichtlich im Moment außer Schußweite und hat schon etwas getrunken – schreibt er nach Hause:

Liebe Eltern, muß soeben meine Fähnrichstaufe aushalten. Also haltet mir die Daumen, daß ich nicht zu früh unterm Tisch liege. Ich bin noch so jung...

Der Rest der Karte ist mit Grüßen und Unterschriften seiner Taufpaten und Mitsäufer über- und untereinander verkratzelt. Der Urlaub ist gesichert. Er wird zum Teil in Gastein, aber auch mit der Mily in Tirol verbracht. Am 22. März 1918 ist er in Pilsen, von wo er einen Brief nach Salzburg schreibt, einen Brief, den ich mir für das nächste Kapitel aufspare, da mit ihm eine neue Epoche seines Lebens beginnt.

Bald danach muß er an die Front zurückgekehrt sein. Bis zu seiner Gefangennahme am 30. Juni fehlen weitere Unterlagen. Hier muß der autobiografische Text herhalten, den Waggerl fünfundvierzig Jahre später schrieb. Als Fünfundsechzigjähriger. Er stammt aus dem Essay *Ein Mensch wie ich* und schildert die letzte Zeit an der Front:

Im übrigen wußte ich weder, wo ich jeweils war, noch konnte ich irgend einen begreifbaren Grund für das entdecken, was man von mir verlangte. [...] Der Tod im Feld ist ein blickloser Tod, und meine ganze Kriegskunst bestand einfach darin, nie dort zu sein, wohin er schlug, oder anders gesagt, im rechten Augenblick das Verkehrte zu tun, indem ich blindlings aus der Deckung lief und mit Geknall und Gebrüll einen eindrucksvollen Lärm erzeugte.

Das hielt man anfangs für Glück, später leider für Mut, und dadurch geriet ich nur um so ärger ins Gewürge. Einmal, als ich auf Posten stand, wollte ich abends noch heimlich Kastanien von einem zerfetzten Baum im Vorfeld holen. Aber in der nebligen Dämmerung verlief ich mich und wußte nicht mehr aus noch ein, bis ich endlich ein paar Leute sah, die auch in dieser löchrigen Gegend herumstolperten. Ich rannte ihnen nach und schwang mein Gewehr und bat sie flehentlich, auf mich zu warten. Das taten sie denn auch, und obwohl sie eigentlich auf die andere Seite gehörten, brachten sie mich gutwillig in meinen Graben zurück.

Eine Weile hoffte ich, man werde mich der Kastanien wegen wieder in den Arrest stecken. Aber es wurde mir nur nach etlichen Wochen eine Medaille an die Brust geheftet.

Das zog sich alles so hin, eins um das andere Jahr, etwas wie ein Bart begann auf meinen Lippen zu sprossen und schließlich ernannte man mich zum Offizier. Unversehens hatte ich über sechzig abgezehrte Leute zu befehlen, aber das machte nicht viel aus. Wir zogen weiterhin ziellos umher, nur lief ich jetzt voran, statt irgendwo sonst in dem Haufen, wie bisher. Die Grauköpfe schauten freundlich und ohne Hoffnung in mein blasses Milchgesicht, sie krümmten sich und fluchten und beteten, wenn die Feuerwände barsten, vor und hinter uns, und auch dazwischen.

Unterbrechen wir.

Natürlich stellt er sich naiver dar, als er wirklich war, wenn er schreibt: *Im übrigen wußte ich weder, wo ich jeweils war…* Natürlich wußte er es! Zumindest vom Cimone habe ich einen von ihm gezeichneten Plan vor mir liegen, der die genaue Lage seiner Stellungen angibt. Aber schon der zweite Teil dieses Satzes ist ohne Abstriche glaubwürdig: *… noch konnte ich irgend einen begreifbaren Grund für das entdecken, was man von mir verlangte.* Selbst die Geschichte von den Kastanien, die der ewig Hungrige zwischen den Linien suchte, bin ich geneigt, ihm abzukaufen, auch wenn sie verteufelt nach dem Soldatenlatein des Knechtes Andreas riecht. Irgendwie tönt auch das unausgesprochene Wortspiel, von den Kastanien, die man aus dem (feindlichen) Feuer holt, aus der Geschichte heraus. Doch weisen Waggerls Entlassungspapiere ihn als Träger der *Bronzenen Tapferkeitsmedaille* aus. Und da ich sonst keinen Grund kenne, wofür er sie bekommen haben könnte, er uns aus Schamhaftigkeit womöglich eine wirkliche Heldentat verschweigt, nehme ich die Geschichte für bare Münze. Waggerl erzählt sie mit der ihm eigenen Technik des Weglassens und Aussparens und zeigt auf, daß der Mensch, eingespannt in das Tötungsritual des Krieges, durchaus bereit sein kann, alle künstlich angeheizte Feindschaft über Bord zu werfen und sich einem Gegner gegenüber menschlich zu verhalten.

Aber was ist schon „menschlich“ an dieser so unmenschlichsten Gattung Mensch? Waggerl vermeidet deshalb das Wort „menschlich“. Er sucht weder nach dem Guten, noch nach dem Bösen. Er versucht lediglich, was auch die Söhne aus gutem Haus mehr oder minder geschickt versuchten, er versucht zu überleben.

Was freilich sein höchst extravagantes Verhalten bei Angriffen betrifft, sein Aus-dem-Graben-Springen, sein Schreien und Schießen, so war das wohl keine Frage der Moral, sondern eher eine Frage der Nerven. In einer leidlich sicheren Deckung den günstigsten Moment des Mordens kühl abzuwarten, ist Sache harter Männer. Man könnte auch sagen: Sache von Diszipliniertheit. Die umschließt meist auch eine Disponiertheit zu geistiger Stumpfheit. Ein sensibler Mensch wie etwa der von Kleist geschilderte somnambule Prinz von Homburg, hält solch stures Zuwarten nicht aus und entscheidet mit seinem wohl richtigen, aber ohne Befehl gestarteten Reiterangriff die Schlacht bei Fehrbellin. Er wird für seine Insubordination

– in Kleists Drama zumindest – vom Kurfürsten zum Tode verurteilt. So streng ging es allerdings bei k.u.k. Truppenkörpern nicht zu.

Waggerl blieb auch als Fähnrich ein Außenseiter. Dieses Außenseiterdasein ließ ihn spätestens jetzt erkennen, daß er niemals Lehrer werden könnte. Er müsse sich vielmehr nach diesem Krieg – so er ihn überlebt – einen Außenseiterberuf suchen. Die großen Schriftsteller seiner Zeit waren Außenseiter. Ein bißchen verrückt, ein bißchen herausgerückt aus der Gesellschaft, um sie besser beobachten zu können, das waren Leute wie Zweig, Schnitzler, Hofmannsthal, Kraus. Außenseiter schon durch ihr Judentum. Durch ihre Bildung. Durch finanzielle Unabhängigkeit. Durch diese Gemeinsamkeiten aber waren sie schon wieder zu einem Kollektiv geworden. Einem Kollektiv von Außenseitern.

Waggerl hingegen war Außenseiter auf einer entgegengesetzten Außenseite. Ein einsamer Außenseiter. Glaubten die Söhne aus gutem Haus, von ihrem höheren Niveau aus bessere Sicht zu haben und damit Gedanken über eine hellere Zukunft der ganzen Menschheit spinnen zu dürfen, so wußte der *Sohn des Zimmermanns,* wie tief er mit seiner Nase noch im Dreck steckte. Und so sehr er dem Staat, der ihn in jenen Dreck getrieben hatte, zu mißtrauen begann, so sehr sah er sich gezwungen, ihm sich weiter anzuvertrauen. Das Wichtigste war, Distanz zu halten. Distanz zu allen Institutionen. Distanz zu den Wortedreschern und Verkündern von neueren und älteren Paradiesen. Distanz auch zu den Plapperfrauen, die ihm über den Weg liefen.

Mit derart vielen Distanzen drohte ihm ein Einsiedlerschicksal, wie das jenes Sternguckers mit der *Fackel* im Tornister und dem Kometen am Himmel. Dazu aber war er noch weniger geeignet. Eine Zweisiedlerin war zu finden. Davon träumte er im Granatenhagel. Eine, die auch Distanz zu halten wußte. Distanz auch zu den üblichen Familientraditionen. *Familie, das ist ein Eingriff ins Privatleben,* meinte der von Waggerl verehrte Kraus. Eine Freundin also, die aus der Ehe nicht gleich wieder eine Zwangsgemeinschaft machte – wie Schule, Militär und Parteien –, sondern ein Geschöpf, das mit ihm gemeinsam an einem phantasievollen Gebilde webte, das täglich gelöst und neu erfunden werden sollte.

Dieser Wunderfrau sollte er beim kommenden Heimaturlaub im März 1918 begegnen.

Mein Dasein fiel für keinen ins Gewicht
Du aber nanntest mich beim rechten Namen
bis andere desselben Weges kamen
Und ihre Schatten fielen vor das Licht.

Dita Waggerl

Ein Liebeslied? Ein Bekenntnis? Ein Klagegesang? – Wer war diese Dita Waggerl, geborene Pitter?

Wiederum meine ich, man müsse in Gleichnissen von Dir reden und um Dich leben. Du seist vielleicht ein Zwischenraum im Gefüge der Dinge, zwischen zwei Atemzügen Gottes geboren und über alles Geschehen entrückt. Ich sehe mit Staunen, wie fremd und doch eigentlich wissend Du zwischen den Dingen bist, die Dir offenbar nur gleichen. Du hast andere Namen für sie und andere Bilder für ihr Dasein. Dann frage ich fast ein wenig bedrückt, wer Du denn seist. Und dann weiß ich, daß es keine Antwort darauf gibt, die weniger rätselhaft wäre als Du …

So wird Karl Heinrich Waggerl im Jänner 1920 aus der Lungenheilstätte Grafenhof an Edith Pitter schreiben. Ein Liebesgedicht in Prosa, das für einen einzigen Menschen bestimmt war; zur gleichen Zeit der Versuch, eine eigene poetische Sprache zu finden.

Antwort auf die Frage: Wer war Edith Pitter? ist es keine. Zumindest keine sachliche. Ich habe die Frage mehreren Bekannten der Waggerls gestellt. Zuerst Frau Ilse Exner, der Gattin Prof. Exners, mit dem Waggerl in seinen letzten Jahren fast täglich beisammen war. Frau Exner sah mich überrascht an und sagte: *Merkwürdig. Nun waren wir jahrzehntelang befreundet, und ich habe mir nie darüber Gedanken gemacht. Die Dita war eben die Dita. Die Frau vom Heiner.*

Ein paar Türen weiter im Altersheim wohnt Johann Guggenberger, der bei Waggerl in die Schule ging. Er hat später auch im Garten bei den Waggerls gearbeitet. Er erzählt, daß Frau Waggerl aus der Salzburger Hoteliersfamilie Pitter stammte, die man – weil sie einen bettelarmen Lehrer heiratete – enterbte. Das klingt sehr romantisch. Doch der Blick in die Heiratsurkunde scheint die Geschichte zu bestätigen. Da steht: *Edith Pitter – Bibliothekarin, geboren am 5. März 1897. Vater: Franz Pitter – Hoteldirektor. Mutter: Antonia Pitter geb. Prix.*

Jetzt könnte sich der Biograph beruhigt zurücklehnen, ritte ihn nicht der Teufel und zöge er nicht auch noch Erkundigungen bei Waggerls Nichte Hildegard Benedetto ein. Sie schreibt: *Der Vater von Tante Dita stammte aus Wien und war von Beruf Kellner. Ihre Mutter kam aus Prag. Sie arbeiteten beide im Hotelfach. Die Tante kam als lediges Kind zur Welt. Sie wuchs in Salzburg-Maxglan bei einem Onkel und zwei Tanten auf, die ein Friseurgeschäft betrieben. Der Onkel ermöglichte es ihr, daß sie die vierjährige Haushaltschule in Salzburg besuchen konnte. Der Vater starb, als sie 12 Jahre alt war an Lungentuberkulose. Ihre Mutter war später in einer Lungenheilstätte Merans beschäftigt. Wurde dort mit dieser Krankheit angesteckt, selbst ein Kuraufenthalt in Ragusa half nichts mehr und auch sie mußte sterben.*

Ein Waisenkind.

Vieles im Verhalten des Mädchens, vieles in ihren Gedichten, vieles in der Beziehung zu ihrem Heiner, wird uns aus der Angst der Waise vor dem Verlassenwerden verständlich werden. Das Trauma des Kindes, das sie auch als Erwachsene nicht losläßt, ja bis ins Alter verfolgt, ist ein Teil ihres Wesens, das nun auch ein Teil von Karl Heinrichs Leben werden wird. Er, der neun Monate Jüngere, wird nicht nur ihr Liebhaber, er wird auch ihr Vater und Bruder werden. Und wohl auch ihr Sohn. Ein schwer erziehbarer Sohn, manchmal. – Doch kehren wir in die Zeit zurück, knapp bevor sie sich kennenlernten.

Waggerl hat anläßlich seiner Beförderung zum Fähnrich wieder Heimaturlaub bekommen. Natürlich wird er einige Tage zu Hause verbracht haben. Ein Aufenthalt in Tirol mit der Mily ist durch eine Karte an die Eltern gesichert. Er war aber auch in Pilsen. Vermutlich bei der Gusti. Und am 22. März 1918 schrieb er aus Pilsen jenen Brief, der bereits erwähnt wurde.

Es ist der erste Brief an Edith Pitter, an jenes Mädchen, von dem ihm sein Freund Kai schon lange davor erzählt hat. Kurz vor der Reise nach Pilsen, lernt Waggerl es in Salzburg in Kais Gesellschaft kennen. Er ist herzlich jung und glaubt, er müsse sich vor ihr ein wenig aufspielen. Das führt zwischen ihm und dem Freund zu Spannungen. Natürlich tut man unerhört geistreich. Brilliert mit allerlei frisch angelesenem Wissen. In Wirklichkeit wetzt man aber nur den Schnabel, spreizt die Federn und kräht sich in Kampfpose. Alles in allem ein mißglückter Abend, bei dem sich die Freunde nicht gerade freundlich verabschieden.

Hinterher kommt die Ernüchterung. Auf der Fahrt von Salzburg nach Pilsen ärgert sich Waggerl über sich selbst. Über die Art, wie er sich aufgeführt hat. Sowohl gegenüber dem Freund, mehr aber noch wegen des schlechten Eindrucks, den er bei dem Mädchen gemacht hat, das zu allem Überdruß die Partei ihres Freundes ergriffen zu haben scheint. Er wollte sich in Szene setzen, und der Auftritt mißlang. Nun ist er aufs höchste verwirrt und schreibt von Pilsen aus an das Mädchen: *Verehrtes Fräulein, dieser Brief ist wahrscheinlich eine der größten Narrheiten meines Lebens… Ursprünglich wollte ich Sie eigentlich nur bitten, mir mein etwas albernes Benehmen an jenem Abend zu verzeihen. Dieses sich Gehenlassen im Verkehr mit Menschen, die man beobachten will, ist zwar eine Finte, die viele Vorteile mit sich bringt […] Aber die schönsten Lehren nützen wenig, wenn man sie verfehlt anwendet.*

So windet sich der Brief eine zeitlang in Serpentinen weiter. Kürzen wir ab: Er deutet an, daß er das *verehrte Fräulein* testen wollte und dabei Opfer seines eigenen Testverfahrens wurde. Er hat sich verliebt, kann es aber nicht frei heraus sagen, da es doch die Freundin seines Freundes ist, und gesteht es dann doch auf eine unverfänglich scheinende Art: *Mein Freund hat die liebenswürdige Indiskretion begangen, mir einiges über die – verzeihen Sie den Ausdruck, – über die Innenarchitektur Ihrer Seele zu verraten. Seither verehre ich Sie wie eine kleine Gottheit.*

Jetzt ist es heraußen. Und jetzt muß rasch der Rückzug angetreten werden, um nicht als Verräter am Freund dazustehen. Er rettet sich in ein paar philosophische Floskeln, spricht von der *komischen Tragik* seines Zustandes, von *einsamen Gipfeln, die durch keine Kraft getrennt, aber auch nicht vereinigt werden können* – nein, wir sollten dem zukünftigen Schriftsteller, in so einer heiklen Angelegenheit nicht länger über die Schulter schauen. Noch dazu in einem Brief aus einer Zeit, in der er noch nicht mit Voyeuren zu rechnen brauchte. Springen wir darum rasch ans Ende:

Ich fürchte, Sie werden mich nicht verstehen […] u. aus meiner konfusen Art, mich auszudrücken, ersehen Sie wohl, daß ich ein wenig aus dem Geleise bin.

Es ist der verwegene Wunsch, den ich da im Stillen hege: Sie zur Freundin zu haben. […] Sie haben meinen Freund lieb. Dafür danke ich Ihnen, von ganzer Seele. Er ist ja kein bedeutender Mensch, aber auch keiner von den „Vielzuvielen". – Einer von denen, die wir nötig haben, wenn das Leben die Farbe nicht verlieren soll.

Und nun verzeihen Sie, daß Sie mir antworten könnten, wage ich nicht zu hoffen. Ich bin schon dankbar, wenn Sie mir nicht zürnen.

Ihr ergebener K. Waggerl

Weitere Karten und Briefe kommen dann von der Front. Später aus der Gefangenschaft. Leider sind des Mädchens Briefe in den Kriegs- und Nachkriegswirren verlorengegangen. So wissen wir auch nicht, ob sie gleich oder nur zögernd geantwortet hat. Auch von Waggerl findet sich bis zum Juni kein Lebenszeichen. Knapp vor seiner Gefangennahme aber verdichten sich seine Kartengrüße nach allen Richtungen wie SOS-Signale. Am 25. Juni schreibt er an Freund Mühlmann:

Lieber Kai, der Rummel der ersten Gefechte ist vorüber. Ich denke dabei einen genügend großen Teil meiner Sünden abgebüßt zu haben, so daß Du mir schon die Aufmerksamkeit einer kurzen Karte schenken könntest. Orientiere mich ein wenig, was hinten los ist. Danach folgen Namen von Toten und Verwundeten der letzten Wochen. Es wirkt wie eine Warnung an den Freund: Wenn Du Dich nicht bald mit mir versöhnst, wird es vielleicht zu spät sein, will er wohl sagen. Seine Todesängste verbirgt er dabei hinter Galgenhumor. Vor allem wenn er, sich burschikos gebend, wieder an das Mädchen schreibt. Diesmal ohne gezierte Anrede *Verehrtes Fräulein.* Das scheint nicht der rechte Ton für den Frontkämpfer.

18. Juni

Mit einer gewissen Beschämung, aber doch mit inniger Freude erhielt ich gestern Ihre freundlichen Grüße. Schelten Sie nur, ich bin auch gar zu nachlässig.

23. Juni

Der böse Feind schickt uns eben recht ausgiebig seinen Morgengruß herüber, den ich gleich, ein bissel weniger geräuschvoll und unmotiviert, an Sie weitergeben will. Es wird schon wieder viel gemütlicher hier, seid wir den erforderlichen Grad von Indolenz u. Galgenhumor erreicht haben.

Und schon vier Tage später folgt ein langer Brief.

Im Graben, am 27 Juni 18

Unser liebes Gegenüber verwendet so viel Fleiß u. Mühe darauf, uns aus der Fassung zu bringen, daß eine Überraschung irgend welcher Art schon beinahe ausgeschlossen ist. Was aber der böse Feind nicht zuwege bringt, haben Sie durch Ihren Brief erreicht, allerdings auf eine ungleich angenehmere Art. [...]

Sie wollen erfahren, wo ich eigentlich stecke u. wie es mir geht. Ich sollte allerdings von Pilsen weg ins Spital gehen, aber die Aussicht, mit „Feuer und Schwert" durch Norditalien zu ziehen, hat mich doch wieder mitgerissen. – Vielleicht war ich auch nur zu faul, irgend etwas zu unternehmen.

Zu faul, sich wegen einer angeschlagenen Lunge untersuchen zu lassen? Seltsame Erklärung. Ist er Phlegmatiker oder Bramarbas? Ist er lungenkrank oder gesund? Ist er Pazifist oder Eisenfresser?

Zuerst einmal zeigt das Aufeinanderprallen der letzten zwei Sätze – obwohl ohne literarischen Ehrgeiz unter feindlichem Beschuß hingefetzt – schon eine typische Waggerl-Wendung: Das Erhabene prallt auf das Banale, das Komische aufs Tragische, das dadurch sofort seine Kothurne verliert. Der alpine Held, der mit blutbeflecktem Maul in die Kulturlandschaft der Po-Ebene einbricht, und der brave Schweyk, der einfach aus Phlegma mittrottet und sich gemeinsam mit der Leserin über den Helden lustig macht. Dabei sollte man die dritte Komponente nicht übersehen, daß einer, der lange genug im Dreck gelegen ist, nun die Früchte des Sieges ernten will. Immerhin war den Österreichern im Herbst der Durchbruch am Isonzo gelungen. Im Frühjahr hoffte man, daß es so weitergehen würde. Dem aber war dann nicht so.

Nun hat sich leider zu meinem Schaden herausgestellt, daß das Feuer auf Seiten des Gegners [...] zu sein scheint. Rundweg, wir sind in einer derart kitzligen Lage, daß ich jede Minute damit rechnen kann, in der nächsten schon in Stücke gefetzt einen Granattrichter auszufüllen. Gerade gestern hatten wir ein schweres Gefecht. Meine besten Kameraden liegen tot vor der Linie, die Leute sind gestürzt wie die Tiere, ich selbst bin unverwundet geblieben. Also werde ich nach den Gesetzen der Wahrscheinlichkeit nächstens an die Reihe kommen, daß ist mir jetzt gar nicht mehr so gleichgültig. Diese ständige, tatenlose Erwartung des Schrecklichen wirkt derart auflösend, daß man allmählich jeden seelischen Halt verliert. Unsere Bauern sind harte erprobte Leute, aber ich habe nicht wenige davon schon weinen gesehen.

Ich will Ihnen das Leben hier nicht in seiner ganzen Grauenhaftigkeit schildern, sondern nur ungefähr die Lage, in der ich mich gerade befinde. Hoffentlich dauert es ja nicht mehr lange. Ich bin eigentlich schon recht überflüssig hier, denn mein Zug existiert nicht mehr. [...] Vielleicht gibt es also bald ein Wiedersehen in Salzburg – eine Möglichkeit, an die ich mich verzweifelt klammere. [...]

Schreiben Sie, bitte, bald wieder

Ihrem Waggerl

Drei Tage später gerät er in italienische Kriegsgefangenschaft. Und fünf Wochen später erhalten Waggerls Eltern eine italienische Feldpostkarte, die einen triumphierenden Friedensengel mit wehenden Fahnen der Alliierten zeigt. Diese Prachtbild ist ernüchternd überstempelt: *Corrispondenza prigionieri di guerra.* Und darunter steht: *Al Signor Giovanni Waggerl, Badgastein Salisburgo Austria.*

Meine Lieben! Habe endlich die erste Gelegenheit. euch Nachricht geben zu können. Ich muß mich kurz fassen weil der Raum genau vorgeschrieben ist. Am 30. Juni wurde ich am Col del Rosso im Verlauf eines kurzen Gefechts mit 12 anderen gefangen. Meine Schuld war es nicht, lest den Generalstabsbericht. Ich bin gesund, wir leben hier in der Festung Verona ganz gut. Ich bat euch in zwei Telegrammen um Übersendung von 100 Lire. Meine Uniform ist noch so zweifelhaft und schmutzig wie bei der Gefangennahme. Für 100 Lire kann ich mir Schuhe, Wäsche und Kleider verschaffen. Das Geld ist nicht verloren, bei meiner Rückkehr erhalte ich alle Gagen nachbezahlt. Vor allem aber schreibt mir, ihr könnt euch denken, wie groß meine Sorge und mein Heimweh ist. – Tausend Küsse. – Schreibt Rote Kreuz Karten.

Fünfundvierzig Jahre danach, also 1963, versucht er sich nochmals an das dramatische Ereignis zu erinnern:

Vier Überlebende kauerten mit mir in einem Wasserloch, als das Ende kam. Jemand schoß mir noch am Ohr vorbei, irgend ein fremder Lümmel, dann war alles vorbei. Vorüber, ja. Ich hatte in der ganzen Zeit keinen Tropfen Blut verloren, außer an das Ungeziefer. Aber nun, in der sicheren Gefangenschaft, verwirrte sich alles von neuem. Man hatte mir, dem Knaben, die Arbeit eines Mannes abverlangt, und plötzlich war ich wieder in die Kindschaft zurückgeglitten.

Am 1. September 1918 geht die erste Karte (sie sind ja rationiert) an Edith Pitter. Dabei kehrt der durch die Gefangenschaft Gedemütigte zur förmlichen Anrede seines ersten Briefes *Verehrtes Fräulein* zurück. Der Raumnot entsprechend in einem Kürzel:

V. Frl. Dita – Vorerst ein paar kurze Daten: Ich bin wie Sie sehen, ital. K.Gef. merkwürdiger Weise lebendig erwischt u. jetzt bei Cassino [sie wurden inzwischen also vom frontnahen Verona in das Landesinnere überstellt] *im Gebirge in sorgfältige Obhut genommen worden. Ihren letzten Brief habe ich noch in der Stellung unter Lebensgefahr mit 8 Seiten beantwortet. Nur ist er hinterher mit meinem Burschen in die Luft geflogen. Ich hege die stille Hoffnung, daß Sie mir*

Eine der Karten aus der italienischen Kriegsgefangenschaft

wieder schreiben werden. Ein bissel totgeglaubt vielleicht - ganz vergessen werden Sie mich schon nicht haben. Vielleicht wissen Sie auch wo Kai jetzt ist. Ich möchte ihm gern schreiben. Über zwei Reiche hinweg läßt sich leichter Freundschaft halten. - Denken Sie an Ihren armen K.W.

Am 9. September schreibt er schon wieder:

V. Frl. Dita! Sie werden sich wundern, daß ich so oft an Sie schreibe. Es ist mein größter Kummer geworden, daß mir jede Möglichkeit genommen ist, mich ausführlicher an Sie zu wenden und daß ich zufrieden sein muß, wenn es mir nur gelingt, mir Ihre Freundschaft für eine günstigere Zukunft zu sichern. Ich hätte Ihnen ungeheuer viel zu erzählen. Die Schrecken der verflossenen Tage haben zwar meine Haare nicht „gebleicht", mich aber trotzdem einem ernsten Ziel, einer „Lebensaufgabe", wie man so schön sagt, nähergebracht. Ich arbeite schon fleißig, wenn es auch mit den Fortbildungsversuchen noch etwas im Argen liegt u. lese Reuters „Festungstod" u. Rènau's „Gefängnisse", lauter Fachliteratur wie Sie sehen, zwischendurch ein wenig Nietzsche u. ein bißchen Karl May, alles durcheinander. Der Nutzen natürlich sehr relativ aber es wird schon gehen.

Übrigens – interessiert Sie denn das? – man wird so mitteilsam hier u. ein gewaltiger Egoist. Wo ist Kai? Herzlichen Gruß KW

Und da es mit der Post über das Rote Kreuz auch nicht so rasch geht und er auf alle SOS-Rufe keine Antwort bekommt, schreibt er am 17. September wieder an die Eltern:

L.E. Meine Kameraden erhalten schon vielfach Post und ich vergehe fast vor Ungeduld, endlich zu wissen, was daheim los ist, ob Ihr doch wirklich u. Gottseidank alle gesund u. wohlgeblieben seid in dieser langen, langen Zeit. Was ist mit Hans? Wissen auch Marie u. Liesl schon, das ich gef. bin? Bitte schreibt auch an Mily, dann an „Kai Mühlmann, Salzburg, Maxglaner Hauptstraße 9" – an „Frl Dita Pitter, Salzburg, Maxglaner Hauptstraße 4" [der Kai und die Dita sind also Nachbarskinder] *u. „Gusti Luceck, Pilsen, Prokopstraße 8" – nur ganz kurz. Es sind lauter gute Freunde die sicher gern wissen möchten, wie ich auf einmal verschwunden bin. Die wenigen Karten, die ich schreiben darf, möchte ich lieber größtenteils nach Hause senden. Hoffentlich kriegt Ihr sie auch alle. Herzl Grüße u. Küsse von Eurem besorgten u. dankbaren Sohn.*

Schon seine nächste Karte geht – am 2. Oktober – wieder an das *V. Frl.*:

Es drängt mich wieder einmal einen Notruf aus den vier Mauern meines Gefängnisses zugehen zu lassen. Ich weiß nicht, was mich bestimmt, Sie gewissermaßen als einzigen Freund zu betrachten, den ich um jeden Preis in die Freiheit retten will - als einzigen Freund, obwohl wir uns kaum einmal über den Tisch hinweg die Hand gereicht haben. Ich warte auf Ihre Briefe, wie auf eine Offenbarung u. kann noch immer nicht verwinden das alle früheren und auch das kleine Bildchen verloren gegangen sind. Kurz u. gut, ich bin noch immer der alte Narr. Nie mit sich zufrieden, aber doch immer allein. [...] Was soll ich Ihnen sagen? - Denken Sie an mich. Ihr ergebener [...]

Zu den neuen Lebenszielen gehört es auch, korrekt italienisch zu lernen. Er läßt sich von zu Hause eine italienische Grammatik und ein Wörterbuch schicken. Er scheint schon, als er im Trientischen stationiert war, in einer Gegend, wo fast nur mehr italienisch gesprochen wurde und wird, mit dem Lernen begonnen zu haben. Aber mit eigenartigen Lehrern. Oder einer Lehrerin? Auf der Rückseite seines ersten Tagebuchs aus dem Jahr 1916 finde ich eigenwillige Vokabel (in eigenwilliger Orthografie notiert) von Dingen, deren er dringend bedurfte: *butro = Butter, fromatio = Käse, brego signore mezzo litro lati.* Besonders wichtig erschien ihm aber ein Vokabel, das er sich mit ganz großen Buchstaben notierte und dazu auch noch die genaue Aussprache: *B A C I = Batschi*

Nun will er über die *baci* hinauskommen. Bei einem Mitgefangenen nimmt er außerdem Gitarrenunterricht. Und er zeichnet und malt. Und schreibt Karten an das *V. Frl.*, das im November 1918 ein *Liebes Frl. Dita* und am 1. Dezember ein *Liebes Fräulein Edith* wird: *Es geht mir hier weitaus besser, als Sie es anzunehmen scheinen. Wir haben eine Bibliothek von zka 2000 Büchern, die sich allerdings auf ebensoviele Leser verteilen. Trotzdem habe ich schon Philosophie von Descartes angefangen bis Nietzsche durchgefressen und stecke jetzt mitten in Sozialpolitik und Frauenfragen. Nebstbei oder eigentlich hauptsächlich versuche ich aber, eine umfangreichere Erzählung zu verfassen und die Arbeit geht zu meiner großen Erleichterung recht gut von statten ...*

Waggerl schreibt auch von lehrreichen Diskussionen, die von interessanten Persönlichkeiten geführt werden, an denen er sich nur als Zuhörer beteiligt. Er nennt leider keinen der Diskutanten beim Namen. Dabei gab es einen unter seinen Mitgefangenen, der bereits alle Merkmale der Weltberühmtheit hatte, einer, der sich ebenfalls für das Phänomen Sprache und seine Möglichkeiten und Unmöglichkeiten interessierte: Ludwig Wittgenstein. Die *2000 Bücher, die sich auf ebensoviel Leser verteilen,* waren eine überschaubare Menge, die noch überschaubarer wird, wenn man bedenkt, daß sich nicht alle Leser auf philosophische Werke gestürzt haben dürften; so gesehen müssen sich der zukünftige Dichter und der schon ziemlich gegenwärtige Denker über den Weg gelaufen sein. Eine undeutliche Spur dieser Begegnung finde ich in *Ein Mensch wie ich* wieder: *Nebenher begann ich, zögernd zuerst und dann mit Eifer, einigen Kameraden zuzuhören, gelehrten Leuten, die sich selber retteten, indem sie anderen halfen. Fast alles, was ich gelernt habe, was ich sicher zu wissen glaube, verdanke ich diesen Männern, sie öffneten mir die weiteren und so stillen Räume des geistigen Lebens.*

Merkwürdig nur, daß er die Namen dieser gelehrten Leute nicht erwähnt. Oder eigentlich gar nicht so merkwürdig. Er tut es ja fast nie. Er fühlt sich wohl auch noch im Nachhinein unsicher, wenn er an diese Gespräche denkt. Er selbst wird sich vorsichtig still verhalten haben, der Bildungshungrige, wenn die Bildungsbürger das Wort ergriffen. Der einzige ständige Gesprächspartner, mit dem er sich Tag und Nacht unterhält, auch wenn er über tausend Kilometer von ihm entfernt ist, bleibt für Waggerl das *Liebe Frl. Dita.*

Heute ist Ostersonntag, der kläglichste, der mir meiner Lebtage untergekommen ist. Sie, die ich in diesem Augenblick irgendwo in einem festtäglichen Landwirtshaus des engeren Flachgaues suchen würde, wenn ich es könnte, Sie werden meinen „Weltschmerz" verstehen, wenn Sie, wenigstens hinterher, meinen Osterspaziergang, zwischen 4 Wänden und 16 Betten, mit dem Ihren, den ich Ihnen übrigens so vergnügt wie nur möglich wünsche, – vergleichen werden. Ich hoffte heute wenigstens Post von Ihnen zu erhalten. Es war aber nichts damit. – „Pazienza" sagt man hier. Pfingsten ist auch ein schönes Fest.

Bleiben Sie indessen gewogen Ihrem KHW

Da haben wir es zum ersten Mal: *KHW*! Noch versteckt und ineinander geschachtelt: das Sigle *KHW*. Er klärt es nicht auf. Verwickelt das H noch ganz verschämt mit dem K. Verwendet es auch nur einige Male in den kommenden Wochen – einmal ganz frei und offen *K H W*, ehe er seine Unterschrift ganz wegläßt, um für wichtigere Botschaften Platz zu haben in der von seinen Wärtern rationierten Korrespondenz: 15 Zeilen, einmal wöchentlich.

Übrigens gelingt es ihm endlich, auch mit Kai in Kontakt zu kommen. Und er holt sich gewissermaßen im Nachhinein das Einverständnis zur Korrespondenz mit dem *Lieben Frl. Dita.* Und Kai gewährt es ihm wohl oder übel. Ich glaube aber, wir können Waggerls Verhalten gegenüber diesem fernen Mädchen – das er in seiner Einsamkeit mit allen erdenklichen Idealen ausstattete –, eher mit den Schwärmereien von Renaissance-Poeten für ihre Fiammetten und Beatricen vergleichen, als ihm zu unterstellen, daß er es schon bewußt darauf abgesehen hatte, Dita Kai abspenstig zu machen.

Doch die Phantasie des Mädchens nimmt einen andern Weg. Dieser romantische, unter südlicher Sonne schmachtende Bergler ist ein Gefangener. Er scheint ihr endlich geben zu wollen, was ihr die Realität immer wieder verweigert hat: Sicherheit. Sein Gefangenendasein scheint zu gewährleisten, daß er ihr nicht entfliehen kann. Vorsichtig und stückweise beginnt sie die geheimen Schubladen ihres Herzens zu öffnen. Und zuletzt schickt sie ihm ihr Allergeheimstes: eine selbstverfertigte Geschichte. Sie hat also ähnliche Wünsche und Träume. Und willig unterzieht er das zarte Gebilde ihrer Sprachversuche einer behutsamen und liebevollen Kritik. Gibt Ratschläge. Rät zu metrischer Umarbeitung. Und alles auf Postkartenformat. So geraten die beiden übers Fachsimpeln hinweg in eine geistige Nähe, die sie bis jetzt vermißten. Das Waisenkind gesteht, wie unnütz es sich in der Welt fühlt und daß es niemanden habe, dem es etwas geben könne. Er wiederum fiebert dem Ende der Gefangenschaft entgegen. Und der Begegnung mit ihr. Und er fiebert im wahrsten Sinne des Wortes, denn die Tuberkulose hat nun volle Herrschaft über seinen Körper. Er friert, obwohl er nun noch weiter in den Süden Italiens überstellt wurde. Nach Amalfi, dem romantischen Seeräubernest über den zerklüfteten Buchten des Golfs von Salerno. In seinem autobiografischen Bekenntnis *Ein Mensch wie ich*, das erst 1963 entstand, erinnert sich der nunmehr Fünfundsechzigjährige an die seltsam entrückte Stimmung des Zwanzigjährigen:

Die fremde Sonne wärmte nicht, ich fror in ihrer Glut. Tage und Nächte verbrauchten sich leer unter dem leeren Himmel, und das Meer erschreckte mich, dieses ruhelose Wasser. [...] Ich trank so viel von dem herben Wein der Bauern, wie ich erbetteln konnte, verschlief meinen Rausch und trank wieder.

Von fernher hörten wir, daß der Krieg erloschen war, unsere Wachen wurden nachlässiger. Stundenlang trieb ich mich im Hafen herum, schleppte Fischkörbe und übte mich in einer neuen, inbrünstigen Art zu fluchen. Noch lieber hockte ich vor dem Laden eines Schusters irgendwo in einer stinkenden Gasse und lernte allmählich, ihm an die Hand zu gehen. Ich rollte den Pechfaden auf der Hose und zog die Schweinsborsten ein, und eine Tochter hatte er auch, daß ich es nicht vergesse, Angela mit Namen. Die war hübsch und lustig und weit erfahrener als ich, mit ihren zwölf Jahren. Abends brachten wir die geflickten Sandalen zur Kundschaft des Vaters, und so dürftig der Lohn war, das Mädchen schlug doch immer ein paar Soldi für uns heraus. Dann kaufte sie süße ölige Fladen, um mich damit auf den Klippen oder im Bauch eines Botes zu füttern, und gewöhnlich schlief ich hinterher auch gleich ein in der Mulde ihres Schoßes, fieberheiß und sterbensmüde und glücklich. Das duldete sie nicht jedesmal, mitunter ließ ich mich an ihrer Hand über Treppen hinauf in die Weinberge ziehen oder wir saßen in einer verschwiegenen Bucht und Angela antwortete schlagfertig auf die eindeutigen Zurufe der Fischer, die mit halbgerefften Segeln langsam vorüberzogen. Ich wußte mein Mädchen beinah nackt unter ihrem dünnen Kittel, ein paarmal überfiel ich sie blindlings mit meiner groben Unbeholfenheit. Dann wies sie mich scheu zurück und bot sich doch zugleich verwirrend an mit der Unschuld einer Frucht im Laub. Vielleicht war ich damals dem Tod näher als je zuvor, aber ich wußte es nicht, ich lebte wieder gern.

Ein Mann muß eure Herzen leiten,
denn ohne ihn pflegt jedes Weib,
aus seinem Wirkungskreis zu schreiten ...

Schickaneder / Mozart

Zugegeben: Ein wenig riskant, dieses Wort Sarastros aus der Zauberflöte als Motto zu verwenden. Es könnte sich sonst ja herumsprechen, welch patriarchalische Altlasten in dieser Oper der Aufklärung stecken. Doch das Motto drängte sich auf, als ich einen der letzten Briefe Waggerls aus der Gefangenschaft an Edith Pitter las:

Sie wollen mich warnen. Sie sind hundert Male besser, gerader, gesünder als ich, und ich soll nicht an Sie glauben? Eher will ich an der Sonne zweifeln. Ich kann Ihnen auch sagen, woran Sie augenblicklich krank sind, woran alle reichen u. wertvollen Naturen leiden: Sie haben niemand, dem Sie etwas geben könnten, ohne mißverstanden zu werden. Wenn Sie sich prüfen, werden Sie finden, daß ich recht darin habe. – Führen will ich Sie wohl, wenn Sie mir vertrauen können. Sie wissen, daß ich im Geheimen ein Kind bin. Enthusiast, wo andere sich langweilen u. allertage König in Niemandland. Eigentlich schlecht war ich wohl nie. Wenn Sie mir Ziele geben, will ich sogar gut sein. Schon der erste Tag, als ich Sie kennenlernte, habe ich mich freier und sicherer gefühlt. Seither arbeite

Unmittelbar nach der Heimkehr aus der Kriegsgefangenschaft aufgenommenes Porträt

ich in Ihrem Zeichen, und wenn ich irgendwie an ein gutes Ende komme, so verdanke ich es Ihnen. Schreiben Sie mir bald wieder, vielleicht ist es der letzte Brief nach Italien.

Führen will er sie also. Sie muß es von ihm verlangt haben. Aber weiß sie, auf was sie sich einläßt?

Ende Juni 1919 kehrt Karl Waggerl aus der Gefangenschaft zurück. Als Tag der Entlassung aus dem Militär wird in seinen Papieren der 26. August 1919 angegeben. Als Springenschmid seinen Freund wiedersieht – die Begegnung findet zufällig im Mirabellgarten statt – erschrickt er, so sehr hat sich Waggerl verändert. Eingefallene Wangen, tiefe Furchen auf der Stirn. Harte, abweisende Augen. Springenschmid spricht ihn mit „Heiner" an. Und es ist eines der ersten Male, daß Waggerl seinen neuen Namen hört.

Nur ein zweiter Mensch nennt ihn zu dieser Zeit so: das Mädchen Edith. Das steife umständliche Sie, das *Verehrte Fräulein,* wird gleich nach der ersten Begegnung hinweggefegt und weicht einer *Liebe* und *Liebste.* Es sind hochgespannte Erwartungen, die sie beide zueinander treibt, Erwartungen, genährt durch Fantasien, die sie sich in dem Jahr einer erst ganz zaghaft ausgesprochenen Werbung voneinander gebildet haben. Die sich gegenseitig eingestandenen literarischen Wünsche sind es, die sie aneinander fesseln. Hier kann er, der um ein halbes Jahr Jüngere, tatsächlich Führer sein, auch wenn er sich selbst noch nicht klar ist, wohin es ihn treibt.

Doch er ist todkrank. Und sein Mädchen wird von Depressionen heimgesucht. Trotzdem sucht Waggerl die Krankheit zu ignorieren. Folgt man Springenschmids Aussage, müßte er gleich nach seiner Entlassung eine Stelle in Schwarzach als Aushilfslehrer bekommen haben. Doch nun wirft ihn die Tuberkulose endgültig zu Boden. Er muß den Dienst abbrechen und sich in Spitalspflege begeben. Das läßt die Freundin wieder in ihre alten Ängste zurückfallen. Das einst von der Mutter verlassene Kind fürchtet, erneut verlassen zu werden. Das läßt sich aus einem Brief Waggerls vom Jänner 1920 herauslesen, ein Brief, den er aus der Lungenheilanstalt Grafenhof schreibt:

Schau es geht mir ebenso wie Dir, und uns mit vielen andern so wie schreckhaften Vögeln, die sich verflogen haben und verzweifelt an die blanken Scheiben stürmen. Wir sehen zuviel hinter den uns begrenzenden Dingen, zu wenig diese selbst und zerstoßen uns an ihnen, – wie schöne Vögel an der Scheibe. Aber laß uns nur den Weg ins Freie finden! Laß uns fliegen ...

In diesen Zeilen werden nicht nur die persönlichen Ängste der beiden angesprochen, die Ängste einer ganzen Generation schwingen da mit. Und diese Ängste kulminieren in der Angst vor der plötzlichen Auslöschung. Das verstehen wir, wenn wir in seinen Erinnerungen blättern, die er Jahrzehnte später über den Aufenthalt in Grafenhof schrieb: *Dort hielt man strenge Ordnung, der Weg zum Ende war von einer Stube zur nächsten sorgfältig eingeteilt, aber ehe man mich in die letzte legen konnte, beschloß ich, undankbar und widerspenstig, am Leben zu bleiben.**

Im Klartext: Er geht den behandelnden Ärzten einfach durch. Hat in einem Gasthaus einen Blutsturz. Fährt trotzdem weiter. Nach Salzburg. Und beginnt im Februar einen Fortbildungskurs an der Lehrerbildungsanstalt, der ihm eine Fixanstellung im Lehrdienst sichern soll. Aus dem Abschlußzeugnis dieses Kurses erfahren wir, daß sein Besuch nur unregelmäßig war (er muß verdienen und verdingt sich unter anderem bei Max Reinhardt als Statist) und seine Leistungen wie vor dem Krieg ziemlich durchgehend nur *befriedigend.* Nur in Musiklehre, Gesang und Freihandzeichnen wird sein Abschneiden als *lobenswert* empfunden, im Arbeitsunterricht erringt er sogar ein *Vorzüglich.* (Im Fach Geigenspiel allerdings bekommt er ein *Genügend.*)

Sein sittliches Verhalten wird keiner Beurteilung mehr unterzogen. Dabei müßte gerade dieses als vorzüglich eingestuft werden, denn der Freigeist Karl Waggerl heiratet am 31. August 1920 in St. Blasius zu Salzburg die Freundin seines Freundes Kai Mühlmann. Hinter diesem Akt des sich sonst so unkonventionell gebärdenden Heiner steckt eine gute Portion Konvention: Waggerl hat eine Anstellung in Wagrain bekommen. Für einen Lehrer am Land wäre es im Jahr 1920 kaum denkbar gewesen, im neuen Dienstort mit einer Freundin aufzukreuzen. Die Bauern waren zwar nicht prüde, die vielen unehelichen Kinder bezeugen es. Aber das war Natur. Der Lehrer dagegen gehörte zur Kultur. Er war eine moralische Institution. Sollte es zumindest sein. Und hatte sich daher an herrschende Konventionen zu halten. Ein unverheirateter Lehrer war schon Herausforderung für unverheiratete Mächen. Brächte er aus der Stadt eine Freundin mit, wäre das für die Dorfjungfrauen eine Beleidigung gewesen. Nur eine angetraute Frau kam in Frage.

Waggerl aber wollte mit seinem Mädchen zusammenleben. Wollte ihm die

* *Ein Mensch wie ich*

Karl Waggerls und Edith (Dita) Pitters Hochzeitsfoto

Angst vor dem Verlassenwerden nehmen. Doch sollte seine Ehe auch nicht zum Zwangskorsett für beide werden, wie er Ende der zwanziger Jahre einmal seiner Brieffreundin Maria Lorenz erklärte. Keine wie immer geartete Verlogenheit. Und vor allem: eine Ehe ohne Kinder!

Springenschmid hat eine Reihe merkwürdiger Gespräche überliefert, die Waggerl vom Zaun gebrochen hatte. Das muß 1923 oder 1924 gewesen sein. Als auch Springenschmid kurze Zeit in Wagrain lebte und arbeitete und so zu seinem alten Schulkameraden neue Beziehungen knüpfte. Beide waren jungvermählt und sprachen über die Ehe. Nicht über die des einen oder des andern, sondern über die Ehe im allgemeinen. Waggerl führte das Gespräch auf sokratische Weise. Er bedrängte den Freund mit immer neuen Fragen. Plötzlich aber verlangte er von Springenschmid eine Definition dieser Einrichtung. Der fühlte sich überrumpelt und stotterte, die Ehe sei vor allem dazu geschaffen, Kinder in die Welt zu setzen und aufzuziehen.

Das brachte Waggerl in Rage. Er hielt seinem Gesprächspartner alle Schrecken des eben durchlebten Krieges vor Augen und fragte streng, ob er glaube, dieses Grauen in Zukunft verhindern zu können? Verhindern vor allem, daß nicht auch die eigenen Kinder eines Tages Opfer oder – schlimmer – vielleicht Anstifter eines künftigen Krieges würden. Und als Springenschmid hilflos darauf hinwies, daß diese Überlegungen leider zu spät kämen, seine Frau erwarte ein Kind, da drehte sich Waggerl wortlos um und ging weg. Wochenlang sprachen sie nicht miteinander.

Nicht das Faktum, daß Frau Springenschmid ein Kind erwartete, hatte Waggerl empört – er bewies dies später gegenüber der Schwangeren mit rührender Fürsorge –, es ärgerte ihn lediglich, daß in einem Gespräch über Grundsätzliches der alberne Einzelfall den Sieg davontragen sollte. Er wollte bei seinen Überlegungen nicht von der Wirklichkeit korrumpiert werden.

Selbstmord ist gewiß die erhabenste menschliche Tat der Auflehnung, notiert sich Waggerl in dieser Zeit. *Stiller und weittragender ist die andere Form gegen das Leiden: Verzicht auf Vaterschaft.**

Noch erhabener, würde ich gern den Satz des sanften Patriarchen ergänzen, ist der Verzicht auf Mutterschaft. Wie weit freilich seine Dita aus gleicher Überzeugung darauf verzichtete, keine Kinder zur Welt zu bringen, wie schwer sie unter diesem Verzicht litt, steht auf einem anderen Blatt. Ihr Tagebuch verrät nichts von solchen Kämpfen. Ihre schwermütigen Gedichte sprechen eine andere Sprache. Doch keine Frage, daß beide richtig handelten. Er, der Lungenkranke, sie, die unter Depressionen Leidende; es wäre verantwortungslos von beiden gewesen, Kinder in die Welt zu setzen. Und vielleicht sind der jungen Frau Kinder erst gar nicht abgegangen. Sie hatte ja eines. Ein großes. Eines, das ihr zauberhafte Briefe schrieb, wenn sie nicht beisammen waren, wie etwa den aus der allerersten Wagrainer Zeit:

Liebe,

Die Sonne steigt in einen goldenen Sarg und der Abend ist still und traurig wie der Tod eines Mönchs. Vor mir erwürgt die große gelbe Spinne ein magere Fliege, – dann fällt ein Tannenzapfen dumpf ins Moos, wie ein Punkt hinter einem ungesprochenen Satz. Meine Gedanken kreisen um das seltsame Rätsel, das du

* Diese Sentenz findet sich auch in Waggerls Aphorismensammlung, die er wenig später als Privatdruck herausbrachte. In seine *Sämtlichen Werke* (1970) hat er sie nicht aufgenommen.

mir bist. Manchmal scheint mir, als hätte das Leben in Dir eine Frage gestellt. Und eines anderen Menschen Leben müsse Dir Antwort darauf sein ...

Ditalein, liebes, ich kann nicht schlafen, ich höre den Wind erzählen:

Von verborgenen Gärten über der Brandung. Die sind wie Deine umkränzten Augen über der Tiefe Deiner fraulichen Stimme, wenn Du sprichst.

Von bräunlichen Mädchen, die im Gehen zu Königinnen werden und die mit langsamen Händen Orangen aus den Gärten reichen, als ob sie Wünsche aus nie gehörten Märchen erfüllten ... [...] Von schneeweißen Segeln, die weit fern wo das Meer sich schon wunschlos und müde an den mütterlichen Himmel schmiegt, nachdenkliche Fäden durch das faltenlose Wasser ziehen ...

Von kantigen Sarazenentürmen, versunken auf letzten Klippen kauernd. Von dunklen Tempelbogen und blendend weißen Häuserburgen ...

Könnte ich Dich an der Hand nehmen und alle Heiligtümer, die ich als Einsamer betrat, mit Dir durchstreifen, vielleicht auch in jenen Tempel der Diana treten, dessen Felsen ich Deinen Namen anvertraute –

Das ist eigentlich kein Brief. So sehr aus ihm auch Waggerls Zuneigung zu seiner Dita spricht. Es sind Versuche, die Träume des Gefangenen in der wiedergewonnenen Freiheit zu verarbeiten. Etüden eines werdenden Schriftstellers. So lebte der *Sohn des Zimmermanns* in einem Reich, das nicht ganz von dieser Welt ist. Halb steckt er mit dem Kopf in den Wolken des zukünftigen Dichters, halb noch im Sand der vergangenen Gefangenschaft. Die Gegenwart ignoriert er. Oder besser gesagt: Er läßt ihr freie Hand. In diesem Spannungsfeld entstehen romantisch-poetische Gebilde, die sich als Briefe tarnen, anderseits skeptische Aperçus und bösartige Aphorismen, wie den vom Verzicht auf Vaterschaft. Daß er eines Tages diese gespaltenen Seiten seines Wesens, seiner Weltsicht und seines Schreibens in eine künstlerische Ganzheit führen wird müssen, war ihm wohl noch kaum bewußt; bewußt aber war dem Handwerkersohn, daß er eine ganz persönliche Eigenart finden mußte, um nicht Konfektion zu liefern.

Bei aller Gespaltenheit, die man der Persönlichkeit Karl Heinrich Waggerls nicht absprechen wird können, steckte aber in dem kranken Menschen ein nicht umzubringender Optimismus, ein Optimismus, der alles Disparate überstrahlte, einer, den er – sei es mit Recht oder zu Unrecht – für das Erbteil seines Vaters hielt und den er eines Tages auf dem magischen Weg der Sprache seinen Lesern weitergeben wird können.

Ich sehe schon kommen, daß Sie nicht sehr lange bei dieser Arbeit bleiben werden. Sie sind nicht eigentlich zum Lehrer geboren, glaube ich. Natürlich kann ich mich irren.

James Joyce

In seinem *Befähigungs-Ausweis* der *Staats-Lehrerbildungsanstalt Salzburg* wurde Herrn Karl Waggerls Leistungen bei Lehrauftritten von einer Fachkommisson als *genügend* beurteilt; das heißt, aus dem Pädagogischen ins menschlich Verständliche übersetzt: den Herrn der Kommission genügten diese Leistungen kaum. Was ihnen so sehr mißfiel, erfahren wir leider aus diesem Zeugnis nicht. Vielleicht wandte er ihnen zu wenig didaktische Kunstgriffe an. Vielleicht war er ihnen auch zu fortschrittlich, denn er war – wie Springenschmid uns überliefert – Anhänger des roten Schulreformators Glöckel (im *Land am Strome*), das Prüfungsgremium in Salzburg war aber bestimmt kohlrabenschwarz (*Land der Berge*). Vielleicht aber mißfiel den Herrn nur seine unkonventionelle Art, mit Kindern umzugehen. Er behandelte sie nämlich wie seinesgleichen.

Das mißfiel allerdings auch den Bauern, denen er Glöckels Reformideen nahebringen wollte*. Bauern jedoch haben nicht viel Sinn für Theoretisches. Bei ihnen zählt das Praktische. Das Handgreifliche. Sie mochten dem neuen Lehrer verübeln, daß er auf eines der wirkungsvollsten Erziehungsmittel verzichtete, das – reden wir erst gar nicht von den klassischen Griechen und Römern – auch noch die Bildung der frühen Humanisten beförderte: Prügel. Daß Waggerl keine verabreichte, empfanden die Wagrainer als Vernachlässigung der Nachwuchses. Zwar war der Stock als Erziehungsmittel schon lange verpönt – natürlich auch die „ausgerutschte Hand" –, inoffiziell aber war zumindest letztere noch überall im Schwange.

Trotz Waggerls Enthaltsamkeit in puncto Schlägen (oder deswegen) liebten ihn die Kinder. So hörte man es von allen Schülern, deren man später habhaft wurde. So hörte auch ich es noch von Insassen des Altersheims in Wagrain. Alle sagten sie, beim Waggerl seien sie gern in die Schule gegangen.

* U.a. in einem Vortrag, den er den Eltern am 30. 1. 1921 in der Volksschule Wagrain hielt.

Waggerl mit seinen Wagrainer Schulkindern

Ziehen wir wieder einmal zum Vergleich einen anderen Außenseiter heran, einen, der ebenfalls schwach von Gesundheit war, sich freiwillig zum Militär meldete, der den Krieg zuletzt ebenfalls an der italienischen Front erlebte, es dort ebenfalls zum Fähnrich brachte, ebenfalls in Gefangenschaft geriet, ebenfalls in Monte Cassino interniert war (Sie ahnen schon!) und nach dem Krieg den Lehrberuf ebenfalls nur kurze Zeit ausübte; einer, der ebenfalls keinen Groschen Geld besaß, allerdings nicht unfreiwillig wie Waggerl, ein Vermögender vielmehr, einer vom Strome, der allerdings sein Vermögen nicht wie ein Heiliger den Armen gab, sondern – außer einer großzügigen Spende für bedürftige Literaten – den Reichen (seinen Geschwistern) und der – um Nützliches zu leisten – Volksschullehrer in Niederösterreich wurde: Ludwig Wittgenstein. Dieser experimentierte nicht nur mit mathematischen Formeln, er experimentierte auch mit extravaganten, teilweise selbst ersonnenen didaktischen Methoden. Und wenn die bei seinen Schülern nicht gleich fruchteten, flogen die Ohrfeigen. Hageldicht. Der zornige Lehrerphilosoph erwarb sich solcherart die Achtung und Liebe der Bauern. Weniger

Skipioniere in Wagrain. Auch Waggerl gehörte zu ihnen.

gute Nachrede hatte er bei deren Kindern. Ein Ende der 60er Jahre gedrehter Fernsehfilm des ORF über Wittgensteins Lehrerzeit ließ etliche seiner Schüler zu Wort kommen. Und die bestätigten einhellig dessen schlagfertige Art im Umgang mit seinen Schutzbefohlenen. Das klingt umso glaubwürdiger, als Wittgenstein auch noch Karl Popper bei einem Vortrag in Cambridge mit dem Schürhaken bedrohte, nur weil dieser es wagte, anderer Meinung zu sein.

Prügeln oder nichtprügeln? Das Geheimnis, warum die Kinder Waggerl liebten, bestand sicher nicht nur in seiner Abstinenz in punkto Schlägen, sondern weil er Kinder liebte (weshalb er eigentlich keine in die Welt setzten wollte). Und weil er selbst Kind geblieben war, darum Kinder besser verstand, als jene erwachsenen Pädagogen, die allzu theoretisch an die ihnen so unbekannten Wesen herangehen. Waggerl war der *homo ludens* in Person und lehrte spielend, was er sich selbst spielend angeeignet hatte.

Freilich, auch das muß eingestanden werden, ging bei Waggerl die Liebe zu Kindern so weit, daß er den Unterricht abbrach und die ihm Anvertrauten heimschickte, wenn er merkte, daß der Föhn oder sonst ein äußeres Ereignis alle Aufmerksamkeit der Kleinen im Keim zu ersticken drohte.

Übrigens hatten die beiden, der zünftige Philosoph und der zukünftige Dichter, in den Dörfern, wo sie unterrichteten, sich vor allem ein außerschulisches Ansehen erworben. Wittgenstein – der gelernte Maschinenbauingenieur – reparierte verschiedene defekt gewordene Geräte, wie Nähmaschinen, Mähmaschinen, einmal sogar eine streikende Dampfmaschine, Waggerl brachte alte, unscheinbar gewordene Bauernmöbel wieder auf Glanz und verstopfte Brunnen wieder zum Fließen. Es waren vor allem die außerschulischen und semischulischen Unternehmungen, die Waggerl in seinen Anfängen bei einem Teil der Bevölkerung eine gewisse Berühmt- und Beliebtheit einbrachte.

So schrieb er Weihnachten 1920 – gleich nach seiner Einstellung in Wagrain – das kleine Märchenstück *Die Drei Wünsche* und setzte es mit fünf seiner Schüler in Szene. Zusammen mit einem zweiten Stück, welches der Schulleiter (der ja nicht zurückstehen durfte) mit seiner Klasse einstudierte, wurde es ein großer, vor allem auch finanzieller Erfolg. Zweitausend Kronen* nahm die Schule ein und stellte sie einer Hilfsaktion für arme Schulkinder zur Verfügung; und deren gab es nicht wenige. Auch eine Musikschule rief der junge Lehrer ins Leben. Und einen Kinderchor. Dazu eine Sing- und Spielgruppe für Erwachsene. Später kam eine Fotogruppe dazu. Auch Sport wurde getrieben, bei Fußballspielen (von denen wir aus Ditas Tagebuch wissen) stand Waggerl im Tor. Was das Skifahren betrifft, war er ebenfalls ein Pionier.

Soviel Lust an Ungewohntem, soviel Unternehmungsgeist, das fand natürlich nicht überall die gleich begeisterte Aufnahme. Ein paar Betschwestern zum Beispiel regten sich furchtbar auf, weil er armen Mädchen für den Winter warme Hosen schneidern ließ; Hosen wurden von ihnen für höchst un-

---

* Das war noch vor der großen Inflation von 1922. Aber es war doch weniger, als es klingt, wenn man erfährt, daß die Dadaisten, die 1921 in Tirol ihren Urlaub verbrachten, mit 10.000 Kronen im Monat auszukommen gedachten.

züchtig gehalten. Und noch weniger geheuer war manchem im Dorf die von Waggerl ins Leben gerufene Theatergruppe. Die Konservativen scharten sich um den Altbürgermeister Kirchweger, während die Jungen einen Kreis um Waggerl bildeten. Und sie nannten sich auch so: *Der Kreis.*

Waggerls Theaterleidenschaft war im Frühjahr 1920 erwacht, als er in Salzburg den für Kriegsheimkehrer eingerichteten pädagogischen Schnellsiedekurs absolvierte. Da hatte er die Vorbereitungen Max Reinhardts zum *Jedermann* miterlebt. Als Statist. War die letzten Wochen des Kurses mehr bei Proben als im Kurs. Nun wollte er im ländlichen Rahmen ähnliches vollbringen. Als Regisseur.

Irgend etwas Großes, weithin Hallendes stand mir im Sinn, ich wollte dieses kümmerliche Dorf zu einer Stätte der Musen machen, und weil ich Österreicher bin, tat ich, was ein Österreicher in solchen Fällen immer tut, ich gründete einen Verein. Es gab ja schon etliches dergleichen, die Veteranen zum Beispiel oder die Schützen, aber die duldeten nur würdige und alteingesessene Bürger in ihren

Die Wagrainer Theaterrunde, die der neue junge Lehrer an höhere Aufgaben heranzuführte. Oben das Ensemble bei einer Aufführung des „Jedermann". Unter den Mitwirkenden auch das Ehepaar Waggerl und Berta Kramer.

*Reihen. Ich aber wollte die Jugend um meine Rebellenfahne sammeln, neue Gedanken wie Brände in diesen modrigen Haufen schleudern, kurzum ein Theater gründen.**

Nun ging er die Sache aber nicht so dümmlich an, wie ihm einige Kurzbiographen unterstellen wollen. Er hat nämlich keineswegs mit dem *Jedermann* von Hugo von Hofmannsthal begonnen, wie manchmal zu lesen ist. Er wußte genau, daß er sein Publikum erst mit Schwänken anlocken mußte. Mit Stücken bäuerlichen Charakters, die Titel hatten wie *Der Amerika-Seppl* oder *Simmerl*, Stücken, die er zum Teil selber schrieb. Und erst als er das Publikum so weit angelockt hatte, daß auch die Gegner nicht mehr gegen ihn hetzen konnten, erst dann machte er den Schritt in eine Literatur, von der er glaubte, daß sie sowohl von seinen Mitspielern bewältigt werden könne, als auch vom Publikum angenommen würde. Hier bot sich vor allem

* In *Kunst des Müßiggangs*

Anzengruber an. Erst 1924 wagte er sich an den *Jedermann*. Das Werk beeindruckte die Wagrainer sehr, wie dem Tagebuch von Dita Waggerl zu entnehmen ist. Und wenn er sich selbst auch einmal über ein Mißgeschick lustig machte – das dem Mammon bei einer Aufführung widerfuhr, als er sich beim Schließen der Truhe, in die er zu verschwinden hatte, die Finger einklemmte und, in diese bereits eingeschlossen, gotteslästerlich fluchte –, so ist dies noch lange kein Grund, diese Kulturarbeit des engagierten Lehrers ins Lächerliche zu ziehen, wie es bei einigen Kritikern von oben herab geschieht. Wie erfolgreich die kleine Truppe war, zeigt, daß sie Gastspiele in den Nachbargemeinden gab und einmal sogar eine Einladung in die Tschechoslowakei erhielt.

Es war aber nicht Waggerl allein, der alle diese Unternehmungen auf die Beine stellte. Es geschah alles gemeinsam mit seiner Frau. So wie er ihr beim Putzen half, wenn das Haus durch die vielen Besuche verdreckt war, so wie er kochte, wenn sie krank war, und ihr einen Wickel machte, wenn sie fieberte, so half sie ihm beim Organisieren von Theateraufführungen, schneiderte Kostüme, während er Bühnenbilder entwarf, zusammenbaute und bemalte. Und wenn er Regie führte, spielte sie: die *Buhlschaft* im *Jedermann* etwa oder die *Horlacherlies* in Anzengrubers *G'wissenswurm*. Eine Partnerschaftsehe könnte man heute sagen, wäre das Wort nicht so abgedroschen.

Der Kulturhunger der beiden war unersättlich. Die einfache Mansarde, die Waggerl bei seinem Amtsantritt gemietet hatte, wurde von beiden, so schnell es ging, in eine glanzvolle Künstlerklause verwandelt. Dita nähte Vorhänge und fertigte Rahmen für seine und ihre Bilder an, Heiner entwarf Möbel im Stil des Bauhauses, die sich aber, schon durch die Verwendung heimischer Holzarten und die Art der Verarbeitung, dem bäuerlichen Stil des Hauses nahtlos einfügten. Behaglichkeit breitete sich aus; die Gäste fühlten sich wohl in der Mansarde.

Wenn auch vieles in diesem Heim selbst angefertigt wurde, größere Möbelstücke wurden bei den Handwerkern des Ortes in Auftrag gegeben, die manchen künstlerischen Impuls aus dem Lehrerhaus aufnahmen.

Wenn die vielen Aktivitäten des Tages vorüber waren und man sich gemütlich daheim niederließ, wurde gelesen. Heiner las vor. Mozarts Briefe etwa, Heines *Harzreise*, Dickens' *Pickwicker*, aber auch Beethovens *Heiligenstädter Testament*. Meist las er Dita allein vor. Wenn Waggerls jüngere Schwester Eli-

Die Möbel im Hause Waggerl entstanden zumeist nach eigenen Entwürfen.

sabeth von Gastein herüberkam, zählte auch sie zu den Zuhörern. Und dann die junge Aushilfslehrerin Berta Kramer. Es ist eine eigenartige Symbiose, die dieses Mädchen mit den Waggerls über Jahre hinaus verbindet. Berta scheint große Verdienste um Waggerl als Schriftsteller gehabt zu haben. Schon dadurch, daß sie seine Arbeiten mit der Schreibmaschine ins Reine tippte. Für Waggerl selbst war dieses Gerät lange Zeit ein Greuel, und noch am Beginn der dreißiger Jahre, als er sich eine neue derartige Schreibprothese leisten konnte, kam es zwischen ihm und seinem Salzburger Händler zu einem harschen Notenwechsel, in dem der Händler den Kunden verdächtigte, er gebrauche das vorzügliche Instrument als Schlagzeug, nicht als Schreibzeug. So wies er darauf hin, daß er – bei allem Verständnis für die sich überstürzenden Einfälle des Dichters – es für tunlich halte, immer nur e i n e n Buchstaben anzuschlagen und nicht zwei bis drei zur gleichen Zeit.

Erstaunlich, daß Waggerl, der mit allen handwerklichen Dingen sonst so geduldig umzugehen verstand, ausgerechnet mit einer Schreibmaschine nicht zu Rande kam. Behutsamer und mit viel mehr Einfühlung ging er vor, wenn er zerlesenen Werken aus seinem Besitz ihr würdiges Aussehen zurückgeben wollte. Er hatte angefangen, seine Lieblingsbücher selbst in Leder zu binden und betrieb dieses Hobby ganz professionell. Bezog alle nur erdenklichen Periodika der Buchbinderzunft und hat sich für dieses Handwerk Stück um Stück das nötige Werkzeug beschafft. Er selbst erzählt, er habe alte Scharteken vorsichtig zerlegt, um ihre Machart zu studieren. Vielleicht hat aber auch der Umgang mit jenem Schuster von Amalfi, dem Waggerl während der Gefangenschaft freiwillig Hilfsdienste leistete, einen Anteil an dem Spaß, den der Dichter bei der Gestaltung der prächtigen Ledereinbände hatte.

So zersplittert er aber zu sein scheint, im Grunde kreisen alle seine Gedanken und Tätigkeiten um ein einziges Gesamtkunstwerk: das Buch. Gleichgültig, ob er für manche seiner kleinen Spiele auch Zeichnungen entwirft und sie sorgsam gebunden verschenkt, oder ob er mit seiner Dita gemeinsam batikt, um auch billigeres Material für seine Bucheinbände zu haben, Scherenschnitte zu seinen Texten anfertigt oder später mit seinem Verleger sehr genau das äußere Erscheinungsbild seiner Romane diskutiert, es geht immer wieder um das Buch; um ein greifbares, lebendig sich anfühlbares Ganzes.

Doch es war einfach zu viel, was Waggerl in den zwei Lehrerjahren alles zu verwirklichen trachtete. So war es unausweichlich, daß sich die Tuberkulose erneut meldete. Er mußte in den Krankenstand und kam wieder nach Grafenhof. Diesmal scheinen sich auch die vorgesetzten Behörden eingeschaltet zu haben. Ein lungenkranker Erzieher war auch eine Gefahr für die Kinder. – Es wurden aber auch Vermutungen ausgesprochen, daß sein unkonventioneller Unterricht in den Kreisen der Vorgesetzten mehrfachen Unmut hervorgerufen hatte. Man habe deshalb seine Krankheit nur als Vorwand benutzt, um den extravaganten Pädagogen in die Frühpension zu schicken.

Pensionist mit fünfundzwanzig Jahren!

Im Augenblick war das eine Katastrophe. Rückblickend ein Segen. Unterrichten – gut oder schlecht – braucht Kraft. Dazu die vielen Nebenaufgaben, die er sich aufgehalst hat. Er, der ohnehin dazu neigt, sich zu zer-

Waggerl beim Buchbinden (Fotoabzug auf gerippptem Papier) und Prachtbände aus seiner Werkstatt

splittern, hätte sich total zerrissen. Er weiß das auch. Aber er kann nicht anders. Einmal vergleicht er sich mit einer geborstenen Brunnenröhre, die, statt ihr Wasser in einem Strahl zu sammeln, aus allen Rissen und Löchern ihr Inneres versprüht. Nun war wenigstens das eine Loch, durch das die meiste Kraft sich verflüchtigte, verstopft.

Dafür tat sich ein Riesenloch im Geldbeutel auf. Die Rente, die er nach so kurzer Lehrtätigkeit bekam, war winzig, selbst wenn man ihm die Kriegsjahre und einen Teil seiner Schulzeit eingerechnet hatte. Waggerl nannte, was herauskam, sein Zigarettengeld. Doch sollte man nicht vergessen, daß dazu noch eine Invalidenrente kam, die er wegen der in der Gefangenschaft (oder schon im Krieg?) ausgebrochenen Tuberkulose erhielt. Trotzdem war es ein kleines Wunder, wie es Dita immer wieder gelang, damit zu wirtschaften. Sicher nicht ohne Hilfe von Waggerls Eltern. Vor allem die Mutter kam immer wieder, den Rucksack voller Lebensmittel, aus Gastein herüber, wobei sie den Weg von Schwarzach herauf nach Wagrain zu Fuß nehmen mußte; Autobusverbindung gab es noch keine. Oft kam sie nur, um ihre Gaben abzuliefern und machte sofort wieder kehrt, da ihr Mann der Pflege bedurfte. Blieb sie aber länger – wie später, nach dem Tod des Gatten 1925 – , half sie „den Kindern“ in der Wirtschaft. Half auch mit Geld aus. Und scheint vor allem ihrer Schwiegertochter das Schneiderhandwerk beigebracht zu haben. Nicht nur, daß diese Kostüme fürs Theater schneidert. Als kein Geld für neue Kleider mehr da ist, wendet sie die alten, macht aus einem Mantel eine Jacke und zuletzt noch einen Spenser oder eine Weste. So näht sie für sich, für den Heiner und für die Bauern, wie seinerzeit die Mutter für die Familie und für Bauern gearbeitet hat. So erfährt man es aus Dita Waggerls Tagebuch.

Dieses Tagebuch ist ein Kuriosum.

Sechs Jahre hat es Frau Waggerl geführt. In einem ebenfalls selbstgebundenen Heft. Im Format Din A 4. Und so, daß sie für jeden Tag eine Seite reserviert hatte, aber diese Seite für alle sechs Jahre herhalten mußte. So finden wir auf der für den 5. Juni vorgesehenen Seite im Jahr 1922 eingetragen, daß Heiner und sie Versuche mit Batikmalerei angestellt haben. Am Abend dieses 5.Juni ging man zu einem Zauberer, der das Erstaunen der Bevölkerung hervorrief. Nach der Vorstellung wurde getanzt. Dabei versuchte der Heiner zum ersten Mal einen Rheinländer! – Der Platz darunter, der für das Jahr 1923 reserviert war, ist leer. – Am 5.6.1924 erfahren wir, daß nach-

Der Metzgerwirt kommt häufig vor in Dita Waggerls Tagebuch. Hier ein Stimmungsbild aus der Küche nach einem Abzug von Waggerls Originalplatte.

mittag geputzt wurde und abends Theaterprobe war. In diese platzte, bis auf die Haut durchnäßt, Kai herein, der von weißgottwo mit dem Rad angefahren kam. – 1925 bleibt wieder ohne Eintragung. – Am 5. 6. 1926 mußte Heiner die Bühne aufstellen, weil für den nächsten Tag eine Aufführung angesetzt war. Dann kam Berta. Das Ehepaar ging mit ihr spazieren und am Abend zum Metzgerwirt. – Der 5. Juni 1927 war ein Pfingstmontag. Die Tagebuchschreiberin änderte ihr Samtkleid. Heiner beschäftigte sich mit Buchbinderei. Am Abend wurde beim Konrad tarockiert.

So also sehen die fünften Junis der Waggerls in den zwanziger Jahren aus. So ähnlich auch die sechsten und siebenten. Ebenso die zwanzigsten und dreißigsten. Und genau so die September und Oktober wie die Dezember und Jänner. Nur in der Zeit der Sommerferien bleiben die Seiten des Tagebuches leer. Ansonst aber erfahren wir, daß dieses Ehepaar, wenn es auch den eigenen Kindersegen sorgfältig vermeidet, nicht ohne Schutzbefohlene leben will. Wir finden eine Wabi (eine ältere Mitbewohnerin im Haus), um die man sich kümmert, und einen Piz (einen Kater, der, nicht so zurückhaltend wie die Herrschaft und seinem Geschlecht außerdem vollkommen zuwiderhandelnd, Junge kriegt), wir lernen einen Burschi kennen, der das Ehepaar auf allen Wegen begleitet, sogar in die Zauberschau eindringt und – verfolgt von etlichen Tritten – unter allen Sitzreihen durchkriecht, bis er endlich bei seinem geliebten Menschenpaar angelangt ist. Dieser zugelaufene Köter darf nämlich alles, nur nicht ins Haus der Waggerls. Wegen dem Kater, der eine Katze ist.

Wie sich in dieser ländlich-beschaulichen Atmosphäre einer der erfolgreichsten Schriftsteller/Dichter der dreißiger Jahre heranbildet, ist aus diesem Tagebuch nicht zu ersehen. Um mehr zu erfahren, wechsle ich wieder zu Springenschmid, der 1923 nach Wagrain kam, um Waggerls Nachfolge anzutreten. Sein Kontakt mit dem zukünftigen Dichter kann allerdings nicht allzu dicht gewesen sein, denn er taucht im Tagebuch von Dita Waggerl nur zweimal auf. Doch ergänzen seine später zu Papier gebrachten Beobachtungen das bukolische Bild des Tagebuchs auf eine sehr merkwürdige Weise. Springenschmid hat nämlich einen düsteren, vergrübelten Heiner in Erinnerung, einen, der alles Bestehende ablehnt, einen, dem immer noch die Schrecken des Krieges in den Knochen stecken und der die Sinnlosigkeit des Sterbens an der Front in die Sinnlosigkeiten des Lebens der Nachkriegsjahre überträgt. Ein wilder Verschlinger Dostojewskischer Romane, ganz ausgefüllt von dessen verquälten und verzweifelten Gestalten.

Welcher ist nun der richtige Waggerl? Der, den die Ehefrau beobachtet? Oder der, den ein nicht allzu nahestehender Freund aus der Erinnerung wiedergibt? Ich glaube, daß keiner lügt. Die beiden kennen eben nur verschiedene Seiten des Dichters.

Wir sind gezwungen, Masken zu tragen, sagt Jean Giono. *Ich trage immer eine Maske auf Grund meiner außerordentlichen Furchtsamkeit.** Interessant, daß Waggerl zu ganz ähnlichen Sätzen findet, was vielleicht einer der Grün-

---

* Jean Giono in einem Interview mit Jean Carriér

Wagrain (Photo von K. H. Waggerl). Im Oberdorf kaufte das Ehepaar Waggerl ein altes Haus.

de sein mag, daß beide von Literatur-Ordnungsmachern im gleichen Literaturschaukasten nebeneinander aufgespießt wurden. Dabei haben beide nur sehr wenig miteinander zu tun, außer daß sie sich beide von Hamsun zu ihrem Schreiben anregen ließen. Die Ähnlichkeit des Gedankens, Maskenträger zu sein, liegt einfach daran, daß wir im Grunde alle Masken tragen und es nur nicht wahrnehmen wollen. Und vielleicht fallen die verschiedenen Masken des jungen Lehrers nur deshalb so besonders auf, weil sie sich so sehr in Stil und Form unterscheiden: Da ist auf der einen Seite einer, der schreibt Bauernschwänke, inszeniert sie und spielt in diesen Stücken selbst den Oberkasperl, so daß sich die Bauern vor Lachen wälzen, wenn er nur die Bühne betritt. Und da ist auf der anderen Seite der lungenkranke, kriegsgeschädigte Lehrer, der durch seine Dostojewski-Lektüre selbst zu einer Dostojewski-Figur zu werden droht.

Aber auch das ist nicht so einmalig, wie brave Literaturordner vermuten. Alle großen Clowns waren privat schwere Melancholiker. Auch Waggerl ist

Selbstporträt des jungen Waggerl (mit Hand) und Porträt seines Freundes Karl Springenschmied, beide 1924 entstanden

ein Clown, der abends, nach ein, zwei Gläsern Wein, düstere Gedanken verbreitet und plötzlich Kaskaden einfältiger Wortspiele fabriziert, wie Springenschmid sich ebenfalls erinnert. Das aber steht in keinerlei Widerspruch zum Wesen eines Dichters. Wortspiele, das sind nicht nur Abfälle derer, die im und am Worte werken, Wortspiele sind auch Experimentierfelder. Der brillianteste Aperçu liegt nicht offen vor aller Augen da. Der Wortkehricht des Alltags muß um- und umgedreht werden, will man die Kostbarkeiten finden, die in ihm verborgen liegen.

Noch eine andere Beobachtung teilt uns Springenschmid aus der Zeit, wo er in Wagrain Lehrer war, mit – das heißt aus den Jahren 1923/24 – , eine Beobachtung, die viele Waggerlkenner glauben ließ, Waggerl habe lange geschwankt, ob er Maler oder Schriftsteller werden solle. Laut Springenschmid* landete Waggerl fast bei allen Gesprächen, die sie miteinander führten, zuletzt bei Problemen der Malerei. Als Springenschmid dann sein erstes Buch zu schreiben begann, habe Waggerl ihn einmal bei der Arbeit beobachtet. Als

* In seinem Erinnerungsbuch *Servus Heiner*

eine Seite fertig beschrieben war, habe er sie genommen und ihm verkehrt vor die Augen gehalten. Dazu soll Waggerl gesagt haben: *Zweiundzwanzig Minuten, ich habe die Zeit, die du dafür aufgewendet hast, gestoppt. Und was kam dabei heraus? Ein Blatt Papier, unverändert wie zuvor. Dazu eine Unzahl kleiner, häßlicher Striche und Flecken. Das ist alles. Wann wirst du endlich zur Vernunft kommen?* Und er hielt dem Schreiber vor Augen, was er – Waggerl – alles von einem Bauern bekäme, wenn er auf das gleiche Blatt in der gleichen Zeit dessen Porträtskizze gezeichnet hätte.

Ganz abgesehen davon, daß wir so nebenbei erfahren, wie Waggerl seine finanziell miserable Lage durch eine Art Naturalwirtschaft auszugleichen verstand, entnehme ich dem Bericht keineswegs, daß er zu diesem Zeitpunkt den Wunsch aufgegeben hatte, Schriftsteller zu werden. Im Gegenteil. Hier spricht – unter der Maske der Verachtung – eher die Eifersucht, daß da einer neben ihm Ähnliches versuchte wie er. Und daß der dazu noch so zielbewußt dahinschrieb, verstörte Waggerl offenbar. Dabei hatte Waggerl bereits seinen ersten großen Artikel verfaßt. Einen Artikel, von dem Springenschmid sichtlich nichts wußte. Einen, in dem er sich mit einem philosophischen Problem abmühte. In dem Periodikum *Freundschaft. Monatszeitschrift zur Förderung der proletarischen Kulturbewegung* schreibt er – was von den meisten, die sich mit Waggerl beschäftigten, nicht einmal wahrgenommen wurde – eine Abhandlung:

Über die Willensfreiheit

Auf engstem Raum versucht Waggerl, von der Zwangsläufigkeit aller mechanischen Vorgänge ausgehend, über die schon um einiges schwerer durchschaubaren biologischen Vorgänge, deren Zwangsläufigkeit er aber ebenfalls zu erkennen glaubt, zu den noch komplizierteren bei menschlichen Entscheidungen vorzudringen. Er kommt zur Erkenntnis, daß – auch wenn die Vorgänge zwischen Ursache und Wirkung beim Menschen so verwickelt geworden sind, daß niemand sie mehr in jeder einzelnen Phase verfolgen kann – letztlich auch der Mensch im Netzwerk von Ursache und Wirkung keine Chance hat, nach eigenem Gutdünken zu handeln.

Der erste Mensch, der imstande wäre, etwas ohne Notwendigkeit, vollständig frei zu tun, der hätte ein Wunder gewirkt, der brächte den Lauf der Dinge in Verwirrung und die Welt ins Wanken. [...] Aus der Erkenntnis von der Unfreiheit des Willens folgt mit furchtbarer Konsequenz, daß es auch kein Verdienst gibt.

[...] Darum haben die bedeutendsten Menschen von jeher geringen Wert auf äußere Ehren gelegt.

Natürlich birgt ein solches Denken Gefahren: *Wenn die Tat nicht frei ist, gibt es auch keine Schuld und auch keine Verantwortung. So gefährlich diese Wahrheit in unreifen Gehirnen sein kann, so segensreich und erhaben ist sie für den vollendeten Menschen. Sie bricht den Galgen nieder und schließt die Höllenpforten [...], tiefes Verständnis für die Leiden und Schwächen des Mitmenschen ersetzt eine billige, schiefe und heuchlerische Moral durch die Erkenntnis unserer Stellung in der Natur und setzt an Stelle der Ausgeburten religiösen Aberglaubens einen gewaltigen Gott, den keines Menschen Hirn erfaßt. [...]*

Dergleichen weitläufige Fragen lassen sich auf beschränktem Raum nur in ganz rohen Zügen behandeln, was die Schwierigkeiten der Verständigung leider erhöht. Aber, f r e i denken heißt eben, nicht nachlässig denken, sondern mehr denken als andere.

Das Merkwürdigste an diesem Artikel – der, obwohl er die Freiheit des Handelns leugnet, der Freiheit des Denkens ein Schlupfloch läßt – ist gar nicht so sehr sein philosophischer Gehalt, sondern die Tatsache, daß dieser nihilistische Kriegsheimkehrer auf Gott nicht verzichten will. Er schiebt ihn nur dort hinaus, wo er immer schon war: ins Undenkbare. Wer nun weiß, mit welch gläubiger Inbrunst die Austromarxisten die Existenz Gottes leugneten (der Atheismus bedarf ja eines noch festeren Glaubens als jedweder Theismus), der wundert sich, wie ein derartiges „Contra-Credo" in ein sozialistisches Blatt geraten konnte. Weniger wundert er sich, daß Waggerl für diese Zeitschrift nichts mehr geschrieben hat.

Dabei war Waggerl von vielen Forderungen der Sozialisten höchst angetan. Wir sahen es im Fall Glöckel. Kinder zu mündigen Bürgern, zu selbstständig denkenden Menschen zu erziehen, genau das war auch seine Vorstellung von der idealen Aufgabe des Lehrers. Er war nicht so abgeschlossen in seinem Wagrain, daß er nicht wußte, mit welchen Problemen die Sozialdemokraten im fernen Wien, wo sie an der Macht waren, zu kämpfen hatten und mit welchem Geschick sie manche Schwierigkeit lösten, die nach dem Zusammenbruch der Monarchie auftauchte. Vor allem mußten ihn ihre Aktionen auf allen kulturellen Gebieten begeistern: bessere Arbeiterwohnungen, Arbeitersiedlungen, Arbeiter-Musikvereinigungen, Volkshochschulen, Volksbibliotheken.

Die Waggerls Mitte der zwanziger Jahre.

Anderseits gab es etwas, das Waggerl bei allen Linken abstieß: das Wort Klassenkampf. Er hatte genug gekämpft. Er war des Kämpfens müde. Zumal vom Kampf gegen eine Klasse, die widersinniger Weise die lautstärksten Klassenkämpfer hervorbrachte, hielt er nichts. Er haßte das Schüren von Haß, gegen wen er auch gerichtet sein mochte. Er haßte diese haßerfüllten und doch lächerlichen Plakate, auf denen brutale Muskelmänner mit ihren Fäusten und Füßen und mit ihren Hämmern auf kleine, fette Geldmenschen eindroschen. Karikaturen beide: die Gewaltfiguren und ihre Opfer.

Er selbst trug keinen Haß gegen jene, die etwas besaßen. Auch nicht gegen die Paten und Patinnen seiner Kindheit. Er hatte bis jetzt ohne deren Hilfe leben können, er wird auch ohne deren Hilfe weiterleben. Sollten sie leben, wie sie wollten. Glücklich waren sie genausowenig wie er. Viele waren unglücklicher. Wer Geld hat, hat stets die Sorge, es zu verlieren. Besitzlosigkeit für alle, wie es die Kommunisten forderten, das war gewiß ein Ideal, das sich wunderbar anhörte. Der Mann mit den durchstochenen Händen hat es auch schon gepredigt. Buddha hatte es gepredigt. Aber sie hatten den Reichen gepredigt, auf Geld zu verzichten. Nicht den Armen, es den Reichen zu nehmen. Das war das Abstoßende an den neuen Heilsbringern, diese Neidgenossenschaft auf wissenschaftlicher Grundlage. Vor allem: wer soll enteignet werden? Auch noch der Kleinhäusler und Bergbauer, der sich an sein armseliges Besitztum klammerte. Und der zugleich Kulturarbeit an der Grenze zur Wildnis leistete. Hätte man ihm seinen Besitz genommen, es wäre ihm jeder Lebensimpuls genommen worden. Man hätte ihn seiner Arbeit genauso entfremdet wie den Fabriksarbeiter. Dabei war es doch genau diese Entfremdung des Arbeiters von seiner Arbeit, die zu bekämpfen Sozialisten und Kommunisten sich zum Ziel setzten. Was aber kann einen Menschen seiner Arbeit mehr entfremden, als aus ihrem persönlichen Besitz vertrieben und damit einer persönlichen Verantwortung enthoben zu werden? So wurde für Waggerl die Politik ein immer zweifelhafteres Geschäft.

Am dümmsten schien die Abschaffung Gottes. Das war doch die letzte Bastion geistiger Freiheit. Für manchen Menschen die letzte Hoffnung. Für den Einsamen und Verlassenen der letzte Freund. Und dem Atheisten sein ganzer Stolz; was wäre ein Gottesleugner, nähme man ihm den Gegenstand seines Leugnens: eine lächerliche Figur.

Waggerl liebte IHN auf eine seltsam verquere Weise. Nämlich ohne bedingungslos an ihn zu glauben. Ohne ihn bedingungslos zu leugnen. Er liebte ihn in seinen vielfältigen Erscheinungsformen bäuerlichen Lebens. In dieser mythischen Gestalt am Kreuz steckten alle eigenen erduldeten Demütigungen, aber auch alle Hoffnungen einer Wandlung und Auferstehung. Und aller Glaube an die Unschuld des immer wieder neu Geborenen. Und natürlich liebte er ihn als ein Idol der Kunst – und nicht zu vergessen: als unerschöpfliches Thema des Kitsches, diese so wichtige Ingredienz des Lebens der Massen. Und wenn er selbst auch den Kitsch als Ausdrucksmittel zu vermeiden trachtete, er liebte ihn als Konsument; natürlich vor der übrigen Welt sorgsam unter Anführungszeichen gesetzt.

Einen Bruder im Geist fand er in einem Zeitgenossen, mit dem ihn professionelle Literaturklassifizierer nie in Verbindung bringen, der aber – in ähnlicher Weise wie Waggerl – Skeptizismus und Gläubigkeit unter ein Dach zu bringen verstand: Franz Werfel in seinem *Veruntreuten Himmel* und in seinem *Lied von Bernadette*. In einem Punkt war Werfel allerdings mutiger als Waggerl: Als Schriftsteller schreckte er vor Kitsch niemals zurück.

Als es klar wurde, daß der Name „Homo sapiens" für unsere Art doch nicht so gut paßte [...], stellte man neben diese Bezeichnung für unsere Spezies den Namen „Homo faber". Dennoch scheint mir „Homo ludens", der spielende Mensch, [...] neben „Homo faber" einen Platz zu verdienen.

Johan Huizinga

Waggerl war, wie wir sahen, der *Homo faber* par excellance. Noch mehr aber war er der *Homo ludens*. Nur was er spielend erreichen konnte, alles, was nicht nach Pflicht und Arbeit aussah, gelang ihm. Er spielte mit der Ernsthaftigkeit eines Kindes, gleichgültig, ob er dem Cebokli-Schmied Handwerkskniffe abluchste oder sich mit dem Ortner über das Holz für den Möbelbau unterhielt. Er scheute keine Anstrengung, wenn sie nur nicht zur Pflicht wurde.

Merkwürdig, daß Karl Springenschmid – der einzige Intellektuelle, der Waggerl in den zwanziger Jahren beobachtete und darüber schrieb – dieses Spielerische an seinem Freund kaum bemerkt. Wohl weiß er von den Wortspielen, die sie miteinander trieben, bezeichnet aber das Denken und Fühlen seines einstigen Schulkollegen als defätistisch, seine Philosophie als pessimistisch, seine ganze Lebenseinstellung als negativ. Für Springenschmid sprechen die düsteren Erzählungen, die Waggerl in jener Zeit geschrieben hat. Auch jene Aphorismen, denen wir schon begegneten. Wir sollten allerdings nicht vergessen: Springenschmid brachte seine Erinnerungen erst nach Waggerls Tod zu Papier. Da waren viele defaitistischen Texte schon bekannt. Sie könnten Springenschmids Erinnerungen überlagert haben. Den großen Optimisten, der alle eigenen und anderer Probleme spielerisch löste, gleichgültig ob er eine verstopfte Brunnenröhre zum Fließen brachte, ein Dach decken half, Zäune flickte, beim Tischler oder Schmied als Gehilfe einsprang, den muß der Nachfolger im Amt und der Kollege aus Lehrerseminarstagen übersehen haben. Auch den Entwerfer von Fremdenverkehrsplakaten.

Den Lyriker scheint er überhaupt nicht gekannt zu haben, sonst hätte er darüber berichten müssen. Aber der Lyriker Waggerl hielt sich versteckt. Wohl schrieb Dita einige Male in ihr Tagebuch, daß Heiner und sie Liederbücher für den *Kreis* verfaßten, wobei Heiner textete und sie die Illustrationen schuf. Doch von diesen Gedichten ist kaum etwas auf uns gekommen.

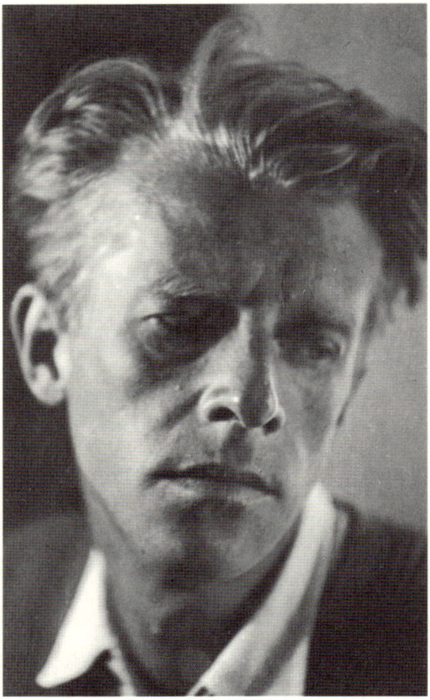

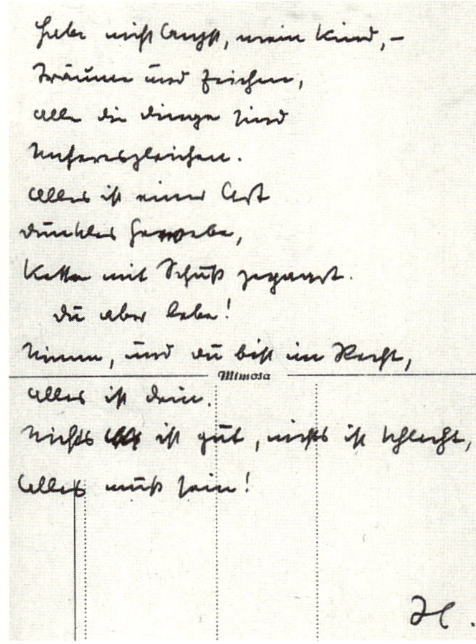

Porträtkarte von ca. 1930 mit handschriftlichem Gedicht „Trost" auf der Rückseite (datiert mit „Sommer 1934")

Was blieb, scheint sich immer nur ganz persönlich an die Gefährtin zu wenden, auch wenn er das folgende Gedicht 1926 in der Zeitschrift *Die Kultur* veröffentlichte:

Habe nicht Angst, mein Kind!
Träume und Zeichen:
Alle die Dinge sind
Unseresgleichen.
Alles ist eine Art
Dunkles Gewebe;
Kette mit Schuß gepaart.
D u a b e r l e b e!
Nimm und du bist im Recht,
Alles ist Dein!
Nichts ist gut, nichts ist schlecht,
Alles muß sein.

T r o s t ist dieses Gedicht überschrieben, ein Wort, das noch oft im Zusammenhang mit Waggerls Werk auftauchen wird. Aber es steckt auch eine große Portion Anarchismus in diesem *Trost*: *Nimm und du bist im Recht ...*, selbst wenn er zuletzt in einem, ich möchte sagen, pantheistischen Bekenntnis ausschwingt: *Alles muß sein.*

Doch wie immer man das etikettieren mag, dieses Gedicht ist Zeugnis eines geistigen Zuspruchs an einen geliebten Menschen. Und es erhält, wenn auch nicht mit dem gleichen handwerklichen Geschick geschrieben, die rührende Antwort der Frau:

Ich habe keinen Wunsch, als den zu bleiben,
wo deine Hand sich sorgend um mich müht.
Es ist der Sinn der Blume, daß sie blüht,
und ich kann nur aus deinem Grunde treiben.
Die mich verdammen, mögen weise denken.
Es wird der Kern von manchem erst so spät
in den gepflügten Boden eingesät,
daß sich nur langsam seine Wurzeln senken. *

Und wieder er:

Wenn dir diese Kunst gelänge:
Weite Welt in Hirnes Enge,
Hättest nichts,
Rauch und Schatten eingefangen.
Wenn du liebst, daß in der Stille
Sich Dein Sinn in dir erfülle,
Ist dir doch ein Schein des Lichts
In dem Dunkel aufgegangen.

Traurig, daß uns insgesamt von Waggerls Lyrik der zwanziger Jahre nur vier Gedichte erhalten blieben. Hat er die anderen vernichtet? Aus allzugroßem Respekt vor dieser Kunstgattung und ihren Meistern? Der immer wieder zu Liegekuren gezwungene Jungpensionist entwickelt überhaupt eine seltsame Mischung aus Minder- und Überwertigkeitskomplexen. Verzweifelt versucht er Kontakt mit berühmten Kollegen anzuknüpfen. Zweimal schreibt

* Dita Waggerl: *Das dunkle Lied*

er Karl Kraus, der ihm auch antwortet und ein Exemplar der *Letzten Tage der Menschheit* mit Widmung schenkt. Damit ist aber dieser Kontakt auch schon zu Ende. Demütig versucht er es zwei Treppen tiefer bei Franz Karl Ginskey, dem er unter anderem schreibt: *Ich lebe seit zehn Jahren (23 bin ich alt) in der Überzeugung, ein nicht ganz gewöhnlicher Mensch zu sein. Das wäre nun eher ein allgemeines, denn ein besonderes Laster. Aber wenn ich die Stunden überzähle, die Tage voller harter Selbstprüfung, wenn ich bedenke, daß nichts, kein Gelingen und kein Versagen, das stille ruhige Wachstum jenes Glaubens stören konnte, der wie ein Baum ungesehen und unentweiht aus meinem Wesen entsprossen ist, so weiß ich wohl, daß dieser Glaube recht behalten wird.*

Doch gleich nach diesem wilden Ausbruch von Selbstsicherheit, kommt die Angst, sich prostituiert zu haben: *Ich bin ganz außerstande Ihnen zu sagen w a s ich bin. Scham, mich zu entkleiden, Angst, anmaßend zu sein, alles mögliche hindert mich. Vielleicht ergeben die beiliegenden Sachen, wenn Sie so liebenswürdig sein wollen, sie zu lesen, ein klareres Bild, obwohl ich sie ungeschickt genug ausgewählt habe.*

Sieben Wochen – eine magische Zeit – wartet Waggerl auf Antwort. Dann schreibt er: *Sehr verehrter Herr! Ich habe kürzlich versucht, mich auf etwas unangebrachte Weise in Ihr Interesse zu drängen. Obzwar Sie meiner Zudringlichkeit schon die richtige Antwort, nämlich keine, erteilt haben, möchte ich Sie doch noch in aller Form um Entschuldigung bitten. Die ganze Sache ist mir in mehrfacher Hinsicht zur Qual geworden, einmal, weil Ihnen meine Unvernunft eine unangenehme Viertelstunde verursacht hat, zum andern aber, weil ich es mir schließlich hätte ersparen können, meinen Stolz auf den Bettelweg zu führen.*

Als Ginskey endlich antwortet, doch mit Kritik nicht spart, läßt das Waggerls Glauben an sich keineswegs schwinden. Er schreibt weiter. Immerhin hat er eine Gruppe von Menschen, die das, was er für sie schreibt, schätzen. Der *Kreis* seiner Theaterleute. Außerdem Kai und Josef Mühlmann.* So entsteht ein Schäferspiel. Und die Kasperliade *Kasperl beim Lieben Gott.*

Kasperl ist eben gestorben, wird vor den Lieben Gott gebracht und beschimpft ihn gleich aufs ärgste. Er meint, der Tod hätte ihm wenigstens vorher eine freundliche Einladung schicken können, ehe er ihn holte. Und

* Das Verwandtschaftsverhältnis der beiden konnte ich nicht herausbringen, lediglich, daß beide sich mit Kunst und Kultur beschäftigten.

da er schon im Zug ist, reibt er dem Weltschöpfer auch gleich die vielen anderen Unzulänglichkeiten von dessen Weltregierung unter die Nase. Darauf lädt Gott ihn ein, einmal selbst die göttlichen Regierungsgeschäfte zu übernehmen. Dieses Angebot nimmt Kasperl mit Begeisterung an. Ganz ohne Gottes Hilfe regiert er auf Gottes Thron. Und es kommt, wie zu erwarten: Kasperl versagt kläglich und ist froh, als Gott ihn wieder ab- und erlöst.

So harmlos das alles klingt, so blitzböse ist die Geschichte. Sie amüsiert besonders in der Passage, wo Kasperl an Stelle des Lieben Gottes Gerechtigkeit zu üben glaubt, indem er dem reichen Bauern das Haus anzündet, weil der einen Armen bis aufs Hemd gepfändet hat. Bei dieser Passage kann ich mir nicht verkneifen, ein Plakat aus den zwanziger Jahren in Erinnerung zu rufen, ein Plakat der Kommunistischen Partei Österreichs. Darauf sieht man wieder einmal ein paar drohende Muskelmänner. Diesmal zünden sie gleich den Hort der Reaktion an: das Parlament. Kasperl scheint auch so ein Vulgärmarxist zu sein, der den Besitzenden das Dach überm Kopf anzündet, dem Armen dafür einen Haupttreffer in der Lotterie zukommen läßt. Dann begibt er sich, um die Wirkung seiner „guten Werke" in Augenschein zu nehmen, unter vielen Hallelujas der Engel auf Inspektionsreise.

Als besonders perfide hätte man die Stelle am Beginn des Stückes empfinden müssen, wenn der Reiche, nachdem er den Armen gepfändet hat, sein Dankgebet an den Lieben Gott richtet und sich viele Male bekreuzigt (vor einem Gott, der in diesem Fall nichts als ein großtuender Kasper ist). Aber im Kasperltheater konnte man sich schon immer mehr erlauben, als im großen Welttheater. Und wo immer auch das Stück aufgeführt worden sein mag, es kam aus der Werkstatt eines Künstlerpaares, an das man sich im Dorf langsam gewöhnt hatte. Als wie verrückt, aber auch wie armselig man sie empfunden haben mußte, lese ich aus einem Brief von Waggerls Nichte, die mir schreibt, daß die beiden oft, wenn sie im Sommer nach Gastein fuhren, barfuß von Wagrain nach St. Johann pilgerten, um die Schuhsohlen zu schonen.

Und da sind wir wieder einmal bei der Frage nach dem *Elend*, das Karl Müller dem armen Waggerl bis zum Ende der zwanziger Jahre aufbrummen möchte.

Elend! Ich glaube, diese Zeit der Entbehrungen war die glücklichste im Leben des Ehepaars Waggerl. Ganz abgesehen davon, daß es, weiß Gott, Ärmere gab in diesem Österreich nach 1918. Vor allem in Wien. Der Wasserkopf der totalamputierten Monarchie litt unter Mangel an Kohle und Holz, unter Nahrungsmangel, unter dem Zusammenbruch der Banken, der Wirtschaft. Dazu eine wahnwitzige Inflation. Arbeitslose stürzen sich wie Rattenschwärme auf das umliegende Land. Wagrain war da, im Gegensatz zu Wien, das Paradies. Da herrschte Naturalwirtschaft. Man betrieb Tauschhandel. Da brauchte man kein Geld. Wie vorteilhaft für einen, der wie Waggerl keines hatte; und auch nicht das geringste Verhältnis dazu. Als ihm Springenschmid einmal eines anbot, um ihm zu helfen, meinte Waggerl nur: *Kann man denn das überhaupt? Mit Geld jemandem helfen?*

Natürlich ein bißchen rhetorisch die Frage, wenn man bedenkt, wie vielen Menschen er – als er selbst zu Geld gekommen – mit Geld aushalf, wo er konnte. Aus der Frage spricht natürlich auch gekränkter Stolz. Er wollte sich vom Kollegen nicht mit Geld demütigen lassen. Das Pathos aber deutet auf Waggerls Unzufriedenheit mit sich selbst. Sie liegt nicht im Geldmangel: Er hat noch immer das Gefühl, mehr zu sein, mehr zu können und daher mehr leisten zu müssen, als er bis jetzt geleistet hat. Dazu aber müßte er über die engen Grenzen seines Wohnortes hinaus wirken können.

Die realste Möglichkeit für einen, der abseits der künstlerischen Zentren hauste und der schreiben konnte und wollte, waren die Wochenendbeilagen der Zeitungen. Sie brachten neben dem Feuilleton und dem Fortsetzungsroman auch Geschichten und Gedichte. Waggerl war – wie Ludwig Thoma – in Gesellschaft ein beliebter Erzähler. Thoma hatte man nach einer seiner Erzählorgien zum Schreiben erst drängen müssen. Waggerl drängte sich selbst. Schon in der Gefangenschaft, wie wir wissen. Eine interessante Aufgabe wäre es, durch Stilvergleiche dahinterzukommen, ob eine der uns erhaltenen Erzählungen schon damals entstanden ist. Gedruckt wurden sie alle erst nach 1924. Waggerl stand ihnen in seinen späteren Jahren ablehnend gegenüber. In seine *Gesammelten Werke* hat er sie nicht aufnehmen lassen. Otto Amann und Lutz Besch ist es zu verdanken, daß diese *Novellen*, wie sie Dita Waggerl nennt, den Lesern zum Teil wieder zugänglich sind.*

Dazu hat Otto Amann sie in seiner Studie *Das andere Gesicht*** unter anderem auf Rolle und Haltung des Erzählers hin untersucht. Was die Analy-

* Im *Nach Lesebuch* (1977) und im *Waggerl Lesebuch* (1984)
** Erschienen 1986 in den *Innsbrucker Beiträgen zur Kulturwissenschaft*

sen nicht berücksichtigen, sind Waggerls Vorbilder zu diesen wahrlich trostlosen Geschichten und Gestalten. Ihre Anreger sind nur indirekt zu greifen.

Der gleichaltrige Elias Canetti fällt mir ein, weil ich das Böse, Selbstzerstörerische, aber auch Marionetten-Maskenhafte von dessen Figuren aus dem Stück *Die Hochzeit* in Waggerls Kurzgeschichten wiederzuentdecken glaube. Doch irgendwelche Kontakte zwischen beiden anzunehmen, gehört ins Reich grotesker Gedankenspielereien. Außerdem entstanden Canettis Stücke fünf Jahre nach Waggerls erster Kurzgeschichtenperiode. So gesehen, könnte man bestenfalls Waggerl als Anreger Canettis annehmen, was nur denen absurd erscheinen wird, die bis jetzt nicht bemerkten, daß sich allem Anschein nach Camus eines Waggerlstoffes* bedient hat. Wo aber holte sich Waggerl die Anregungen zu seinen frühen Geschichten?

Daß ihn eine zeitlang Dostojewski stark bewegte, wissen wir. Aus angemessener Entfernung betrachtet, könnte auch tatsächlich die eine oder andere Gestalt des Russen Waggerl angeregt haben. Aber Dostojewski kann seine Figuren langsam und ruhig entwickeln. Die Geschichten, die Waggerl erzählen will, müssen knapp sein. Sie müssen rasch zu ihrem meist letalen Höhepunkt kommen. Das ist keine Frage des Stils. Das ist auch eine Frage des Platzes, der ihm zur Verfügung steht, gleichgültig, ob er für eine sozialistische Zeitung schreibt oder für ein Kirchenblatt. Ich hatte erst B. Traven in Verdacht, Waggerls früher Lehrmeister gewesen zu sein. Traven, der in Wirklichkeit Ret Marut hieß, schon 1917 die anarchistische Zeitschrift *Der Ziegelbrenner* herausgab, sich später an der Münchner Räteregierung beteiligte, zum Tode verurteilt wurde, flüchtete und 1924 in Mexiko unter dem Namen Traven Torsvan oder B.T.Torsvan auftauchte, um endlich als B.Traven Weltberühmtheit zu erlangen. Das wäre so insgesamt ein Mann nach dem Geschmack des siebenundzwanzigjährigen Waggerl gewesen. Doch Traven – seine Werke wurden von Waggerl bewundert und in kostbares Leder gebunden –, Traven scheidet schon deshalb aus, weil sein erster Roman erst 1926 erschien. Waggerls erste Kurzgeschichte aber 1924.

Als den anderen Lehrmeister, den auch Traven gehabt haben wird, wittere ich Jack London. Einer, der als mittelloser Seeman das Elend vor allem

---

* Die Handlung von Camus' *Das Mißverständnis* entspricht genau der Handlung von Waggerls Geschichte *Der Gast*. Siehe dazu auch Seite 160 f.

der Outcasts of London in ihrer schrecklichsten Form studierte, der selbst das Leben eines Landstreichers geführt hat, der sozial mit den Entrechteten fühlte, seine Bestürzung auch herausschrie, der aber sein Werk in den Dienst keiner sozialen Endlösungsreligion stellte, auch wenn er an eine langsame Veränderung durch ein fähiges Management glaubte und zuletzt durch sein persönliches Schicksal bewies, daß es auch am Verhalten und Denken des Einzelnen läge, sich aus dem untersten Kreis der Hölle zu befreien. Seine Naturschilderungen, seine genauen Beobachtungen vom Tierverhalten aber brachten dem Mitglied der Sozialistischen Partei Oaklands den Vorwurf ein, dem Sozialdarwinismus eine Bresche geschlagen zu haben.

Wie sehr der Naturmensch Waggerl sich für den Naturmenschen London interessierte, zeigt, daß er nicht nur im Besitz der von Hermann Löns übersetzten *The Call of the Wild* war, sondern auch die Biografie des Dichters von Charmain London besaß. Da London selbst zu seinen geistigen Vätern Melville, Kipling und Conrad zählte, haben wir auf diese Weise auch gleich Waggerls Großväter kennengelernt.

Doch welchen Schrecken, welchen Endgültigkeiten setzt Waggerl seine Außenseiterhelden aus. In welche Konflikte mit „Insidern" läßt er sie stürzen. In welche Ausweglosigkeiten. Kaum eine dieser Geschichten hinterläßt einen Hoffnungsschimmer. Keine ihrer Gestalten besitzt psychologische Feinstruktur, und die Ereignisse entwickeln sich kaum, werden vielmehr blockartig gegeneinandergestellt und sind – wie Waggerl selbst einen seiner frühen Kritiker sagen läßt – *wie mit der Hacke gemacht.*

Ich versuche, Waggerls Kritiker (egal ob post- oder prämodern) zu ignorieren, um mir ein eigenes Bild zu machen. Und tatsächlich drängen sich mir beim Lesen Bilder auf. Bühnenbilder. Es sind eigentlich keine Erzählungen, sondern expressionistische Spielszenen, die in abstrakte Dekorationen hineingestellt wurden, Bilder die aus dem Film Dr. Cagliari stammen könnten. Auch die Figuren in den Dekorationen haben etwas Malerisch-Verzerrtes. Ich denke an Egon Schiele, an Zeichnungen Kokoschkas, an die düsteren Gestalten und Farben van Goghs, ehe er seinen eigenen farbexplosiven Stil gefunden hat, an die trostlosen Gesichter der *Kartoffelesser* etwa. So beherrschen Waggerls Erzählung *Die Entfesselten* ebenfalls nur Grau- und Brauntöne:

Die Häuser stehen alt, mürrisch, voller Gebrechen, eng nebeneinander, das eine vorgeneigt, das andere mit offenem Türmaul zurückgelehnt, und ein schmutzig-

grauer Wurm von Straße windet sich mit angefressenen Flanken zwischen ihnen durch. [...] Das Dorf ist erloschen. Aber am Ende des Dorfes, wo die Straße befreit [...] in ebene Äcker fließt, steht ein Haus im Fieber. [...] Wenn sich das Tor auf der anderen Seite öffnet, quillt plötzlich ein Strom trüben Lichtes und verworrenen Lärms heraus, wie Schmutzwasser, auf die Gasse geschüttet.

So beginnt die Schilderung eines Dorffestes. Das aber, was einem nun entgegentanzt, ist keine bäuerliche Idylle. Es ist eine aus den Fugen geratene Zivilisation. Hier drängen sich expressionistische Maskentänzer, die den Bildern eines Karl Hofer, eines Georg Grosz, oder eines Otto Dix entsprungen sein könnten. *Diese Menschen, sonst von der Eintönigkeit ihres Lebens erstickt und erschlagen, geben sich wie Besessene ihren Instinkten hin, aber auch ihre Instinkte sind schon kraftlos und verstümmelt. Sie lärmen wie leerlaufende Maschinen. Die Musik füllt den Raum mit der unbeirrbaren Wucht ihres Taktes, dann und wann schreit die Klarinette schrill und lächerlich dazwischen.*

Und in dieses Ausbrechen aus einer nur noch mühsam zivilisierten Welt, bricht Natur ein: Holzknechte. Nach Wochen härtester Arbeit versuchen sie ihrer Waldeinsamkeit zu entkommen. Für Augenblicke scheint das Fest gestört, doch da sie sich erst ruhig verhalten, brav und anständig, kommt die manische Vergnügungsmaschine wieder in Schwung.

Schauen wir uns nun die Naturburschen näher an. Auch sie habe ich schon vorher in einem Bild gesehen. Aber es sind diesmal nicht die großen Maler des Expressionismus, an die sie mich erinnern. So wie sie mit ihren Äxten in den Raum stapfen, scheinen sie mir gar nicht aus der Natur zu kommen. Das sind die Bodybuilding-Männer, wie sie den Plakatmalern Modell standen, nur ländlich kostümiert. Wohl glaube ich nicht, Waggerl habe beim Schreiben dieser Geschichte gleiche Assoziationen gehabt wie ich beim Lesen. Er, der sonst über den Schaffensprozeß nur selten Auskunft gibt, berichtet seinem Freund und Biographen Hanns Arens, wie ihn diese Geschichte überrumpelt hat. *Das kam so: Zu meinem todkranken Vater war ich nach Badgastein gereist und dort stieg mir ganz unbewußt, die Vision jener Erzählung auf: Vierzehn Holzknechte, die aus tiefstem Frieden in grauenhaften Streit geraten, ausbrechen wie Amokläufer und förmlich das Dorf vernichten.*

Ein plötzlich über ihn hereinbrechendes Bild. Ein blitzartiger Einfall. Aber keiner, die aus heiterem Himmel kommt. Dieser Blitz steigt aus der Tiefe auf. Gestalten drängen heran, die ihn insgeheim schon lange bedrohten. Jene

Schlägertypen, die alle Parteien an die Wand malten, um mit ihnen eine bessere Zukunft anzukündigen. Das war gar nicht so böse gemeint, wenn ein braver Arbeiter einen widerlich fetten Hausherrn zertrat. Auch die Muskelprotze Waggerls hocken am Anfang noch ohne böse Absicht im Raum. Mit den leeren Gesichtern von van Goghs *Kartoffelesser.* Licht fällt nur von einer einzigen trostlosen Petroleumlampe auf sie. Und dann beginnen sie zu singen.

Das allerdings verstört die Dorfzivilisierten.

Den Schluß der Geschichte habe ich schon angedeutet. Einer der Holzknechte – nun schon ziemlich betrunken – greift einem Mädchen ans Mieder. Die „Dorf-Bourgeoisie" antwortet mit Aggression gegen die Außenseiter. Es kommt zu Rempeleien. Erst glaubt man noch, die „Zivilisation" werde den Sieg davontragen. Doch da greift einer der Holzknechte zur Axt. Den Rest der Szene läßt der Regisseur Waggerl teilweise als Hörspiel abrollen: *Ein schweres Ding fliegt über den Haufen weg und fährt klirrend in die Lampe. Das Licht erlischt. Die Masse schreit wie ein einzelner auf. Und plötzlich hört man, nicht laut, aber doch alles übertönend, ein furchtbares Geräusch, einen Hieb in morsches Holz. Der Erschlagene sinkt lautlos zurück, im nächsten Augenblick werden andere getroffen. Es sind furchtbare Schläge [...]*

Die Menge versucht zu flüchten. Verkeilt sich in den Ausgängen. Blindgeworden für die eigenen Untaten, schlagen die Holzknechte zu. Fällen Menschen im Akkord. Die Ernüchterung kommt spät. Zu spät für die Toten. Zu spät für die Mörder. Erst am nächsten Morgen, wenn Rausch und Blutrausch verraucht sind, werden sie von einem Trupp schwerbewaffneter Gendarmen abgeführt. *Aneinandergefesselt, sitzen sie in zwei Reihen auf dem Gefährt, stumm, blutig, mit verständnislosen Augen, gleich den Überlebenden einer geschlagenen Armee. Das Volk schaut ihnen schweigend und fast ehrfürchtig nach.*

Eine entsetzliche Geschichte, könnte man sagen, die sich s o nicht abspielen kann im zivilisierten Europa des Jahres 1925. Genausowenig wie es möglich sein kann, daß zehn Jahre später Menschen im Herzen dieses Europa zu Tode geprügelt werden, nur weil sie andere Lieder singen, als der Regierung genehm sind. Und daß weitere fünf Jahre später Todesfabriken errichtet werden, die den Mord zu einer Fließbandarbeit machen.

Nein! Ich will Waggerl nicht zum Propheten machen, der in der Geschichte einer Wirtshausschlägerei die kommenden Greuel des Nationalsozialismus vorausgesehen habe. Noch ungeheuerlicher wäre allerdings, ihn mit dieser Geschichte zum Anstifter dieser Greuel zu machen. Doch der allgemeine Vorwurf, der heute Waggerl gemacht wird, ist eher der, daß er nicht bei diesem Stil geblieben ist. Dies wäre der angemessene Ton gewesen, mit dem er sich mutig einer ungeheuerlichen Zukunft entgegenzustellen gehabt hätte. – Glücklich der, der im nachhinein so genau weiß, was ein anderer von vornherein hätte machen sollen.

Die Geschichte *Die Entfesselten* kam am 16.3.1925 im *Salzburger Volksblatt* heraus. Angeblich soll sie gleich nach Erscheinen in Wagrain einen ungeheuren Wirbel entfacht haben. Waggerl habe – so liest man – einige Zeit untertauchen müssen, um von den Wagrainern nicht gelyncht zu werden.

Wenn ich die Vorgänge im Tagebuch der Dita Waggerl nachlese, so sehe ich am 16. März 1925 eingetragen: *Mutter näht ein Kleid für die Elsa.* (Die Mutter ist also zu Besuch und arbeitet, wie sie es immer tut.) *Heiner bummelte ein wenig in den Markt. Im „Salzburger Volksblatt" erschienen „die Entfesselten".* Am 18. März erfahren wir, daß die Mutter abgereist ist. Abends Theaterprobe. Am 19. ist Skiwetter, und Heiner macht eine Skitour. Elsa geht nicht mit, weil sie sich den Fuß verstaucht hat. Zehn Tage vergehen, und niemand erregt sich offenbar über die Erzählung. Erst am 26.3.1925 findet man folgende Eintragung: *Heiner ist marod. Unter der Bevölkerung herrscht große Aufregung über Heiner's Novelle „die Entfesselten". Das tun sie aber nur, weil der Altbürgermeister Kirchweger gegen die Theatergesellschaft und besonders gegen Heiner eine Hetze braucht wegen der bevorstehenden Wahlen. Kirchweger ist von gewinnendem Äußeren aber ein durchtriebener Gauner. Er hat schon mehreres auf dem Gewissen, das nicht stubenrein und lichtecht ist.*

Doch schon am nächsten Tag notiert Dita: *Die Bevölkerung hat sich wegen des „Artikels" wieder etwas beruhigt, aber Elsa und ich zittern noch immer, wenn Heiner allein fortgeht. Ein neues Theaterstück wurde aufgeführt. Spiele und Brot beschwichtigen ja von jeher die aufgeregten Gemüter.*

Spiele und Brot. Davon, daß Waggerl untergetaucht wäre, ist keine Rede. Im Gegenteil, es scheint, als ob er die Menschen durch sein Erscheinen geradezu provozieren wollte. Und als dem Homo ludens das nicht glückte, erfand er – um die Sache in der Erinnerung der Menschen dramatischer erscheinen zu lassen – selbst die Geschichte von Flucht und Sich-verstecken-müssen.

Aber diese meine Behauptung ist natürlich auch nur eine Erfindung.

Der Fascismus ist „die machtgewordene Frucht" des von kapitalistischen und sozialistischen Extremen in seiner Existenz bedrohten und durch die Schieberepoche seit 1914 materiell und moralisch geschwächten Bürgertums.

Carl von Ossietzky

Der Text für dieses Motto stammt aus der *Berliner Volkszeitung* vom 13. Mai 1923. Ossietzky schrieb seinen Artikel zu der Zeit, als Waggerl die ersten Kurzgeschichten verfaßte. Im selben Zeitraum probten in Hamburg die Kommunisten den Aufstand, in ganz Deutschland verübte die *Schwarze Reichswehr* Fememorde, im Rheinland versuchte eine Separatistenregierung, sich zu etablieren, im abgetrennten Saarland wurde Leo Schlageter von französischen Soldaten ohne Gerichtsverfahren erschossen, die konservative Reichsregierung in Berlin setzte die sozialistische Landesregierung in Sachsen mit militärischer Gewalt ab, in München putschten Hitler und Ludendorf gegen die Reichsregierung. In Deutschland wird Walther Rathenau von Nationalisten ermordet, in Österreich der frei gewählte Bundeskanzler Ignaz Seipel von einem verwirrten Linksgestimmten niedergeschossen. – Zur Unsicherheit des einzelnen kamen wirtschaftliche Zusammenbrüche, ein Heer von Arbeitslosen und eine Inflation, die ihrem Höhepunkt zusteuerte.

Die politischen Parteien geiferten bloß und schoben einander die Schuld zu. Dem Durchschnittsbürger hingen diese Schuldzuweisungen zum Hals heraus. Auch alle lächerlich gewordenen Zukunftsvisionen und ideologischen Spitzfindigkeiten. Nur die davon lebten, kauten sie wieder und wieder. Der Rest der Bevölkerung wollte nichts als endlich wieder Ruhe und Ordnung. Und wenn Ossietzky auch Recht haben mochte, daß Schieber auf der einen und wild gestikulierende Klassenkämpfer auf der anderen Seite die Menschen abstießen und in die Richtung jener Gruppierung drängten, die man später die Nazis nannte, er übersah, daß neben dem Druck, den die Parteien auf die Menschen ausübten, sich auch ein Vakuum gebildet hatte, das durch die Auflösung der Monarchien entstanden war: ein Glaubensvakuum. Das in der Monarchie so unangreifbar scheinende Zusammenspiel von „Krone und Altar" war für die meisten, auch für die der Religion Entfremdeten, ein „Bollwerk gegen Unmoral und Sittenlosigkeit" gewesen. Mochte sich hinter diesem „Bollwerk"auch die Verlogenheit des vergangenen Jahrhunderts verschanzt haben, so srömten über die niederbrechenden Dämme neben einer neuen Aufrichtigkeit gleich auch die neuen und neuesten Verlogenheiten heran. Oder, wie Waggerl es ausdrückt: *Hinter der Larve einer Lüge erscheint nicht notwendig die Wahrheit, sondern in der Regel eine andere Lüge.* *

Waggerl, der mit seinem *Kreis* und seinen außergewöhnlichen Unternehmungen in Wagrain als Revoluzzer empfunden wurde, war nichts weniger als ein Linker. Dazu war er zu sehr Individualist. Er war überhaupt kein politischer Mensch. Für ihn galt, wie für so viele Österreicher, das Wort: *politisch Lied - garstig Lied!* Zweig hatte sich ins humanistische Nirwana zurückgezogen. Hofmannsthal schwebte in seinem antikisierenden Barockhimmel. Musil wühlte sich in die untergegangene Welt Kakaniens, wo ihm zeitweilig Schnitzler und Roth begegneten. Kafka, von Waggerl kaum wahrgenommen, obwohl doch manche seiner Kurzgeschichten kafkaeske Zügen tragen, Kafka hielt sich meist in seiner labyrinthischen Innenwelt auf, in die nur manch seltsames Geräusch und manch verzerrtes Bild von außen eindrangen. Einzig Karl Kraus, der sich die tägliche Mistfuhr der Politik durch die Zeitungen auf den Hals lud. Doch wie er die politischen Verhältnisse aufzeigte, konnten sie den werdenden Dichter nur abstoßen.

Für Waggerl galt: Dichtung habe sich vom Alltag abzuheben.

So spiegeln die zynischen „Aktschlüsse" seiner Kurzgeschichten wohl die Stimmung seiner Zeit. Die Katastrophen, die er schildert, sind aber vollständig von ihr abgelöst. Das grausige Massaker in den *Entfesselten* kann aus der Jetztzeit herausgenommen und in ein anderes Jahrhundert verlegt werden. Man kann es aber auch als Münchner Saalschlacht deuten. Oder in den Wilden Westen verlegen. Wenn Waggerls späteren Arbeiten oft der Vorwurf gemacht wurde, er wolle den Leser über die Problematik des Lebens hinwegtäuschen, so könnte seinen frühen Geschichten der gleiche Vorwurf mit umgekehrten Vorzeichen gemacht werden: Wir befinden uns nicht mehr in der besten, sondern in der bösesten aller Welten. Ob aber gute, ob böse Welt, Waggerl war noch immer auf der Suche nach seiner eigenen. Welt. Er sah den Sinn des Dichtens im Herausheben eines Geschehens aus der Alltäglichkeit. Da hätte jede Parteibindung nur den Blickwinkel eingeengt.

---

* *Ein Mensch wie ich*

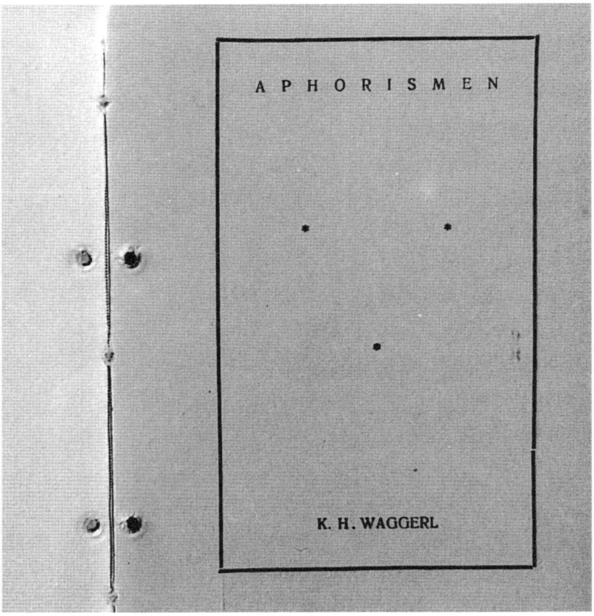

„Meinen Freunden gewidmet", ist das von Waggerl selbst gesetzt, gedruckt und gebundene Aphorismen-Büchlein

Außerdem verachtete er die bestehenden Parteien. Obwohl sie alle behaupteten, das Wohlergehen der Mitmenschen im Sinn zu haben, stritten sie unter Drohgebärden, wie dies Wohlergehen zu befördern sei. Das lag und liegt wohl an der Zweiäugigkeit dieses seltsamen Säugetiers. Im Gegensatz zu einem facettenäugigen Insekt wird der Mensch nie den ständigen Rundumblick einer Wespe haben. Er muß etwas anpeilen. Fokussieren. Herausheben, um es zu begreifen. Das führt zum Aneinandervorbeisehen und -vorbeireden. Da spricht einer von den unabänderlichen Gesetzen, in dem er in die Sterne starrt, während der andere mit Blick auf einen Ameisenhaufen von ständiger Erneuerung redet. Und beide glauben, sie reden vom gleichen.

Schon in Waggerls Aufsatz *Über Willensfreiheit* klingt das an, wenn er feststellt, daß in der Welt toter Materie die Dinge noch leicht zu durchschauen sind. Da herrschen deutlich sichtbar die ewigen Gesetze. Hier ändert sich auch in Millionen von Jahren nichts. Die Sonne – trotz mancher unbeherrschter Ausbrüche und Protuberanzen – geht immer wieder pünktlich auf und unter. Wer sich an ihre Beständigkeit hält, fördert auch eine ausgewogene Haltung in seinem Inneren.

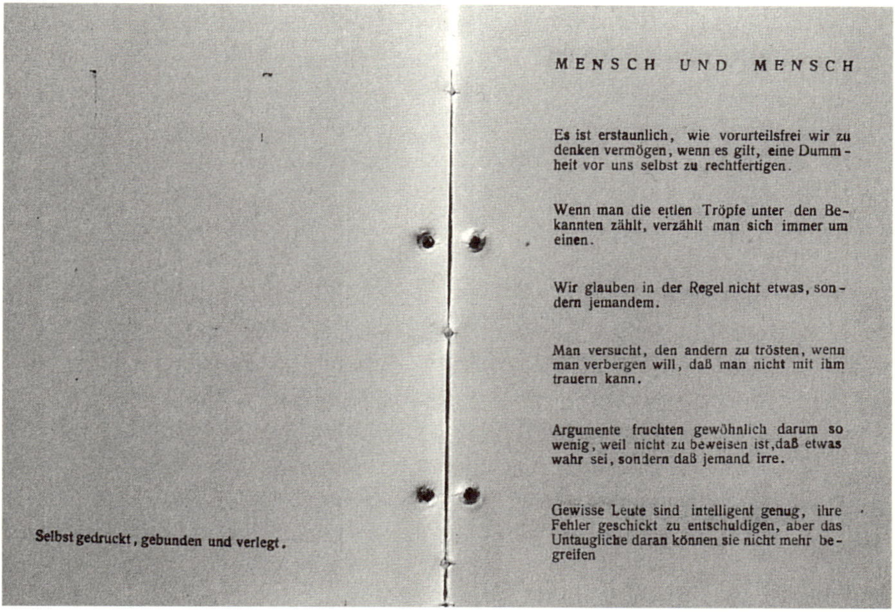
Selbst gedruckt, gebunden und verlegt.

MENSCH UND MENSCH

Es ist erstaunlich, wie vorurteilsfrei wir zu denken vermögen, wenn es gilt, eine Dummheit vor uns selbst zu rechtfertigen.

Wenn man die eitlen Tröpfe unter den Bekannten zählt, verzählt man sich immer um einen.

Wir glauben in der Regel nicht etwas, sondern jemandem.

Man versucht, den andern zu trösten, wenn man verbergen will, daß man nicht mit ihm trauern kann.

Argumente fruchten gewöhnlich darum so wenig, weil nicht zu beweisen ist, daß etwas wahr sei, sondern daß jemand irre.

Gewisse Leute sind intelligent genug, ihre Fehler geschickt zu entschuldigen, aber das Untaugliche daran können sie nicht mehr begreifen

Wer den Blick auf das organische Leben unserer Erde – soweit noch ungestört von menschlicher Einmischung – richtet, braucht sich wegen der größeren Vielfalt und der Undurchsichtigkeit mancher Vorgänge nicht zu beunruhigen. Auch wenn sich hier vieles rascher verändert als am (und im) Himmel, es tauchen keine neuen Prinzipien auf. Erst wenn wir den Blick auf den Menschen einstellen, kommt der Schock. Da geht es drunter und drüber. Der Ameisenhaufen sich verändernder Glaubenswahrheiten und Moralvorstellungen verwirrt. Und in dieser Verworrenheit glaubt der Mensch, Wahlfreiheit zu haben. Nun wäre das keine Katastrophe, hätte der Mensch nicht einen Missionstrieb. Er will die Glaubenswahrheit, die er für sich gefunden hat, auch dem lieben Nächsten gönnen. Und wenn der nicht begreifen will, was ihm gut tut, dann wird ihm die vermeintliche Wahrheit eingebläut. *Jeder möchte die Welt verbessern und jeder könnte es auch, wenn er nur bei sich selber anfangen würde.*

Diese Sentenz stammt aus Waggerls Aphorismensammlung, die er 1924 im Eigenverlag herausbrachte. Es ist seine Art, mit den Widersprüchen der Welt fertigzuwerden. Das ist kein fertiges Weltbild, Gott bewahre. Das ist das genaue Gegenteil. Die blitzartige Aufhellung des Unsinns, der in allen Weltbildern steckt, mit denen der zukünftige Dichter nichts zu tun haben will. Wenn man hinter diesem Satz auch wieder ein Weltbild orten möchte, dann am ehesten das Weltbild des Buddha. Buddhistisch ist auch der immer wiederkehrende Wunsch in diesen Aphorismen, das Rad der Leiden zu stoppen.

Was ist es im Grunde, das uns Kinder so anziehend macht? Ihre Unschuld ist selbstverständlich, ihre Heiterkeit tief tragisch. Ich empfinde nur Mitleid vor diesen ahnungslosen Opfern des Ungewissen.

Deshalb der Ruf, auf Nachkommenschaft zu verzichten:

Wenn du deinen Sohn liebst, zeuge ihn nicht.

Aber es ist nicht nur der Mensch, der leidet. Er, der auf Grund seines Denkvermögens es besser wissen müßte, trampelt gedankenlos über seine Mitgeschöpfe hinweg: *Erst wenn einmal jeder, der nur eine Ameise mutwillig tötet, des Mordes angeklagt wird, kann man anfangen, der Zivilisation zu trauen.*

Auch das klingt fernöstlich. Buddha kennt die Gerichtsstätten, wo auch die Tierquäler und -mörder abgeurteilt werden. Hinter der Welt der Erscheinung wird über die Wiedergeburt entschieden.

Nicht, daß ich Waggerl unterstellen will, Buddhist gewesen zu sein. Ich kann ihm nicht einmal die Lektüre buddhistischer Werke nachweisen. Es ist nur die gleiche aus Leidenserfahrung entstandene Lebenseinstellung und der Versuch, aus dem Kreislauf des Unheils herauszukommen. Westliche Heilslehrer sind zu sehr darauf aus, den Kreislauf des Unheils mit Gewalt zu durchschlagen; das führt zu immer neuen Kämpfen. Waggerl macht sich auf einen eigenen Suchpfad. Nicht um die Menschheit mit einer neuen Lehre zu beglücken, sondern um alle Weisheit auf einen einzigen Punkt zu bringen, der niemanden vergewaltigt:

Gut wird man erst durch Güte.

Ein anderer Satz, der zum Ausstieg aus dem Rad des Leidens einlädt:

Wir Menschen sind der Scheitel der großen Kurve. Unser Trieb, unsere Hoffnung sind noch aufwärts, – aber unser Sinn und Zweck ist schon niederwärts. Wir haben allein Vernunft, die furchtbare Gabe, vorauszusehen, erhalten. In uns ist die Fähigkeit zu leiden ins Grenzenlose gesteigert, d a m i t w i r d i e E n t w i c k l u n g a b b r e c h e n u n d e i n E n d e m a c h e n .

Das schreibt ein junger, lungenkranker Mann fünfzehn Jahre vor Ausbruch eines noch viel schrecklicheren Krieges, als der, den er überlebt hat, und zwanzig Jahre vor Abwurf der ersten Atombombe. Überwinden aller künftigen Schrecken durch Verzicht auf Nachkommen. So pessimistisch das auch klingen mag, es sind nicht die Worte eines Lebensüberdrüssigen. Im Gegenteil. Da Waggerl das Grauen überlebte, will er weiter leben. Er will nur einer weiteren Generation die Greuel des Krieges ersparen. Und er will sich keiner neuen Heilslehre anvertrauen. Keinem Gott und keinem Kaiser.

Irgendwann einmal erhält die kindliche Einfalt und Einfachheit der Weltbetrachtung einen Stoß, und von da ab findet man sich nie wieder im Ganzen zurecht. Man ist wie ein zertrümmerter Spiegel, aus den Scherben kläglich wieder zusammengeflickt.

Der Spiegel, die Spiegelsuche und der zerbrochene Spiegel sind andere Motive in Waggerls früher Prosa. Wenn ich sie als Suche nach dem eigenen Selbst deute, so kann ich dazu noch viele zeichnerische und fotografische Selbstportraits zählen, in deren einem er – der Maskenträger – sich einmal auch nackt zeigt. Richte ich das Augenmerk aber auf zerbrochene Spiegel, könnte ich sie als das Zerbrechen einer frühen Gläubigkeit deuten. Doch wann zerbrach sie ihm? Nicht e i n m a l , glaube ich, sondern immer wieder.

Immer wieder hadern seine Landstreicher und Stromer mit Gott, sprechen ihm die Existenz ab und rufen ihn dann doch wieder zum Zeugen auf. Es sind Spiegelbilder Waggerls, so wie ihm schon im Schützengraben der Sternengucker und Astronom zum Spiegel wurde. Ein Spiegel, den er dann doch nicht als Spiegel anerkannte, da er sich ihm überlegen fühlte. Wie er sich auch als Erzähler – trotz allen Mitleidens – seinen Landstreichern überlegen fühlt. Manchmal vergißt er allerdings seinen erzählerischen Hochstand und wirft sich ins Geschehen. Kriecht in seine Figuren hinein. Läßt sie sagen, was e r gerne sagen möchte, und tun, was er manchmal gerne täte.

So hat sich Waggerl beim Schreiben der Mordszenen in den *Entfesselten* in einen wahren Blutrausch hineingeschrieben. Er, der Erzähler, steht mitten im Raum. Er wird von der Menge an die Wand gedrängt. Er wirft mit dem Krug gegen die Lampe. Er schlägt mit der Hacke zu. Er hört gleichzeitig von außen die dumpfen Schläge, um gleich darauf mit den Flüchtenden in die Tiefe zu stürzen. Und während er sich mit blutbefleckter Feder mitten im Schlachtfeld tummelt, mitbrüllt, mitschlägt, mitfällt, merkt er gar nicht, daß er und seine Schlachtgenossen bei der von ihm erzeugten ägyptischen Finsternis und dem Gedränge weder die Hacke schwungvoll aufziehen könnten, noch so zielen, daß die Getroffenen ohne Laut – wie er es schildert – mausetot zu Boden sinken.

Doch keine Häme. Waggerl fehlt manchmal noch die Technik, den Erzählerstandort am Beginn zu bestimmen. Er weiß noch nicht, wo er ihn plazieren soll. Er steigt aus Ungeschicklichkeit von einem Fuß auf den andern. Und doch! Mit seiner Ungeschicklichkeit, mit seinem Sich-plötzlich-leidenschaftlich-in-die Handlung-Stürzen erzielt er oft außerordentliche Wirkungen.

Auch in anderen Erzählungen. In der Geschichte *Zorn* etwa. Auch hier scheint er sich auf seltsame, höchst bedrohliche Weise mit dem ungeschlachten Helden zu identifizieren. Dieser Blas ist wieder ein Außenseiter. Wieder Holzknecht. Ein gutmütiger Riese, scheint es. Ob seiner Stärke im Dorf allgemein bewundert. Auch von den Mädchen. Er hat einen Gefährten. Einen demütigen Anhänger. Das genaue Gegenteil von Blas. Einer, der ihm in seinem Witz weit überlegen ist. An Kraft weit unterlegen. Michael. Der sich am Wirtshaustisch manches erlauben kann, weil er, wenn es brenzlich wird, hinter dem breiten Rücken seines Freundes immer wieder Schutz findet. So ist der Dumme der uneingeschränkte Führer des Witzigen. Das aber ist der Wurm in dieser seltsamen Partnerschaft. Im Grunde haßt der Kleine den Großen. Trotzdem währt diese seltsame Symbiose solange gut, bis Blas verunglückt. Beim Entasten eines riesigen Stammes gleitet er aus, der Schaft der Axt verfängt sich in den Ästen, das Eisen fährt an Blasens Stirn. Er stürzt. Michael holt sofort Wasser. Wäscht die Wunde. Verbindet sie. Kümmert sich, wie man es von einem Gefährten wohl erwarten kann. Im Stillen aber genießt er die Ohnmacht des Mächtigen. Eine zeitlang liegt der Riese da, wie ein gefällter Baum. Doch plötzlich erhebt er sich wieder. Er will weg aus dem Schlag. Wahrscheinlich hinunter ins Dorf. Zum Arzt. Doch er sieht nichts mehr. Er ist blind. Weiß nicht wohin. Stolpert immer wieder. Stößt gegen Bäume. Endlich glaubt Michael, die Oberhand zu haben. Er bietet sich dem Riesen als Führer an. Der läßt sich das auch einige Zeit gefallen. Doch langsam steigt in ihm die Wut gegen die eigene Hilflosigkeit auf. Er macht sich frei. Kriecht auf allen Vieren durchs Unterholz. Und als Michael sich – endlich einmal Herr der Lage – dem angeschlagenen Riesen mit leicht überlegenen Bemerkungen in den Weg stellt, um wieder die Führung zu übernehmen, da entlädt sich die aufgestaute Wut des Großen gegen den auftrumpfenden Kleinen. Es kommt zu einem kurzen Kampf, bei dem der

Blinde den Sehenden nicht aus seinen Fäusten läßt. Auch als Michael kein Lebenszeichen mehr von sich gibt, tobt der zornige Muskelberg weiter: *Er läßt den toten Körper fallen und tritt ihn mit den Füßen in die Erde. Er fühlt, wie die Knochen brechen und das Fleisch sich öffnet, aber sein Zorn macht vor dem Tode nicht halt. Blas hebt den Leichnam über sich und wirft ihn irgendwohin ins krachende Holz. Dann sucht er ihn erst wieder, schleppt ihn eine Strecke weit und schlägt ihn im Schwung gegen die Bäume, immerfort, es saust und rieselt in den Ästen. Blas ist über und über mit Blut und Erde besudelt, sein Mund schäumt, Tuchfetzen und Haare kleben ...*

Der Dichter tobt. Dieser gegenüber den Mitmenschen so grundgütige Heiner, tobt seinen Zorn gegen alle Widersinnigkeiten der Welt auf dem Papier aus. Mit einer inzwischen klein und zierlich gewordenen Schrift. Er tobt mit der Feder, um nicht in der Wirklichkeit zu toben. Und er könnte schrecklich zornig sein, wenn er sich gehen ließe. Wenn er sich nicht manchmal unerhört beherrschte; das läßt sich aus einigen Tagebuchstellen seiner Frau herauslesen. Auch Springenschmid hat erlebt, wie der Freund seine Wut über ein falsches Wort nur dadurch bändigen konnte, daß er sich, ohne ein Wort zu sagen, einfach umdrehte und wegging. Er ist einer, der Wut in sich hineinfrißt. Der einzige Ort, wo er sich gehen lassen darf, ist der Schreibtisch. In der Maske eines außer sich geratenen Außenseiters tobt er sich aus; es ist ein anderer, ein Outcast der Gesellschaft, der sich so benimmt. Nicht er.

Natürlich ist das ein Toben, das nie ganz außer Kontrolle gerät. Und er weiß, wie er sich die Zügel anlegen muß. Wie er als Erzähler am Ende die Position wechseln und kühl und sachlich werden soll. So endet seine Novelle *Zorn* in eiskalter Objektivität: *Dann ist es still, und das Blut des Mörders mischt sich friedlich mit dem Blut des Gemordeten. Man findet die beiden Toten eng verschlungen, und niemand kann das grausige Rätsel entziffern.*

Es soll angeblich Liebhaber des späteren Waggerl gegeben haben, die geschockt waren, als sie von seinen blutrünstigen Anfängen hörten. Man sollte sie darauf hinweisen, daß auch Shakespeare mit Ausrottungsopern à la *Titus Andronicus* begann. Und sich zuletzt doch in die Märchenwelt des *Prospero* und des *Ariel* geflüchtet hat. Im übrigen sind nicht alle Erzählungen Waggerls aus dieser Frühzeit so grauenvoll. Da gibt es auch rührende, hilflose Gestalten. Den abgrundtief häßlichen Dienstmann *Josef Unreim* etwa. *Die Mägde schrieen auf, wenn sie die Tür öffneten und die Fratze seines Gesichts wie einen Spuk aus dem Dunkeln kommen sahen. - Josef hatte ein gutes Herz, aber das merkte man nicht.* Dieser Josef sollte an einem Weihnachtsabend ein paar *Pelzstiefelchen* – so der Titel der Geschichte – abliefern. Ein begüteter junger Mann gab ihm den Auftrag. Ein Kind begüteter Eltern sollte sie bekommen. Auf dem Weg durch die Winternacht begegnet er einem Mädchen, das frierend auf einer Bank sitzt und nicht aus noch ein weiß. Es wird nicht ganz klar, welche Tragödie sie von zu Hause vertrieben hat. Ein fremder Mann ist bei der Mutter. Das Kind sucht den Vater. Doch nun kann es nicht weiter in den nassen Schuhen, in denen frierende Füße stecken. Da denkt Josef an das Paket, das er in einer Stunde abliefern soll, und er hat eine Idee ...

Das ist allerdings keine der allerfrühesten Geschichten. Waggerl hat sie in seine *Gesammelten Werke* aufgenommen. Dieses Glück ist nicht allen aus der Frühzeit widerfahren. Da ist der Landstreicher Martin aus der Erzählung *Die Decke*, der bei einer höchst obskuren Wette, die ein paar Pferdehändler so zum Spaß mit ihm, dem armen Teufel, abschließen, eine Decke gewinnt. Überglücklich über diesen wärmenden Schatz für den Winter lobt er Gott, dem er dies Geschenk zu verdanken glaubt. Doch dann entdeckt er, daß die Decke einem alten Gaul gehört, der angeschneit vor der Tür steht. Es entsteht in ihm das Gefühl, daß die arme hilflose Kreatur seinetwegen leiden muß. Was ihn erst unendlich glücklich machte, weil es aussah, als habe Gott ihm ein Geschenk zukommen lassen, war in Wahrheit eine kaltschnäuzige Umverteilung. Ein Diebstahl des Schöpfers an einem noch ärmeren Geschöpf als Martin. In ihm bricht der Glaube an Gottes Güte zusammen. Er wütet gegen den Himmel, nennt Gott einen Räuber und spricht plötzlich in einer Sprache, die merken läßt, daß er nurmehr Sprachrohr des Autors ist. Trotz dieses deutlich merkbaren Einsteigens des Erzählers in seine Figur berührt es einen, wenn Martin den Schnee vom Rücken des Pferdes streicht, und ihm die „gestohlene“ Decke zurückgibt. Und dann hinausläuft in die kalte Winternacht, um gottverlassen auf irgendeinem Acker zu erfrieren.

Eine der faszinierendsten Geschichten dieser „bösen“ Frühzeit heißt *Der Gast*. Auch wieder eine Geschichte, die blutig endet. Ein junger Bursch, der sich vom Einfluß seiner begüterten Eltern – sie betreiben eine gutgehende Schenke – freizumachen sucht, davongeht und in der Fremde sein Glück macht, kehrt nach Jahren als reicher Mann zurück. Er findet das elterliche Gasthaus total verkommen, gibt sich aber nicht gleich zu erkennen, spielt sich vielmehr mit seinem Reichtum auf. Erst am nächsten Morgen will er sein Inkognito lüften. In der Nacht aber wird er von seiner eigenen Mutter erschlagen und beraubt.

Das ist genau die Geschichte, die wir fünfzehn Jahre später im Schauspiel *Das Mißverständnis* von Albert Camus wiederfinden. In diesem Stück gibt es derart viele Parallelen zu Waggerls Erzählung, daß man den Eindruck nicht los wird, Camus habe sie gekannt. Er selbst berichtet lediglich: *„Das Mißverständnis" entstand 1941 im besetzten Frankreich. Ich lebte damals unter dem Zwang der Umstände in den Bergen Mittelfrankreichs. Schon allein diese historische und geographische Lage genügte, um die Art Klaustrophobie zu erklären, an der ich damals litt und die sich in diesem Stück spiegelt. Die Atmosphäre ist erstickend, das stimmt, aber zur Zeit fiel das Atmen uns allen schwer.*

Die Zeit war erstickend! Nicht nur im Frankreich der vierziger, auch im Österreich der zwanziger Jahre.

Viele Stoffe drängten sich in dieser Epoche den Schreibenden auf. Eines der faszinierendsten Phänomene war das Verhalten der Massen und ihrer Dompteure. Die Massen hatten den meisten europäischen Monarchien den Garaus gemacht. Als nichtdenkendes, sich brüllend durch die Straßen wälzendes Ungeheuer waren sie manchen Denkenden unheimlich, zumal sich so mancher wider Willen in sie hineingezogen fühlte. Ortega y Gasset hatte über dies Phänomen nachzudenken begonnen. Auch Canetti, Broch. Veröffentlicht haben die drei ihre Arbeiten erst Jahre bis Jahrzehnte später.

Es waren also keine angelesenen Impulse, die den Dorfbewohner Waggerl dazu trieben, sich ebenfalls mit dem Verhalten von Massen zu beschäftigen. Ich habe mir seine erste Erzählung, die quälendste, die überhaupt den Auftakt seiner Laufbahn bildete, bis jetzt aufgespart. Sie heißt *Der Held* und erschien am 10. 10 1924 im *Salzburger Volksblatt.* Sie ist schon deshalb interessant, da sich in ihr drei Themenkreise überschneiden, ohne deshalb die Fabel zu überfrachten. Den ersten Themenkreis könnte man „Der einzelne und die Masse" nennen. Den anderen „Der Fremde und die Masse". Den dritten: „Auflehnung gegen die Masse oder Unterwerfung?" Hier die Geschichte:

Hochwasser. Eine zerstörte Brücke. In den Fluten kämpft ein Mensch ums Überleben. Er klammert sich an einen Brückenpfeiler und schreit Unverständliches. Am Ufer drängen die Menschen eines nahen Dorfes. Helfer zum Teil, deren Hilfe sich in grotesk anmutenden Gesten der Machtlosigkeit erschöpft. Honoratioren sind anwesend: Pfarrer, Bürgermeister. Ebenfalls hilflos. Da taucht am Hügelrand ein junger Mensch auf. Josef. Ein Tischlergeselle, der erst seit kurzer Zeit im Dorf ist. Niemand kennt ihn näher. Er wiederum ist ahnungslos, welche Tragödie sich vor den Augen der Menge abspielt. Er ist gekommen, um das Hochwasser zu sehen. So tritt er unbefangen unter die Leute, die sich sofort vom Ertrinkenden ab- und dem Neuankömmling zuwenden. Josefs Unbefangenheit wird als Auftreten eines Menschen genommen, der weiß, was in so einer Situation zu tun sei. Als er endlich die verzweifelte Lage des um sein Leben Kämpfenden erkennt und begreift, was von ihm erwartet wird, von ihm, dem Nichtschwimmer, will er den Irrtum aufklären. Doch dann schaut er *in die Menge. Liest Vernichtung und Erhebung aus den Gesichtern und sein Mund bleibt stumm. Ein einziger formloser Gedanke windet sich und tobt in der Tiefe seines Wesens, einmal ist er nahe dran, mit den Fäusten einzuhauen, – aber da tritt der Doktor an seine Seite, der Bürgermeister, der Geistliche – er sieht entblößte Glatzen, vor Achtung spiegelnde Brillen, er hört Worte: „Sie wollen wirklich?" ... er wird ... Dank verdienen ... heldenhaft ..." Er nickt dazu immerfort lächelnd, halb besinnungslos mit seinem Fatum ringend. Man geleitet ihn eilig flußaufwärts.*

Dieses Gehen, das Hinauszögern des Sprunges gibt ihm eine Galgenfrist. Aber gerade dieses ständige Mittun macht die Tat immer unausweichlicher. Endlich sind sie an der Stelle angelangt, von wo die Honoratioren meinen, er könne mit eigener Kraft und mit Hilfe der Strömung den Verunglückten erreichen. Noch einmal will er sich dieser Suggestion der Massen entziehen. Die Augen eines ihm völlig unbekannten Mädchens sind es, die ihn endgültig in die sinnlose Tat zwingen. Er zieht den Rock aus und springt.

Sofort haben ihn die Wellen gleichgültig verschluckt. Man wartet atemlos. In einem Kranz gelber, schmutziger Blasen erscheint endlich der Kopf, rot und triefend, ein- oder zweimal schlägt ein Fuß, eine Hand unbeholfen aus dem Wasser – da treibt ein mächtiger Stamm leise schaukelnd mit lautloser Geschwindigkeit herab und stößt krachend an den Schädel des Ertrinkenden. Rote Fäden dehnen sich langsam im Zuge der Strömung –

Die Zeitung hat über die beiden Todesopfer der Überschwemmung, besonders über das heldenmütige, leider vergebliche Rettungswerk kurz, aber nicht ohne Wärme berichtet. Dort stand der v o l l e Name, durchschossen gedruckt: „Josef Schaible" - - ein Held ...

Eine zynische Schlußpointe, die umso schmerzhafter wirkt, als der allwissende Erzähler sich im letzten Moment kommentarlos zurückzieht und einer nichtsahnenden Presse das Wort überläßt. Ein meisterhafter Kunstgriff, der sich schon im Kriegstagebuch vorgebildet findet, wenn er nach dem Einschlag der Granate, die zwei seiner Kameraden zerfetzte, auf die Reaktion der Presse im Hinterland zu sprechen kommt und sich vorstellt, wie sie die Vorgänge an der italienischen Front an diesem Tag als ruhig bezeichnen werden.

Dort noch eine unbewußt gesteuerte Assoziation, hier ein bewußter künstlerischer Akt, der vor allem in seiner Knappheit wirkt.

Noch erstaunlicher in der Geschichte dieses Helden, wie Waggerl das fast unmöglich Scheinende zustandebringt, den Gesellen, der nicht schwimmen kann, in eine psychotische Situation zu zwingen, in der die Blamage vor der Menge schlimmer scheint als der Tod. Jeder Satz des Autors ist so sicher gesetzt, daß der Leser keine Chance hat, einen Ausweg zu sehen.

Das Erstaunlichste auch hier wieder: Waggerl zeigt auf dem engen Raum einer Zeitungsseite Mechanismen des Massenverhaltens auf. Diesmal ist es ein einzelner, der sich der Suggestion der Masse nicht entziehen kann. Einer noch unschuldigen Masse, denn sie ist ahnungslos, daß sie von jemandem etwas erwartet, das der nicht zu leisten vermag. Der Tischlergeselle geht auf Grund der falschen Erwartungshaltung der Masse unter in der braunen Flut. Im nördlichen Nachbarland wird ein Maler und Anstreicher auf Grund gleicher falscher Erwartungen der Massen auf der braunen Flut nach oben getragen. Bald wird sie Österreich erreichen.

Und wieder kann ich nur sagen: Waggerl ist kein politischer Mensch wie Brecht. Zumindest nicht, wenn es um die Politik der großen Welt geht. Im kleinen, überschaubaren Raum des Dorfes werden wir ihn noch öfter politisch wirksam sehen, und sehr zum Wohle der Gemeinschaft. Der Wirkung der Masse auf den Einzelnen ist er sich voll bewußt. Nur daß er selbst einmal zum Mitschwimmer werden wird, ahnt er nicht.

Aber wer ahnte das schon von den großen Dichtern und Denkern dieser Zeit. Sie wurden alle in irgendeiner Weise zu Schwimmern. Und sei es auf der anderen, der angeblich so antifaschistischen Flut, auf der roten nämlich – wie Becher, Brecht, Bloch, Benjamin …

Doch auch hier hat Brechts Satz zu gelten: *Bedenkt, wenn ihr von unsern Fehlern sprecht …*

Die Knappheit der Form, erwirkt durch den militärischen Geist des Weltkriegs, war ebenfalls nur äußerliche Geste. Durch Artikelweglassen, Inversion, halsbrecherische Ellipsen glaubten die Expressionisten Konzentrationen zu erzeugen, erreichten aber nur eine Art Telegrammgeschwätzigkeit.

Egon Friedell

Nicht, daß ich dem Schriftsteller Waggerl nachsagen möchte, er habe sich expressionistischen Sprachmanierismen hingegeben. Er, der Augenmensch, war stärker von Malern als von Schriftstellern beeinflußt. Einen eigenen Stil hatte er in den zwanziger Jahren nicht. Oder besser gesagt, er hatte deren zu viele. Wir haben die – sagen wir ruhig – hochromantische Diktion in Waggerls Briefen an Dita noch im Kopf, dann das Gedicht *Trost*, in dem er in Klang und Rhythmus Anleihe bei Goethes *Chorus Mysticus* genommen hat, und zuletzt die knappe Diktion in seinen Erzählungen, die sich dann doch wieder in grellen Adjektiven und seltsamen „expressiven" Vergleichen gefällt. Seinen eigenen Stil finden, sich selbst finden, das ist für jeden Schaffenden ein und dasselbe. Eine Existenzfrage. *Nicht w a s ich schreibe ist von Bedeutung, sondern w i e ich es schreibe,* so etwa sagte das Thomas Bernhard einmal. Der Stil ist das Unverwechselbare, das den Künstler über sich selbst hinauswachsen läßt. Der Stil und seine Bewältigung, das ist das Bleibende.

Die Großen einer Zunft erkennt man schon nach wenigen Worten, nach wenigen Tönen oder nach wenigen Pinselstrichen ihrer Skizzen. Die Suche nach dem eigenen Stil, nach dem persönlichen Ausdruck ist einer der verwickeltsten und geheimnisvollsten Vorgänge, die wir kennen. Oder besser gesagt; nicht kennen, denn niemand hat die sich dabei abspielenden Vorgänge wirklich enträtselt. Am wenigsten die, die ihren Stil gefunden haben. Wer glaubt, er könne es uns erklären, ist bestenfalls ein Manierist, einer, der sich eine Manier zurechtgebastelt hat. Das hält nicht stand vor dem Richterstuhl der Zeit.

Experimentiert haben sie alle, die Großen, in ihrer Lehrzeit; auch später noch. Mit vorhandenen Techniken gespielt. Mit den vorhandenen Stilen. Mit den Stilen der Vorgänger. Stilen, die sie bewegt hatten und mit denen sie wieder andere zu bewegen trachteten. Doch der Stil eines anderen ist wie der

Anzug des großen Bruders. Oder wie eine wertvolle alte Geige, die in falsche Hände geriet und ihren Schmelz verlor. Doch dann streift den Spieler eines Tages ein neuer Ton, der ihn selbst überrascht, weil er so anders ist und doch sein eigener; endlich sein ganz eigener. Ein Ton, der sofort überspringt. Vielleicht auch abstößt, denn das Ungewohnte, Neue kann schockierend auf die Umwelt wirken. Doch der Augenblick des Findens ist für den Finder – wenn das Wort modernen Ohren nicht zu pathetisch klänge – ein Augenblick der Gnade.

Während der Zeit des Suchens ist der Künstler nie allein. Die Meister der Vergangenheit sind ständig zugegen. Das Publikum gestaltet mit. Selbst ein uns so vereinsamt Scheinender wie van Gogh war mit dem, was er schuf, in ständiger Zwiesprache mit den Menschen seiner Zeit. Sehen wir einmal vom zweiten verkannten Genie ab, mit dem ihn eine etwas aufreibende Freundschaft verband: Gauguin, so waren die ersten kritischen Betrachter seiner Werke, die Familien der Armenhäusler im Haag, später die Briefträger, Schäfersfrauen, Bauern, Rentner und Nutten in Arles. Dann wieder die Ärzte in der Zeit seiner Krankheit. Diese Menschen nahmen ihn schon zu einer Zeit als Maler ernst, als ihn der Kunstmarkt noch ignorierte oder bestenfalls schallend über ihn lachte.

Der wichtigste Partner in der Welt des van Gogh war allerdings sein Bruder Theo. Hier fand er professionelles Verständnis. Kaum vorstellbar, daß ohne dessen materielle und mentale Hilfe das ungeheuere Werk hätte entstehen können. Den Briefen an den Bruder verdanken wir, daß wir einem Augenblick dieser Stilfindung teilhaftig werden. Diesem „Brausen des Geistes", diesem Pfingsten mit seinen Flammenzungen, das Vinzent in Arles erfaßte, als die Farben zu explodieren begannen: *Heute früh habe ich an einem blühenden Pflaumenbaum gearbeitet. Plötzlich erhob sich ein furchtbarer Sturm. Das gab einen Effekt, wie ich ihn noch nie gesehen habe, und der zeitweise immer wiederkam. Zwischendurch die Sonne, in der alle kleinen weißen Blüten glänzten ... Dir mit ruhigem Kopf zu schreiben, ist unmöglich.*

Das ist der Ausbruch von van Goghs Stil. Erst nach dem Tod seines Schöpfers wird er wie ein Feuerbrand in den Kunstmarkt und in die Museen einbrechen. *Der Maler der Zukunft, das ist ein Farbiger, wie es ihn noch nie gab, noch nie.* Van Gogh kündigt da einen Messias an, von dem er nicht wußte, daß er es selbst war.

Der Ruf nach einem Messias kam von Waggerl nie. Doch das heißt nicht, daß er nicht mit der gleichen Verzweiflung nach seinem eigenen Ton suchte. Am 27. Jänner 1924 schreibt Dita in ihr Tagebuch: *Heiner erklärte heute sehr energisch: „Entweder wir haben bis spätestens in drei Jahren einen 'Namen' oder wir vergraben uns in diesem Nest."*

Es ist Sonntag. Das Ehepaar hat eine Skitour gemacht. Ditas erste. Sie ist Anfängerin und riesig stolz auf ihre Leistung. Am Abend musizierte man bei einer befreundeten Familie; und da bekommt Heiner plötzlich diesen Ausbruch. Wobei er mit seinem *Wir* wohl den ganzen *Kreis* angesprochen haben wird. Oder meinte er sich und Dita? Ganz verzagt fügt sie noch in der Nacht hinzu: *Ich muß zu meiner Schande gestehen, daß ich im Grunde meines Herzens für das „Vergraben" bin, denn ich fürchte mich vor dem unvermeidlichen Plunder aller Art, den ein sogenannter „Name" nach sich zieht. Im übrigen mag es werden wie es will, wie es kommt, so wird es gut sein.*

Und es kommt gar nicht so schlecht, auch wenn Heiner sich noch keinen *Namen* machte. Sie feiern weiterhin ihre Feste, machen Ausflüge und treffen Freunde. Wenn ich mir die 27. Jänner der nächsten Jahre ansehe, so waren sie 1925 bei den Springenschmids eingeladen und feierten den Namenstag beider Karl. *Petra brachte Heiner eine Flasche Wein. Hilda sandte eine Schachtel feinster Zigaretten.* Und am 27. Jänner 1926 steht: *Ausflug auf's Grieskareck mit den Schiern. Nachts herrliche Mondscheinfahrt auf der Höhe. Wir waren alle ganz benebelt von der Großartigkeit dieser Nacht und dem Vergnügen so unbeschwert dahinzugleiten.*

Sieht das nach Elend aus? Auch wenn der Heiner sich auch 1926 noch immer keinen Namen gemacht hat? Auch wenn er noch immer düster-expressionistische Geschichten „à la mode" erfindet und bösartige Aphorismen ausspuckt? Er lebt in einer Idylle, wenn auch in einer namen-losen. Umsomehr Idylle – aus heutiger Sicht –, als es nur ganz wenige sind, die etwa dem idyllischen Vergnügen des Schifahrens nachgehen, Cebokli der Schlosser, Springenschmid der Lehrer und die beiden Waggerls. Später noch Berta Kramer. Kein Grund also, den Frühpensionisten und Hobby-Schriftsteller Waggerl mit van Gogh, einem der größten Malergenies, die je gelebt haben, in einem Atem zu nennen.

Und doch lasse ich mich durch meine eigenen Einwände nicht beirren. Auch van Gogh war ein Dilettant. Dilettant im ursprünglichen Sinn des

Wortes. Ein Liebhaber. Leidenschaftlicher Liebhaber. Einer, der außerhalb der Gilde stand. Einer, der sich auf der Suche nach dem eigenen Stil auch erst in Düsternis und Verquältheit verirrte. Der Schwierigkeiten hatte, seine Arbeiten zu verkaufen; besser gesagt: der überhaupt nichts verkaufte. Bei dem aber auch in allen frühen Arbeiten das Mitleid mit den Gedemütigten und Ausgestoßenen mitklingt.

Warum es mich immer wieder zu van Gogh als Modellfall hinzieht, um das Phänomen Waggerl zu erklären? Weil gerade bei ihm der Weg eines um seinen Stil Ringenden so klar vor uns liegt. Bei Waggerl geht dieses Ringen unbemerkt von seiner Umgebung vor sich. Auch der Gefährtin gegenüber hat er sich nie offenbart. *Einen „Namen" machen*, das ist alles, was aus ihm herausbricht. Der übrige Kampf geht unterirdisch vor sich. *In uns allen ist das Beste stumm*, ist einer seiner Aphorismen. Und doch verrät er sich ungewollt.

Mit einem Roman. Er heißt *Georg der Drachentöter* und wurde nie veröffentlicht. Karl Springenschmid meint, Waggerl habe dieses schreckliche Unding 1927, im Jahr des großen Brandes von Wagrain, herausgewürgt. Aber hier trügt des Freundes Gedächtnis. In Wirklichkeit hat Waggerl das Manuskript zwischen Anfang Mai und Ende Juni 1925 heruntergefetzt. Als Schreibleistung nicht zu verachten, wenn man bedenkt, daß er dazwischen auch noch nach Salzburg reiste, eine Gartenbank bastelte, Scherenschnitte machte und Proben fürs Theater abhielt.

Wie ist diese genaue Datierung möglich?

Dita Waggerl trug am 5.5.1925 folgendes in ihr Tagebuch ein: *Heiner arbeitet an einem Preisausschreiben. Ein Zeitungs-Roman mit allerhand Vorbedingungen wird gewünscht. – Nach dem Anfang zu urteilen wird es viel zu gut für die Zeitung u. wird natürlich durchfallen.*

Danach kündigt das Tagebuch die Reise nach Salzburg an. Erst Ende Mai sehen wir ihn Tag für Tag auf dem Birkenhügel, der sich gegenüber der Rückseite des Waggerlhauses erhebt und den seine Frau ein halbes Jahrzehnt später erwerben wird, sitzen und schreiben. Die Gattin beobachtet ihn durchs Gangfenster. Am 26. Mai ist bereits das 13. Kapitel fertig, und am 14.6.1925 liest Heiner daraus im Familienkreis vor. Dita, die sonst über derartige Lesungen stets ein positives Urteil abgibt, schweigt im Fall des *Georg*-Romans auffallend. Auch erwähnt sie ihn nie mehr wieder. Ist Waggerl mit diesem Werk bei der Zeitung, die ihn zum Schreiben angeregt hat, abgeblitzt oder hat er gar nicht den Versuch gemacht, das Werk einzureichen? Ersteres würde die Zeitung ehren, letzteres den Autor.

Leider muß man dem Autor dieses ehrende Zeugnis versagen, denn zumindest für die Jahre 1929 und 1930 sind Versuche nachweisbar, dieses Unglückserzeugnis unter die Leute zu bringen. Und noch 1950 nimmt er sich einer Episode dieses Romans an, überarbeitet sie und nimmt sie zuletzt sogar in die Gesamtausgabe auf. 1986 legt Otto Amann den Leichnam des ohnehin schon „ausgebeinelten" *Drachentöters* auf den literarischen Seziertisch und danach auf die Psychiater-Couch, wobei er neben Freudianern, Jungianern auch noch Lacanianer zur Assistenz anfordert.

Ich gebe mich einstweilen mit Hausbackenerem zufrieden. Ich rufe erst einmal wieder Springenschmid als Zeugen auf. Er behauptet, einen Teil der Entstehung des Werkes miterlebt zu haben und will schon nach einer kurzen Lesung seinem Freund die unglaubliche Häufung von Katastrophen am Beginn des Werkes vorgeworfen haben: *Verfall einer Familie, Schwester heiratet Trunkenbold, gebiert vier tote Kinder, stirbt. Bruder heiratet Verwandte, Frau betrügt ihn, er zündet das Haus des Ehebrechers an, setzt das halbe Dorf in Brand, wird eingekerkert, erhängt sich am Kerkergitter. Schluß! – Ist das nicht zuviel ...?*

Es war zuviel.

Waggerl spürte das natürlich. Und natürlich wollte er das nicht zugeben. Nun soll man Springenschmid, der selbst schrieb, als Kritiker nicht allzu ernst nehmen. Man braucht ihm nicht einmal zu glauben, daß er schon so früh als warnender Engel aufgetreten sei. Ich habe schon einmal den Verdacht geäußert, daß bei diesen Erinnerungen allerlei gekränkte Eitelkeit mitspielte. Vor allem möchte ich dagegenhalten, daß Otto Amann sich dieses Romans mit besonderer Liebe angenommen hat und einen Ausschnitt daraus ins *Waggerl-Lesebuch* aufnahm, einen Ausschnitt ürigens, der kaum etwas von den grausigen Banalitäten verrät, die auf den Leser in weiterer Folge niederprasseln, nichts von den sinnlos angehäuften Unglücksfällen, die unsere Anteilnahme an der Geschichte vernichten, anstatt sie zu steigern, und nichts von den verlogenen moralischen Positionen des Helden, die man beim Autor selbst schon auf Grund seiner Aphorismen längst überwunden glaubte.

Ein verunglücktes Kind, dieser Roman. Eine Totgeburt, die man normalerweise in einer Biographie wohl dezent erwähnen müßte – als Experiment des Dichters vielleicht, auf der Suche nach sich selbst –, die man aber nach gebührenden Worten des Bedauerns rasch wieder vergessen könnte, wenn sich nicht Otto Amann in seiner übergroßen Liebe zu Waggerl vor allem auf dieses Werk gestürzt hätte, als er seine Studie *Das andere Gesicht* verfaßte. Auf ein Werk, in dem Waggerl alles, was ihn an dieser Welt empörte, alles, was er erlitten hatte, und noch etliches, was er nicht erleiden mußte, herausgeschleimt hat. Da aber nun einmal in letzter Zeit das Interesse an diesem Roman nicht nur in Fachkreisen hochgeschraubt wurde, Literaturkiebitze im *Georg* sogar den „eigentlichen Waggerl" geortet haben wollen und dem Autor den Vorwurf machten, er habe nur aus einer rechtzeitig gewitterten Konjunktur diesen „ihm gemäßen Weg" verlassen, da also dieser Georg in letzter Zeit eine derartige Aufmerksamkeit erregte, kann ich mir und dem Leser die Betrachtung dieses Werkes nicht ersparen. Fahren wir also durch diese Geisterbahn voller Mörder, Zuhälter, Nutten, unheilbar Kranken, unheilbar Gesunden, still Sterbenden, lautstark Lebenden, die durch alle nur erdenklichen Dichotomien von Geist-Macht, Geld-Kunst, Eros-Sex, Stadt-Land (und weiß der Kuckuck, was sonst noch) gejagt werden. Ein Balzac hätte, um das alles zu bewältigen, mindestens drei Romanzyklen schreiben müssen. Der äußerlich so gesellige, innerlich aber wütend um sich schlagende Lehrer im einsamen Alpental erledigt das auf 211 Seiten.

Die Einleitung, für die uns bereits Springenschmid den Appetit verdarb, bringt auch weiterhin Abwechslungsreiches: Thomas Röck – der Mensch, dessen Familie sich selbst ausgerottet hat und Vater des noch ungeborenen Helden – ist wie sein Schöpfer Lehrer. In einem einsamen Alpental. Damit er nicht ganz so einsam bleibt, verkuppelt ihn der Pfarrer mit seiner Pfarrersköchin. Um beider Keuschheit in der Brautzeit nicht zu gefährden, verläßt die Gute das Dorf, um erst wieder zur Hochzeit zurückzukehren. Ausgerechnet nach ihrer Abreise kommt „fahrendes Volk" und damit ein bißchen Leben ins Dorf. Und ausgerechnet hier muß eine blutjunge Seiltänzerin vor der sexuellen Bedrängung eines Kollegen die Flucht ergreifen. Und bittet ausgerechnet in der Wohnung des Lehrers um Asyl. Es wird gewährt.

Ein paar Tage geht es zwischen den beiden auch ganz sittsam zu, doch dann spricht die Natur ein Machtwort. (*Das Blut*, schreibt Waggerl in solchen Fällen gern, eine Metapher, wegen der er, zusammen mit dem heimatlichen Boden, den er literarisch bearbeitet, von Übelwollenden zum *Blut-*

und Bodendichter degradiert werden sollte.) Um Thomasens voreheliche Keuschheit ist es geschehen. Noch dazu mit einer unvorhergesehenen Partnerin. Das kann natürlich der Pfarrer, der alles so gut eingefädelt zu haben glaubte, nicht dulden. Er intrigiert Seiltänzerin aus Lehrerwohnung und treibt Verehelichung mit Ex-Köchin voran. Hochzeit findet statt. Da kommt Seiltänzerin zurück. Hochschwanger. Schenkt einem Knaben im Haus der Neuvermählten das Leben. Stirbt. Der Knabe – Georg! – wird von der frommen Ehefrau ohne Einwilligung des verstörten Eheherrn zu Bauern gegeben. (Die Ehefrau heißt anzüglicherweise Helene und ist fromm – Dita war Wilhelm-Busch-Leserin!)

Hier nun geht es endlich so zu, wie es sich der Elendstheoretiker nur wünschen kann. Grauslich. Doch nicht allzulang, dann entdeckt Thomas seinen ausgesetzten Sprößling, bringt ihn heim und bürdet ihn der frommen, aber schon ziemlich verbitterten Helene auf. Da Thomas durch die vielen Skandale, in die er verwickelt wurde, im Dorf nicht mehr tragbar ist, geht er (er hat's auf der Lunge!) in die Frührente und zieht in die Stadt. Doch hier reicht sein Einkommen nicht. Er muß dazuverdienen. Mit elend bezahlten Schreibarbeiten. Krieg bricht aus. Thomas wird nicht eingezogen, weil er ja krank ist. Inzwischen ist aber Georg soweit, um ein Studium zu beginnen. Natürlich macht er die Aufnahmeprüfung für die Lehrerbildungsanstalt. Die Krankheit von Thomas verschärft sich. Ein Arzt muß beigezogen werden. Die letzten Ersparnisse gehen drauf. Da zeigt sich, daß diese Helene eine durchaus zupackende Person sein kann: sie verdingt sich als Tellerwäscherin, rackert und schuftet nun für das Wohlergehen aller. Schon ist man geneigt, sie ob ihrer Tüchtigkeit und ihres Einsatzes liebzugewinnen, da warnt uns der Erzähler mit einem seiner vorgefertigten Aphorismen vor den guten Taten dieser Frau: *Gut wird man erst durch Güte.**

Diese Warnung kommt für den Leser gerade noch rechtzeitig, sonst wäre er von dem Folgenden zu bitter enttäuscht. Thomas stirbt. Das war zu erwarten. Aber was die Fromme für ein Teufel ist, war nicht zu erwarten. Mit Triumph im Blick arrangiert sie noch das Begräbnis. Marschiert mit Schadenfreude hinterm Sarg drein. Sie hat überlebt, das heißt gesiegt. Mit Tho-

* Die Zitate aus dem Georg-Roman stammen aus Otto Amanns Studie *Das andere Gesicht* unter Beiziehung des Originalmanuskriptes aus dem Waggerlarchiv zu Wagrain.

mas' Tod ist die Schande, der sie sich ständig ausgesetzt sah, aus der Welt geschafft. Sie ist gerächt. Sie kann packen. Der Wechselbalg geht sie fürderhin nichts mehr an. Und so verschwindet sie auf Nimmerwiedersehen. Georg steht allein in der Welt.

Und damit kann seine Geschichte beginnen!

Keine Angst! Ich erzähle sie nicht. Aber ich kann sie noch nicht beiseitelegen. Ich bin ja auf der Suche nach Waggerls Stilfindung. Und bin schockiert, wenn ich einen Menschen, der in seinen Tagebüchern und Briefen, auch in seinen Erzählungen schon Beweise geliefert hat, daß er mit der Sprache guten Umgang pflegt, u.a. bei folgender Platitüde ertappe: *So ist das Leben: ein buntes, verworrenes Gewebe, ein kühnes und gefährliches Spiel, in das wir mühsam ein wenig Sinn und Ordnung zu bringen trachten.*

Ein wenig Sinn und Ordnung! Wenn man aus diesem nichtssagenden Wortmatsch nicht heraushörte, wie es im Schreibenden böse umgeht, und wenn man nicht wüßte, daß aus dieser gärenden Maische noch ein „guter Jahrgang" wird, man würde endgültig nicht mehr weiterlesen. So aber versucht man doch zumindest zu erfahren, wo Waggerl hinauswollte, und es scheint, daß es ihm gar nicht so sehr darum gegangen ist, dieses Preisausschreiben zu gewinnen, sondern darum, sich einmal in einer Großform zu versuchen.

Waggerl ist zweifellos eine gespaltene Persönlichkeit. Aber vielleicht doch auf eine etwas andere Weise, als Freuds Erben es vermuten. Seine poetischen Briefe aus Grafenhof und Wagrain an seine Dita und einige Gedichte, die uns erhalten sind, berühren durchaus. Und sein Verhalten scheint optimistisch. Ein Naturbursche, der alle Kraft aus der Natur zu schöpfen sucht. Dagegen steht der andere Waggerl mit seinen intellektuellen Göttern Weininger und Kraus, den scharfen Analytikern, die ihm zu einem zweiten Selbst wurden, das ihn glauben macht, auch er sei zu dieser Art des Schreibens berufen. Diese Seite – nennen wir sie die intellektuelle – erhielt Verstärkung durch Kriegserlebnisse. Schon im Schützengraben fühlte er sich dem Hobby-Astronomen gegenüber als Intellektueller. Und als Intellektueller fühlt er die Verpflichtung, Agnostiker zu sein. Dies Spannungsverhältnis zwischen den zwei Waggerln liefert ihm das Material zu seinen Aphorismen. Dazu kommt noch sein Mißbehagen mit der derzeitigen politischen Lage, die er mit allen Österreichern teilt, auch mit denen, die sie geschaffen haben.

Nachdem ihm bereits einige Kurzgeschichten geglückt waren, er in ihnen zu einigen sehr prägnanten Aussagen gefunden hatte und die Aphorismen von seinem *Kreis* mit Beifall aufgenommen wurden, glaubte er, das Werkzeug beisammen zu haben, einen ganzen Roman zu schreiben. Bestimmt war es Auflage der Zeitung, zeitnah zu sein, spannend und kritisch. Bestimmt waren die „Aktschlüsse", die Längen der einzelnen Beiträge vorgeben. Und in dieses Korsett stopfte er alles, was in ihm brodelte, und brachte es „zur Sprache".

Aus der eigenen Gespaltenheit bilden sich im Roman zwei Figuren: Georg, das ist der Bursch aus den Bergen, dem sich in der Stadt Siegfried dazugesellt. Siegfried Herz, der Sohn eines jüdischen Gynäkologen. Für diesen Siegfried stand wohl Otto Weininger Modell. Ein bißchen, denn es gibt in diesem Romanversuch keine voll ausgeformten Menschen. Nur Typen. Schaufensterpuppen, behängt mit etlichen Vorurteilen der Zeit. Horrorgestalten aus dem Kabinett der Madame Tussaud. Schablonegestalten. Auch die zwei Freunde sind Schablonen. So wird Georg (trotz seiner entarteten Verwandtschaft) als einer bezeichnet, der *aus starkem Bauerngechlecht stammt,* während Siegfrieds Erbmasse (trotz tüchtigem Vater) *degeneriert* genannt wird. Darum ist Georg groß, stark, männlich, eher hübsch. Siegfried schwächlich, eher weibisch, häßlich. Georg naiv. Siegfried skeptisch. Georg glaubt an überkommene Werte. Siegfried an nichts. Georg ist keusch. Siegfried das Gegenteil.

Natürlich stecken in diesen Charakterzügen philogermanische und antisemitsche Schablonenvorstellungen. Das liegt aber nicht etwa an Waggerls Antisemitismus, sondern an seiner hilflosen Darstellungsweise. Wenn man nämlich die Geschichte genauer liest, merkt man, daß diesem Georg nichts, aber schon gar nichts gelingt, sofern ihm nicht Freund Sigi auf die Sprünge hilft. Und wenn Georg in seiner Tumbheit endgültig dabei ist, vor die Hunde zu gehen, so ist es Vater Herz, der Gynäkologe, der Georg zu einer Wiedergeburt verhilft.

Im übrigen tötet *Georg der Drachentöter* keine Drachen. Konträr. Er verdingt sich bei ihnen. Das heißt bei einem Drachen, der zu wissen vorgibt, wie die Drachensaat anderer Drachen ein für alle Mal unschädlich gemacht werden könnte. Und wer diese Drachen sind, erklärt Georg gleich am Beginn des Romans einem (lungen)kranken Mädchen. Er spricht da unter anderem *vom grossen Haufen der Heerläufer des Geldes, von den Marodeuren des Kampfes ums Leben. Sie sind an allen Enden der Welt einander gleich, heimatlos und unfruchtbar. Aber wir, wir Machtlosen, wir Unglücklichen sind das Volk, der gebärende Schoß des Volkes. Wir leiden, aber unser Leiden ist fruchtbar und schöpferisch. Von uns aus erneuert sich die Welt.*

Stoßen wir uns bitte nicht am *gebärenden Schoß des Volkes*, der angeblich so fruchtbar und schöpferisch ist. Waggerl fühlte sich vielleicht verpflichtet, dem Volk der Zeitungsleser verbunden zu sein, und hielt das für den passenden Stil. Doch von seinem eigenen Stil war er in diesem Roman weiter denn je entfernt. Zwar ist es ein wichtiger und richtiger Satz, wenn Thomas Bernhard dieses *Nicht was ich schreibe, sondern w i e ich schreibe ist von Bedeutung* gesagt hat. Doch Thomas Bernhard hütet sich, diesen seinen Gedanken weiterzuspinnen. Er hätte nie etwas geschrieben, was er nicht schreiben hätte können. Seine Begabung lag darin, die Welt und ihre Bewohner auf eine so virtuose Weise zu beschimpfen, daß es auch für Liebhaber dieser Welt – soweit sie Humor hatten – stets ein großes Vergnügen war, sich von Bernhard beschimpfen zu lassen. Und seine Schimpftiraden sind noch immer ästhetischer Genuß, auch wenn er viele ihrer Anlässe mit in eine bessere Welt genommen hat. Dort könnte er virtuos den Lieben Gott beschimpfen. Aber ich möchte auf keinen Fall von Bernhard eine Lobrede auf die Jungfrau Maria oder die Dreifaltigkeit hören. Dergleichen zu vermeiden, war Bernhard ohnehin klug genug. Es kommt also wohl nicht nur darauf an, w a s man schreibt. Es ist ungeheuer wichtig zu wissen, über was man n i c h t schreiben darf.

Als Waggerl nach 210 Seiten merkte, daß er in diesem Genre nicht weitermachen dürfe, inszenierte er rasch eine Straßenschlacht. Das war 1927 glaubhaft. Es wurden Barrikaden errichtet. Georg wurde bei dem Versuch, eine dieser Barrikaden zu erklettern und eine Friedensrede zu halten, festgenommen, ohne Verhör an die Wand gestellt und erschossen.

E N D E .

Für Waggerl ist die Sache erledigt. Er wußte jetzt, was er nicht schreiben durfte.

Ein Ungrund ist zwar Gott, doch wem er sich soll zeigen
Der muß bis auf die Spitz der ewgen Berge steigen.

Angelus Silesius

Zwischen den Aufzeichnungen von Dita Waggerl am 18. Jänner 1927 fand ich ein Gedicht von Angelus Silesius, die sie aus einer Zeitschrift geschnitten und in ihr Tagebuch geklebt hat. Es muß ihr wichtig gewesen sein, da beide in diesem Jahr selbst viel auf den *Spitz der ewgen Berge* unterwegs waren; übrigens nicht immer nur, um Gott zu suchen.

Schon am Neujahrstag, nachdem sie Heiners Schwester Elsa zum Autobus gebracht haben, marschieren sie los. Dita hat sich einen Skianzug geschneidert, der keinen Tropfen Wasser durchläßt. Außerdem ist sie jetzt schon so sicher auf den Bretteln, daß sie Heiner und dem Cebokli-Schmied überall durch den Tiefschnee folgen kann. Am 6. und am 7. Jänner finden wir die beiden schon wieder auf den Skiern. Da ist auch die junge Lehrerin mit dabei, die schon seit zwei Jahren häufig im Haus der Waggerls anzutreffen ist. Berta Kramer. Und am 9. Jänner sind die drei schon wieder unterwegs, um neue Abfahrten zu erkunden. Das scheint für Dita doch zu viel gewesen zu sein. Am 11. muß sie ins Bett. Heiner macht ihr einen Wickel, und Berta kocht das Nachtmahl. Am nächsten Tag kocht Heiner selbst, aber zu Mittag erscheint *Berta und bringt Suppe vom Neuwirt und Würstel.* Dazwischen kommt Geld von einer Zeitschrift. Fünfzig Schilling, das ist viel. Man weiht gleich eine neue Sitzecke ein, die beim Ortner bestellt worden ist. Dort sitzt man nun gemütlich am Abend und lauscht dem Heiner, der aus Grillparzers *Rede am Grab Beethovens* und aus dem *Heiligenstädter Testament* vorliest. Berta ist auch wieder dabei. Kleinlaut notiert Dita am 14. Jänner: *Ich war heute schlechter Laune und ich gräme mich darüber, daß ich dem guten Heinderle ein schiefes Gesicht machte.*

Leider erfahren wir die Ursachen der schlechten Laune nicht, die sie in letzter Zeit oft heimsucht. Ist es, weil das *Heinderle* ein unruhiger Geist ist, der auch oft allein herumstreunt und ihr dann Angst und Bange macht, wenn er am Abend länger ausbleibt. Dann läuft sie mit der Laterne in die Nacht hinaus, um den eisigen Weg hinunter in den Ort zu gehen, weil sie fürchtet, er könne gestürzt sein und liege nun irgendwo hilflos im Schnee.

Dita Waggerl (rechts) und Berta Kramer, die beiden Frauen im Waggerlschen Alltag.

Kommt er endlich, wird er unter Tränen als *Hundsknochi* beschimpft. Dann läßt das *Heinderle* so lange traurig seine Ohren hängen, bis die zornige Hausfrau endlich zu lachen beginnt und der Friede wieder einkehrt. Oft notiert sie sich solche Anfälle schlechter Laune auch ohne Angabe von Gründen. Sie ist ihnen dann hilflos ausgeliefert. Da könnte es schon sein, daß solche Anwandlungen aus irgend einer Tiefe aufsteigen, in der sie von uns nicht mehr geortet werden können, wir kennen Edith Pitters Ausgesetztsein als Kind ja nur aus der kurzen Charakterisierung von Waggerls Nichte.

Aber eine handgreiflichere Ursache scheint naheliegender: die ständige Gegenwart der jungen Lehrerin. Zwar haben Heiner und Dita einander gelobt, keine Zwangsehe führen zu wollen. Eine offene Gemeinschaft ohne bürgerlichen Mief, ohne Eifersucht, ohne Nachspioniererei. Man wollte einander alles frei heraus sagen. Doch bei solchem Gelöbnis ist der Geist meist williger als das Fleisch; vor allem, wenn der Geist das Fleisch mit unguten Phantasien erregt. Berta kommt fast jeden Abend zu Heiners Lesung, springt als Köchin ein und macht alle Skiausflüge mit. Man führt im Grunde eine Ehe zu dritt, auch wenn man nicht zusammen wohnt.

Am meisten scheint dieser Zustand die junge Lehrerin selbst zu bedrücken. In Ditas Tagebuch lese ich am 9 Januar 27: *Mit Berta waren wir kurz zusammen. Sie ist gedrückt und Heiner erzählte mir sie trägt sich mit Selbstmordgedanken.* Und ein wenig kaltschnäuzig fügt die Schreiberin hinzu: *Doch das dürfte nicht so ernst zu nehmen sein.* Anderseits ist diese Lehrerin für Heiner wichtig. Sie nimmt ihm die für einen Dichter schreckliche Arbeit des Abschreibens ab. Mag wohl auch in der Rechtschreibung das eine oder andere kontrolliert haben. Ein Mensch, der wie Waggerl alles aus dem Ohr schreibt, aus dem Klang, denkt, wenn der *Geist über ihn kommt*, nicht an lächerliche Schreibregeln. Aber Redakteure denken dran. Leute, die viel Fleiß darauf verwendet haben, das alles genau zu erlernen; die sind das schon *den Lesern schuldig*. Und wollen sich außerdem keine extra Arbeit mit Korrigieren antun. Zwar ist es nicht so, daß der Heiner nicht auch seine Fehler selbst entdecken könnte. Aber er ist manchmal sehr eigenwillig in der Setzung der Beistriche. Das wird später zum Markenzeichen seines Stils, erregt aber in Waggerls Anfängen den Unwillen manches Redakteurs, von denen einer Waggerl in einem Ablehnungsschreiben sogar rät, erst einmal Rechtschreiben zu lernen. Berta, so scheint mir – auch wenn sie das gegenüber Otto Amann standhaft leugnete –, mußte beim Abschreiben alles noch einmal auf Punkt und Komma genau durchgehen und durfte nichts durchgehen lassen.

Eines ist sicher, seit sich die junge Frau den Waggerls angeschlossen hat, hat der Heiner mit seinen schriftstellerischen Arbeiten mehr Glück. Die Zeitschrift *Jugend* nimmt eine Geschichte an und interessiert sich für den Erzähler. Eine gediegene Zeitschrift, die einer ganzen Stilepoche ihren Namen gab. Und der Stil der Zeitung strahlt wiederum auf Waggerl zurück. Die Geschichte *Einundzwanzig Tage* ist zwar noch immer düster gehalten. Aber sie ist insofern nicht mehr *mit der Hacke gemacht*, als sie eine psychologisch fein abgestufte Situationsschilderung bringt. Ein Mensch stürzt in einen Schacht und zieht, sein Ende erwartend, das Resümee seines Lebens. Der Aufbau der Geschichte ist glänzend. Gut gebaute Rückblenden geben schlaglichtartige Einblicke in die Lebensproblematik des Gestürzten. Was besonders fasziniert, ist das langsame Verschwimmen von schrecklicher Gegenwart und einer sich mehr und mehr verklärenden Vergangenheit, die die Gegenwart des Verunglückten durchtränkt. Das bringt surreale Effekte in den realen Ablauf.

Held und Erzähler der Geschichte sind eine Person – der Verunglückte notiert sich alles im gespenstischen Licht, das durch das Loch fällt. Am Schluß verwendet Waggerl einen Effekt, den er zwar schon erprobt hat, der aber hier eine ganz andere Farbe bekommt. Ein Unbekannter schreibt unter das Gekritzel: *Hier wurden die Aufzeichnungen unleserlich. Es ist noch zu berichten, daß der Jäger Cartano, geführt von seinem Hund, den Unglücklichen tatsächlich aufgefunden hat. Er war noch am Leben, später ist er im Irrenhaus zu T. untergebracht worden.*

Der Redakteur der *Jugend* äußert sich angetan: *Sehr geehrter Herr Waggerl, es freut uns sehr, Ihnen mitteilen zu können, dass wir Ihre Arbeit „Einundzwanzig Tage" für sehr geeignet gefunden haben und gern gegen ein Honorar von M 150. - zur Veröffentlichung erwerben möchten.** Hundertfünfzig Mark, das ist das Monatsgehalt eines kleinen Angestellten. Gleichzeitig geht der Briefschreiber auf Waggerls Bilder, die dieser der Einsendung beigelegt hatte, ein und meint: *Wir sind erstaunt, zu bemerken, mit welcher technischen Sicherheit Sie eine zweite Kunst handhaben, die eigentlich fast noch mehr als die Literatur eine handwerkliche Schulung voraussetzt.* Und er geht auf den Vorschlag des Autors ein, der eine seiner Geschichten selbst illustrieren wollte.

Auch *Die Kultur*, eine *Halbmonatsschrift für Bücherfreunde*, schreibt ihm**, daß sie an weiteren Arbeiten von ihm interessiert sei. Im vergangenen Jahr ist er dort mit den *Entfesselten* vertreten gewesen. Und mit einer neuen Geschichte, die sich *Peter* nennt.

Dieser *Peter* nun! Das ist eine aus dem verunglückten *Georg*-Roman herausmontierte Episode. Sie ist für den Biographen deshalb interessant, weil der Held als Kind das gleiche „zubeißende" Wesen zeigte wie sein Autor. Peter ist das Kind einer Magd, die von einem Geschäftsreisenden so gerade im Vorübergehen geschwängert wurde. Als ihre Stunde gekommen ist, verkriecht sie sich in einem Schuppen und bringt ihren Sohn ohne fremde Hilfe zur Welt; und verblutet. Das Neugeborene, in unbändigem Lebenshunger, verbeißt sich gleich nach der Geburt in seine sterbende Mutter. (Hat das Ungeheuer schon Zähne?) Der Säugling bekommt die Nottaufe. Dann aber ist kaum noch jemand da, der sich wirklich um ihn kümmert. *Peter lag stundenlang allein in einer Wolke von Gestank. Er schrie, das weitete seine Lungen. Er fror in den kühlen Nächten, und die Kälte härtete seine dünne, bläuliche Haut. Er wurde stark und lebte weiter.*

Außer seiner Bissigkeit hat Peter kaum Ähnlichkeit mit seinem Erfinder.

---

* Brief vom 20. 4. 1927 im Waggerl-Archiv ** Brief ebendort

Peter wird lernen, mit Geld umzugehen, Waggerl nie. Waggerl ist nur dann ein Finanzgenie, wenn er keine Finanzen hat. Er hatte allerdings einen Bekannten, der auch Peter hieß – Peter Fischbacher –, der zumindest in der Zeit, als der Georg entstand, den Eindruck erweckte, er sei ein gewiefter Geldmann. Ein Aufsteiger. Ein genialer Spekulant. Es könnte sein, daß Waggerl diesen Peter zum Vorbild für seinen Peter nahm. Zu Unrecht übrigens, denn am Beginn des Jahres 1927 erfahren die Waggerls, daß Fischbacher sich erschossen hat. Verspekuliert!

Der erfundene Peter aber bleibt finanziell unbesiegbar. Vermutlich die Erbmasse des geschäftsreisenden Vaters, die sich mit der Kraft des *bäuerlichen Blutes* mit der Magd gepaart hat und ein wahres Mannsgebirge entstehen hat lassen, ein Gebirge, das kiloweise Kuchen in sich hineinstopft.

Ich möchte mich nicht bei den Unwahrscheinlichkeiten der Geschichte, der Figur und ihrer Karriere aufhalten. Als Fabel, wie sie in der *Kultur* abgedruckt wurde, mit einem komischen Schluß, scheint sie Abnehmer gefunden zu haben. Im Roman aber läßt Waggerl diesen Peter eine kühne sozialökonomische Idee entwickeln. Der plant ein Unternehmen, in dem gezeigt werden soll, wie sich die Spannungen zwischen Kapitalismus und Sozialismus, zwischen Ausbeutern und den Ausgebeuteten, zwischen Unternehmern und Unternommenen durchaus friedlich lösen lassen. Er hat zu diesem Zweck eine Fabrik gekauft. Dazu genügend Land für seine Arbeiter. So sollen – wie schon beim guten alten Owen* oder beim Erzherzog Johann – Arbeitersiedlungen entstehen, in dem jedem Arbeiter nah seiner Arbeitsstelle ein Eigenheim und ein kleines Stück Land zu Verfügung gestellt wird. Hier kann er, solange die Auftragslage in der Fabrik stimmt, zu seinem Vergnügen Blumen züchten oder Fußball spielen. Geht aber die Auftragslage in der Fabrik zurück, müssen Kündigungen ausgesprochen oder Kurzarbeitszeit angesagt werden, dann bleibt ihm noch immer sein Grundstück, das so groß sein muß, daß es eine Familie zur Not ernähren kann. Das Geniale an Peters Plan – im Gegensatz zu Owen – ist nämlich, daß dieses Grundstück von Anbeginn dem Arbeiter gehören soll und er sich dafür verpflichten muß, dem Unternehmer eine bestimmte Zeit zur Verfügung zu stehen, bis er eben Haus und Garten abgearbeitet hat.

* Robert Owen, 1771-1858, englischer Mühlenbesitzer mit sozialreformerischen Ideen.

Ein Paradies für Kleinkapitalisten, die der Großkapitalist insofern mitgenießt, als ein zufriedener Arbeiter ein tüchtigerer Arbeiter sein wird, der noch dazu bei gesteigerter Leistung sein Grundstück – durch eine Art Gewinnbeteiligung – schneller abzahlen kann.

Man muß die Städte einreissen und die Arbeiter auf das freie Land pflanzen.

Also sprach Karl Heinrich Waggerl, der als junger Mann sichtlich noch daran gedacht hat, der Gesellschaft durch Erneuerungsideen zu dienen. Sein Utopia schockt zwar bei erster Betrachtung: *Noch war der Anblick kein erfreulicher. Die Erde war da und dort aufgerissen, die Ölmotoren der Schlepper tobten und ein Haufen Leute wimmelten scheinbar planlos durcheinander.* Doch was die Städteplaner der fünfziger Jahre alles nicht bedachten, Waggerls Peter Book hatte vorgesorgt. Die tödlich-ermüdenden Schachbrettmuster unserer Satellitenstädte konnten hier gar nicht entstehen, denn: *Mit Überlegung war jede Regelmäßigkeit vermieden, jede Besonderheit des Geländes, Erhebungen, Baumgruppen ausgenützt worden. In wenigen Jahren mußte die ganze Heide mit Busch überwachsen sein, der die Häuser vollständig voneinander trennte...*

Heißt das nicht in die Zukunft denken, wenn auch ungehört und unbedankt von einer intellektuellen Nachwelt? Dabei wären allein diese Utopien des seltsamen Aufsteigers Peter Book ein Stoff für einen spannenden Roman gewesen: die Widerstände, die sich gegen das Projekt bilden; die Sabotagen, die gerade von der Seite kommen, die behauptet, nur das Wohlergehen des Arbeiters im Sinn zu haben, in Wirklichkeit aber nur von ihrer Ideologie besessen ist; die Fehlentwicklungen, die im Projekt erst während des Entstehens unerwartet auftauchen; auch die Unzufriedenheit jener, die – kaum in einer gesicherten Stellung – sofort ihre Ansprüche gegenüber dem Bessergestellten hinaufschrauben, usw. ...!

Wahrscheinlich hätte der in einer Dorfwirklichkeit lebende Waggerl gar nicht das nötige Erfahrungsmaterial zur Hand gehabt, um diesen Roman zu verwirklichen. Vermutlich auch nicht die nötige Kenntnis der ideologisch gefärbten Sprach- und Sprechweisen von Anhängern und Widersachern des Projekts. Vor allem darf man nicht vergessen: Es war ein Preisausschreiben, dessen Regeln sich der Autor unterwerfen mußte. Und es war vor allem ein Versuch, sich mit einer gewaltigen Anzahl von ins Spiel geworfenen Figuren auseinanderzusetzen, etwas, das Waggerl nie mehr versuchen wird. So konnte er dieser Utopia-Episode nur etwa vier Seiten widmen. Der Held Georg ist in die Sache nur am Rande eingebunden. Als Propagandist. Als Mitmarschierer. Als Poet vom Dienst eines ökonomisch-sozialen Großversuchs.

Welch ehrenwertes soziales Engagement, das so manchen Waggerl-Beschimpfer vom Saulus zum Paulus hätte bekehren müssen. Aber Nichtleser haben kein Damaskus. Wenn dem Neuling im Romanschreiben mit seinem *Georg* kein großer Wurf gelungen ist, den Städteplanern der Zeit nach 1945 hätte man diese zwanzig Jahre alten vier Seiten eintrichtern müssen.

Neben dem Homo ludens, dem spielenden Menschen, ist also auch der Homo divinans, der ahnende, und außerdem – wie sich bald zeigen wird – der Homo soziologicus Waggerl in ständiger Bewegung. Und wenn es ihm auch an akademischer Schulung fehlen mochte, um mit den gebildeten Kollegen vom Strome konkurrieren zu können, in der Praxis wird er bald die Chance haben, sie „links" zu überholen.

Am Freitag, dem 18. März 1927, war am Abend Theaterprobe. So liest man in Dita Waggerls Tagebuch. Die Schreiberin war zwar erkältet, hatte aber versucht, durch eine Roßkur wieder fit zu werden. Die Roßkur hatte jedoch das Gegenteil bewirkt, und so gingen die Waggerls nach der Probe sofort heim. Ein langer Schlaf sollte ihnen nicht beschieden sein. Bald nach Mitternacht begannen die Kirchenglocken zu läuten, die Signalhörner der Feuerwehr gellten durch die Nacht, dazu das Geschelle der Spritzenwagen. Das Schlafzimmer des Ehepaars wurde vom flackernden Schein eines Feuers erhellt. Das Haus, das die Waggerls bewohnten, das heutige Museum, steht auf einer weiten Talstufe etwa vierzig Meter über dem Ortskern. Auf dem sogenannten Kirchboden. Lärm und Feuerschein kamen vom Ort herauf. Heiner sprang in seine Kleider und lief zum Unglücksort. Dita, der es noch nicht besser ging, verkroch sich unter der Decke, als ein fürchterliches Krachen auch sie aus dem Bett warf. Der Turm der Talkirche war eingestürzt.

Dann kamen die ersten Flüchtlinge aus dem Dorf. Mit der wenigen Habe, die sie in der Eile zusammenraffen konnten. Für die Kinder von Lehrer Reisenberger wurde ein Notlager hergerichtet. Währenddessen berichteten die Geretteten, was sie wußten. Der Brand war beim Metzgerwirt ausgebrochen, dort wo man so viele gesellige Abende verbracht hatte. Eine kaputte Sicherung soll die Ursache gewesen sein. Vom Gasthaus sprang das Feuer auf Nachbarhäuser über, erfaßte die andere Seite der Straße. Obwohl die Feuerwehr unter Lebenseinsatz kämpfte, schien der Ortskern so gut wie verloren.

Am nächsten Tag begibt sich das Ehepaar in den Ort: *Wir gingen zum Brandplatz. Die Reiterbäckin sitzt vor ihrem abgebrannten Haus und starrt in einem fort hinüber. Die alte Frau Kirchweger bietet die Überreste ihres Ladens in einem Haustor feil, über dem Stand hängt ein kleines Tabaktrafik Schild wie verloren und es kommen einem die Tränen. Konrad mit seiner Familie hat das nackte Leben gerettet und ist ganz gebrochen. Alle haben bei den Nachbarn ein provisorisches Unterkommen. Die Justel Kellnerin ist verbrannt. Sie war eine so gute Seele und sprach in letzter Zeit immer von ihrem Tod ...*

Und da lernen wir nun den ganz andern Waggerl kennen. Schon am nächsten Tag sitzen er und seine Frau im Zug, um in Salzburg Hilfsaktionen zu starten. Zuerst bei Zeitungen. Sicher waren sie auch bei den Mühlmanns, die sich mit Kunst und Antiquitäten beschäftigen und dementsprechend gute Beziehungen zu reichen und einflußreichen Leuten hatten. Das einzige etwas ausführlichere Zeugnis, das wir von Waggerls Einsatz haben, stammt wieder einmal von Springenschmid, der in der Landeshauptstadt als Hauptschullehrer tätig war. In seinem Erinnerungsbuch *Servus Heiner!* schreibt er: *Waggerl kam zu mir nach Salzburg. Wir sprachen bei maßgeblichen Stellen vor, um eine großzügige Hilfe zu erreichen.* Dann zitiert Springenschmid wieder „wörtlich" (der Wortlaut wird wohl etwas anders gewesen sein, dem Inhalt nach ist er aber richtig wiedergegeben, das wird von Ditas Tagebuch und etlichen Zeitzeugen bestätigt), wie Waggerl vor ihm die Idee entwickelt, aus Wagrain einen Fremdenverkehrsort zu machen. Der Markt war durch den Bau der Bahn durch das nördlicher gelegene Fritztal ins Abseits geraten. Der Bergbau war schon Jahre vorher zum Erliegen gekommen. Das war wohl der Grund, daß niemand sich die Prämien für Versicherungen leisten konnte. Nun mußte der Wiederaufbau mit einem Berg von Schulden erkauft werden. Der Ort brauche einen wirtschaftlichen Impuls. Der Fremdenverkehr müsse angekurbelt werden. Vor allem der Wintersport.

Er, Springenschmid, habe – so Springenschmid weiter – nach Waggerls flammender Rede gleich die nötigen Verbindungen zu den Gewaltigen des Landesfremdenverkehrsamtes hergestellt. So kommt Waggerl mit einem Sack voll Neuigkeiten in das abgebrannte Wagrain zurück und bleibt aktiv. Zusammen mit dem Lehrer Reisenberger und anderen Freunden arbeitet er ein Fremdenverkehrskonzept aus. Um es besser mit der Gemeinde koordinieren zu können, stellt sich Waggerl als Sekretär zur Verfügung.

Aber nicht nur als Planer und Organisator erleben wir ihn. Wenn es nötig ist, hilft er auch beim „Ziegelschupfen". Ein ander Mal ist er als Dachdecker unterwegs. Natürlich schreibt er weiterhin für die *Jugend*, bekommt dafür sein Honorar, nimmt sich einen Vorschuß von seiner Rente, weil er einen Fotoapparat kaufen und eine Dunkelkammer einrichten will, um die verschiedenen Stadien des Wiederaufbaus festzuhalten. Und er entwirft die ersten Fremdenverkehrsprospekte.

Ab dem 28. Mai gibt es wieder Musikproben. Das kulturelle Leben normalisiert sich also langsam. Das heißt, bei Waggerl steigert es sich. Am 4. Juni wird die Dunkelkammer fertiggestellt, am 5. Juni wird sie eingeweiht, und am 7. Juni entstehen Aktaufnahmen. Die sind allerdings nicht für den Fremdenverkehr gedacht, die sorgen erst siebzig Jahre später für einen Wagrain-Rummel. Im Tagebuch lese ich: *Wir haben nichts von dem herrlichen Wetter. Heiner arbeitet. Ich arbeite. Heute machten wir zwei schöne Aktaufnahmen. Jetzt ergötzen wir uns daran. Abends Musikprobe.*

Bis zum November 1927 stehen keine Daten zur Verfügung. Waggerl arbeitet weiterhin als Gemeindesekretär, hält Fotokurse ab, die sich großer Beliebtheit erfreuten und schreibt. Veröffentlicht werden in diesem Jahr nur Kurzgeschichten. Und Landschaftsschilderungen für Zeitungen; verkappte Fremdenverkehrswerbung!

1927 ist auch das Jahr, wo im Hause Waggerl der Hamsun-Wahnsinn ausbricht. Zumindest die Dita hat es erwischt. Am 25. Jänner trifft eine Büchersendung ein. Darunter ist auch Hamsuns *Die neue Erde.* Unter dem 9. Februar lese ich in Ditas Journal: *Der Tag stand im Zeichen Hamsun's. Jede freie Minute benützte ich dazu 'die Neue Erde' fertig zu lesen. Ich bin nun wie ein Schwamm, ganz vollgesogen von dem Inhalt des Buches ...* So aufgewühlt von einer Lektüre hat man sie noch nie erlebt. Doch der Hamsun-Virus hatte nicht nur sie erfaßt. Er griff über. Berta übernahm gleich das Buch und kaufte dem Heiner bald danach die *Vagabunden* des gleichen Autors ab. Wann der Hausherr angesteckt wurde, ist nicht festzustellen. Wahrscheinlich erst im kommenden Jahr. Da kommt der *Segen der Erde* ins Haus und bald darauf der Geldsegen. Doch das ist 1927 noch Zukunftsmusik.

So dürfte wohl auch dem Karl Springenschmid einiges in der Erinnerung durcheinander geraten sein, wenn er behauptet, er habe nicht nur tatkräftig bei der Werbung für den Fremdenverkehr mitgemacht, er habe dabei auch

Seit Juni 1927 beschäftigt sich Waggerl intensiv mit künstlerischer Photographie. Es entstehen die ersten einer Reihe von Aktaufnahmen (Abzug von der originalen Photoplatte)

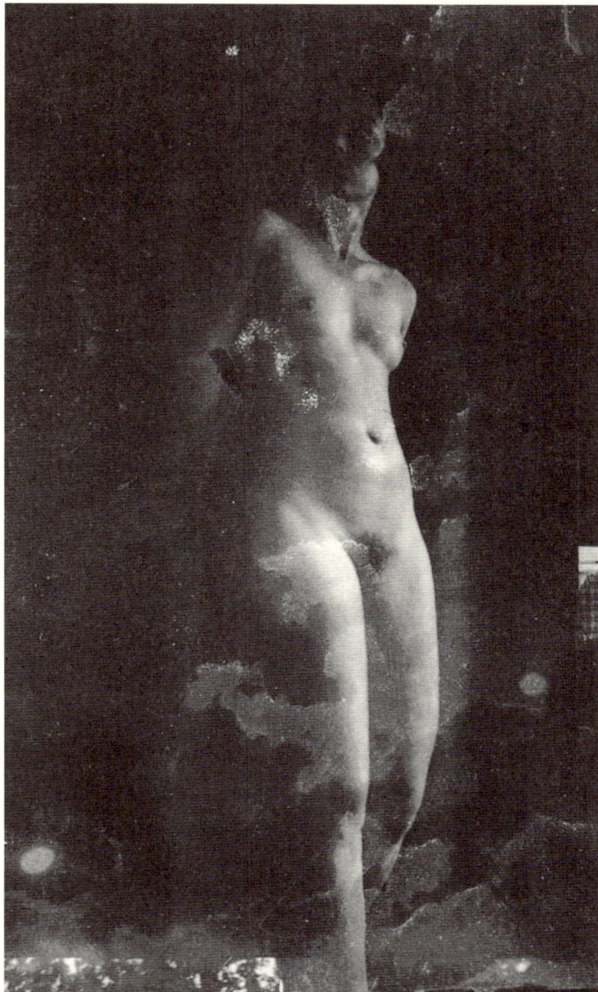

seinen Freund beim Schreiben eines Romans ertappt: *Ich tat von Salzburg aus alles, um Wagrain den Skifahrern bekannt zu machen. Wann immer ich es einrichten konnte, nahm ich meine Bretteln und fuhr nach Wagrain hinein. […] Es gab noch keine Piste. Ja, ich glaube selbst das Wort „Piste" war noch nicht erfunden, von Lifts oder Seilbahnen gar nicht zu reden. Grieskareck, das hieß für mich: Seehundsfelle auf die Skier spannen und vier Stunden lang durch den*

Beispiele für die vielfache künstlerische Begabung von Karl Heinrich Waggerl: Stilleben am Fenster (nach einem Abzug von der Originalphotoplatte); Vorzeichnung für ein (wohl als Linolschnitt auszuführendes) Spruchblatt; Aquarell mit zwei Figurinen; Scherenschnitt einer Salonszene

Pulverschnee bis zum Gipfel aufsteigen und – wenn man Glück hatte – in einer halben Stunde ins Tal rauschen.

Danach besuchte er die Waggerls. Und da will er den Freund beim Schreiben überrascht haben: *Er saß an seinem Schreibtisch. Den alten, zerschlissenen Kaftan trägt er. Auf das Haar hat er sich die rote Hausmütze gestülpt. So heftig ist er in seine Arbeit vertieft, daß er mich gar nicht eintreten hört ...*

Dann läßt Springenschmid jene schon geschilderte Szene folgen, in der er Waggerl die Leviten wegen der Anhäufung von Katastrophen im *Georg*-Roman gelesen haben will. Das aber müßte sich bereits zwei Jahre vorher abgespielt haben. Diese Unstimmigkeiten sollten uns jedoch nicht grundsätzlich gegen den Zeitzeugen Springenschmid einnehmen. Es geht in unseren Erinnerungen ja wie in unseren Träumen zu. Wir ziehen Ereignisse zusammen. Springenschmid zieht die Szene von 1925 mit der zusammen, die nach dem Brand stattfand. Daß er einer der ersten war, der Waggerl eine Brücke zu Ämtern geschlagen hat, wird stimmen, denn außer den Mühlmanns gibt es niemanden in Waggerls Umkreis, der ihm in der Landeshauptstadt in so kurzer Zeit alle Türen hätte öffnen können.

Am 7. November 1927 erscheint ein Funktionär vom Alpenverein, den Heiner auf das Grieskareck und zur Koglhütte führen soll. Vermutlich hat dieser Mann alle wintersportlichen Möglichkeiten geprüft. Wir sind noch in einer Zeit, in der für diesen Sport kaum Einrichtungen vorhanden sind. Am 15. November ist Waggerl zur Besprechung mit Fremdenverkehrsfunktionären in Salzburg. Inzwischen bringt die Hausfrau die Skianzüge auf Hochglanz. Am 20. November wird ein Ochsenfuhrwerk bestellt, damit am nächsten Tag ein Ofen auf die Hütte transportiert werden kann. Eigentlich ist der Weg auf diese Alm nur für den Viehtrieb gedacht. Aber zu dritt – Bauer, Ochs und Waggerl – schaffen sie es doch, den unhandlichen Gegenstand der Zivilisation in eine Einöde zu bringen, die zivilisiert werden soll.

Anfang Dezember – ziemlich spät will mir scheinen, denn alles ist schon gefroren – wird mit Oberförster Hochleitner noch der Bauplatz für eine Sprungschanze festgelegt. Vermutlich eine Forderung eines Herrn vom Fremdenverkehrsamt, der aus Salzburg gekommen ist, um mit Heiner zu verhandeln. Dann scheint alles für die erste Wintersaison vorbereitet zu sein.

Samstag Heiligerabend

Wir verbringen zum 1. Mal seit sieben Jahren den hl. Abend zu Hause. Mut-

Auf Skitour (Photo aus Waggerls Besitz)

ter kann uns nicht beherbergen u. ist auch noch nicht ganz in Ordnung. Es war recht nett und gemütlich u. wir haben große Freude mit unseren Geschenken. Heiner hat Ski samt Bindung u. Stöcke, Skifäustlinge und 2 Bücher von Hamsun bekommen. Ich einen wunderschönen Divanübewurf u. Stoff für ein Hauskleid. Auch einen Baum haben wir.

Durchblättert man das Tagebuch der nächsten Wochen, um sich Gewißheit über den Auftakt der Wintersaison in Wagrain zu verschaffen, so ist man enttäuscht. Wohl verbringt eine größere Gesellschaft Silvester auf jener Schihütte mit dem vom Ochsen mühsam hochgehieften Ofen; sie ist gesteckt voll. Aber es sind bekannte Gesichter. Kai ist da. Berta mit ihren Geschwistern. Wenn man auf den Übungshang schaut, sieht man den Heiner, wie er sich technische Finessen beizubringen versucht: *Telemark und Quersprünge.* Dita fängt wieder ganz von vorne an. Mit Schneepflug und so. Auch die Reisenbergs üben täglich. Man will sichtlich gute Figur machen, wenn die ersten Gäste von auswärts kommen.

Endlich, am 22. Jänner, atmet man auf: *Gäste von auswärts, darunter ein Baron mit Gemahlin [...] waren auf dem Grieskareck und konnten sich im Loben der Aussicht und der Abfahrt gar nicht genug tun. Vormittag kamen zwei Herrn zu Heiner, die ihm die Chefredakteurstelle für ihre entstehende Zeitschrift „Salzburger Heimat" übergaben. Heiner ist nun Chefredakteur und kann einmal nach Herzenslust mit dem Mist aufräumen den man in sämtlichen anderen Zeitschriften zu finden pflegt. Es wird auch unserer finanziellen Lage*

Links: Waggerls Entwurf zu einem Winterprospekt für Wagrain
Oben: Üben, um sich vor den erwarteten Fremden nicht zu blamieren

höchlichst zu Gute kommen, daß sich endlich etwas rührt u. Heiners Name wird Klang bekommen.

Am Sonntag, 12. 2. 1928, zeigen sich die ersten Erfolge der Werbung: *Wir gingen um 1/2 8 h früh aufs Grieskareck. Heiner photographierte uns einige Male. Kai erzählte von der großen Welt und verkürzte uns die Zeit mit Chaplin Film's die er sehr gut erzählte. In der Hütte waren viele Leute, so daß wir kaum einen Tee kochen konnten. Auf Heiners Zeitungsartikel „Wer weiß etwas von der Kogelalm?" ist die Hütte jeden Sonntag von Skifahrern belagert ...*

Einige Wochen später wollen die Waggerls wieder einmal auf die *Spitz der ewgen Berge* steigen, um dort zu nächtigen und den Sonnenaufgang zu erleben. Doch nun zeigt sich, wohin es führt, wenn man für die eigenen Paradiese die Werbetrommel rührt. Alle Hütten sind überfüllt. Die Initiatoren dieses Rummels aber bleiben ausgesperrt und müssen mit langen Gesichtern wieder abfahren. Wo immer Gott wohnen mag: Wo der Fremdenverkehr einkehrt, zieht ER aus.

Zweifelsfrei hingegen ist, daß sich
Stefan Zweig für Waggerl beim Inselverlag eingesetzt hat.

Otto Amann

Nichts ist zweifelhafter, als ein Satz, der mit *Zweifelsfrei* beginnt. Otto Amann sprach den zitierten Satz in einem Vortrag, den er am 10. Dezember 1987 in Wagrain hielt. Dabei hatte er bereits in seiner 1986 erschienenen Studie *Das andere Gesicht* vollständig richtig geschrieben: *... Rudolf Pechel, als Herausgeber der gemäßigten konservativen Deutschen Rundschau [...] stellte für Waggerl die Verbindung zum renommierten Inselverlag her.*

Also Pechel. Nur Pechel.

Zwar scheint das im ersten Augenblick nicht sonderlich wichtig, ob Zweig, ob Pechel – Zweig, zugegeben, klingt besser –, doch wenn man dann von einem Kulturpublizisten die „Raubersgschicht" aufgetischt bekommt, der Zweig habe für Waggerl so viel getan, doch der Waggerl habe, als der Zweig in Schwierigkeiten war, sich gar nicht mehr um ihn gekümmert; wenn dann genau diese Geschichte nicht nur am Wirtshaustisch, sondern unter Berufung auf eine wissenschaftliche Arbeit im Rundfunk vorgetragen wird, dann wird die Angelegenheit aufklärungsbedürftig. Umso mehr, als hier dem Menschen Waggerl nicht nur grobe Undankbarkeit nachgesagt wird, sondern ein übles, sich nach dem politischen Wind richtendes Verhalten. Sofort hört man heraus: Der Jude Zweig, war für Waggerl gut genug, um ihm zur Karriere zu verhelfen, doch als die Juden verfolgt wurden, hätte der Bauerndichter nicht einmal seine Bauerntruhe geöffnet, um den verfolgten Gönner zu verstecken. Es geht also wieder einmal darum, einen Negativ-Mythos einer leicht überprüfbaren Wirklichkeit gegenüberzustellen.

Ehe wir uns aber an diese Arbeit machen, sollte ich noch eine kleine Brücke über das Jahr 1928 hinweg schlagen, denn im Juni dieses Jahres bricht das Tagebuch der Dita Waggerl ab, das ein guter Führer durch die ersten sieben Ehejahre war. Schon im Jänner 1928 fällt die veränderte Schrift auf. Sie wird, ich kann es nicht anders sagen, hochfahrend, auch wenn der Inhalt gleich bleibt. Die Putztage sind vermerkt wie eh und je. Der Rauchfangkehrer, der viel Arbeit macht. Die Tarockpartien und die Schifahrten. Dazu kommen Gemeinderatssitzungen, die Heiner teilweise auch als Mit-

Das Schwimmbad, in dem sich Waggerl samt Damen hier vergnügt, wurde auf seine Anregung von Gemeinde und Fremdenverkehrsverein geplant und errichtet.

glied des Fremdenverkehrsvereins mitmacht. Ein Schwimmbad wird auf Heiners Anregung geplant. Trotzdem geht man im Juni noch im mückenumsummten Mühlenteich baden. Auch einige Reisen nach Badgastein werden verbucht. Einmal wird sogar davon berichtet, wie Waggerls Mutter dem Ehepaar das Frühstück ans Bett bringt; Dita ist gerührt. Dann kommt wieder einmal Kai Mühlmann mit dem Auto und nimmt sie auf eine Rundfahrt mit. Berta ist weiterhin täglich mit dem Ehepaar unterwegs und nächtigt auch, wenn ihr zu Hause die Decke auf den Kopf fällt, bei den Waggerls.

Ditas letzte Eintragung ist mit 15. VI. 1928 datiert: *Ein Hundewetter. Ich kramte zu Hause herum. Ein fürchterliches Wetter erhob sich. Abends mußte Heiner lange Maschinschreiben.* – Aus.

Ditas Schrift ist wieder ruhig geworden. Beinahe kleinlaut. Aber das Tagebuch ist zu Ende. Gerüchte gehen um, daß um diese Zeit Dita einen Freund hatte. Heiner eine Freundin. Da aber Dita und Heiner es dann doch ein Leben lang miteinander aushielten, sollten wir nicht weiter daran rühren; es hat den Beteiligten genug Schmerzen bereitet.

Wechseln wir das Fahrzeug.

Ich meine, war bisher auf der Suche nach einem chronologischen Faden das Tagebuch die beinah einzige Hilfe, seit 1927 sind wieder Briefe erhalten. Ihre Anzahl verdichtet sich 1928 und läßt uns Waggerls Weg zum Inselverlag ziemlich genau verfolgen, wobei mir heute wesentlich mehr Zeugnisse zur Verfügung stehen als Otto Amann in den achtziger Jahren. Aber auch ich kenne fast nur die Briefe, die vom Inselverlag kamen. Doch ist Waggerls Konzept eines Briefes aus dieser Zeit erhalten, der an den Diederichs-Verlag gerichtet ist: Es schlägt einen anderen Ton an, als der Brief damals an Ginskey*. Waggerl schreibt: *Geehrter Herr, ich bitte Sie, wenigstens eine der drei beigefügten beiliegenden Arbeiten zu lesen. Es sind nicht meine besten, aber die kürzesten, das mag zunächst wenigstens e i n Vorzug sein. [...] Ich bin schwer krank...*

Er operiert also noch immer mit seiner Krankheit, obwohl man von dieser im Jahr 1929 keine Spuren finden kann. Doch er hat Recht. Haben die Kollegen „vom Strome" ihre Verleger sozusagen vor der Haustüre, haben auch genug Brückenschläger zu ihnen, so muß Waggerl sich seinen Weg mutterseelenallein durchs Gestrüpp des ihm fernen und fremden Verlagswesens bahnen. Da kann ein Schuß aufrüttelnder Dramatik nicht schaden. Sein Selbstbewußtsein aber scheint inzwischen beträchtlich gestiegen. So lesen wir nunmehr in dem Brief an E. Diederichs: *Leihen Sie mir vorerst das Ansehen Ihres Namens, ich will sie später mit dem meinen entschädigen.*

Ob dieser Brief je abgeschickt wurde, weiß ich nicht. Ein Antwortschreiben habe ich nicht gefunden. Ich nehme aber an, daß auch die Briefe an andere Verlagshäuser und Zeitschriften ähnlich angelegt waren. Und manchmal verfing das. Bei der *Jugend* hat es bereits 1926 gegriffen. 1928 greift es auch bei der *Deutschen Rundschau.* Im März 1928 schreibt ihm der Herausgeber Dr. Rudolf Pechel persönlich, wie sehr ihn *Die Entfesselten* beeindruckt hätten und daß er sie im Sommer veröffentlichen werde, außerdem werde er das Honorar gleich anweisen lassen. Soweit das Geschäftliche. Dann geht Pechel ernsthaft auf Waggerls Probleme ein und endet folgendermaßen: *Dass Menschen wie Sie es schwer haben, ist für mich ein Grund mehr, Sie in der „Deutschen Rundschau" zu fördern.* *

Dafür gibt es 1929 Schwierigkeiten mit der *Jugend.* Nachdem schon im Februar eine Geschichte Waggerls abgelehnt wurde, schreibt ihm der Redakteur Schoenberner am 7. Mai 1929: *Sehr geehrter Herr Waggerl* (im Februar hat er ihn noch mit: *Sehr geehrter, lieber Herr Waggerl* angesprochen),

* Siehe Seite 146 ** Alle in diesem Kapitel zitierten Briefe von Verlegern und Redakteuren im Waggerl-Archiv

besten Dank für Ihren Brief und das beigefügte Manuskript, was freilich leider im Moment schon deshalb nicht in Frage kommen kann [...] – Kürzen wir die Satzwindungen ab. Die *Jugend* ist des tristen Waggerl-Tones überdrüssig. Sie möchte von ihrem Mord- und Totschlag-Autor endlich einmal etwas Freundlicheres haben. Ein Österreichbeitrag wird gewünscht.

Normalerweise löst so ein Brief bei einem jungen Schriftsteller Bestürzung aus: Hoffend, er habe endlich ein zweites literarisches Standbein gefunden, wird ihm der Boden unter dem ersten wieder schwankend. Natürlich ist Waggerl sensibel genug zu merken, daß man ihn ausbooten will. Und wenn der Herr Schoenberner schreibt: *Dafür freilich kann ich Sie bitten, zu überlegen, ob Sie uns für eine Sondernummer „Österreich" irgendeinen, möglichst kleinen und möglichst spezifisch österreichischen Beitrag schicken können. Das Manuskript müsste allerdings bis spätestens 18. Mai, besser natürlich früher, in unseren Händen sein!* so ist das eigentlich eine weitere Gemeinheit, denn der Brief wird Waggerl frühestens am 10. oder 11. Mai erreicht haben. Bis er sich vom Schreck erholt hat, ist es der 13. Und dann soll der Text fertig und auch schon in München sein. Und ein Stück makelloser Poesie. Oder was?

Doch genau diese kaltschnäuzige Art des Abwimmelns ist für Waggerl das, was für van Gogh der Wind im Pflaumenbaum war. Das löst in ihm das Brausen des Geistes. Es ist zugegeben ein zarteres Brausen. Und es braust nur eine Schreibmaschinenseite lang.

Aber der Stil ist da!

Ein Stil, der sich im Untergrund vorbereitet hat, der schon einmal in den Briefen an seine Dita, vielleicht etwas zu überschwänglich, aufleuchtete, der manchmal zwischen seinen tristen Gestalten durchblitzte. Und der auch in den Gedichten zu ahnen ist.

War es nur dieser ganz sanfte Vorwurf der *Schwermut*, der ihm von einer sich regenerierenden *Jugend* gemacht wurde, daß er so abrupt einen andern Ton anschlägt? Oder war es das Stichwort *Österreich*, das diesen Ton hervorgerufen hat? Dabei hat ihn die Schwermut in diesem winzigen Text nicht verlassen. Außerdem schreibt er gar nicht über Österreich. Er schildert ein Land weitab vom gängigen Klischee. Es ist nur ein winziges Fleckchen seiner Heimat, das er uns vorführt. Er schreibt über eines dieser kleinen Meeraugen, die überall in den Felseinöden der Tauern zu finden sind. Er schreibt über den Tappenkarsee.

Und plötzlich ist er da, d e r W a g g e r l , der, an den später seine Leser denken werden, wenn sie seinen Namen hören.

Waggerl hat über Nacht seinen Stil gefunden.

Ich treibe im Boot auf der schimmernden Fläche des Wassers. Es wird schon Abend, wenig Wind kommt aus der Tiefe des Gebirges, aber ich bin ganz mit Sonne vollgesogen und ohne Wunsch in der Glückseligkeit des Gleitens - nein ich werde die Ruder liegen lassen und mit dem Zug der Strömung irgendwo landen, irgendwo bleiben ...

Es ist das leise Schwanken des Bootes im Klanggefälle der Vokale zu hören, im Rhythmus der Worte, im Schweben des Satzbaus ... Das ist der reife Waggerl – wobei ich mir erlaube das Wort „reif" nicht unter Anführungszeichen zu setzen, wie Otto Amann das zu handhaben pflegt (vermutlich aus Sorge, seine Branche könnte ihn ohne solch Anführungszeichen nicht mehr ernst nehmen). Nein! Selbst die Art, wie Waggerl nun die Beistriche setzt, behutsam, um nur ja nicht das ruhige Gleiten des Bootes durch einen voreiligen Punkt zu stören, zeugt von der gewonnenen Stilsicherheit. Und sie bleibt erhalten, wenn die selbstgeschaffene Ruhe plötzlich bedroht wird:

Manchmal steigen Wirbel aus dem Wasser, wölben die Oberfläche ein wenig und verlieren sich mit sanften Ringen in der Ferne, - es sieht aus, als rege sich etwas Lebendiges im See. In der Tiefe, sagen die Leute, auf dem Felsen liegt ein Lindwurm, ein Ungeheuer aus grauer Zeit, tödlich verwundet, aber immer noch stark genug, an den Felsen zu nagen und allmählich den Weg für die große Flut zu graben, die einmal alles Lebendige im Tal ersäufen wird. Manchmal wendet er den gewaltigen Leib und dann wölbt sich oben das Wasser über dem Spiegel.

Ich weiß, es ist ein Nichts, diese kleine Geschichte. Aber bei ihrer Gestaltung muß der Kleinmeister Waggerl endlich entdeckt haben, worin seine Größe liegt: im Erkennen der Grenzen seiner Begabung. Auch im Erkennen der Grenzen des Wirkenkönnens. Wohl hat er eine Geschichte wie *Der Gast* erfunden, die zwei Jahrzehnte später ein nachmaliger Nobelpreisträger zum Thema eines Dramas machte, doch nicht nur, daß Waggerl vielleicht die Kraft zum großen Dramatiker fehlte, auch *Der Kreis,* der ihn umgab, wäre kaum geeignet gewesen, ein solches Stück zum Erfolg zu führen. Ich glaube nicht einmal, daß sich irgend jemand in diesem *Kreis* befand, nicht einmal seine Dita, der die Bedeutung dieser Stilfindung begriffen hätte, zumal Waggerl auch nicht der Mann war, so etwas an die große Glocke zu hängen.

Umso mehr wird er den Brief von Herrn Schoenberner genossen haben, der ihn nun wieder *Sehr geehrter, lieber Herr Waggerl* nennt und mitteilt, wie *willkommen ihm diese schöne Landschaftsschilderung* sei. Aber Schoenberner drückt nochmals seine Besorgnis über Waggerls *männliche Melancholie* aus und meint: das *kommt gewiss aus dem Zentrum Ihres Wesens und ist somit auch künstlerisch notwendig, nur wünsche ich Ihnen von Herzen, dass keine Verbitterung daraus werde, denn da setzt sonst unabwendbar mit einer menschlichen die künstlerische Schwäche ein.*

Die Jugend, die sich 1929 einen „jugendlicheren“ Briefkopf aufsetzt, will sich zu dieser Zeit insgesamt verjüngen und hätte sichtlich von ihren Autoren ebenso gern, gäben die sich ein wenig jugendlicher. Ich glaube zwar nicht, daß es diese sanfte Warnung einer verjüngungsbedürftigen *Jugend* war, die ihn dazu trieb, seinen neuentdeckten Ton beizubehalten. Ich bin sicher, daß er glücklich war, ihn – und damit sich selbst – gefunden zu haben. Auch er war des düstern Tones satt. Lediglich sein neuer Gönner, der Dr. Pechel von der *Deutschen Rundschau*, war noch immer ein Bewunderer des düsteren Waggerl. Und da dieser ihm sichtlich etwas von seiner düsteren Lage geschrieben hat, geht Pechel doch glatt her und schreibt am 7. März 1928 an Kippenberg, den mächtigen Herrn des Inselverlages, er solle doch dem Waggerl Geld schicken, denn heut oder morgen werde er dieser Begabung nicht mehr ausweichen können.

Waggerl hatte vorher schon an Kippenberg geschrieben, der ihn aus der *Deutschen Rundschau* kannte. Und Kippenberg antwortete am 20. Februar zwar persönlich und durchaus anerkennend, aber nicht sehr ermutigend: *Da Sie uns von Ihrer Lage Mitteilung machen, so haben wir das Recht zu der Frage: wollen Sie sich denn allein auf Ihr schriftstellerisches Talent verlassen, jetzt wo die Lage des Dichters so ausserordentlich schwierig ist und die Verleger zu kämpfen haben, dass sie auch die bekannten Dichter nur durchbringen.*

Danach allerdings wird der Herr des Bücherimperiums freundlicher und meint, daß er mit Kurzgeschichten überhaupt nichts anfangen könne, daß er aber gerne ein größeres Werk von Waggerl lesen und prüfen wolle. Es vergehen keine drei Wochen, da wendet sich das Blatt auf beinahe magische Weise. Pechel hat beim Inselfürsten nachgebohrt, und das Unglaubliche geschieht. Etwas, das in der zweiten Hälfte unseres Jahrhunderts kaum noch denkbar scheint: Kippenberg schickt Waggerl am 8. März 1929 Geld. Ohne das neue, das große Werk des unbekannten Salzburgers abzuwarten. Schreibt seinem Kollegen Pechel die Vollzugsmeldung. Und Waggerl folgende freundliche Worte:

Durch Herrn Dr. Rudolf Pechel erfahre ich, dass es Ihnen gesundheitlich nicht gut geht und dass zu Ihrer Wiederherstellung ein Aufenthalt in einem milderen Klima erforderlich ist. Ich folge gern der Anregung des Herrn Dr. Pechel und sende Ihnen gleichzeitig M 500.-, damit Sie die notwendige Erholungsreise antreten können. Ich hoffe sehr Sie künftig zu den Autoren des Inselverlages zählen zu dürfen, und der gesandte Betrag soll als Vorschuss für die Ihnen später zufallenden Honorare gelten. Ich bin gern bereit, Ihnen auch weiterhin zu helfen.

Ich werde voraussichtlich im Frühjahr in Salzburg sein, und freue mich, Sie dann persönlich kennen lernen zu dürfen.

Jetzt sind wir also endgültig bei Andersen gelandet: *Märchen eines Lebens.* Und das Märchenhafteste, daß die Findung des eigenen Stils genau in die Zeit fällt, in der sich ein mächtiger Verleger des kleinen Dorfpoeten erbarmt. Oder vielleicht doch nicht ganz so zufällig, denn Brief und Geld von der *Insel* kamen im März, und die Idylle vom *Tappenkar* entstand im Mai. Das Gefühl, endlich Menschen gefunden zu haben, die in der Literatur das Sagen haben und die seine Existenz zur Kenntnis nehmen, läßt ihn aufatmen und nimmt den Druck von seiner Brust. Das erleichtert es ihm, leichtfüßiger zu schreiben.

Nun ist es ja nicht so, daß Waggerl bis zu diesem Zeitpunkt nur Pessimistisch-Trübes und danach nur Optimistisch-Helles geschrieben hat. Es ist uns zwar nur ein einziger Essay im Plauderton aus den zwanziger Jahren erhalten. *Tee und Kaffee für Genießer* heißt er und ist im *Salzburger Volksblatt* erschienen. Aber dieser Essay hat noch nicht dieses eigenartige Schweben zwischen Pathos und lächelnder Trauer (unterspickt mit heimtückischer Hinterfotzigkeit). Der reife Waggerl versteht es, seinem Pathos immer wieder den Sockel unter den Füßen wegzuziehen und es dadurch zu Fall zu bringen. Auch sich selbst läßt er auf diese Weise immer wieder vom eigenen Piedestal stolpern. Das geschieht sehr oft innnerhalb eines Satzes, und hat in manchen Geschichten von Thomas Bernhard eine wunderbare Fortsetzung erfahren, wie etwa in dessen Radfahrer-Episode aus *Ein Kind,* wo der ungeheure Triumph des Ich-Erzählers geschildert wird, der ein Rad gestohlen hat und zum ersten Mal mit so etwas fährt, was ihm zur eigenen Überraschung auch eine zeitlang gelingt, bis ihn an unerwarteter Stelle doch noch das Unglück einholt und er im Graben landet. Das sind die Umkipper, die schon dem kleinen David im *Jahr des Herrn* widerfahren. Oder dem kleinen Karl in der *Fröhlichen Armut.* Oder dem kleinen Peter in Waggerls erstem gedruckten Roman *Brot.* Waggerls Komödien sind – wie alle guten Komödien – Tragödien, in denen der Held gerade noch mit heiler Haut davonkommt. Wie der kleine Karl, wenn wir uns noch an die Geschichte mit den Sprengkapseln erinnern: Jede Sprengung hätte ihn töten können. Und wir lächeln.

Auch die Geschichte vom *Tappenkar* ist nicht ohne Finsternisse, selbst wenn es „nur" die Finsternisse einer Sage sind, die der Bootsfahrer aus der Tiefe des Sees und damit aus unserem Unterbewußtsein aufsteigen läßt. Nein, Waggerls Idyllen sind heimtückisch. Wären sie es nicht, wären sie langweilig.

Doch da wir uns schon im Reich der Sagen befinden, kommen wir endlich wieder auf die Beziehung von Stefan Zweig zu Karl Heinrich Waggerl zurück. Ich zitiere aus einem Brief von Kippenberg an Waggerl, der allerdings Otto Amann bei seinen Arbeiten noch nicht zur Verfügung stand. Er stammt vom 21. November 1929. Da bedankt sich der Inselherr für einen Brief von Waggerl, in dem dieser unter anderem die Frage nach dem „erl" in Waggerls Namen erörtert. Offenbar hat Kippenberg die Streichung des l vorgeschlagen, so daß aus dem Waggerl ein Wagger geworden wäre, doch Waggerl hat – nunmehr seine Größe neu einschätzend – abgelehnt. Kippenberg schreibt: *Ihr Bedenken gegen eine Namensänderung kann ich eigentlich nur teilen, und ich finde, dass es ein wenig kühn von mir war, Ihnen so ohne weiteres die Streichung des Schluss-'l anzuempfehlen. Bleiben wir also bei dem schönen Namen Waggerl.*

Danach kommt Kippenberg auf Stefan Zweig: *Herrn Dr. Zweig habe ich von Ihnen erzählt; es freut ihn sehr, dass ein neuer Salzburger der Insel-Autorengemeinde zugewachsen ist, und er hofft, Sie bald einmal persönlich kennen zu lernen.*

Ich hoffe, das ist jetzt klar: Kippenberg hat Zweig von Waggerl erzählt. Und nicht umgekehrt. Kippenberg schreibt in dem klaren Kalkül, er müsse einerseits das Selbstbewußtsein dieses Bergmenschen heben, anderseits versucht er, den Berühmten mit dem Unbekannten zusammenzubringen, um den auch in die Helle der Berühmtheit zu ziehen.

Aber Zweig wird sich noch einige Male bitten lassen und ein paar Jahre

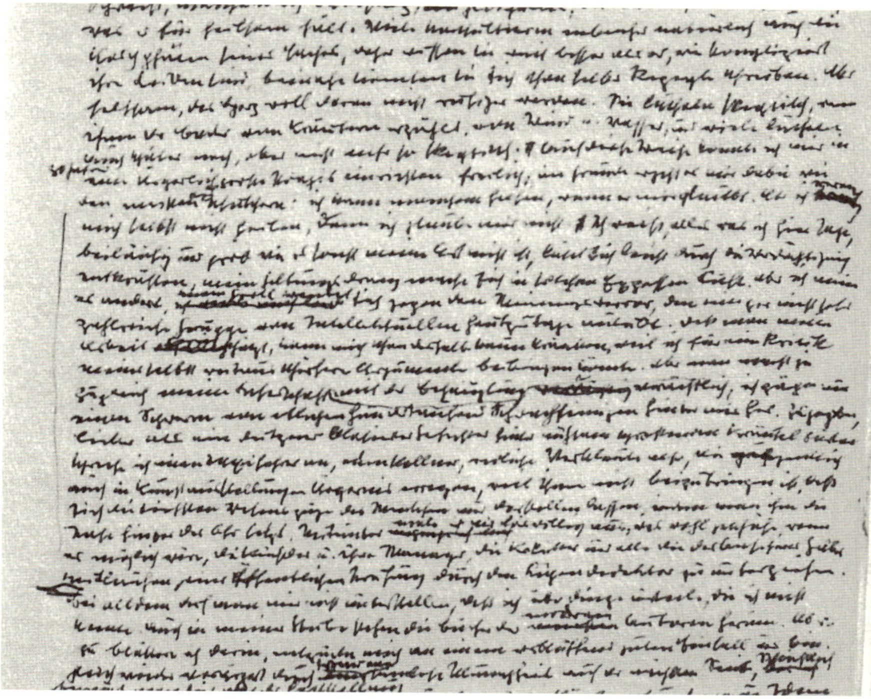

Stand im Mittelpunkt von Stefan Zweigs Interesse: Waggerls winzige Schrift ... (Abbildung 1:1)

und einige Erfolgsbücher Waggerls abwarten, ehe er sich eines Tages aufrafft und das dichtende Alpenwunder heimsucht. Und auch dann wird er sich keine Sekunde für dessen Werke interessieren, sondern lediglich für dessen seltsame, inzwischen mikroskopisch klein gewordene Schrift. Wir verdanken die Schilderung dieser Begegnung ausnahmsweise Waggerl selbst. Und ebenso die von Waggerls Gegenbesuch in Salzburg. Als er Zweig in seinem Landhaus mitten in und doch hoch über der Stadt aufsucht, da empfängt ihn Zweig wieder sehr höflich, aber nur im Garten. Ins Haus bittet er ihn nicht, da er Gäste habe. Vielleicht fürchtet er, dieser Yeti könnte ihm sein Porzellan zertreten. Zwar fügt Waggerl seiner Schilderung in *Ein Mensch wie ich* noch hinzu: *Erst Jahre später entdeckte ich nach und nach, wie viele Fäden und Fädchen dieser welt- und menschenkundige Souverän im stillen für mich geknüpft hatte [...];* doch davon gibt es keine Spuren. Lediglich Friderike Zweig, die erste

Frau des Dichters, hat nach dem Krieg einen begeisterten Brief an den Inselverlag geschickt, wo sie Arbeiten des Wagrainer Meisters lobt, die sie jetzt erst zu Gesicht bekommen hat. Die gesponnenen Fäden ihres Gatten aber sind eher Seemannsgarn, das ein gewisser Hanns Arens gesponnen hat.

Dieser Arens war es, der nicht nur das leicht kitschig-folkloristische Bild Waggerls in den Vorkriegs-, Kriegs- und Nachkriegsgazetten malte, er hat auch die Saga in die Welt gesetzt, Zweig habe Waggerl die Wege zu Kippenberg gebahnt. Waggerl hat Arens Geschichte nicht dementiert, weil er Arens nicht bloßstellen wollte, vielleicht gefiel es ihm auch, vor der Welt als Protegé Zweigs dazustehen. Aber zuletzt machte es dem Eulenspiegel offenbar doch Spaß, die Wahrheit durch Arens Lügengespinst durchschimmern zu lassen, indem er erzählte, wie ihn der große Kollege vor der Haustür stehenließ.

Wer aber war das nun, dieser Hanns Arens?

Kein böser Mensch. Einer, der Berühmtheiten sammelte, wie andere Leute Briefmarken. Berühmtheiten, die er liebte und verehrte, denen er auch tausenderlei Hilfen anbot, aus deren Bekanntschaft er aber anderseits – wer möchte es ihm verübeln – Kapital zu ziehen verstand. An der Entdeckung Waggerls aber hatte er, auch wenn er es andeutete, genausowenig Anteil wie der von ihm heftig verehrte Stefan Zweig.

Waggerls Stern war schon in triumphalem Aufstieg begriffen, als sich Hanns Arens an ihn heranpirschte. Der Roman *Brot* war im Sommer 1929 entstanden. Gesponsert vom Herrn der Insel Anton Kippenberg. Schon im Mai 1930 erschien das Werk. Am 21. Mai 1930 schreibt der Verleger an den Autor: *Wir haben das Buch in weitestem Umfang sowohl an die Presse verschickt, wie auch als Leseexemplar an befreundete Buchhändler. Herr Dr. Zweig und Herr Pechel haben Exemplare von uns bekommen. – Bis jetzt ist der Widerhall sehr erfreulich ...*

Erfreulich? Was heißt? Die zweite Auflage erscheint bereits im Juli. Und die nächste im November; das 9. bis 12. Tausend! Außerdem ist es Kippenberg gelungen, das Werk nach England zu verkaufen. Erst am 10. Juli 1930, als sich der Sensationserfolg bereits deutlich abzeichnet, schreibt Arens an Karl Heinrich Waggerl. Er bedient sich dabei des Briefpapiers des Inselverlages, stellt sich als Mitarbeiter der *Propaganda-Abteilung** vor und bittet den

* Nicht Redakteur, wie immer behauptet wird!

neuen Autor um autobiographische Notizen, da er vorhabe, in der *Weltstimme* etwas über ihn zu schreiben. (Das wird er auch tun.) Er bittet Waggerl, ihm diese Unterlagen an seine *Privatadresse* zu senden, da er *seine persönliche Anteilnahme nicht geschäftlich verquicken* möchte; sie sei *ganz privater Natur* und entspränge lediglich der Freude an Waggerls Buch.

Riecht man den Braten? Waggerl roch ihn nicht. Merkte nicht, daß da einer seine Beziehung zum Inselverlag dazu benützte, um fröhliche Nebengeschäfte abzuwickeln. Aber nicht nur der Branchenneuling fällt auf diesen Hanns Arens herein. Sämtliche Arens-Abschreiber tappen nach. Es geht zu wie beim Breughelschen Zug der Blinden.

Doch Ehre, wem Ehre gebührt, Hanns Arens muß eine beträchtliche Portion Charme besessen haben, denn er zählt zu seinen Bekannten eben auch Stefan Zweig, dazu Lale Andersen, die spätere Interpretin des großen Kriegs-Hits *Lili Marlen*, weiters den *König der Bernina* Luis Trenker, den König der Wunschkonzerte Wilhelm Strientz, dazu Carl Zuckmayer, Oskar Maria Graf, Gerhard Hauptmann, Erich Kästner. Ein buntes Spektrum, zu dem sich nach dem Krieg noch Friedrich Thorberg und Conrad Adenauer gesellen.

In der Nazizeit suchte Arens auch einen guten Draht zu Goebbels aufzumachen. Das hat ihm nach dem Zusammenbruch des Dritten Reiches nicht sonderlich geschadet. Immerhin verlangt und erhält er von Erich Kästner im Oktober 1945 einen „Persilschein", der also lautet: *Ich bestätige hiermit gern, dass Hanns Arens [...] während seiner früheren Tätigkeit im Deutschen Verlag, Berlin öfter mit mir zusammengekommen ist und dass er damals, aus uneigennützigen Motiven heraus und unbeschadet des eigenen Risikos, Versuche unternommen hat, die auf meine Zulassung als Schrifsteller abzielten.* Übrigens enthält diese seltsame Bestätigung einen merkwürdigen Absatz, in dem Kästner auf einen Rechtsanwalt zu sprechen kommt, der ihm auch in der Nazizeit zu helfen versuchte und dabei den Ausschluß aus der Rechtsanwaltskammer riskierte. Von diesem Mann sagt Kästner: *Er war zwar Parteimitglied, aber bestimmt kein Nazi!*

Dies allen jenen ins Stammbuch, die, ohne einen Augenblick nachzudenken, jemanden als Nazi beschimpfen, ohne genau zu wissen, was das eigentlich ist: ein Nazi. Genaugenommen sind alle, die in einem totalitären System gelebt haben, auch Mithelfer dieses Systems, soweit sie nicht in einem KZ zugrundegingen. Denn es ist die Eigenart jedes dieser Systeme, daß sie alles und alle sich nutzbar zu machen verstehen. Selbst der KZ-Häftling wird noch mit Haut und Haaren zum Helfer des Grauens.

Aber auch die scheinbaren Nutznießer sind Opfer, wenn wir ein derartiges System aus einem anderen Blickwinkel betrachten. So ersehe ich aus einem Brief der Lale Andersen an Hanns Arens, daß beide ständig in der Angst vor der Gestapo lebten. Die Andersen – immerhin das deutsche Soldatenidol Nummer Eins – hatte sich der Geheimpolizei gerade erst wieder entwunden. Nun hatten sie es auf Wilhelm Strientz abgesehen, der die Kollegen verzweifelt bittet, ihm zu raten, wie er sich der Überwachung und den Verhören durch die Unheimlichen entziehen könne. Und die Anderson holt sich in dieser Sache wiederum beim Arens Rat. Der Hanns hat also nicht nur Kontakte zum Propagandaministerium, er weiß auch, wie man durch die Maschen der Gestapo schlüpfen kann. Und er hält, solange es nur geht, die Verbindung zu Stefan Zweig aufrecht. 1942 teilen er und die Andersen sich ihre Bestürzung mit, als sie auf geheimnisvollem Weg vom Selbstmord des Dichters in Brasilien erfahren. Darf man Arens also einen Nazi nennen? Oder einen Mitläufer? Ein Opfer? Oder was?

Arens, das steht fest, gehörte zu den Überlebenden; und als Freischaffender, der er meistens war, zu den Überlebenskünstler. Werbefachmann für berühmte Überlebende. Natürlich ist er gezwungen, auch für sich die Werbetrommel zu rühren, um sie für andere desto besser rühren zu können. So wird er im Umgang mit Dichtern manchmal selbst zum Dichter; und hier freilich nicht immer in des Wortes schönster Bedeutung. Und als solchem muß man ihm auf die Finger schauen.

Wie dem Kollegen Springenschmid.

Der fühlt sich um diese Zeit von Waggerl zu Unrecht angegriffen, wie wir aus einem wütenden Brief vom 24. Oktober 1929 erfahren. Waggerl hat bei der *Deutschen Buchgemeinschaft* aufgedeckt, daß ein in deren hauseigener Zeitschrift *Lesestunde* erschienenes Arbeitergedicht nicht, wie behauptet wurde, von einem Bauhilfsarbeiter stammte, sondern von eben seinem Freund Springenschmid. Dieser nun unterstellt Waggerl Neid, Mißgunst und Taktlosigkeit und verteidigt sich mit dem Argument, daß auch einer, der *kein Dreckschaufler sei, die Seele des Dreckschauflers kennen* dürfe.

Was in Waggerl bei dieser Aufdeckungsaffäre vorgegangen sein kann, wissen wir nicht. Springenschmid unterstellt ihm Neid und Mißgunst. Aber auch auf die Gefahr, man werde mir Parteilichkeit vorwerfen, sehe ich das anders. Waggerl haßt nichts mehr als Verlogenheit. Wir werden das in seinem Kampf gegen eine verlogene Fremdenverkehrswerbung ebenso erleben, wie in seinem Zornesausbruch gegen eine verlogene Kritik von Remarques *Im Westen nichts Neues* durch deutschnationale Salzburger Kreise. Und auch in der Art, wie er sich gegen eine verlogene Vergangenheitsbewältigung nach 1945 wehrte. In seinen Romanen wird er nie vortäuschen, ein Bauer habe das geschrieben. Er bleibt Chronist. Erzählt von Menschen, die er gut kennt. Aber er schildert sie von außen, soweit er nicht später sich selbst in den Mittelpunkt einer Erzählung stellt. Selbst im Essay *Der Bergbauer spricht*, den er in der ersten Person abfaßt, steht diese erste Person zu sich selbst in Distanz. Und seit seinem mißglückten *Georg*-Roman maßt sich der *Sohn des Zimmermanns* nie mehr an, über etwas zu schreiben, das er nicht in allen Details miterlebt hat und deshalb nachvollziehen kann. Daß ausgerechnet einer, der mit ihm gemeinsam Karl Kraus gelesen hat, sich zu einem derart verlogenen Mummenschanz hergibt, hat ihn zornig gemacht.

Doch auch Springenschmid ist wütend. Und da er schon einmal am Zug ist, schließt sein Brief: *Ich vermute, dass Du ausser den oben genannten Motiven, die Absicht hast, mich bei der D.G.B.* (Deutsche Buchgemeinschaft) *in Mißkredit zu bringen. Ich glaube dir aber versichern zu können, dass dieses Bemühen erfolglos sein dürfte. Du wirst allerdings erleben, dass Dich bald in literarischen Dingen, ähnlich wie es in Sachen des Fremdenverkehrs schon lange der Fall ist, kein Mensch mehr ernst nimmt.*

Zum Glück ist Springenschmid als Prophet genauso unverläßlich wie als Historiker. Gerade erst – im August 1929 – war Karl Heinrich Waggerl zusammen mit Landeshauptmann Dr. Rehrl aufgrund seiner Verdienste um den heimischen Fremdenverkehr zum Ehrenbürger Wagrains ernannt worden.

Als ich Waggerls Roman „Brot“ beinahe fertig gelesen hatte, verspürte ich so gar keine Lust, diese Geschichte wieder zu verlassen. Am liebsten wäre ich in dem Buch geblieben und hätte den Buchdeckel hinter mir zugemacht.

Gloria Berg

Diese Gloria Berg findet man in keinem Literaturlexikon. Auch ziert sie kein akademischer Grad. Vielleicht hat sie Waggerls Buch nur deshalb gefesselt, weil sie darin für kurze Zeit etwas wie Heimat fand, nachdem sie selbst lange heimatlos geblieben war. Oder besser gesagt: zu viele Heimaten hatte. In Amerika aufgewachsen, da ihre Eltern vor den Kommunisten fliehen mußten, lebte sie in Frankreich, in Österreich und ist heute als Bühnen- und Kostümbildnerin wieder in ihrer Ur-Heimat Ungarn tätig. Waggerl las sie zum ersten Mal 1996. In Ungarn. Nicht auf ungarisch, obwohl das möglich gewesen wäre. Sie brachte mich wiederum auf ihren ungarischen Landsmann Arthur Koestler, der nach dem Krieg – wohl in bezug auf eigene Arbeiten – geschrieben hatte: *Romane veralten schneller als Dramen und Gedichte.* Gloria meinte, für sie träfe das – zumindest in bezug auf Waggerl – nicht zu.

Dabei ist dieses *Brot* – ein Plagiat. Waggerl plagiierte Hamsuns *Segen der Erde.* Er selbst hat das nie geleugnet, sondern geschrieben: *Die „Sache mit Hamsun“ ist gar kein Geheimnis. Mir hat, wie vielen anderen zeitgenössischen Schriftstellern, die unvergleichliche Ausdruckskraft dieses Meisters den Weg zu einem neuen, sozusagen romantischen Realismus gewiesen, aber der Einfluß war so mächtig, daß ich fürchten mußte, überhaupt nie zu meiner wesenseigenen Form zu finden. Deshalb versuchte ich, wie das im Handwerk so üblich ist, meine Lehrzeit abzuschließen, in dem ich das Meisterstück meines großen Vorbilds nachahmte. Gewiß bin ich im Ganzen weit darunter geblieben, doch in Einzelheiten spürte ich doch, daß ich nicht alle Hoffnung aufzugeben brauche.**

Und Kippenberg, der Insel-Herr, war belesen genug, um das gleich zu erkennen. Trotzdem meinte er, zumindest laut Waggerl, *man dürfe wohl einmal etwas Ungewöhnliches wagen. Was könnte schon geschehen, sagte er. Berühmt würde ich ohnehin nie werden, dafür aber vielleicht volkstümlich.*

* Dies und das folgende Zitat aus *Kleines Erdenrund*

Zumindest der letzte Satz, möchte ich sagen, ist todsicher eine Waggerlsche Erfindung. Kippenberg war ein viel zu höflicher Mann, um so etwas zu einem seiner Autoren zu sagen. Noch dazu zu einem, den er in den hohen Kreis zeitgenössischer Literaten einführen wollte. Waggerl hat den Satz seinem Verleger erst Jahre später in den Mund gelegt, als er bereits berühmt geworden war. Gleichzeitig aber – schon damals! – ein beliebter *Watschenmann* für Linksintellektuelle. Den Auftakt machte Ossietzkys *Weltbühne*: *Das Buch Waggerls ist eine dumm-dreiste Kopie nach Hamsun; der Inselverlag hat kein Ruhmesblatt erworben, so etwas herauszubringen.* Ob Ossietzky selbst oder nur ein Unterläufel des Blattes diese öffentliche Hinrichtung anordnete, ist nicht mehr festzustellen. Waggerl überlebte sie jedenfalls, und Kippenberg ließ sich durch diese Angriffe nicht beirren und stand zu Waggerl. Der war gegenüber solchen Angriffen anfänglich vollkommen hilflos. Doch bald fand er die Technik, den Angreifern jene Türen zu öffenen, die sie gerade einrennen wollten. Edwin Hartl nannte das später *Waggerlsche Eulenspiegeleien.**

Doch wie sieht es wirklich mit dem Plagiatsvorwurf aus? Vergleichen wir:

Der Mann kommt in nördlicher Richtung gegangen. Er trägt einen Sack, den Sack, der Mundvorrat und einiges Handwerkszeug enthält. Der Mann ist stark und derb, er hat einen rostigen Bart und kleine Narben im Gesicht und an den Händen – diese Wundzeichen, hat er sie sich bei der Arbeit oder im Kampf geholt? Er kommt vielleicht aus dem Gefängis und will sich verbergen, vielleicht ist er ein Philosoph und sucht Frieden?

So steht es auf der ersten Seite von Knut Hamsuns Roman *Segen der Erde.*

Ein Mann tritt unten aus dem Wald, ein Mensch, der plötzlich da war und Hand anlegte. Er trägt einen Baum auf der Schulter, langsam steigt er über nasse Wiesen herauf. Der Balken ist schwer vom Schmelzwasser, der Mann krümmt seinen Rücken unter dieser Last.

So steht es auf der zweiten Seite von Karl Heinrich Waggerls *Brot.*

Die Männer in besagten Romanen sind, oder waren, auf der Suche nach einem Stück unbewohnten, unbebauten Landes und fanden es in einer Einöde. Hier errichten sie sich eine neue Heimat, wobei sie sich einzig und allein auf sich selbst verlassen, auf ihre Kraft, ihre Findigkeit und Zähigkeit.

* Edwin Hartl: *Der Erzähler Karl Heinrich Waggerl*, in: *Wort in der Zeit*, 3. Jg., Heft 12, 1957

Ein Siedlerroman also. Ein archetypischer Roman, wie das Koestler unter anderem von einem guten Roman verlangte, wobei er meinte, daß es nicht viel mehr als zwölf solcher Archetypen gebe. Die könne man allerdings kombinieren, sagte er, und ihnen immer neue Aspekte abgewinnen. Doch welche Art von Archetypus vertreten die beiden Männer, der von Hamsun und der von Waggerl? Gab es den archetypischen Siedler bereits in der Literartur?

Sollten wir uns nicht entschließen, die *Aeneis* und das *Fünfte Buch Mosis* zu den Siedlerromanen zu zählen, so träte dieser Archetypus erst bei Coopers *Ansiedlern am Susquehana* in Erscheinung. Doch hier wie dort ist die Ansiedlung mit der Vertreibung von Vorbesitzern verbunden. Sowohl Hamsunsals auch Waggerls Mann vertreiben niemanden. Es sind Einzelgänger. Sind allein, wenn sie ihr Werk beginnen. Insofern sind sie eher dem Archetypus *Robinson* zuzuzählen.

Dahinter aber steht – bewußt oder unbewußt, ist nicht zu entscheiden – das Gegenbild zu den Massemenschen der Städte, den Menschenmassen, die den Bürger im Zentrum, dem als Ideal noch immer der tüchtige Einzelne vorschwebt, verstören und verängstigen. Lion Feuchtwanger (eher links angesiedelt) beunruhigte das Verhalten großer Menschenmengen so sehr, daß er versuchte, das Problem aufgeputschter Massen in seinem *Jud Süß** Ausdruck zu geben. Canetti (eher rechts?) in seiner *Komödie der Eitelkeit* und in *Masse und Macht.* Und Hermann Broch (bürgerliche Mitte) im Bauernroman *Die Verzauberung* und in seiner unvollendeten *Massenpsychologie.*

Waggerl, dessen Auseinandersetzung mit Massenphänomenen wir betrachtet haben, setzt in seinem ersten Roman dem Massemenschen seinen Helden Simon entgegen, einen Mann, der sich den Bewohnern des Dorfes zwar nicht entgegenstellt, jedoch auch nicht zu ihrem Mitläufer wird; vielmehr geht er einfach einen eigenen Weg. Später erklärt Waggerl dazu: *Wenn man dem Buch überhaupt eine Bedeutung unterlegen will, so wäre es die, daß wir alle, wie Simon, zu irgend einer Zeit wieder unten anfangen müssen. [...] Ich wollte auch sagen, es sei der tiefste Trieb im Menschen auf das Eigentum gerichtet, auf das Wurzelfassen.* – Eigenartig, wie sein Wunsch nach *Eigentum* und die Sehnsucht nach dem *Wurzelfassen* in seinem individuellen Bedürfnis zusammenschmilzt, Leistungen zu erbringen.

* Nicht zu verwechseln mit der Bearbeitung des Stoffes durch Veit Harlan in der Nazizeit.

Gewiß, Simon ist ein Idividualist. Ein *Nichtvergesellschafteter*, wie das Karl Müller formuliert und damit Simons Rückständigkeit aufzeigen will. Aber sollten wir solchen Simonen nicht dankbar sein? Sie nehmen sich aus der von der Gesellschaft ständig etwas fordernden Menge heraus und fallen niemandem auf die Tasche. Sie versuchen, ohne fremde Hilfe ihre kleine Welt aufzubauen. Ohne jemanden zu schädigen. Und als eine wirtschaftliche Katastrophe über die kleine Welt des Dorfes hereinbricht, ist es das Werk Simons und seines Sohnes Peter, das der Gemeinschaft wieder Mut zum Wiederaufbau macht.

Es scheint mir lächerlich,Waggerl zu unterstellen, er habe im Auftrag „finsterer konservativer Kräfte" (um im Jargon zu bleiben) eine Gegenwelt zur „Lichtwelt sozialistischer Menschheitsbefreiung" schildern wollen. Es spricht aus ihm lediglich der Individualist, dem das Geschrei der Massen aus den Städten höchstes Unbehagen bereitet. Und es spricht in diesem Roman auch *des Zimmermanns Sohn*, der sich zu Höherem berufen fühlt. Wenn Koestler den Romanautoren nachsagt, daß sie in irgend einer Form in allen ihren Figuren wiederzufinden wären, so steckt natürlich in diesem Simon viel von Waggerl; aber es ist ein Wunsch-Waggerl, einer, der – durch keine Krankheit gezeichnet – sich mit seinen Bärenkräften den Weg durch die Wildnis bahnt. Einer, der – träumend zumindest – seine Wirklichkeit verändert, ohne mit Weltverbesserungsideen hausieren zu gehen, die neue Abgründe aufreißen.

Und da die Leser ebenfalls in die Figuren schlüpfen können, die ihnen der Autor vorgeformt hat, so verstehen wir, daß diese Leser sich für die Dauer der Lektüre in kleine Simone verwandeln. (Gloria Berg vielleicht in die Rolle der Regina, Gefährtin des Müllers und des Simon). Das ist für sie umso leichter, als Waggerl in seinem neu gefundenen Stil dem Leser Raum läßt, sich ins Geschehen einzuschalten. Das ist Waggerls Kunst des Aussparens. Wenn Simon seinem Nebenbuhler ein Fuchseisen in seinen Schleichweg legt, so merkt der Leser es gar nicht gleich, er nimmt es nur unterbewußt wahr, wie Simon halbbewußt handelt, und er (der Leser) ist zutiefst erschrocken, wenn sich der Müller tatsächlich darin fängt, denn er frägt sich, wie ihm diese Niedertächtigkeit nur in den Sinn gekommen sein kann (ihm, dem Leser, dem Simon, dem Autor).

Aber er kann aufatmen, wenn er zum Kind werden darf, zu Peter, zu Simons Sohn. Und wie gern führt Waggerl den Leser und sich wieder in die

Kindheit, in die Zeit also, wo es ihm angeblich so schlecht ging, in die Zeit aber auch, wo er mit seinem Vater gemeinsam von einem Haus mit Garten träumte. Denn auch das Träumen vom eigenen Grund hat er vom Vater, der diesen Traum nie verwirklichen konnte. Aber Träume können zu Albträumen werden, wenn auch nur ein Stück Realität übersehen wird. Dem Simon in Waggerls Roman passiert das mit dem Grundbesitz. In diesem Zusammenhang gehört er zur Familie der reinen Toren, da ist er ein Parzival (noch ein Archetypus!), denn er bedenkt keinen Augenblick, was passieren könnte, wenn sich eines Tages ein Besitzer der von ihm angeeigneten Wildnis meldet. Und genau das geschieht, als das Land durch Simons Arbeit um ein Vielfaches an Wert gewonnen hat.

Im Roman ist es zuletzt nur einem gütigen Schätzmeister zu verdanken, daß Simon sein Land nach jahrelanger harter Arbeit doch noch zu einem erschwinglichen Preis erwerben kann. So kommt er noch glimpflich davon. Daß es schlimmer hätte kommen können, ist dem Autor, dem Leser und wohl auch dem Simon bewußt. Doch Land erwerben, aufs Land flüchten vor der Trostlosigkeit der Großstadt, sein Leben wieder selbst in die Hände nehmen, allen politischen Kram und Gram hinter sich lassen, das alles hat um 1930 die Menschen in gleichem Maße angezogen, wie es sie auch heute wieder anzieht. Es spricht für den Instinkt Waggerls, dieses Werk genau in dem Augenblick geschrieben zu haben, als alle Welt sich nach solchen Horizonten sehnte. Und es spricht für den Verleger, der sich im September 1931 Waggerl gegenüber äußert: *Dass der Romantik die Zukunft oder wenigstens die nächste Zukunft gehört, ist auch meine Überzeugung, wie ich denn schon vor zehn Jahren das Kommen eines romantisch-idyllischen Zeitalters prophezeihte.* *

Grinsen wir auf unserem historischen Aussichtsturm nicht allzu hochmütigwissend über Anton Kippenbergs *romantisch-idyllisches Zeitalter*, das er im Kommen wähnte. Als Verleger hatte er ja recht. Die Menschen suchten Fluchtorte aus dem Ideologie-Geplärr und den Straßenschlägereien. Sie wollten – wie schon einer vor 150 Jahren – *zurück zur Natur*. Und wenn auch nur am Sonntag. Und es ist dann gleichgültig, ob einer zu den *Wandervögeln* gehörte, ein anderer zu den *Naturfreunden*** und ein dritter zu den Waggerl-

* Alle Briefe von Anton und Katharina Kippenberg an Waggerl liegen im Waggerl-Archiv.

** So heißt der Bergsteigerverein der österreichischen Sozialdemokraten

Waggerl, mittels Kamera und Photoplatte zum romantischen Naturliebhaber stilisiert

Lesern. Daß diese Sehnsucht einmal mißbraucht werden könnte, davon hatten weder Leser noch Schreiber eine Ahnung; und letzten Endes nicht einmal die Mißbraucher, die ja nur Sammler sind: Sammler heimlicher Wünsche.

Wenn Waggerl in der Nachfolge Hamsuns steht, so steht auch dieser wieder in einer Tradition, wenn er sagt: *Strindberg hat Jahr für Jahr dieselbe Lehre gepredigt: „Der Mensch hat sich der Natur entfremdet und dadurch die Grundbedingung für eine organische, ganzheitliche Lebensweise in sich zerstört."* Und das ist nur der eine Strang dieser Tradition. Denn die Liebe zur Heimat und zur Natur spricht auch aus den Werken einer Selma Lagerlöf, und hier zieht sich der zweite Strang aus dem Norden hin zu Waggerl, ein wenig beachteter. Es sind die Legenden, die Waggerl später mit der großen Skandinavierin verbinden sollte.

Eskapismus!

Ein so harmlos scheinendes Wort, das laut Duden lediglich *ein der Realität ausweichendes Verhalten* bezeichnet. Im Mund literarischer Scharfrichter wird es zum Verdammungsurteil nicht allein für Waggerl, sondern gleich auch für seine Leser. Beide werden beschuldigt, ihre Zeit zu schwänzen. Doch so aus der Zeit, wie oft behauptet wird, ist der Roman über den Aussteiger Simon nicht. Da gibt es Petroleumlampen, sicher, aber auch elektrisches Licht. Und es gibt den Ausbeuter. Den Kapitalisten. Den Müller. Und da wird ein für das Land durchaus wichtiges Thema angesprochen: die Bauernfängerei! Der Diebstahl mit Hilfe freundlich gebotener Darlehen, ein Problem, das von den Politikern der Zeit gern übersehen wurde, da es nur eine kleine Minderheit betraf, die als Demonstranten oder Wähler nicht ins Gewicht fiel: die Bergbauern. Viele von diesen hart arbeitenden Kulturpionieren hatten Darlehen angenommen, um ihre Betriebe der Zeit anzupassen; natürlich ohne Kosten-Nutzen-Rechnung. Konnten sie nicht mehr zahlen, wurden sie von den hilfsbereiten Geldgebern um Grund und Boden gebracht. Im Falle *Brot* ist es allerdings kein Darlehen, das den Neuansiedler Simon beinahe um den Lohn seiner jahrelangen Arbeit bringt, es sind die heimtückischen Machenschaften und die gnadenlose Bodenspekulation des kapitalkräftigen Müllers.

Wieder will ich nicht behaupten, Waggerl habe mit seinem Roman gegen Auswüchse des Kapitalismus im ländlichen Raum ins Feld ziehen wollen. Waggerl ist kein Kämpfer für oder gegen eine Ideologie. Er ist nach wie vor

Maler, der Dinge abbildet, die sich vor seinen Augen abspielen. Nicht naturalistisch. Noch weniger ideologisch. Vielmehr ästhetisch. So holt er sich seinen Ausbeuter und Spekulanten nicht aus der Stadt. Das würde den Rahmen seines Bildes sprengen. Spekulanten und Ausbeuter finden sich auch auf dem Dorf. Und Waggerl hat am *Georg*-Roman gelernt, was er nicht kann: ein Zeitpanorma mit rahmensprengenden Ausmaßen zu entwerfen. Seine Kraft reicht für die kleinen Ausschnitte einer kleinen Welt. Ausschnitte, die er kennt und die er formal bewältigen kann. Auch seine Kapitalhyäne holt er sich aus dem ländlichen Bereich. Ideologische Endlösungen, wie sie anderweitig angeboten werden, liegen Waggerl nicht. So hütet er sich auch, Schwarz-Weiß-Malerei zu betreiben. Sein Simon kann furchtbar sein, wenn es darum geht, das zu verteidigen, von dem er glaubt, daß es ihm gehört. Und der Müller wiederum hat seine hilflosen Momente, wo er unsere Anteilnahme gewinnt.

Im übrigen gehört zu Waggerls Stil, dem endlich gefundenen: die Kunst, die Dinge zwischen den Zeilen zu sagen. Der Leser ist eingeladen, in dieser Welt knapper Formulierungen mitzuarbeiten, manche geheimnisvolle Dunkelheit auszuleuchten, Andeutungen auszulegen. So wird er zum Interpreten. Das natürlich birgt Gefahren. Vor allem dann, wenn sich die Voreingenommenheit an das Werk heranmacht. Und der Voreingenommenen gibt es viele. Damals wie heute.

Daß Simon zuletzt sein hart erkämpftes Gut n i c h t verliert, verdankt er natürlich seinem Autor, der ihm noch im rechten Moment freundliche Menschen an die Seite stellt. Autoren, die kleinen gottähnlichen Schicksalsbemeisterer, können das. Und sie nutzen ihr Vorrecht weidlich aus, um ihre Eskapaden zu einem irgendwie guten Ende zu bringen. Erst im zwanzigsten Jahrhundert werden Eskapisten zeitweise geächtet. Doch wer ist kein Eskapist in der Branche, muß es sein, auch wenn er noch so sehr der Realität ins Auge sehen will. Schließlich ist doch jedes Werk der Kunst ein Aus-der-Welt-Springen, Gleiten, Schweben. Da gibt es gewaltige Eskapaden ins Nirgendwo oder ins Ganzwoanders. Das kann in Piccardsche Tiefen führen. In Mythen, ins eigene Innere oder in ein Utopia, gleichgültig, ob der Autor dabei in die beste oder in die schlechteste aller Welten gerät, gleichgültig auch, ob diese Utopien in einer unklaren Vergangenheit oder in einer noch unklareren Zukunft liegen. Oder einfach in einem anderen Land.

Selbst Brecht, der sich zum großen Aufzeiger der Wirklichkeit stilisierte, zu einem *die Menschen denkend Macher*, der in seinen jungen Jahren dem Publikum zurief: *Glotzt nicht so romantisch!*, um sie am Entweichen aus der Wirklichkeit zu hindern, selbst dieser B. B. flüchtet – ein wenig älter und „reifer" geworden – im *Kaukasischen Kreidekreis* in die „bessere Welt" einer georgischen Kolchose, in der nach der Vertreibung der Hitlertruppen alle Streitigkeiten um den Besitz eines Tales in vernünftiger „demokratischerer" Weise gelöst werden; in sozialistisch-brüderlicher Liebe. Wenn das kein traumtänzerischer „Eskapismus" war, dann weiß ich nicht, was das Wort bedeuten soll.

Oder gar bei der *Dreigroschenoper*. Eine ins Kulturpessimistische gedrehte Jazz-Operette mit fröhlichem Ende; dies auch das Geheimnis ihres wahnwitzigen Erfolges. Da konnte der ärgste Schieber noch sein Amüsement finden und direkt von seinem Logensitz aus in eine bessere Welt eskarpieren, in der nur die Schieber und Ganoven ihr Glück zu machen verstehen.

Das Stichwort *Dreigroschenoper* führt uns zurück zum Problem des Plagiats. Zwei Jahre vor Waggerls *Brot*-Raub war die *Dreigroschenoper* im Kreuzfeuer der Plagiatbeschuldigung. Alfred Kerr hat es angefacht. Die Handlung – Brecht hat das nicht verschwiegen – entspricht der *Beggars Opera* des John Gay. Elisabeth Hauptmann, eine Mitarbeiterin Brechts, hat sie für das deutsche Theater wiederentdeckt und übersetzt, für die eingelegten Balladen wurden Texte von Francois Villon und Rudyard Kipling verwendet. Etliche „Brecht-Zitate", die heute noch in aller Munde sind, wie etwa das *Nur wer im Wohlstand lebt, lebt angenehm,* stammen nicht von Brecht, sondern aus der Villon-Übersetzung des K.L.Ammer, und selbst den Titel erfand nicht der Meister selbst. Lion Feuchtwanger, der als Kulissenkiebitz bei einer Probe zugegen war, hat das Witzwort von der *Dreigroschenoper* achtlos hingeworfen , und der fündige Brecht hat es aufgenommen und sich zu eigen gemacht.

Und doch. Es ist heute keine Frage mehr, die *Dreigroschenoper* ist von Bert Brecht. Und warum? Weil die Zeit das so entschieden hat. Die Zeit, das ist die letzte Instanz, die entscheidet, was Bestand hat. Eine höchst kapriziöse Person, die Zeit, die sich über alle Zeiterscheinungen hinwegsetzt, auch über jene Kritiker, die stets Zeitnahes fordern. So kann es passieren, daß ausgerechnet die Zeit ihre grimmigsten Fürsprecher brüskiert.

Denn selbst wenn John Gay höchstpersönlich erschiene, um seine Rechte an der Dreigroschenoper einzuklagen, und wenn er als Zeugen seinen Freund Jonathan Swift (ein Anreger der Gay'schen Muse) mit sich führte, der – wie Alfred Kerr seinerzeit unterstellte – Brecht der politischen Verwässerung des Stoffes anklagen müßte, die beiden machten keinen Stich. Entweder ist ein Plagiat so stark, daß es das, was es plagiiert hat, verdrängt oder sich zumindest an dessen Seite standhaft hält, oder es verschwindet sang- und klanglos. Und schnell.

Wesentlich peinlicher als Plagiat und Eskapismus sind Waggerls Geschäftsgebarungen. Zumindest was das Jahr 1929 betrifft. Und es kann möglich sein, daß Dita Waggerls Tagebuch deshalb in diesem Jahr verstummte. Die Waggerls hatten Schulden. War es der ganze Stolz seiner Eltern, trotz Armut ohne Schulden zu sein, der Sohn – ein weiterer Stolz der Familie – steckte über und über darin. Dabei ginge es ihm gar nicht so schlecht. Wenn Waggerl gegen Ende seines Lebens behauptet*: *Die Dorfleute ernährten mich geduldig wie einen sonderbaren Vogel, den niemand verjagen mochte, nur weil er auf seine Weise pfiff,* so ist das zwar ein origineller Satz und ein verklärter Rückblick, aber doch eher eine hübsche Verbeugung vor seinen Wagrainern. Daß diese je etwas in den Waggerl investiert haben, ohne dabei auch zu profitieren, glaube ich kaum. Wenn ihr sonderbarer Vogel auch im Umgang mit Geld sehr – sagen wir – großzügig war, im Auftreiben von Geld war er gar nicht so ungeschickt.

Da wird zwar immer wieder die Geschichte erzählt, daß er zu dieser Zeit so arm gewesen wäre, daß er – um Porto zu sparen – abgestempelte Briefmarken ablöste, zerschnitt und neu zusammensetzte, so daß niemand die alten Stempelreste sehen konnte; damit habe er dann seine Briefe an die Redaktionen frankiert, denen er seine Geschichten anbot. Wer aber diesen Trick je nachzuahmen suchte, weiß erstens, daß er, um einen Brief mit alten Marken frankieren zu können, erst einmal drei bis vier Briefe bekommen haben muß, und zweitens Gefahr läuft, entdeckt zu werden, so daß der Empfänger Strafporto zahlt und den Absender zumindest mit Nichtachtung strafen würde. Nein, dem Karl Heinrich Waggerl ging es nach seinem Ausscheiden aus dem Lehrberuf vielleicht die ersten zwei Jahre miserabel. Als er immer wieder zu Liegekuren verdammt wurde. Und „Schuhsohlen sparte“,

* In *Ein Mensch wie ich*

wenn das Wetter danach war. Aber schon bald hätte es ihm, zumindest nach den Begriffen der Zeit und nach den Begriffen der Schicht, der er angehörte, ganz passabel gehen können. Zwar war seine Pension wirklich armselig. Doch kam dazu die Invalidenrente. Und – ich bitte um Verzeihung, wenn ich erst jetzt diese Karte auf den Tisch lege – es wurde ihm, wie manchen Kriegsversehrten, eine Trafik zugesprochen. Eine Trafik in Badgastein. Wenn er die Trafik auch nicht selber führte, sie warf doch einiges ab.

Dazu tausend kleine Geschäfte, von denen ich etliche schon aufgezählt habe. Er selbst sagt von sich, daß er Schreiber beim Straßenbau war, Werbeagent, Plakatemaler, Berufe, die er dann für seine Schilderungen im *Georg-Roman* verwendete. Wofür man ihm aber den Respekt nicht versagen wird können, ist die Tatsache, daß er oft auf Einnahmen verzichtet hat, um auf ein anderes, höheres Ziel hinzustreben, *um dereinst etwas unerhört Großes zu vollbringen.* So verkaufte er nicht selbst Zigaretten, obwohl er damit sein Zigarettengeld beachtlich hätte strecken können, und im Juni 1928 gab er den Posten als Gemeindesekretär wieder auf, weil er ihn vom Schreiben abhielt.

Wieviel Zeit braucht ein Mensch, um einen Roman zu vollenden? In seinen *Biografischen Notizen* schreibt er: *Der Stoff des Romanes „Brot“ beschäftigte mich seit Jahren, ich versuchte mich in vielen kleinen Studien daran, fand aber lange nicht die rechte Form, oder ich hatte nicht den Mut, die allein mögliche zu wählen, weil sie zu sehr an Hamsun erinnern konnte, an meinen geliebten und gefürchteten Meister, an den mich wohl etwas Innerliches, nicht nur die Unzulänglichkeit meines Könnens bindet. Dann sah ich endlich jenen Irrtum ein und schrieb das Buch in ganzen vierzig Tagen. – Später habe ich nur noch ein Kapitel geändert.*

Am 8. Oktober 1929 muß der Roman bereits fertig gewesen sein, denn Kippenberg schreibt an Waggerl: *Sie wollen doch gewiss gern, dass ich das Manuskript Ihres Romans selbst lese. Nun bin ich aber zurzeit ausserordentlich in Anspruch genommen und es wird noch einige Tage dauern bis ich dazu komme. Bitte haben Sie noch etwas Geduld ...*

Zählen wir vierzig Tage zurück, sind wir im August 1929. Im Mai hatten wir die ersten Spuren seiner Stilfindung in dem kleinen Aufsatz für die *Jugend* entdeckt – *Tappenkarsee* –, und der März brachte ihm das so beflügelnde Geldwunder. Er aber schreibt: *Der Stoff des Romanes beschäftigte mich seit Jahren [...]*

Seit Jahren!? Übertreibt er da nicht ein bißchen. Im Jänner 1928 hat er – wie wir dem Tagebuch seiner Frau entnommen haben – *Segen der Erde* zum ersten Mal gelesen. Hat ihn der Stoff schon vorher bewegt? Es könnte ja sein. Auf seinen vielen Wanderungen durch die Berge einmal irgendwo den gleichen Gedanken gefaßt zu haben, auch schon Skizzen gemacht, um Anfang 1928 entdecken zu müssen, daß ein anderer, ein Bewunderter und Großer, den Roman schon geschrieben hat? Wahrscheinlich hätte er uns diese Geschichte erzählt. Nehmen wir also an, der Roman wühlt in ihm seit dem Jänner 1928. Er kommt damit nicht weiter, weil er mit seinen Fremdenverkehrsgeschäften und der Sekretärsstelle im Gemeinderat zu sehr angehängt ist. So kündigt er. Das wäre alles durchaus verständlich. Man schreibt an einem Roman nicht nur, solange man schreibt. Man schreibt schon daran, ehe man noch weiß, daß man daran schreiben wird. Aber eines Tages muß man vom Schreiben im Kopf zum Schreiben auf Papier übergehen.

Aber warum haben sich derart viel Schulden bis zum Frühjahr 1929 angesammelt, daß er alle Verlage um Geld angeht. Warum steigert sich die Schuldenlast noch bis zum Herbst? Dabei trifft Waggerl den Verleger Kippenberg Ende Oktober in Gastein, und dieser sagt ihm zu, daß der Roman im Frühjahr herauskommen wird, und verspricht auch gleich den nächsten Vorschuß. Und trotzdem ist Waggerl weiter in einem Schlamassel, aus dem ihn Kippenberg wieder und wieder herausholen muß.

Es gibt merkwürdige Geschichten über Waggerls Geldgebarung. So schenkt er, kaum hatte er einige anständige Einnahmen zu verzeichnen, den Schülern der Volksschule Skiausrüstungen, damit sie den für den Fremdenverkehr so wichtigen Sport erlernen. Einem Bauern, dem mitten im Hausbauen das Geld ausgegangen ist, steckt er so ganz nebenbei Geldscheine zu mit der Bemerkung: *Du brauchst das jetzt nötiger als ich.* Ein ander Mal will ein eigensinniger Bauer den Bau einer Zufahrtsstraße zum Grundstück seines Nachbarn verhindern. Waggerl kauft das ganze Gelände zu Überpreisen und schenkt seinem Nachbarn die Zufahrt. Das Lehrmädchen einer Firma in der Stadt Salzburg, mit dessen Besitzern Waggerl befreundet ist, kommt nach Wagrain, um Skifahren zu lernen. Hilflos rutscht sie mutterseelenallein auf dem Anfängerhang herum. Waggerl entdeckt das Mädchen, ruft einen Skilehrer und zahlt ihr einen Kurs. Vor dem Krieg pumpt ihn ungeniert Arens an. Nach dem Krieg Kai Mühlmann. Kaum zu denken, daß er von

Waggerl-Schnappschuß beim Lesen und Selbstinszenierung vor der Kamera

einem der beiden je etwas zurückbekommen hat. – Nun, das sind Geschichten aus späterer Zeit. Was aber hat ihn 1929 so in Schwierigkeiten gebracht?

Natürlich kann ich nur raten, kann noch einmal auf das abgebrochene Tagebuch hinweisen und alle Schuld auf eine Ehekrise schieben, die den Beteiligten nicht nur Nerven, sondern auch Geld gekostet habe. Natürlich kann ich auch andeuten, daß Geldverdienen in keinem anderen Beruf so kostspielig ist wie in einem Künstlerberuf. Was ein Angestellter nicht ahnen kann: Das Geldverdienen kommt dem Freischaffenden teuer zu stehen. Werbung betreiben, sich bekanntmachen, sich in Gesellschaft zeigen. Waggerl war in letzter Zeit nicht nur in München und Salzburg, auch Wien mußte er besuchen. Leerkilometer, die ihn an der Selbstfindung hindern. Leerkilometer danach, wenn niemand diese Selbstfindung akzeptiert. Doch 1929 schien das doch überwunden. Waggerl hatte sich selbst und einen Verleger gefunden, einen Verleger noch dazu, der bereit war, unendliche Geduld für sein „Naturkind" aufzubringen. Das aber scheint Waggerl total verwirrt zu haben.

Die panische Angst, nunmehr der Gnade und Ungnade eines Einzelnen ausgeliefert zu sein, jetzt, wo er seine künstlerische Persönlichkeit, seinen Stil gefunden hatte, ließ ihn nach allen sich bietenden Möglichkeiten greifen. Er bot seinen Roman nicht nur dem Inselverlag, der ihn schon bevorschußt hatte, sondern auch anderen Verlagen an. Der *Speidel'schen Verlagsbuchhandlung* in Wien. Und *Philipp Reclam Jun.* Und beide wollten das Werk tatsächlich herausbringen. Reclam Junior machte am 12. November 1929 bereits Vorschläge zu Kürzungen und verlangte die Umarbeitung des letzten Kapitels. Und die Wiener schickten ihm Anfang November sogar einen Vorschuß. Nun geht zwar aus der Korrespondenz mit der *Speidel'schen Verlagsbuchhandlung* klar hervor, daß Waggerl Ihnen seine Verhandlungen mit der „Insel" nicht verschwiegen hatte. Aber er nahm den Vorschuß an und versuchte sich nun dadurch aus der Schlinge zu ziehen, daß er dem Speidel seinen Ladenhüter *Georg* als Ersatz anbot. Gegenüber Reclam aber hatte er seine Verbindung zum Inselverlag überhaupt nicht erwähnt. Nun wütete der Junior. Auch ihm wurde der *Georg* als Trostpflaster angeboten.

Doch die Beziehungen zum Herrn der Insel werden immer enger. Anfang Juli 1930 ist Dr. Anton Kippenberg zur Kur in Badgastein. Dort sucht er die Mutter seines Wunderkindes auf. Und auch das Kind kommt selbst von Wagrain herüber; samt Gattin. Waggerl scheint sich ziemlich konfus gegenüber seinem Mentor verhalten zu haben, er ist neu in der Rolle des Erfolgsautors. Der Verleger versucht taktvoll, die finanziellen Verhältnisse der Waggerls auszuhorchen, da er seinen Dichter von allen Sorgen frei wissen will. Doch nun wirkt sich Waggerls Erziehung aus, in der Schulden als Schande gebrandmarkt wurden. Er winkt ab, seine Schulden seien nicht der Rede wert. Überhaupt gibt sich das Paar unbedürftig und erzählt allerlei von einer Gesundheitsdiät, die vor allem aus saurer Milch und Heringen bestünde.

So reist Kippenberg tiefbefriedigt über die Begegnung mit seiner neuen Erwerbung wieder nach Leipzig zurück. Von dort schickt er einen rührenden Brief, in dem er sich entschuldigt, keinen Gegenbesuch in Wagrain gemacht zu haben. Dem Brief legt er ein Verlagsverzeichnis der Insel bei und bittet das Ehepaar, sich je ein Paket Bücher im Gewicht von fünf Kilo auszusuchen, da man sich von saurer Milch allein nicht ernähren könne, man brauche auch geistige Nahrung. Dann kündigt er noch den Besuch seiner Frau in Gastein an und verspricht, bei seiner Nachkur im Herbst in Berchtesgaden ganz gewiß nach Wagrain zu kommen. Auch der „innigste Wunsch“ Stefan Zweigs, Waggerl kennenzulernen, wird in diesem Brief wieder erwähnt; nun ja.

Erst wenige Tage daheim, bekommt Kippenberg einen seltsamen Brief von einer Person, von der er bisher nie etwas gehört hat: Berta Kramer. Die dritte im Bund der Waggerlschen Familie beichtet darin dem Verleger die ganze Wahrheit über die finanziellen Verhältnisse des befreundeten Ehepaares.

Kippenberg schreibt zurück: *Sehr geehrtes Fräulein Kramer! Ich danke Ihnen sehr für Ihren Brief vom 27. v. Mts und freue mich, nun über die matrielle Lage des Herrn Waggerl völlig unterrichtet zu sein. Nun ersehe ich aus Ihrem Briefe aber, dass Schulden im Betrag von 1630* Schilling vorhanden sind. Die möchte ich aus der Welt geschafft haben, damit Herr Waggerl völlig freie Bahn vor sich sieht...* Und an Waggerl schreibt er: *Die Heinzelmännchen haben mir zugeflüstert, dass Sie mir neulich aus begreiflicher Scheu doch nicht klaren Wein eingeschenkt haben über die Verpflichtungen, die von alter Zeit noch auf Ihnen ruhn. Die möchte ich aus der Welt schaffen...*

Er schafft. Aber er schafft damit noch lange nicht alles. Denn auch Berta Kramer scheint nichts von dem Vorschuß, denn der Heiner von Speidel erhalten hat, gewußt zu haben. Erst nach einem Jahr gesteht Waggerl auch dies dem Inselherrn. Etwas kurz antwortet darauf Kippenberg: *[...] Ich habe die Sache dadurch aus der Welt geschafft, dass ich heute zu Lasten Ihres Kontos 350 Schilling als Betrag Ihrer Restschuld an die F. G. Speidel'sche Verlagsbuchhandlung überwiesen habe. Herzliche Grüße [...]*

Doch Kippenberg ist nicht wirklich böse. Er scheint für alle Waggerlschen Fehltritte eine Entschuldigung zu finden und schiebt alles auf die böse Konkurrenz, die ihm einen hilflosen Neuling wegzuschnappen versucht. Und immer mehr gewinnt man den Eindruck, Waggerl ist für den Verleger nicht nur einfach eine neue literarische Entdeckung, vielmehr hat der kinderlose Mann den seltsamen Naturburschen aus den Alpen in aller Stille adoptiert.

Und Waggerl, das ewige Kind, fühlt das und nennt Kippenberg seinen geistigen Vater.

---

* Auf heutige Verhältnisse umgerechnet, wären das an die 300.000.- Schilling.

Ich habe soeben die Lektüre Ihres neuen Buches
mit großer Freude beendet. Es steht ja stofflich
Ihrem ersten Buch ziemlich nahe und behandelt im Grunde
ähnliche Probleme, aber es ist wieder sehr schön.

Anton Kippenberg
(Brief vom 17. 3 1931)

Waggerl hat also im Winter 1930/31 einen neuen Roman geschrieben. Er heißt: *Schweres Blut.* Kippenberg versucht, das Werk sofort zum Vorabdruck an *Westermanns Monatshefte* weiterzureichen, da derartige Vorabdrucke den Verkauf fördern. Aber er hat auch einige Einwände gegen den Roman: *Freilich Ihre Abhängigkeit von Hamsun haben Sie immer noch nicht überwunden; sie zeigt sich im Ausdruck und auch in einzelnen Charakteren, und überhaupt in der Schilderung des Gegensatzes zwischen dem ursprünglichen, naturnahen Leben und der eindringenden Kultur.*

Und im April, nachdem sowohl *Westermanns Monatshefte*, als auch *Velhagen & Klasing* einen Vorabdruck abgelehnt haben, kommen von Kippenberg noch andere Einwände. So schreibt er: *Ich möchte noch einmal Ihnen sehr dazu raten, dem Blas keinen unehrenhaften Zug zu verleihen. Er ist halt der Unternehmer, der Vertreter der modernen Zeit...*

So schreibt der Unternehmer an sein „neues Kind“. Und als dieses, nervös geworden von allen Einwänden, sich an die Frau des Verlegers klammert und anbietet, ihr und ihrem Mann das Buch zu widmen (wohl um beider Gunst fester an sich zu binden), so zögert sie ein wenig und will die Rückkehr ihres Mannes abwarten, der wieder einmal auf Kur ist. Auch sie hat sich an den schlechten Eigenschaften des Sägewerksbesitzers gestoßen: *Er ist doch alles in allem ein ganzer Kerl und hat mit seiner Säge [...] von einem bestimmten Standpunkt recht. Ob man ihn bedauert, diesen Standpunkt, oder nicht, ist eine andere Frage. [...] Ich finde diesen Zug überflüssig, und er erinnert wirklich etwas zu stark an den Müller in „Brot“.*

Also auch die Unternehmerin wüncht einen sauberen Unternehmer. Was soll da der arme Unternommene machen? Der Spätadoptierte, der endlich einen geistigen Vater und eine geistige Mutter gefunden hat? Ändern. Was soll's.

Es wäre allerdings zu boshaft, den Kippenbergs zu unterstellen, sie hätten sich an der Figur des Blas nur aus unternehmerischen Gründen gestoßen. Es waren künstlerische. Was in Waggerls Stil des blockartigen Hinstellens von Figuren, des Aussparens und Andeutens nur äußerst schwierig zu bewerkstellen ist, Figuren in ihrer Zwiespältigkeit zu zeigen, versucht Waggerl in seinem zweiten Roman zwar einige Male, aber es hinterlassen diese Versuche einen dementsprechend zwiespältigen Eindruck.

Glänzend gelungen hingegen ist die Figur des herumstreunenden Christian. Während der *Marionettenspieler Waggerl** bei den andern Figuren Kopf und Fuß fest in seiner Hand hat, in den Christian schlüpft er ganz hinein. Das ist der Dreiunddreißigjährige, einen alten Mann darstellend. Einen rüstigen Alten. Einen, der Zäune repariert und verstopfte Brunnen zum Fließen bringt. Einer, der stets eine Geschichte auf Lager hat. Der aber, wenn niemand zuhört, mit Büschen und Bäumen spricht und gegebenfalls befreundeten Hunden seine Probleme vorträgt. Die zweite Figur, in die Waggerl (der janusköpfige) tiefer hineinschlüpft, ist der junge Dorfarzt. Ein Mensch voller Gewissensbisse, da er einem totkranken Freund die Frau wegschnappt. Doch in diesem Intellektuellen scheint Waggerl schon nicht so zu Hause wie im Landstreicher, obwohl Katharina Kippenberg auch hier meint: *Sehr schön ist Ihnen auch der Doktor gelungen, der gleichsam aus der Geschichte ausgespart ist wie ein Negativ und doch darum nicht minder deutlich geworden.*

So präsent die beiden auch sein mögen, ausgespart sind sie beide: der Vagabund und der Doktor. Oder besser gesagt: Jeder lebt für sich seinen eigenen Roman, und nur die Enge des Dorfes führt dazu, daß sie immer wieder in die Handlungen der Hauptakteure hineingezogen werden.

Die eigentlichen Akteure sind: Eine alleinstehende junge Bäurin. Der Sägewerksbesitzer Blas. Der vorherige Eigner des Werkes. Dazu Arbeiter im Sägewerk. Blas ist wie Simon im Roman *Brot* einer, der sich aus dem Nichts herausgearbeitet hat. Aber im Gegensatz zu Simon ist Blas kein Einzelgänger. Das ist so ein richtiger, tüchtiger *Vergesellschafteter*, wie ihn sich eine intellektuelle Nachwelt nur wünschen müßte. Leider ist er ein Ausbeuter.

---

* Ich übernehme das Bild vom *Marionettenspieler Waggerl* einerseits aus Ammanns *Das andere Gesicht,* andererseits regten mich – und wohl auch ihn – Zeichnungen Waggerls an, in denen er Figuren seiner Kasperliaden an Schnüre hängte (Besitz von Hildegard Benedetto).

Karl Heinrich Waggerl

Schweres Blut

Roman

1931

Im Insel-Verlag zu Leipzig

Porträt von Waggerls erstem Verleger Anton Kippenberg (Inselverlag) und Titelseite des zweiten Romans mit Signatur des Autors

Und das hat sie wieder nicht so gern, die Nachwelt. Vor allem, wenn Blas auf seinem Weg nach oben eine härtere Gangart einschlagen muß als Simon. Den alten Besitzer verdrängt er. Macht allerdings den Fehler, ihn überleben zu lassen und das Gnadenbrot zu geben. Das nützt der Gestürzte und verübt Bosheitsakte gegen den humanen Nachfolger. Blas verlangt von seinen Mitarbeitern auch ungeheure Leistungen. Allerdings, er greift selbst zu. Und, wenn es sein muß, die Mitarbeiter an. Wie halt im *Land kerniger Kuriosa* so Brauch.

Auch mit diesem Roman wurde Waggerl beschuldigt, „Agent finsterer Kräfte" gewesen zu sein; vor allem, weil er einen Minister nach einer schweren Unwetterkatastrophe sagen läßt: *Ruhe bewahren, das sei jetzt das wichtigste. Gottvertrauen in erster Linie.* Das nimmt Karl Müller sichtlich als des Autors Zustimmung zum faschistischen Ständestaat. Was er dabei übersieht: daß Waggerl diesen Satz a) ironisch meinte (was klar aus dem Zusammenhang hervorgeht!) und b) daß der Minister kein austrofaschistischer Minister gewesen sein kann, denn diese faschistische Variation kam erst 1933 mit der Ausschaltung des österreichischen Parlaments zum Zug.

Des weiteren wird Waggerl von „gesellschaftsbewußten" Kritikern vorgeworfen, daß er den Gegenspieler des Unternehmers – einen, der nicht vom Dorf ist, einen Fremden, noch dazu einen, der sich als Sozialist ausgibt und der einen Streik anzettelt –, daß Waggerl ausgerechnet dem die Rolle des Bösewichts zuteilt. Wer das nun behauptet, hat wieder nicht genau gelesen. Der Josef nämlich – so heißt der Bösewicht –, wird nicht deshalb von seinem Erfinder als mit einem unsicheren, unruhigen Blick ausgestattet, weil er ein Anhänger des Austromarxismus ist. Darf ich sagen: Im Gegenteil?! Er ist Triebattentäter. Als eine Gruppe tatsächlich gewerkschaftlich Organisierter die Arbeit im Sägewerk übernimmt, ist es der Josef, der sich schleunigst aus dem Staub macht. Einer der Genossen hat ihn wiedererkannt und behauptet, der Kerl heiße gar nicht Josef. Er sei wohl unter falschem Namen ins Dorf gekommen. An seiner letzten Arbeitsstelle habe es irgend einen Stunk mit einer Dreizehnjährigen gegeben. Waggerl vermeidet in seinem Roman Wörter wie Genosse oder Gewerkschaft. Da ist lediglich die Nadel, die sich der Josef ansteckt, um seine *Vergesellschaftung* vorzutäuschen.

Wenn Waggerl auch ein direktes Ansprechen zeitlicher Ereignisse nicht umgehen kann, so weiß er jetzt, daß er nicht mehr in die Fehler des *Georg*-Romans fallen darf. Zeitgenössische Kritiker scheinen diesen keuschen Umgang mit Zeitbezügen eher als Vorzug empfunden zu haben, wie etwa der sachlich abwägende K. H. Ruppel im Dezember 1931: *Dieser Fall Waggerl liegt nicht ganz einfach. Man möchte dem Mann, der es wagt, Gefühle und Leidenschaften gleichsam nackt und vor ihrer Bindung an den Umkreis aktueller Problematik – etwa psychologischer oder soziologischer Art – darzustellen, mit Bereitwilligkeit zustimmen und wird doch den Verdacht nicht los, daß hier ein literarischer Effekt im Spiel ist.*

Auch wenn Ruppel einen *literarischen Effekt* wittert und gleich auf das Vorbild Hamsun zu sprechen kommt, so sieht der Zeitgenosse es noch nicht als Unheil an, wenn ein Schriftsteller sich aus dem *Umkreis aktueller Problematik* heraushält. Auch was den Themenkreis „Dorf" betrifft, ist Ruppel großzügig: *Es ist nicht etwa so, daß man sich seiner Sympathie fürs flache Land oder im Fall Waggerl fürs gebirgige Land schämen müßte; daß hier kein Heimatdichter seiner fatalen Anhänglichkeit für die Scholle Ausdruck gibt spürt man auf der er-*

sten Seite beim Klang eines Satzes wie diesem: „Jetzt aber steigt der Mond aus dem schwarzen Rücken des Berges, ungeheuer groß und glühend ist seine Scheibe, sogar die Sterne ertrinken in diesem Glanz.“

Waggerl ist also für den Literaturpapst kein Heimatdichter. Und das Bild vom aufsteigenden Mond gefällt ihm, auch wenn er dann doch wieder in der Abhängigkeit Waggerls von Hamsun herumbohrt: *Ein Zauberlehrling, dem der Meister noch im Weg steht, das ist Waggerl heute. Es wird bis übermorgen währen, bis er seiner eigenen Kunst auf die Spur gekommen ist.*

Man sollte sich an Hand dieser oder anderer Kritiken klarmachen, daß Waggerl 1930 Teil einer pluralistischen Gesellschaft war, Bürger einer Demokratie, auch wenn diese Demokratie in allen Fugen ächzte und krachte. Ich will jetzt gar nicht alle Gründe untersuchen, wie ein Mensch zum Schreiben kommt. Sicher ist, daß so einer gelesen werden will. Fast ebenso sicher, daß er seine Werke verkauft sehen will. Noch sicherer aber, daß er, sofern er nicht mit Haut und Haaren einer verschworenen Clique mit ausgebildeter Cliquensprache angehört, beim Schreiben n i c h t an den Leser denkt. Oder besser gesagt: nicht an den Leser „an sich“, sondern a n s i c h s e l b s t. Das Wunder des Erfolges stellt sich ein, wenn es ihm gelungen ist, einen Ton in sich zu entdecken, der über das Medium sperriger Buchstaben hinweg auch andere Leser ins „Swingen“ bringt. Das große Wunder aber tritt ein, wenn dieser zeitgemäße Ton die Zeiten überdauert und zeitlos wird.

Wer sich einer Clique angeschlossen hat, tut sich da zumindest auf der ersten Stufe leichter. Er schlägt einmal mit der Stimmgabel das „Cliquen-a“ an, und schon summen die a-Sager dieses „a“ mit. Waggerl war weder Sozialist, Kommunist, Anarchist, Christ oder Marxist, am ehesten noch ein verhinderter Hedonist. Er hatte keine Stimmgabel mit einem „Cliquen-a“. Aber vielleicht war gerade das seine Rettung, denn die Clique der Cliquenlosen war zur größten Clique der Zeit geworden. So war Waggerl trotz seiner Leseinteressen kein Intellektueller. Er haßte intellektuelles Geschwätz. Kippenberg war – wenn auch konservativ – ein Intellektueller, der an einen Humanismus glaubte, der bei ihm etwas mit humanistischer Bildung zu tun hatte; eine Bildung, die Waggerl nie in dem Maß genossen hatte wie die meisten anderen Insel-Autoren. Trotzdem glaubte Kippenberg an Waggerl. Aber er glaubte an ihn wie etwa Fürst Lobkowitz weiland an seinen Hausneger.

Vor allem aber glaubte er an Marktanteile. Um die zu kämpfen, ist in der pluralistischen Gesellschaft sicher ein hartes Brot, da ist es natürlich, daß man seiner cliquenlosen Klientel eine solche extravagante Farbe anbieten will wie diesen „Naturdichter".

Auch Hanns Arens drängt sich zu dieser Art von Dichtern, seit er nicht mehr beim Inselverlag ist. (War er dort je fix? Manchmal zweifle ich.) Jetzt jedenfalls ist er ein Freischaffender. Einer, der größere und kleinere Zeitungen mit Berichten über größere und kleinere Dichter versorgt. Nicht gerade ein Agent finsterer Mächte, sondern ein Literaturverkäufer, wie andere Bilder verkaufen, oder Autos. Sicher nicht immer ganz seriös. Aber er quillt stets über vor uneigenütziger Zuneigung zu den Schriftstellern. Im Mai 1931 kommt er mit seiner Gattin Helga nach Salzburg, um ein literarisches Porträt von Stefan Zweig aufzunehmen. Und da er schon in Salzburg ist, reist er natürlich auch zu Waggerl; der muß noch besser verwertet werden.

Waggerl ist glücklich, einen, der sich so gut in der Literaturszene auskennt, bei sich zu haben. So lädt er die Arens ein, bei ihm zu wohnen, und dabei kommt es gleich zur Verbrüderung. Und wie es sich unter Brüdern gehört, auch zum Streit. Zwischen den Frauen. Vermutlich macht sich der Mentalitätsunterschied zwischen Nord und Süd bemerkbar. Die Arens reisen ab. Aber schon aus Zell am See, wo die beiden Zwischenstation machen, schreibt Helga Arens einen langatmigen Brief, in dem sie versichert, sie habe Dita doch so gern und habe sie gewiß nicht beleidigen wollen. Und als Stefan Zweig nach Zell am See kommt, schreibt Hanns sofort an Heiner, daß er Zweig selbstverständlich kein Wort vom Streit im Hause Waggerl erzählt habe. *Das wäre doch so, als wenn ich hinter Helgas Rücken schlecht über sie spräche zu meiner Mutter oder Schwester, nur weil hie und da kleine Unstimmigkeiten unterlaufen!*

Dann erzählt der neue Freund freudestrahlend, daß *Dr. Zweig* mit ihnen nach Gastein gefahren sei, um sie beim *Grünen Baum* zum Essen einzuladen. Nach Wagrain kam Dr. Zweig wieder einmal nicht, obwohl das mit dem Auto ein Katzensprung gewesen wäre. Immerhin meldet sich die *Weltstimme* bald nach dem Arensbesuch bei Waggerl mit dem Ersuchen, ein paar Kapitel aus seinem neuen Roman abdrucken zu dürfen. Die *Süddeutschen Monatshefte* bitten Waggerl um seine Mitarbeit, und der vor kurzem von Waggerl brüskierte Verlag Reclam möchte von diesem eine Kritik über einen Kriegsroman, der bei Reclam erschienen ist.

Waggerl, wie er sich selber sieht und wie ihn der berühmte Olaf Gulbransson zeichnete.

Nun hatte Waggerl zu dieser Zeit eine Kritik über eine Kritik eines Kriegsromans geschrieben. Genauer ein Pamphlet gegen ein Pamphlet, das deutschnationale Kreise gegen Remarques *Im Westen nichts Neues* losließen. Waggerl entwirft diese Antwort: *Salzburger Turnkreise, vorsichtig „vertarnt" unter dem Buchstaben R. M., haben sich kürzlich berufen gefühlt, an dem Buch von Remarque Kritk zu üben. [...] Diese Auslassungen wären ja an sich höchstens als ein Dokument der Bauchaufschwung-Geistigkeit zu bewerten, die uns Deutsche in der Welt nachhaltiger entwaffnen muß, als irgend ein Gewaltfrieden jemals vermöchte. Ja es wäre zur Not auch noch zu verwinden, wenn Menschen, die das*

Herz haben, Wonnemond, statt Mai zu sagen und die, das „Teutsche" zwischen Kommers und Kommerz vertretend, es entweder „selten schön", oder „staunend billig" machen, wenn also diese Menschen sich an das Buch machen, das immerhin 400.000 Leser ausgehalten hat. *

Schon aus diesen Sätzen spricht nicht nur der Zorn des Stilisten über das deutschtümelnde Gestammel. Natürlich klingt auch die Wut eines Frontsoldaten über den Versailler Vertrag hinein. Doch der Abscheu gegen neue Kriegshetze ist größer, wenn er sagt: *Ich weiß auch nicht, wer er ist, dieser R.M., aber ich kenne ihn. Er spotte nicht über den Soldaten, der ohne Kopf über den Sturzacker taumelt, oder ich könnte bissig werden und ihm beweisen, daß es heute noch Leute gibt, die auch ohne Kopf herumlaufen, nur, daß nicht Blutbäche, sondern Phrasen aus ihrem Halse strömen! Er nenne mir den Mann, der an einem Bauchschuß krepierte und dennoch das Deutschlandlied auf den Lippen hatte, und ich will ihm sagen, daß nicht hundert Bücher alle Flüche, alle Schreie aufnehmen könnten, die mir aus Gräben und Drahtverhauen ans Ohr geklungen sind. Ich war drei Jahre an der Front und ich kämpfe noch heute gegen den Heldentod ...*

Hier wütet einer nicht nur gegen den Wahnsinn des Krieges, hier kämpft einer mit den Waffen eines Karl Kraus gegen Verlogenheit und Ideologieverschmutzung der Sprache. Erstaunlich, daß mir weder Lutz Besch noch Otto Amann sagen konnten, wo dieser Artikel erschienen ist. Fast sieht es aus, als habe Waggerl sich seine Wut vom Leib geschrieben, dann aber keine Zeitung gefunden, die den Artikel zu drucken wagte, da die „nationalen Kräfte" im Land schon zu mächtig waren.

Ein anderer Artikel Waggerls wurde hingegen gedruckt. Auch da geht es um Sprachverlogenheit. Waggerl prangert darin den Reg. Rat Hofmann Montanus an, den mächtigen Chef des Landes-Verkehrsamtes, der einerseits bestechlich war, andererseits so eitel, daß er die Werbeprospekte seiner Dienststelle selbst textete. So trug ein Prospekt die Überschrift *Festspiele der Berge.*

Waggerl schreibt eine Satire:

... man könnte vielleicht den Titel „Festspiele der Berge" etwas gewagt finden, aber man beruhigt sich sofort, wenn man hört, daß ja die Berge ihre Rolle vom Landes-Verkehrsamt genau vorgeschrieben bekommen. Der Geisberg hat z. B. die

---

* Zitiert nach dem von Lutz Besch herausgegebenen *Waggerl Nach Lesebuch,* ebenso unten.

Aufgabe, allerlei mystische Erlebnisse zu verbinden, er tut es auch, indem er „hinaufragt in die Ferne der Alpen“, ohne sich im übrigen „vom Wogendrang der Alpengipfel“ verwirren zu lasse, oder von der Frage, ob es irgendwo auf Erden eine Straße gibt, die so prächtig anfängt und so beglückend aufhört. Im Umkreis der Stadt „reiht sich See an See, Bad an Bad“, Gemeinplatz an Gemeinplatz, gar nicht zu reden [...] vom Schafberg, der mit seinen Grundfesten das Prinzip der Wasserspülung demonstriert, während die Schmittenhöhe sich mit dem Landes-Verkehrsamt in dem Ruhm teilt, Überwältigendes an Rund-, Fern-, Aus-, Über-, Rück-, und Seitenblicken zu vermitteln. „Herzerhebend gigantisch“ schüttelt der Dachstein sein Felsenhaupt, nicht zu verwechseln mit dem quietschvergnügt titanischen Großglockner, der sich gewiß alle Mühe gibt, im Auftrage des L.V.A. „unwiderstehlich“ zu sein.

Als der Regierungsrat versucht, hinter dem Rücken seines Angreifers diesen schlecht zu machen, schreibt ihm Waggerl einen offenen Brief:

Sie haben seit einiger Zeit das Bedürfnis, in Briefen und Gesprächen etwas zur Kritik meiner Person beizutragen. Höflich, wie ich bin, antworte ich auch auf Briefe, die mich nicht erreichten, nur treffen sollen, und überhaupt habe ich das peinliche Gefühl, dass Sie sich da ein bißchen schwer tun, – mit einem Menschen nämlich, der nichts zu verlieren hat, aber auch nichts gewinnen will, ausser die Überzeugung, dass selbst in Österreich Anständigkeit eine Tugend ist, an der man mit mehr als 10 % beteiligt sein muß.

Zunächst ein Geständnis: Ich bin Ihr Gegner. Und um mich gleich in meiner ganzen Unverschämtheit zu zeigen, noch eines: Ich bin allein ...

Waggerl macht also klar, daß er keine Hintermänner hat. Weder politische, noch pekuniäre. Das nützt der Mächtige sofort aus. Und er beweist, daß er – im Gegensatz zu Waggerl – sehr wohl mit einer ganzen Phalanx von Hintermännern aufwarten kann. Hinter ihm steht nämlich die Landesregierung und ihr Geld. Und der Herr Regierungsrat demonstriert auch gleich seine Macht, indem er dem Fremdenverkehrsverein Wagrain alle Zuschüsse streicht. Nun erst fährt Waggerl alle seine Geschütze auf und beweist, daß dieser Landesverkehrsdirektor mit seiner Funktion beachtliche Nebengeschäfte verbindet. Und Waggerl fordert in donquichottischer Manier die Landesregierung auf, ihren Un-Rat zu entfernen. Das geschieht natürlich nicht. Lediglich werden zum Schutz des nun doch etwas ratlosen Regierungsrats ein paar Beschwichtigungshofräte eingeschaltet, die auch in den

Zeitungen die Wogen zu glätten versuchen und versichern, daß die Gelder nunmehr wieder weiter nach Wagrain fließen werden.

Wie Karl Kraus steht aber auch Karl Waggerl mit solchen Texten nicht wirklich allein. Hinter ihm steht eine (noch) mächtige Person: die Sprache. Noch ist sie das. Wohl wird die Sprache von Politikern immer wieder mißhandelt, aber – noch – nicht geknebelt. Und noch steht einer, der sich ihrem Dienst geweiht hat, nicht auf verlorenem Posten.

Um aber seinen Lesern – vielleicht auch den posthumen – endgültig klarzumachen, daß er selbst zu nichts anderem zu gebrauchen ist als zum Dienst an der Sprache, schreibt er 1932 im 5. Heft der anspruchsvollen Zeitschrift *Die neue Literatur: Ich sehe mich genötigt, hier etwas zur Aufklärung aller zu sagen, die ihre und meine Zeit vergeuden, indem sie sich mit mir statt mit meiner Arbeit befassen. [...] Ich bin gänzlich ungeeignet für Gesellschaften, für Kongresse, für Interviews. Wenn ich gelegentlich Einfälle habe, so brauche ich sie für meine Bücher. Alle meine übrigen Äußerungen sind nicht belangreicher als die eines normalen Menschen.*

Ich hasse und verabscheue jede Form von Geistigkeit, sie ist durchaus nichts Auszeichnendes. Intelligent ist jeder Trottel. Man erwarte nicht, daß ich zum internationalen Geschwätz über höhere Dinge irgend etwas beitragen könne oder wolle. Fragen, die sich nicht mit drei Worten (oder vier Buchstaben) hinreichend beantworten lassen, gibt es für mich nicht. Ich leugne sogar, daß es überhaupt solche gibt. Ich lebe auf dem Lande, weil die Leute hier keine Bonmots von mir erwarten. Sobald sie es tun, wandere ich aus. Es ist wahr, und ich bekenne mich dazu, daß ich eine krumme Nase habe und im Besitz einer überschlanken Erscheinung bin. Aber ich möchte wissen, was das mit meiner Arbeit zu tun hat.

Waggerl will also nirgends eingeordnet oder gar eingeladen werden. Was er nicht vermeiden kann, auch wenn er auf seine eigene *krumme Nase* hinweist, ist, daß auf der gleichen Seite, wo sein Bekenntnis endet, eine merkwürdige Bezichtigung auftaucht. Hier wird zwar noch nicht gegen krumme Nasen vorgegangen, sondern erst nur gegen krumme Namen. *Die Zeiten werden gefährlich,* steht gleich unter Waggerls Stoßseufzer, und es wird festgestellt, daß in Kürschners *Deutschem Literatur-Kalender* ein jüdischer Autor noch 1930/31 als Erich Mosse eingetragen war, 1931/32 aber nur mehr unter seinem Pseudonym Peter Flamm in Erscheinung tritt. Das gleiche sei bei Gerhard Salomon zu beobachten, der sich nunmehr Hans Roger Madol nenne. Und auch Emil Ludwig schiene nicht unter seinem eigenen Namen auf, wird beanstandet, er hieße doch Emil C o h n . *Überhaupt gibt es unter den Schriftstellern erstaunlich wenig ehrliche Cohns! Fast nur Clara Viebig - und die ist ja nur angeheiratet.* *

Lediglich ein Gewitzel über jüdische Namen und Pseudonyme. Die Nichtbetroffenen mögen über solche Sätze gelächelt haben. Die Betroffenen kaum. Der Antisemitismus, von dem am Beginn der Aufklärung geglaubt wurde, er werde mit dem Sieg des Rationalismus verschwinden, hat sich unter dem Druck rationalen Denkens lediglich etwas verformt. Der irrationale Glaubenshaß wurde eliminiert. An seine Stelle trat der „rationalisierte" Rassenhaß. Und er wuchs. Vor allem in Rußland und Polen. Und als die Juden vor den östlichen Pogromen ins „aufgeklärte" Österreich drängten, wo sie sich sicher wähnten, wuchs er auch hier. Doch erst in Deutschland, das großen Wert auf seine Gründlichkeit legt, wurde er unter der Führung eines Österreichers perfektioniert. Doch welch ungeheure Formen der Perfektionierung er noch erreichen wird, ahnten die Betroffenen kaum. Und die Nichtbetroffenen machen sich wie immer keine Gedanken.

Fast könnte man glauben, daß Waggerls Anspielung auf seine *krumme Nase* eine provokative Anspielung auf diese neue Welle war. Doch wenn, dann ginge aus dem Kontext nur hervor, daß er sich über die Bedroher lustig machte, nicht über die Bedrohten; er, Waggerl, der Homo alpinus: ein Jude! Wahrscheinlicher scheint mir, daß Waggerl an nichts als wirklich nur an seine eigene krumme Nase gedacht hat. Doch das Geplärr über Klassen- und Rassenfeinde steigerte sich. Nicht in den Dörfern. Aber in den Städten. Und es blieb einem keine andere Wahl, als irgendwo mitzuplärren oder sich die Ohren zu verstopfen, denn der Mensch fokusiert ja nicht nur mit den Augen, sondern auch mit den Ohren.

Der Antisemitismus steht sicher nicht im Zentrum von Waggerls Aufmerksamkeit. Er kämpft noch mit den Lästigkeiten seiner jungen Berühmtheit. Nun kommen täglich Briefe von Verehrern. Aber auch von erfolglosen Kollegen, die Hilfe und Rat suchen. Und er, der noch vor kurzem selbst ein verzweifelter Ratsucher war, gibt nun – nur damit es den andern nicht so ergehe, wie es ihm ergangen – ebenfalls Ratschläge. Dem kaum jüngeren

---

* Wie oben aus der Zeitschrift *Die neue Literatur,* Heft 5, 1932

Georg Rendl etwa, oder Erich Landgrebe, die in der Nazizeit zu kurzzeitiger Berühmtheit aufsteigen werden. Oder Franz Tumler, der in der NS-Zeit ein geförderter Lyriker werden wird, nach 1945 verschwindet, dann aber in den fünfziger Jahren noch einmal aus der eigenen Asche aufsteigen und als Erzähler Karriere machen wird. Und Edzard Schaper, für den sich Waggerl bei Kippenberg einsetzt. Mit seiner *Sterbenden Kirche*, die 1936 im Inselverlag erschien, machte Schaper den Nazis keine sonderliche Freude. Da aber die verfolgten Christen in Schapers Roman keine von Nazis verfolgten Katholiken, sondern von Sowjets verfolgte Russisch-Orthodoxe waren, ließ man Autor und Verlag in Ruhe.

Waggerl gab also Ratschläge, obwohl er selbst, wie er meinte, noch der Ratschläge bedurfte. Vor allem wurde der im Bergwerk der Sprache tiefer Schürfende weiterhin getadelt, weil sein Stollen angeblich noch immer zu nahe beim Hamsunschen Hauptschacht lag. Zu loben vergaß mancher Kritiker, daß dieser Sprachwerker zwar nicht an der Spitze einer Avantgarde blindwütig dahinstürmte, dafür aber auch nicht dem bereits ausgetretenen Trampelpfad der großen Neuerer nachtrottete. Schließlich mögen Kunstwerke einmal noch so mod e r n gewesen sein, sie würden rasch m o dern, wenn ihnen ihr Schöpfer nicht auch die notwendige Zeitlosigkeit mitgegeben hätte. Oft findet man die in den Alterswerken. Und da zeigt sich an Waggerl ein seltsames Phänomen. Der Dreiundreißigjährige läßt typische Züge eines Altersstils erkennen, den Erich Trunz (im Zusammenhang mit Goethe) folgendermaßen charakterisiert: *Die Weltanschauung des Alters denkt an das Leben als Ganzes: sie erkennt auf Erden immer wieder das Gleiche; jeder Einzelfall repräsentiert ein Allgemeines. Daß der ewigen Bewegung eine ewige Statik zugrunde liegt, gibt dem Alterswerk die Statik seiner Struktur.* *

Wer also bei Waggerl rügt, das er immer weniger seine Zeit zur Kenntnis nehmen wollte, das Bleibende hinter dem Fließenden zu sehen trachtete, der möge gleich alle Schöpfer von Alterswerken mit verdammen. Man sage nun nicht, daß man mit dreiundreißig noch zu jung sei, um Alterswerke zu schaffen! Novalis schuf solche schon mit siebzehn. Ganz abgesehen davon, daß Künstler sicher nicht fragen brauchen, ab wann es ihnen gestattet ist, die

---

* Aus Erich Trunz' Essay *Altersstil* im Nachwort zu *Wilhelm Meisters Wanderjahre* in der Hamburger Taschenbuch Ausgabe von Goethes Werken, 1988

Summe ihres Könnens vorzulegen. Waggerl hat eine Entwicklung durchlaufen, die sehr wohl die eines ganzen Menschenlebens präsentiert. Durch seine Krankheit, durch den Krieg, geriet er immer wieder in größte Todesnähe. Bei der Suche nach einer eigenen Handschrift hatte er die Grenzen seiner Möglichkeiten abgeschritten. Daß Waggerls Altersstil, den Otto Amann gern als „reif" unter Anführungszeichen setzt, in den dreißiger Jahren noch nicht abgeschlossen war und nach weiteren anderthalb Jahrzehnten noch weitere Auskristallisierungen erfuhr, steht auf einem anderen Blatt: Aber auch dann bleibt Waggerl bei seiner Weise: hinter dem Veränderbaren das Unvergängliche sehen zu wollen. Er ist sicher nicht zum Muralisten* geboren, schon eher zum Moralisten, vor allem aber zum Miniaturisten, ein Beruf, der zwar nicht so spektakulär ist, aber großes handwerkliches Können verlangt.

Die großen Romane mußte Waggerl schreiben, um sich bekannt zu machen, denn jedes Œvre braucht eine gewisse Ausdehnung, um erst einmal wahrgenommen zu werden. Der Roman entspricht nicht ganz seiner Begabung. Und wenn auch der zweite Roman – *Schweres Blut* – nicht den Erfolg des ersten hat, glaubt Kippenberg fest und endgültig an den nächsten. Sehr taktvoll, aber doch nicht ohne leises Drängen, schreibt er seinem Adoptivling, daß er nun den ersten ganz *echten Waggerl* erwarte.

Und der kommt. Allerdings anders als Kippenberg denkt.

Ist es Angst? Ist es Instinkt? Ist es eine Mischung aus Horror und Ahnung. Waggerl wagt sich im Augenblick an keinen Roman. Er macht etwas ganz anderes. Etwas, für das es eigentlich kein Vorbild gibt. Er schreibt *Das Wiesenbuch*, ein Buch, das nur wenige Seiten umfaßt; dafür aber den ganzen Waggerl. Ein Buch mit nur ganz wenig Text, dafür aber mit Scherenschnitten von Waggerl. Ein kleines Gesamtkunstwerk. Ein Buch, das sich mit Gerüchen, mit Geräuschen und Farbveränderungen beschäftigt. Auch mit einfachen Tätigkeiten. Mit unscheinbaren Dingen, die von einem Dichter zum Leuchten gebracht werden. Und in ihre alten Rechte eingesetzt. Hier stand wohl Hermann Claudius hinter ihm. Und lächelte.

Und da ich schon wieder den Chor derer höre, die des Schriftstellers Verantwortung einfordern, so rufe ich nochmals Arthur Koestler zu Hilfe. Er, der

---

* Die großen mexikanischen Freskenmaler, die durchwegs zeitgeschichtliche Themen behandelten.

selbst Romancier war – Praktiker gegen Theoretiker! –, Marxist außerdem, und am besten weiß, wie weit das Spektrum der Verantwortung eines Schriftstellers reichen kann, er erklärt in seinem Buch *Der Yogi und der Kommissar* in einem einleitenden Essay folgendes: *Ich stelle mir gerne ein Instrument vor, mit dem wir bestimmte Weisen des sozialen Verhaltens zerlegen könnten. [...] An einem Ende des Spektrums [...] würden wir den Kommissar sehen. Der Kommissar glaubt an die Wandlung von außen her. [...] Am anderen Ende des Spektrums, wo die Wellen [...] so hohe Schwingungszahlen erreichen, daß das Auge sie nicht mehr wahrnehmen kann, dort kauert der Yogi. [...] Er glaubt, daß durch äußere Organisation gar nichts, durch die Bemühungen des einzelnen von innen heraus jedoch alles verbessert werden kann.*

Bei Koestler gibt es also kein rechts und links, sondern nur ein weit auseinander liegendes Spektrum, an dessen einem Ende der Yogi im Lendenschurz hockt, während auf der anderen Seite der Kommissar mit seiner Kalaschnikow Wache hält. Selbst wenn die beiden einander noch wahrnehmen sollten, sie sprechen zu verschiedene Sprachen, um einander zu verstehen. Für den Kommissar ist der Yogi ein Untier, ein *nichtvergesellschaftetes* Individuum, welches der Heilserwartung der Menschheit im Wege steht und daher weggeräumt gehört, während für den Yogi der Kommissar ein bedauernswertes Opfer ist: ein im Schleier der Maya Gefangener. Zwar wurden in den letzten Jahren die Kommissare schwerstens verunsichert – nicht nur die östlichen, auch die westlichen –, und die Yogis (man darf es nicht verschweigen) wurden kommerzialisiert.

Trotzdem. Das Spektrum mit seinen Extremen bleibt, auch wenn die äußeren Enden zur Zeit nicht übervölkert sein sollten. Waggerl war sicher kein *Yogi*, dazu liebte er zu sehr Wein, Weib und manchmal auch den Gesang. Doch nach dem Koestlerschen Spektrum scheint er mir doch weit mehr im Osten als im Westen angesiedelt zu sein, er hockt weit näher beim *Yogi* als beim *Kommissar*. Und auch seine nachgeborenen Kritiker braucht man sich nicht gleich mit einer Kalaschnikow in der Hand vorzustellen. Doch sind sie zweifellos dem *Kommissar* näher als dem Saddhu im Land der „höchsten Berge“. Und so kann man nur allen, die zu Waggerls Texten keinen Zugang gefunden haben, raten, noch etwas mehr vom Kommissar abzurücken, ein wenig näher zum Mann im Lendenschutz hin. Aber es bleibt natürlich jedem unbenommen, die Finger ganz von Waggerl zu lassen.

Was das Werk Waggerls so wertvoll macht für uns, das ist,
daß er noch im B o d e n der Väter wurzelt und uns
Kunde zu geben vermag von den ganz einfachen Dingen des Lebens.
die doch zugleich die höchsten und schwersten sind.

Lily Biermer
(*Völkischer Beobachter, Reichsausgabe,*
29.8.1932)

Da haben wir also den *Boden* zum *Blut*, zwei Schlagworte, die Waggerl in den Augen der Kritiker zum *Blut-und-Boden-Dichter* stempeln. Dabei ist es diese Diktion des *Völkischen Beobachters*, genau die, die er haßt. Aber was soll's. Das Blatt, das ihn solcherart lobt, ist eines der auflagenstärksten Zeitungen der Weimarer Republik. Und es bringt eine hymnisch gehaltene halbe Seite über seine ersten Romane. Er kann nicht alle Lobpreiser beschimpfen, nur weil sie sich geschwollen ausdrücken.

Außerdem ist diese Kritik weniger verlogen, vergleicht man sie mit den Lobpreisungen seines Freundes Arens. Der schreibt zwar nicht für den *Völkischen Beobachter*. Der ist mehr in Kirchenblättern ver*wurzelt*. Nicht nur in seinem Stil, auch im Sachlichen ist er dabei großzügig. Obwohl er Wagrain kennt, verlegt er dieses in einer Gießener Zeitung ins Oberösterreichische und läßt seinen Freund statt in Badgastein in Wagrain auf die Welt gekommen sein. Das mag dem Heiner noch ein Lächeln entlockt haben. Mehr als lächerlich aber wird ihm der Artikel gworden sein, wenn er lesen mußte, daß er sich *in liebender Demut der Erde verbunden fühlt*. Wütend schreibt er in *Die Neue Literatur* jenen Stoßseufzer, aus dem ich schon einiges zitierte: *Ich bin, soviel ich weiß, nicht mit dem Boden verwachsen. Ich rieche auch nicht nach Erde, Gott verzeihe denen, die mir solche Dinge nachsagen. Ich denke nicht daran, später einmal Schweine zu züchten oder ein eigenes Bauerngut durch meine Tätigkeit zu ruinieren.*

Das ist unter anderm ein Angriff auf einen der zukünftigen Literaturmacher im Dritten Reich, auf Will Vespers, der als Beruf nicht Schriftsteller angibt, einen Beruf, von dem er lebt, sondern Bauer, weil er irgendwo an der Elbe einen Hof geerbt hat. Aber auch Hanns Arens kriegt eins ab. Und zwar in einem Brief, den dieser wohlweislich wegwarf. Wir haben nur seine gekränkte Antwort: *Lieber Heiner! Ob Dein letzter Brief sein mußte, weiß ich nicht; jedenfalls hat er gewirkt, das will ich Dir sagen! Ich entsinne mich nur nicht, je von einem Dichterfreund einen derartigen Vorwurf gehört zu haben, sei es wer immer es gewesen ist [...] Aber daß ausgerechnet ein Heiner Waggerl es für nötig befindet, mir zu sagen, wie ich schreiben soll über ihn und seine Bücher, das ist mir ziemlich rätselhaft. Es gibt nicht soleicht einen Schriftsteller der so viel und p o s i t i v über einen Dichter schrieb, wie es bei uns beiden der Fall war.*

Nachdem der gute Hanns sich gehörig aufgeplustert hat, schwenkt er auf einen versöhnlicheren Ton um, erkundigt sich, was denn die Waggerls zu Weihnachten machen und kündigt neue Geschäfte an.

Wer gegen schriftstellerische Verlogenheit kämpfen will, muß das zu seinem Beruf machen. Ein anstrengender Beruf und nicht jedermanns Sache. Karl Kraus hat sich aus weltweiter Verlogenheit nur ein Spezialgebiet herausgepickt: die Sprachverlogenheiten der österreichischen Zeitungen, und selbst bei dieser Einschränkung kann dieser Mann seinen Kopf gerade noch über Wasser halten in den Sturzseen verlogener Formulierungen, die über ihn wegschwappen. Waggerl ist kein Kraus. Ganz abgesehen davon, daß er schon die physische Kraft nicht aufbrächte, diesen Augiasstall auszumisten. Und man braucht auch Geld, um unabhängig zu sein. Kraus wäre es ohne ein Minimum an Geld nicht möglich gewesen, auf sich allein gestellt gegen die gesamte Wiener Presse anzutreten.

Und wenn Waggerl auch hager wie ein Don Quijote ist, er kann sich jetzt, wo er endlich zu verdienen beginnt, keine Donquijoterien leisten. Das scheint wohl auch Ditas Ansicht gewesen zu sein, die Menschen gegenüber die bessere Nase hat als ihr Heiner. Sie hält diesen Hanns von Anfang an für einen Schwätzer. Doch da auch Stefan Zweig Hanns Arens in seiner Gesellschaft duldet, mit ihm sogar nach Gastein fährt, um ihn und seine Helga beim *Grünen Baum* zu bewirten, soll man ihn, so meint Waggerl, ebenfalls dulden. Er macht immerhin Wind, was Waggerl nicht kann. Oder besser gesagt: nicht soll. Mit dem Wind, den man selber mache, könne man nicht gut segeln, meinte er einmal. Immerhin war es Arens, der Lesetourneen in Deutschland anregte. Und auch gleich versprach, solche zu organisieren. Das gelingt aber dann doch nicht so recht, und wieder einmal nimmt Kippenberg die Sache in die Hand.

Doch Waggerl findet nicht nur Freunde, die etwas von ihm fordern, es gibt auch solche, die etwas geben wollen. Geistige Anregung. Sein Stoßseufzer in der *Neuen Literatur* hat also nichts genützt.

Solche gebende Nehmer sitzen auf der Hohen Warte.

Die Hohe Warte, das ist ein ganz feines Wiener Viertel. Dort haust Alma Mahler mit ihrem Gropius, ihrem Kokoschka, ihrem Werfel oder wer sonst gerade dran ist, dort verkehrt Alban Berg und Schönberg, die höchsten Erhebungen der musikalischen Avantgarde. Und von der Hohen Warte – wenn auch nicht von ganz so hoch oben herab wie die Alma – schreibt die Erika Spann-Rheinisch, die ebenfalls eine Garde um sich versammeln will, wenn auch nicht ganz so „avant". Zu ihrem Kreis gehöre die Handel-Mazetti, die Paula Grogger, Bruno Brehm, Billinger, Spunda, Mell, von Salomon, Josef Nadler (ein Literaturhistoriker, der sich später wegen Formulierungen entnazifizieren lassen muß, die Hugo von Hofmannsthal bejubelte), Erna Blaas und Paula von Preradovic, eine (aus heutiger Sicht) schon deshalb groteske Zusammenstellung, weil die Erna Blaas in ein paar Jahren eine Hymne auf Hitler anstimmen wird, während die Preradovic ein wenig später die Hymne der Zweiten Republik verfertigen soll. So nahe hocken sie noch beieinander, die zukünftigen Faschisten und Antifaschisten. Aber noch sind sie weder das eine noch das andere. Und sie alle wünschen sich den Waggerl in ihrem Kreis. Erika Spann-Rheinisch schreibt am Ende ihrer Einladung an den Wagrainer: *Ihre prinzipielle Absage, Ihr dauerndes Fernbleiben würde unsern Kreis zum Torso machen.*

So grausam kann er doch nicht sein, einen derartigen Kreis zum Torso zu machen. Trotz seiner dezitierten Erklärung in der *Neuen Literatur*, daß er jede Form von Geistigkeit haßt und gänzlich ungeeignet für Gesellschaften sei, hat er diesen Kreis zumindest einmal aufgesucht. Wenn er schon nicht in die höchsten Höhen der Hohen Warte gerufen wurde, in den Olymp der Bergs und Schönbergs, irgendeinem höheren Dichterzirkel sollte er sich doch zugesellen. Doch wann immer er sich zugesellte, wir haben noch einen zweiten Brief von Frau Spann-Rheinisch. Dort „siezt" sie Waggerl nicht mehr. Sie „euchzt" ihn. *Ihr lieben Vehikel* – schreibt sie und zählt alle nur erdenklichen indogermanischen Waggerl-Wurzeln zusammen: *althd. - wagan, krimgotisch - waghen, bis zum altisländischen vagar, das allerdings Schlitten bedeutet [...]* Nachdem die Briefschreiberin noch Ausflüge ins Indische, Albanische und

Altbulgarische gemacht hat, endet sie ihren Brief: *[...] nehmt also heute mit diesem Brief vorlieb und seid für den Euren herzlichst bedankt von Eurer Euch verehrungsvoll liebenden – Erika Spann-Rheinisch*

In einem Postskriptum stellt sie noch die philosophische Aufgabe, wie weit der Wagen und das Wagen in einen innigen Zusammenhang gebracht werden können. Dieser Aufgabe dürfte sich Waggerl entzogen haben. Ich habe nämlich keine weiteren Spuren einer Fortsetzung dieser Korrespondenz gefunden. Waggerl hat um diese Zeit andere Sorgen. Auf einem von Lutz Besch entdeckten Zettel steht unter dem Datum 31.12.31 in Waggerls Handschrift: *Quäle mich nachts furchtbar mit Todesgedanken.*

Und Anfang des Jahres 32 steht: *Die Kunst soll trösten!*

Doch wen soll sie trösten?

Waggerl selbst steht unter einem Erfolgsdruck. Er weiß, alle Welt erwartet einen neuen Roman von ihm: die Anhänger eine Steigerung seiner Kunst, die Neider eine „Riesen-Bretzen". Schon sein zweiter Roman war ja eigentlich ein Abfall. Kippenberg hat ihm schon nach Roman Nummer eins einen historischen Stoff vorgeschlagen. Der Verleger scheint zu ahnen, obwohl er nie auch nur den Hauch einer politischen Andeutung macht, daß für alle Schreibenden, soweit sie nicht ohnehin ins Ausland flüchten müßten, neben der Flucht in die Natur nur noch die Flucht in die Historie Rettung sein kann. Wie schön erst, wenn sich sein Naturmensch in die Historie begäbe. Er empfiehlt also Waggerl ein Salzburger, ja genauer: ein Pongauer Thema. Ein Flucht-Thema. Die Geschichte einer Vertreibung. Exodus der Salzburger Protestanten zu Beginn des Jahrhunderts der Aufklärung. Dieser Stoff hätte auch noch den literarischen Effekt, daß Waggerl sozusagen die Vorgeschichte zu Goethes Epos *Hermann und Dorothea* schreiben würde; von dorther hat der Goethekenner Kippenberg die Idee geholt. Das ließe sich auch werbemäßig hervorragend auswerten.

Doch Waggerl spürt genau, was er kann und was nicht. Auch was zu seinem Stil paßt; schließlich sucht sich niemand seinen Stil aus, vielmehr wird er vom Stil heimgesucht. Das gilt auch für jenes Präsens, das Waggerl in seinen Romanen verwendet. Dieses Präsens ist nicht der Nagel, mit dem Waggerl – wie behauptet wurde – alle gesellschaftlichen Zustände für alle Ewigkeit festnageln wollte. Schon eher der Türspalt, durch den der Leser direkt in das Geschehnis eintreten kann. Es hat keine „gesellschaftliche" Bedeutung, sondern „lediglich" eine künstlerische; es wirkt *unmittelbarer, plastischer*, wie Waggerl selbst schreibt*. Im Grunde geschieht hier das gleiche wie in einem Theaterstück, wo Formen der Vergangenheit auch nur herangezogen werden, wenn etwas außerhalb der laufenden Handlung sich erreignet, das den Agierenden auf der Bühne erst mitgeteilt werden muß.

Aber Waggerl kämpft nicht nur mit dem Gedanken an einen neuen Roman. Seinem Verleger hat er versprochen, eine Anthologie jugoslawischer Erzähler zusammenzustellen. Und die Verlegerin hat ihn aufgefordert, ihr zu helfen, einen Band mit Gedichten von Georg Trakl herauszubringen. Hier wird ein Nachwort von ihm erwartet. Auch sonst gibt es Ablenkungen genug für den rasch zur Berühmtheit Aufgestiegenen. Der *Katholische Schriftstellerverband* lädt ihn ein, Mitglied zu werden. Ein Freund in Dänemark übersetzt kleine Geschichten von ihm, hofft aber gleichzeitig, im Gegenzug beim Inselverlag lanciert zu werden. In englischen und französischen Zeitungen taucht Waggerls Name auf. Die *Gesellschaft der Bücherfreunde* zu Chemnitz stiftet einen Preis von eintausend Reichsmark für Waggerls *Verdienste um die deutsche Dichtkunst*, nachdem ihm schon der Preis der *Julius-Reich-Dichter-Stiftung* in Wien zugefallen war.

Und während man in der Korrespondenz weiterblättert, merkt man überhaupt nicht, daß man inzwischen in das Jahr 1933 geraten ist. Noch immer korrespondieren Katharina Kippenberg und Waggerl wegen des Traklbandes. Auch Überlegungen werden angestellt, mit welchem Geschenk man den Hausherrn zum Geburtstag überraschen könnte. Über die ersten Texte von Edzard Schaper werden Gedanken ausgetauscht. Die Berliner Tageszeitung *Der Tag* bittet um neue Beiträge und grüßt weiterhin *mit besten Empfehlungen*. Allerdings macht diese Zeitung am 25. April einen ungewöhlichen Vorschlag: *Wie wäre es, wenn Sie sich einmal nicht erzählend, sondern grundsätzlich äußern würden? Und zwar über ein heute zentrales Thema, über den Sinn der dichterischen Sprache? Sie haben sich einmal schon darüber geäußert, daß es Ihnen nicht auf eine naturalistische Darstellung, sondern auf eine dichterische Gestaltung ankommt. [...] Wollen Sie etwas darüber sagen, daß naturalistische Prosa und Individualismus einerseits, dichterische Sprache und Gemeinschaft andererseits, irgendwie auf verschiedenen Ebenen liegen?*

---

* Im *Arbeitsbericht*

Wie war das? Der Herr Redakteur dieser Berliner Zeitung wünscht sich vom Herrn Dichter eine Aussage über eine Dichtung, die – wie sage ich es bloß – die etwas mehr *vergesellschaftet* sein solle als bisher!

Natürlich überlasse ich es Ihnen, das Thema zu formulieren [...]

Natürlich.

Mit den besten Empfehlungen. Noch nicht *Mit deutschem Gruß.* Aber das kommt schon noch.

Und jetzt blättere ich zwei Briefe zurück und lese nochmals einen Brief von Frau Kippenberg. Und entdecke, daß auch sie am 19. April einen kleinen Änderungswunsch im Vorwort zum Traklband anmeldet: *Dann möchte ich Sie bitten, sich Ihr Vorwort noch einmal recht kritisch ansehen zu wollen, nun, da Sie es so lange nicht in Händen hatten. Sie schreiben von dem Wesen des Krieges, der das Unersetzliche dem Zwecklosen opfert. Ich stimme ja ganz mit Ihnen überein, aber damit schneiden Sie ein großes Problem an, was viele sicher anders beantworten würden ...*

Der so behutsam kritisierte Waggerlsche Text lautete so: *Es ist das Wesen des Krieges, sofern sein Wesen noch im Bereich des Menschlichen liegt, daß er das Unersetzliche dem Zwecklosen opfert. So verlor Österreich zwei der stärksten Begabungen, die es in all den Jahrhunderten hervorgebracht hat, Georg Trakl zu Anfang, den Maler Egon Schiele zu Ende des Krieges.*

In diesem Text steckt noch etwas, das bei den Nazis Anstoß erregen hätte müssen: Der Maler Egon Schiele war für sie bereits ein *Entarteter.* Ohne die Warnung der Verlegerfrau wäre es Waggerl gelungen, gleich drei Todsünden wider die neue Macht zu begehen. Über die Sinnlosigkeit des Krieges darf kein Wort verloren werden, auch nichts über dessen Unmenschlichkeit. Und schon gar nichts Positives über einen *entarteten Künstler.*

Ist er so ahnungslos, oder stellt er sich so? Auch wenn er sich nur so stellt, er kann nicht umhin, einer so sanften Warnung wie der von Katharina Kippenberg zu entsprechen. Er muß auf die Stimmen aus Deutschland hören. Dort wird etwas für ihn getan. In Österreich hat der Rundfunk noch nicht einmal Notiz von ihm genommen. Geschweige denn das Kino, das neue wichtige Medium. Anfang Mai kommt ein Brief vom Hanns im Glück. Er hat, wie er stolz berichtet, mit dem neuen Reichsminister Dr. Goebbels wegen einer Verfilmung von Heiners Roman *Brot* Kontakt aufgenommen. *Ich bin überzeugt,* hat er dem Goebbels geschrieben, *dass Sie Herr Dr., gerade in*

Ihrer Eigenschaft als Reichsminister für Volksaufklärung dieses Buch nach der Lektüre nicht nur schätzen werden, sondern für wert erachten, in stärkstem Masse gefördert zu werden. [...] Gestatten Sie mir, Ihnen in der Anlage einen Beitrag zu senden, den ich über das Buch veröffentlicht habe und der Sie einigermaßen über Inhalt und Wert des Buches orientiert.

Mit dem Ausdruck der vorzüglichsten Hochachtung bin ich

Ihr sehr ergebener [...]

Noch nix *deutscher Gruß*! Das wird er noch lernen, der Hanns. Hauptsache, der neue Minister weiß jetzt, wer Hanns Arens ist. Und das Drehbuch macht natürlich auch er, der Hanns. Schreibt er dem Heiner. Und er nimmt auch schon mit dem Trenker Kontakt auf, den mag nämlich der neue Minister, der überhaupt allem Neuen gegenüber sehr aufgeschlossen ist. Und auch ein Schreiben der *N.S.B.O der Berufsgruppe Bühne und Film / Zelle Filmregisseure* hat der Hanns schon erhalten und reicht ihn an den Heiner weiter. *Sehr geehrter Herr: Ihr an den Herrn Minister Dr. Goebbels gerichtetes Schreiben v.10.d.M. wurde abschriftlich zugleich mit Kopie des Jhnen zugegangenen ministeriellen Schreibens vom 20.d.M. über die N.S.K.-Spio (dramaturgisches Büro) unserer Zelle zugeleitet. Mit deutschem Gruss - Heil Hitler.*

So dringt die neue Zeit, die in Deutschland bereits begonnen hat, auch per Post in die hintersten Winkel der österreichischen Alpen. Im Juni kommt dann von der *AKADEMIA,* einem *Wissenschatlichen Korrespondezbüro* mit Vertretungen in Chicago, London, Paris und Amsterdam eine Liste von Fragen, die *allen bedeutenden Forschern und Künstlern* vorgelegt werden sollen.

1. Wie erlebten Sie die nationale Erneuerung in Deutschland?
Was gab Ihnen der Impuls eines starken Volkswillens als
Deutschem und als Dichter.

2. Welche Stellung nahmen Sie zu der Literatur seit 1918 ein?
Welche Motive und Themen werden nach Ihrer Meinung jetzt
im Vordergrund der literarischen Arbeit stehen?

3. Wie denken Sie sich die nationale Erneuerung der deutschen Literatur?

[...] Mit deutschem Gruß [...]

Und genau zu dieser Zeit kämpfte sich Karl Heinrich Waggerl durch seinen dritten Roman, einen Roman, für den er einige Zeit mehr aufwendete, als für die vorangegangenen: *Das Jahr des Herrn.*

Ein Totentanz!

Immer ist der Tod unterwegs, der düstere Engel. Wir kommen aus dem Dunkel, anfangs ist die Welt noch klein zwischen den fünf Brettern der Wiege. Aber die Welt wächst mit uns Jahr um Jahr. Und die Macht des Bösen.

Wir treiben umher und kämpfen uns müde, und am Ende ist die Welt wieder klein zwischen den fünf Brettern des Sarges. Ach, Jahr um Jahr, es ist dennoch eine kurze Zeit, und unser letzter Schrei ist nur ein Widerhall des ersten.

Waggerl sagt selbst zu diesem Anfang: *Als ich das „Jahr des Herrn" zu schreiben begann, hatte ich vor, das religiöse Leben schlichter Landleute im Ablauf eines Jahres darzustellen [...] Weil mir schien, es käme alles darauf an, die erlösende Kraft des einfachen einfältigen Glaubens im Wirrsal des Daseins zu schildern, wollte ich das ganze auf düsterem Grunde malen, und deshalb beginnt das Buch gleichsam mit einem Mollakkord.* *

Und da er einen Totentanz schreiben wollte, beginnt die Handlung mit einem Versehgang; der Pfarrer auf dem Weg zu einem Sterbenden. Und da der geistliche Herr dazu einen ihn assistierenden Begleiter braucht, erfindet Waggerl erst einmal – so beschreibt er im Essay *Blick in die Werkstatt* sein langsames Herantasten an den Stoff – einen versoffenen Mesner, der neben dem Pfarrer dahertorkelt, *krauses Zeug schwatzt* und manchmal auch für einen davonhoppelnden Hasen die Schellen läutet.

Aber zugleich gefiel ich mir darin, den anbrechenden Tag zu beschreiben und in dieses keusche Bild wollte sich der Betrunkene nicht fügen. Die Erscheinung zerrann und kehrte wieder in Gestalt des David. Ich verliebte mich sogleich in den kleinen Burschen und um ihn weiter nachtrachten zu können, schloß ich das Kapitel eilig ab, man merkt es ja auch.

Waggerl schreibt also tatsächlich das, was er sein *erstes Kapitel* nennt, ohne noch die Hauptfigur seines Romans zu kennen. Er tastet sich in den Stoff hinein, wie ein Höhlenforscher, der ohne Lampe in die Finsternis absteigt. Und erst wenn er nichts mehr sieht, findet er. Er steht auch vor dem eigenen Schöpfungserlebnis hilflos da, denn nicht er ist es, der schafft; es schafft in ihm. Das, was er – sein bewußtes Ich – dazu beiträgt, sind Kenntnisse. Waggerl kennt jeden Handgriff, der in dieser Dorf-Umwelt gemacht werden muß. Vor allem jeden Handgriff des kleinen David. Er kennt die einzelnen Glocken des Geläutes mit all ihren Tücken und er kennt die Kniffe, wie man

* Dieses und das folgende Zitat aus *Blick in die Werkstatt*

„Jahr des Herrn" oder „Wagrainer Tagebuch", wie ein weiteres Buch von ihm heißen wird, könnte man als Überschrift auch auf einige der Mappen mit Waggerls Photographien schreiben.

ihrer Herr wird, er ist im spinnwebenverhangenen Dachgestühl des Kirchengewölbes genauso daheim, wie in den Winkeln des Armenhauses, in dem sein David, der sich für eine Waise hält und mehr oder minder als solche behandelt wird, viel herumtreibt.

Freilich meine ich nicht, daß der Schriftsteller sich Wissen aneigenen soll, um damit zu prunken, mit dem unehrlichen Glanz einer Talmigelehrsamkeit, die ihm doch nur wie geborgter Jahrmarktsflitter anstünde, weil sie nicht durch tätiges Wirken gewonnen und beglaubigt ist. Nicht w a s er weiß, soll s i c h t-bar werden, sondern f ü h l b a r, d a ß er weiß.

Und damit sind wir wieder einmal beim Gegensatz von Lüge und Verlogenheit. Dieser David ist ein „Lügner“, er erfindet die unglaublichsten Geschichten. Aber er ist nie verlogen. Genausowenig wie sein Schöpfer. Der stellt einen kleinen Heiden, einen Animisten in den Mittelpunkt des Kirchenjahres. Denn obwohl David ministriert und auch sonst zu allerlei kirchlichen Hilfsdiensten herangezogen wird, er, die Waise, hat keine religiöse Erziehung genossen. Er reimt sich die Bruchstücke seines religiösen Wissens auf groteske Art zusammen. Dabei strebt er aufrichtig nach der Wahrheit, wenn er etwa dem alten Pfarrer bei der Beichte die fürchterlichsten Sünden gesteht.

Verlogen ist nur ein geistlicher Würdenträger. Der Pater Johannes. Er, der zur Buße aufruft, die schrecklichsten Höllenqualen schildert, macht sich in seinem Büßergewand schön für Agathe, die Krämerin. Verlogen und bigott sind auch die beiden geistlichen Schwestern, die Vorsteherinnen des Armenhauses, die, wo sie nur können, dem kleinen David seine verderbte Mutter und seine sündige Herkunft unter die Nase reiben.

Und verlogen scheinen mir alle, die im Zusammenhang mit dem *Jahr des Herrn*, Waggerl die Sünde der Konjunkturschreiberei nachsagen. Welche Konjunktur hat er denn da ausgenützt? Die des heraufdämmernden klerikal dominierten Austrofaschismus? Dazu sind einige Kleriker in Waggerls Roman denn doch zu negativ gezeichnet. Vor Augen mußte Waggerl die Masse seiner Leser in Deutschland haben. Dort war aber eine andere Konjunktur ausgebrochen. Mit einem Titel wie *Das Jahr des Herrn* traf Waggerl – wenn er ein Konjunkturritter gewesen wäre – völlig daneben. 1933 war das Jahr des Herrn Hitler. Da hatte kein anderer HERR daneben viel Chancen.

Beim Herrn Goebbels hingegen dürfte Waggerl sich mit seinem neuen Romantitel eher geschadet haben. Denn Hanns Arens mochte nun weiterkrebsen so viel er wollte, mochte von Filmfirma zu Filmfirma wandern, mit seinem Treatment von *Brot*, man schlug es ihm nie ab, man lobte es, man machte Vorverträge – nur: man drehte nicht.

Die Presse in Deutschland war 1933 noch nicht gleichgeschaltet. Oder nur teilweise. Es gab zum Teil sogar gute Kritiken für *Das Jahr des Herrn.* Aber auch solche, die Waggerl bitter kränkten. Auch der Verkauf schien zumindest anfänglich nicht so zu laufen, wie er und Kippenberg es sich erwartet hatten. Dabei hatten beide das Gefühl gehabt, dies sei das Gelungenste und Beste, was sie bis jetzt gemeinsam herausgebracht hatten.

Und sie hatten recht. Es ist Waggerls bester Roman. Wahrscheinlich deshalb, weil es keiner ist. Es ist vielmehr eine glänzende Sammlung von Miniaturen, die sich um das Zentrum David kristallisieren. Kein Zweifel, ein bezauberndes Kunstwerk, wenn man sich nicht vorsichtshalber vor der Lektüre mit bereits abgestandenen Ideologien vollpumpt. Ein wunderbarer „Text", würde man heute sagen. Aber dieser *Text* ist nicht nur bezaubernd in allen seinen Details. Er ist auch glänzend gebaut. Oder, besser gesagt: gewirkt, denn er ist zu einem Bildteppich gewoben. Was ist dieser Text, wenn kein Roman? Kein *Nouveau Roman*, und auch kein *Ancien Roman.*

Einen Totentanz nannte ich es zuerst. Aber das ist es trotz all der Trauer des Einander-Verlassenmüssens, trotz der ungestillten Sehnsüchte und all des Wissens um unsere Vergänglichkeit vielleicht doch nicht wirklich. Zumindest nicht in dem Sinn, wie uns bis jetzt die Tänze des Todes getanzt wurden. Hier tanzt der Tod einen Tanz, der aufs Leben hungrig macht.

Und woran lag es, daß Waggerl dieses Buch so gut gelang?

Flucht. Natürlich Flucht. Eskapismus. War der Peter in *Brot* schon eine höchst erfreuliche Gestalt, der David überstrahlt ihn. Waggerl flüchtet vor den lästigen Fragen der Nazipresse, vor Einladungen des katholischen Schriftstellerverbandes und vor den kultivierten deutschtümmelnden Kreisen auf Hohen und anderen Warten. Flucht in die Kindheit. Er verarbeitet gleichzeitig, was er schmerzvoll erlebt, aber auch, was er zu erleben versäumt hat. Und wenn ihm deshalb manche „nacheiszeitliche" Kritik die literarische Einlösung von Wunschvorstellungen ankreidet, die fehlende ästhetische Distanz und Annäherung an verwerfliche Unterhaltungskunst, so muß man diese Kritikerphalanx daran erinnern, daß der unterhaltsamste *Text*, der im Dritten Reich direkt für dieses geschrieben wurde, das Drehbuch Erich Kästners zum Münchhausenfilm war. Und kein Mensch hat Kästner deswegen *fehlende ästhetische Distanz* oder gar Anbiederung an den Nazistaat vorgeworfen. Mit Recht übrigens. Denn unter denen, die solche *Texte* genossen, waren – genauso wie bei den Lesern von Waggerls *Jahr des Herrn* – Millionen von Flüchtlingen. Menschen, die sich die Flucht nach Amerika nicht haben leisten können, dort auch keinen Sponsor oder Bürgen gefunden hätten und für die eine Flucht nach Rußland wohl noch riskanter gewesen wäre, als daheim zu bleiben. Waggerls und Kästners *Texte* gewährten ihnen – für Stunden wenigstens – ein Asyl, in dem sie aufzuatmen wagten.

...insbesondere seine (Waggerls) ersten Romane „Brot" und „Schweres Blut" sind keineswegs unpolitische Bücher; es sind ideologieträchtige Texte.

Dozent Dr. Karl Müller
(in *Zäsur ohne Folgen*)

Der schizoide Gegensatz (bei Waggerl) von „innerem Selbst" und „realem Selbst" konnte, da keine vermittelnde Ich-Instanz als Meta-Position zum einsinnigen Wirklichkeitsbewußtsein vorhanden war, gar nicht anders beseitigt werden als in der oben beschriebenen Weise.

Dozent Dr. Otto Amann
(in *Das andere Gesicht*)

Sehen wir nochmals von der Sprache ab, deren sich die Beurteiler von Sprachkunstwerken bedienen, bewundern wir lieber ihre Gabe, sich aus den gegensätzlichsten Verurteilungen ein *einsinniges* Gesamturteil bilden zu können. Erstaunlicher, daß sich noch immer Literaturwissenschafter aus dem *Land der Berge* an Waggerl heranwagen, wo dieser doch von den Kollegen *am Strome* schon längst als literaturunwürdig eingestuft wurde.

Allerdings beschäftigt sich einer der beiden inneralpinen Literaturprofessoren ohnehin kaum mit der von Waggerl geschaffenen Literatur, sondern konzentriert sich genau auf das, was Waggerl von seiner Literatur fernzuhalten suchte: Politik. Sein Kollege wiederum, der aus Waggerls Texten seelische Krankheiten herausfiltern möchte, legt Waggerls Worte nicht auf die Goldwaage, sondern auf die Couch, um an dem, der sie einst gesprochen und geschrieben, schizoide Züge festzustellen. Wenn allerdings Otto Amann für Waggerls Psychogramm die Psychoanalyse zu Hilfe ruft, so scheint mir, er tue es, um den Dichter, mit dem er sich so lange beschäftigte, vor den „Amtskollegen" *am Strome* in Schutz zu nehmen. Er verhält sich wie der Anwalt, der seinen des Mordes überführten Klienten in die Klapsmühle zu bringen trachtet, um ihn in letzter Minute vor dem Galgen zu retten. Otto Amann sucht alles, was Waggerl angelastet wird, auf dessen *geistiges Gespaltensein* zurückzuführen, welches durch Entwicklungsstörungen in Waggerls Kindheit und Jugend bedingt sei. Ein ehrbarer Versuch, aber meines Erachtens ein falscher. Schizophren benahmen sich in dieser Epoche alle, zumindest alle geistig Schaffenden.

Bertold Brecht etwa, der wütende Kämpfer gegen Kapitalismus und Faschismus, floh vor dem deutschen Kapital immer weiter in den sozialistischen Osten, bis er im kapitalistischen Westen Asyl fand.

Oder Ernst Rowohlt. Er bekommt von den Nazi Berufsverbot, weil er versucht hatte, einen jüdischen Autor herauszubringen, flieht nach Brasilien, kehrt nach Ausbruch des Krieges unter abenteuerlichen Umständen wieder nach Deutschland zurück, um als Offizier *seine Pflicht* zu tun.

Gottfried Benn glaubt bei der Machtergreifung Hitlers, dem Terror der Linken entkommen zu sein, bejubelt den Terror der Rechten, um allerdings rasch zu begreifen, daß er auch vor deren Terror nicht sicher ist, und flüchtet ins Militär.

Heimito von Doderer wird 1933 Mitglied der NSDAP, geht, nachdem diese Partei in Österreich verboten wird, von Wien nach Bayern; und nur, weil die Nazis sein Werk nicht fördern, kehrt er reumütig nach Wien zurück. Tut dann aber im großdeutschen Vaterland natürlich auch *seine Pflicht.*

Oswald Spengler hält es für dringlich, den Nazis seine Dienste anzubieten, weil er von ihnen erhofft, sie würden den von ihm prophezeihten *Untergang des Abendlandes* in letzter Minute stoppen.

Mehr als merkwürdig der Österreicher Felix Salten. Auf der Penclub-Tagung in Ragusa (heute Dubrovnik), wo Schrifsteller aus aller Welt die neue deutsche Regierung wegen Verfolgung jüdischer Autoren verurteilen wollten, erklärte er, vermutlich um sich bei den Nazis einzuschmeicheln: *Ich bin Jude und bin in Deutschland noch nie danach gefragt worden.*

Schon nicht mehr zwiespältig, eher einfältig, wie es oft großen Musikern in der praktischen Welt widerfährt: Richard Strauss. Er schreibt 1935 an Zweig, er dürfe sich doch nicht wegen der blödsinningen Rassenhetze davon abbringen lassen, Textbücher für ihn zu schreiben. Schließlich gäbe es für ihn, Strauss, weder eine arische noch nichtarische Kunst, nur gute und schlechte. Und für Strauss käme einzig Stefan Zweig als Autor in Frage. (Goebbels hat Strauss sehr rasch belehrt, was für ihn in Frage zu kommen habe.)

Zwiespältig wiederum Thomas Mann, der durch glückliche Fügung bei

Hitlers Griff nach der Macht auf einer Vortragsreise im Ausland weilt, dann aber drei Jahre in Zürich sitzt und versucht, sich mit dem Regime in Deutschland zu arrangieren, um wieder in den Genuß seiner Münchner Villa, seiner Bibliothek und vor allem seiner Tagebücher zu kommen.

Zwiespältig auch Musils Statement zu Hitlers Machtergreifung. Er schreibt: *Man mache ein Gedankenexperiment, ob man sich den Nationalsozialismus politisch durch etwas anderes ersetzt denken könne. Ein Gefühl, das unabhängig von Wünschen und Befürchtungen ist, ja diesen sogar zuwiderlaufen wird, antwortet trotzdem in der Regel, daß sich eine solche Veränderung nicht mehr einfach als eine Wiederkehr des alten oder eines älteren Zustands vollziehen könne. Dieses Gefühl ist wohl nicht anders auszulegen, als daß der Nationalsozialismus seine Sendung und seine Stunde hat, daß er kein Wirbel, sondern eine Stufe der Geschichte ist.* Schrieb es und kehrte von Berlin nach Wien zurück.

Dort war der andere Großmeister der deutschen Sprache in einen tödlichen Zwiespalt geraten, der ihn für einige Zeit verstummen ließ: Karl Kraus. Und als er die Sprache wiederfand, enttäuschte er die Freunde, als er schrieb: *Mir fällt zu Hitler nichts ein. Ich bin mir bewußt, daß ich mit diesem Resultat längeren Nachdenkens und vielfacher Versuche, das Ereignis und die bewegende Kraft zu erfassen, beträchtlich hinter den Erwartungen zurückbleibe. Denn sie waren vielleicht höher gespannt als jemals gegenüber dem Zeitpolemiker, von dem ein populäres Mißverständnis die Leistung verlangt, die als Stellungnahme bezeichnet wird, und der ja, sooft ein Übel, nur einigermaßen seiner Anregbarkeit entgegenkam, auch das getan hat, was man die Stirn bieten nennt ...*

Wurde Karl Kraus solcher Statements wegen von irgend jemandem zu psychiatrieren versucht? Getadelt, das wurde er, vor allem von jenen, die es nicht richtig fanden, daß der Strenge gegenüber den Austrofaschisten und ihrem Kanzler Dollfuß so milde war und gegenüber den Sozialisten so streng, wenn er schrieb: *Nichts wöge der verlorene Krieg, hätten die Sozialdemokraten nicht den Frieden verloren!* Und verzweifelt ausrief: *Ich kenne keine Parteien mehr, ich kenne nur Feiglinge.*

Der aber selbst kein Feigling war – und auch nicht schizophren –, wenn er mit zusammengebissenen Zähnen schwieg, der wußte, daß jeder Angriff auf die österreichischen Faschisten zur Waffe der deutschen geworden wäre. Das war das Heimtückische (Schizophrene) der Zeit, daß ein Hinausposaunen des Unheils das Unheil noch zu verstärken drohte. Und so bleiben die einzigen Worte des wirklichen Begreifens die von Bert Brecht, die er dem sechzigjährigen Kraus am 28. April 1934 auf den Gabentisch legte:

Als der Beredte sich entschuldigte
daß seine Stimme versage
trat das Schweigen vor den Richtertisch
nahm das Tuch vom Antlitz und
gab sich zu erkennen als Zeuge.

Das Schweigen als Zeuge war für Verstehende unüberhörbar. Doch der *Platz hinterm Kreuz* war bereits leer. Es gab keine Richter mehr. Nur Henker. In Spanien werden streikende Bergarbeiter niedergemetzelt. In Marseille wird der König von Jugoslawien ermordet, in Wien im Februar 1934 von den regierenden Austrofaschisten unter Dollfuß ein Aufstand der Austromarxisten niederkartätscht. Im Juli versuchen die Nazis einen Putsch, bei dem sie Dollfuß niederknallen und verbluten lassen, in Deutschland läßt Hitler die innerparteilichen Gegner abschlachten. In Moskau beginnen Schauprozesse.

Wie aber entstanden in solcher Atmosphäre die angeblich *ideologieträchtigen* Texte Waggerls?

In seiner Korrespondenz mit dem Ehepaar Kippenberg spüre ich nichts von dieser *Ideologieträchtigkeit.* Aber auch nichts von der Weltuntergangsstimmung. Der Verlag scheint tatsächlich auf einer Insel zu sein. Nur die eine zarte Bitte von Katharina Kippenberg, den Satz von der *Sinnlosigkeit des Krieges* in Waggerls Nachwort zum Gedichtband Georg Trakl zu ändern. Und die kryptische Bemerkung Kippenbergs im Zusammenhang mit dem Filmprojekt *Brot*, er habe einen *diplomatischen Vertreter* im Propagandaministerium, das sind die einzigen, kaum wahrnehmbaren Anspielungen auf eine politische Umzingelung. Kein Wort, daß er die Werke Zweigs jetzt nur noch in Österreich und in der Schweiz verkaufen darf. Auch kein Wort, warum Kippenberg sich verstärkt der Autoren mit religiösen Tendenzen annimmt.

Obwohl die Nazis den christlichen Religionsgemeinschaften nicht gerade freundlich gesonnen sind, behandeln sie die religiösen Gefühle ihrer „Volksgenossen“ mit Vorsicht. So kann Gertrud von Lefort *Der Papst aus dem Ghetto* und Schaper *Die sterbende Kirche* schreiben. Mit Ricarda Huch, die mit Beginn der Naziherrschaft demonstrativ aus der preußischen Akademie der Wissenschaften ausgetreten ist und daher nicht mehr publizieren darf, stehen die Kippenbergs in freundschaftlicher Verbindung. Doch die Nazis tasten ihn nicht an. Der Inselverlag bringt Geld und ist im Ausland das letzte literarische Aushängeschild. Dabei ist Kippenberg sicher kein Nazi. Auch fand ich auf keinem seiner Briefe ein *Heil Hitler* oder den Mindestersatz dafür: *Mit deutschem Gruß.* Allerdings läßt er mehr und mehr seine Mitarbeiter Briefe schreiben und schiebt seinen zukünftigen Verlagsdirektor Dr. Michael vor. Außerdem nimmt er Werke von Hans Friedrich Blunck, den Präsidenten der Reichsschrifttumskammer, ins Verlagsprogramm auf. Kunstmärchen. Die fallen nicht aus dem Stil des Verlags, zumal er gleichzeitig auch Märchen von Storm und Keller in die Serie nimmt.

Wenn aber der Präsident der obersten Literaturbehörde des *Dritten Reiches* Märchen schreibt, wer schreibt dann (außer Waggerl natürlich) die *ideologieträchtigen* Werke dieser Zeit? Gibt es die überhaupt?

Zeitgeschichtler haben festgestellt, daß der Nationalsozialismus eine Bewegung ohne klare Konturen war. Ohne eigene Ideologie. Zwar sprachen die Nazis immer wieder von ihrer *Idee*, aber außer ein paar aufgeblasener Aversionen, die Volk und Führer vereinten, und außer ein paar großmachtsüchtigen Träumen gab es keine Idee von einer Idee; nur ein Sammelsurium von konservativen, sozialen und nationalen Schlagworten. Karl Kraus zitiert einen Nazibonzen, der sagt: *Die Stärke der nationalsozialistischen Bewegung ist ihre bisherige Programmlosigkeit gewesen, die sich aus dem Ethos ergibt.*

Gewiß hatten die Nazis ein paar Propagandaschreiber, wie den Schenzinger. Aber dessen *Hitlerjunge Quex* ist ein Werk, das man mit ein paar Änderungen sofort auch in den Roman *Der Komsomolze Quex* verwandeln könnte. Auch *The IRA Boy* wäre denkbar. Der Chefideologe der Nazis, Alfred Rosenberg, war eine lächerliche Figur. Sein *Mythos des XX. Jahrhunderts* blieb ungelesen. Lediglich der manische Gebrauch von Worten wie *Rasse, Mythos* und *Blut* ließen die Idee einer Idee aufkommen, Worte, die nach dem Krieg zu Tabuworten wurden. Ähnlich erging es übrigens auch den Worten *Vaterland* und *Heimat*; darunter leiden die armen *Heimatdichter* noch heute. Ja sogar das Wort *Deutsch* war in Mißkredit geraten, so daß zwischen 1945 und 1950 in österreichischen Schulen nicht mehr *deutsch* unterrichtet wurde, sondern *Unterrichtssprache.*

Die Nazis wiederum zeigten in kühner Vorwegnahme Ansätze zur Orwellschen *Neusprach*, so daß Waggerl dem Leiter des deutschen Instituts für Lese- und Schrifttumskunde, Walter Hofmann, einmal schrieb: *Die nationale*

Revolution ist bei der Bildung neuer Begriffe und Ideale nicht so glücklich verfahren wie auf anderen Gebieten. Auch zu einer derart sanften Kritik gehörte schon Mut. (Oder Naivität.) Ideologie war das keine.

Waggerl hatte bis zuletzt die *Fackel* abonniert. Und wohl auch einen der letzten Sätze von Karl Kraus gelesen: *Es könnte sich erweisen, daß mehr Mut dazu gehört hat, gegen die Freiheit aufzutreten als gegen eine Gewalt, durch die man sich eo ipso vor kein geistiges Problem, nur vor die Frage der Leibesrettung gestellt sieht.*

Leibesrettung! Dachte der Kraus-Leser Waggerl nicht vielleicht auch an sie, als er *Brot* und *Schweres Blut* schrieb? In dem in Österreich so beliebten vorauseilenden Gehorsam? Nur hätte Waggerls Vorauseilen im Jahr 1929 vom Vorauseiler seherische Kräfte vorausgesetzt, die selbst einer Kassandra nicht zur Verfügung gestanden wären. Waggerl glaubte ja im Gegenteil noch nach 1933, sich den Institutionen der neuen Macht mit freizügigen Äußerungen nähern zu dürfen, etwa wenn er an den oben erwähnten Dr. Hofmann ein ander Mal schreibt: *Zunächst muß ich Ihnen freilich gestehen, daß mich vieles von dem, was ich im deutschen literarischen Betrieb während der letzten Wochen beobachten konnte, sehr deprimiert hat.* *

Ich nehme an, Kippenberg hat ihn sehr rasch vor derartigen Äußerungen gewarnt, denn die Korrespondenz mit deutschen Behörden beschränkt sich bald nur noch auf Lesetermine, Abrechnungen, Fragen der Steuer und der Devisen.

Kippenberg wird Waggerl wohl in persönlichen Gesprächen zu solcher Vereinfachung des Schriftverkehrs gemahnt haben. Doch was nutzte alle Vorsicht, wenn Waggerls Bekannte und Freunde sich in den gegensätzlichsten politischen Lagern befanden? Waggerl hatte, wie ich aus Sätzen seiner Briefe an die Brieffreundin Maria Lorenz herauslese, einen Kommunisten in seiner Bekanntschaft, einen, den er später, als die Nazi kamen, vor dem Galgen zu retten suchte. Und einen Austrofaschisten, den Dichterkollegen Guido Zernatto, der Minister in der neuen austrofaschistischen Regierung geworden war. Sein bester Freund aber, Kai Mühlmann, war illegales Mitglied der NSDAP. Ihn wird Waggerl zwei Jahre später aus dem Gefängnis der

---

* Ausschnitte der Briefe an Dr. Hofmann unter Verwendung der von Lutz Besch herausgegebenen Waggerl-Briefe, die Originale liegen im Waggerl-Archiv zu Wagrain.

Austrofaschisten herausholen; vermutlich mit Hilfe von Zernatto. Und nach dem Krieg hilft er ihm wieder mit Geld aus, obwohl er selbst kaum eines hat.

Bei einem derart gemischten Bekanntenkreis konnte sich Waggerl manchmal nur noch die Ohren verstopfen, um nicht die Freunde gegenseitig zu verraten. Dabei war auch Mühlmann vor allem in Sachen Kunst interessiert und schwärmte Waggerl vom Kunstsinn der Nazis vor, einem Kunstsinn, den sie allerdings erst im Krieg voll entfalten konnten, als sie mit leidenschaftlichem Eifer die großen Kunstsammlungen der besetzten Länder plünderten.*

Ja, die Nazis liebten die Kunst. Nicht die Gegenwartskunst! Die war ihnen nicht geheuer. Im Gegensatz zur Französischen Revolution, deren Betreibern die Kunst der Vergangenheit nicht geheuer war, die sie daher mit großer Sorgfalt zerhackten, verbrannten und zerschlugen. Die Nazis hingegen liebten das treubiedere Alte. Auch in der Literatur. Vor allem die deutsche Romantik. Wo nur immer ein heimliches Heimchen am heimatlichen Herde zirpte, ein lauschiger Tann raunte, ein Quell im stillen Grunde plätscherte und holde Feen ihr heimliches Wesen in unheimlichen Waldesgründen trieben, wurde sie der *deutschen Seele* der SA-Rabauken in den Rachen gestopft. Selbst Heines Lorelei wurde „arisiert", damit man sie weiter am Stammtisch gröhlen konnte. Wer also von einer *ideologiebefrachteten* Literatur der Nazizeit zu sprechen beliebt, darf auch gleich die gute alte Romantik auf neue Scheiterhaufen werfen.

Auch Waggerl fühlte sich als *Romantiker,* wie dem schon mehrmals zitierten Briefwechsel mit Kippenberg zu entnehmen ist. Wenn er damit auch bestimmt keine stilgeschichtliche Einordnung seiner Werke andeuten, sondern einfach ein bestimmtes Lebensgefühl ausdrücken wollte, so sind doch die Motive seines Schaffens denen so manches Romantikers ähnlich: *Nach allem, was ich erfahren hatte, fand ich keinen Grund, diese Welt als die denkbar beste darzustellen, auch nicht als die denkbar schlechteste, beides schien mir gleich trivial zu sein. Ich fühlte mich von Anfang an gedrängt, den Kräften nachzuspüren, die das Ganze im Gleichgewicht halten, offenbar von Ewigkeit her, in die Ewigkeit hinein.*

* Mühlmann wird im Krieg Bevollmächtigter für die *Rückführung geraubter Kunstschätze,* womit man vermutlich alle von den Habsburgern in Auftrag gegebenen Gemälde in holländischen Museen meinte.

In seinem Bemühen um innere und äußere Ausgeglichenheit, die sich in einem ausgleichenden und ausgeglichenen Kunstwerk wiederspiegeln sollte, in dieser Suche nach äußerer und innerer Harmonie scheint er tatsächlich die unharmonischen Töne aus dem Nachbarland überhört oder aus seinem Bewußtsein wegretuschiert zu haben. Oder er machte seinem Unbehagen mit den Zeitläuften in Stoßseufzern Luft wie dem aus seinen Aphorismen: *Kein Unheil ist so groß, daß deswegen der Weizen nicht mehr grünt.*

Damit soll nicht vertuscht werden, daß er manche Entwicklung im *Neuen Deutschland* mit Wohlgefallen betrachtete. Anders als Broch, Zweig, Werfel und Kraus sah er nicht die ungeheure Gefahr, die auf Österreich, auf Europa, auf die Welt zukam und damit auf sein romantisches Tal. Wie die Gefährdeten das sie Gefährdende herausfokusierten, so hielt er sich an das ihm positiv Erscheinende: Wirtschaftsaufschwung. Ende der Saalschlachten und Straßenkämpfe. Verschwinden der „privaten Kriminalität". Das Ansteigen der „staatlichen Kriminalität" im Nachbarland war den meisten Nichtbetroffenen kaum bewußt, da die Kriminalität des eigenen Staates* den Blickwinkel für derartige Delikte einengte. Selbst Karl Kraus, der Wohlinformierte, wagte aus der Fülle des ihm zu Verfügung stehenden Materials über die Staatskriminalität des „Großen Bruders" nur einen Bruchteil zu veröffentlichen, um seine Informanten im Nachbarland nicht zu gefährden.

Im übrigen strebten die Menschen (und auch Schriftsteller sind Menschen), wonach sie immer strebten, nach einer kleinen Verbesserung ihrer Lage. Waggerl, der viele Briefe nach Deutschland schreiben mußte und ständig durch die Zensur** belästigt wurde, erhoffte sich sehnlichst eine Beseitigung dieses Zustandes. Ganz abgesehen von lästigen und komplizierten Zoll- und Paßformalitäten, wenn er Österreich auch nur auf drei, vier Tage verlassen wollte. Dazu kam, daß er, der sich für unpolitisch und damit unvereinnahmbar hielt, hoffte, all das fiele in einem Staat mit einer Einheitspartei weg. Da brauchte er nur mehr seiner Kunst verantwortlich zu sein.

---

* Erinnert sei nur an die Brandlegung des Justizpalastes am 15. Juli 1927, als die Wiener Polizei 89 Demonstranten erschoß und zahlreiche Menschen schwer verletzte.

** In einem Brief an Zernatto bittet er dringend um Hilfe, da er mit jedem Brief, den er ins Ausland schicken wollte, vorher zum Gendarmerieposten mußte, um ihn von irgendwelchem Analphabeten zensurieren zu lassen. Da waren natürlich auch Privatbriefe an Freundinnen darunter!

Da aber wurde in der Deutschen Presse Waggerls Roman *Das Jahr des Herrn* angegriffen. Harmlos, verglichen mit dem, was anderen widerfuhr. Aber doch wieder beängstigend, da Kritiker (vielleicht von höherer Stelle gelenkt) Waggerl der Konjunkturschreiberei bezichtigten; das zielte auf die in Österreich am Ruder befindlichen Austrofaschisten. Kritiker der anderen Seite wiederum witterten später hinter dem reichen Glockengeläute, hinter Weihrauchwolken und Orgelklängen seines letzten Romans, ein Propagandawerk von *ideologie*-nieder-*trächtigstem* Ausmaß.

Da seither Faschisten wie Antifaschisten eine zwiespältige *(schizotyme)* Haltung Waggerls gegenüber Religion und Kirche festgestellt haben, möchte ich auch in dieser Sache den Betroffenen selbst zu Wort kommen lassen. Und zwar schreibt er am 13. Oktober 1933, an dem Tag, als er aufatmend das Manuskript seines Romans *Das Jahr des Herrn* abgeschlossen hat, seiner Brieffreundin Maria Lorenz: *Sie fragten mich einmal, ob ich religiös sei, das ist nun nicht mit einem Wort zu beantworten. Im strengen Sinn, also konfessionell, bin ich es wohl kaum, ich meine alles Rituelle usw. kann ich nur gleichnisweise verstehen. [...] Gott ist mehr als der zu Ende gedachte Mensch und ich glaube, daß auf keine Weise etwas über das wahre Wesen Gottes zu erfahren ist. Das sollte uns aber nicht viel Kummer machen, denn so wenig wir den letzten Sinn unseres Daseins verstehen, so reich und vielfältig ist doch dieses Dasein selbst.*

Mir scheint dies ein ehrliches Bekenntnis gegenüber jemandem, dem er nichts vorzumachen braucht. Aber wie soll er nach außen reagieren? Soll er sich auf die Brust klopfen und rufen: Ich bin kein Konjunkturist! Ich bin in Wirklichkeit der kleine David, der verzweifelt versucht, sich in einer Welt zurechtzufinden, in der nur das bereits Vergangene Bestand hat! Waggerl, der nach Abschluß größerer Arbeiten stets in Depressionen verfiel, geriet in Panik: Er, der sich jeder Verwicklung mit seiner Zeit entziehen wollte, war gerade durch seine Verweigerung in sie hineingeraten.

Kippenberg blieb ruhig und erklärte dem aufgeregten Autor, er halte diese Kritik für lächerlich, denn Waggerls Werk sei in keiner Phase katholisch sondern heidnisch, schon weil der kleine David ein Heide sei. Und er versuchte auch bei den Zeitungen diplomatisch zu vermitteln. Waggerl aber blieb verstört. Und wie so oft, wenn der Geist aus seinen geordneten Bahnen gerissen wird, folgt der Körper nach.

Ende März machte Waggerl einen Fehltritt.

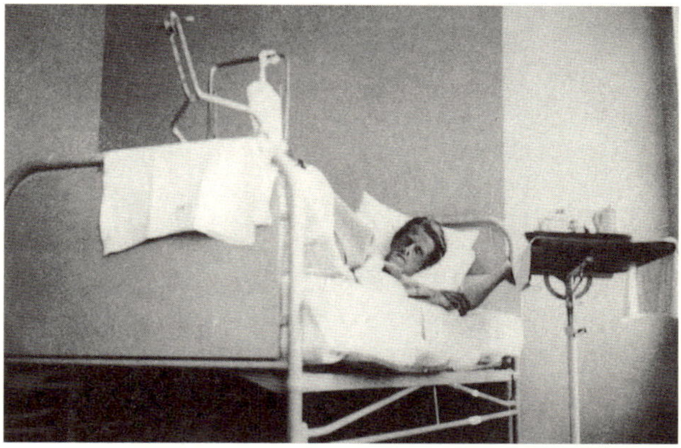

Waggerl mit einem gebrochenen Bein im Krankenhaus (März 1933)

Keinen metaphorischen. Einen realen. Und er machte ihn auf einem Gebiet, auf dem ihn viele seiner Freunde für unfehlbar hielten: auf Skiern. Er brach sich seinen Unterschenkel so gründlich, daß er wochenlang im Spital liegen mußte. Seltsamerweise hatte sich auch Riccarda Huch zu dieser Zeit das Bein gebrochen, so daß Katharina Kippenberg sich in aufmunternden Briefen um beide Sorgenkinder kümmern mußte. Und brieflich – um ihn abzulenken – berät sie sich mit Waggerl, womit man ihrem Mann zu seinem Sechzigsten überraschen könnte. Waggerl hat die verrückte Idee, Freunde, Institutionen und Behörden anzuschreiben und anzuregen, Kippenberg zum Geheimrat zu ernennen. Vom Spitalsbett aus entwickelt er eine wilde Aktivität. Die Goethe-Gesellschaft in Weimar kommt dran. Eduard Spranger. Hans Carossa. Und allerlei Institutionen, die im Augenblick wirklich Wichtigeres zu tun haben. Er bekommt freundliche Antworten. Zustimmende. Aber man zweifelt, ob die neue Regierung tatsächlich großen Bedarf an Geheimräten habe.

Ein Gutes aber hat der Spitalsaufenthalt. Waggerl kommt endlich zum Lesen. Und zum Nachdenken. Lesend und nachdenkend entschließt er sich, als Schriftsteller den Umkreis des Dorfes zu verlassen. Das Thema schien ausgereizt, das deuteten auch die Kippenbergs an. Zwar hatte ihn der Verleger schon einmal auf die Vertreibung der Salzburger Protestanten hingewiesen, aber dieses Thema hätte ihn wieder in die Enge der heimischen Umgebung gedrängt, aus der er herauswill.

Er beschließt, den Roman des *Gestirnten Himmels* zu schreiben. Den Roman der Harmonie der Welt, wie er schon seit dem Mittelalter in den Köpfen der Astronomen spukt.

Johannes Keppler.

Mit diesem Stoff will Waggerl einem grundsätzlichen Fehler im Denken der Menschen auf die Spur kommen, nämlich dem Nicht-begreifen-Können, daß die Welt nicht anders als janusköpfig sein kann: ewig und unveränderlich, und gleichzeitig vergänglich und wandelbar. Die vergängliche Seite bedarf einer anderen Behandlung als die ewige. Keppler hat versucht, beiden Seiten gerecht zu werden, hat sich mit der vergänglichen Seite herumgeschlagen, indem er mit all seinem Ansehen seine Mutter vor dem Scheiterhaufen rette, auf die Gefahr hin, selbst darauf zu landen, und neben seinen wissenschaftlichen Arbeiten seinen Auftraggebern Horoskope erstellte und sich mit politischen Problemen herumschlug. Er hat aber im vergänglichen Tagesgeschehen keinen Augenblick vergessen, daß der gestirnte Himmel über ihm unwandelbar seinen Gang geht, ohne auf die Verrücktheiten der Menschen zu achten.

Waggerl hofft, sich mit diesem Roman endlich aus der Zeit herauszuschreiben, in eine Welt hinein, die keine politischen Strömungen und keine Moden kennt: die Welt der Kepplerschen Sphärenmusik.*

Doch das blieb es auch. Sphärenmusik.

War es der ungeheure Aufwand an historischen Studien, der zu bewältigen gewesen wäre, bevor er mit dem Schreiben anfangen hätte können? War es seine Akribie in handwerklichen Belangen, die ihn erkennen ließ, daß er, um die ganze mathematisch-astronomische Materie zu schildern, ein mathematisches und astronomisches Studium auf sich nehmen müßte (für das ihm die Vorbildung fehlte)? War es vielleicht auch die Angst vor der überdimensionalen Aufgabe? Oder war es das schlichte Wissen um die Grenzen der eigenen Kraft und Begabung, daß dieser Roman nie geschrieben wurde? Ich denke, es war etwas anderes. Ein neuer Schock! Der Schock einer Ehrung.

Im Dezember 1934 wurde Waggerl von der österreichischen Regierung der Staatspreis für Literatur verliehen. Er war der erste, der diesen vom Ständestaat gestifteten Preis erhielt. Nun wurde es zwar in den sechziger, siebziger

* Ein anderer großer Kunsthandwerker unseres Jahrhunderts sollte daraus einen Opernstoff machen: Paul Hindemith *Die Harmonie der Welt.*

Jahren üblich, daß Preisträger Preise, die nicht allzuhoch dotiert waren, ablehnen, da Ablehnung meist größeren Widerhall in der Presse findet als Annahme. Eine Ablehnung hat größeren Effekt, betont den kritischen Standpunkt des Autors und verspricht Verkaufserfolge. Noch origineller ist es, den Preis anzunehmen und bei der Annahme die Anwesenden zu beflegeln. Das wird verständnisvoll belächelt und akklamiert – Künstler!! Waggerl, der von dieser Ehrung, wie er später Kippenberg schreibt, zuerst von privater Seite (vermutlich durch Zernatto) erfahren hatte, freute sich stattdessen und teilte Dr. Michael, dem Verlagsleiter der Insel, die in Aussicht gestellte Ehrung mit. In Wien dann, bei der Preisübergabe, bedankte sich Waggerl – das war damals noch selbstverständlich – für sich und andere Mitgepriesene.

Nun lese ich bei Karl Müller: [Waggerl] *mußte [...] sich vom seinem Verleger [...] Prof. Anton Kippenberg die Frage stellen lassen, warum er diesen Preis überhaupt angenommen habe: die „Nationalen" ließen nachfragen.*

Wann das geschehen sein soll, ist mir schleierhaft. Kippenberg schrieb im Dezember an Waggerl einen reizenden Weihnachtsbrief. Dr. Michael wiederum gratuliert Waggerl zur Ehrung und meint in einem Brief vom 6. Februar 1935: *Im nächsten Inselschiff werden wir selbstverständlich erwähnen, dass Sie den Österreichischen Literaturpreis erhalten haben. Ein bloße Erwähnung und Beglückwünschung erscheint uns jedoch nicht gewichtig genug, viel schöner wäre es, wenn Sie selbst in diesem Heft mit einem neuen Beitrag zu Wort kommen könnten.*

Und wenn man den Brief Waggerls vom 2. Jänner an Kippenberg liest, aus dem sich Dr. Müller seine Meinung herausgefiltert hat, so steht dort: *Zwar verlief die offizielle Feier in Wien wirklich schön und würdig, ich glaube auch, daß ich mich der schwierigen Aufgabe, für die Künstler zu sprechen, nicht ganz ungeschickt entledigt habe. Aber schon wuchert das giftige Kraut, ich höre, daß die „Nationalen" aufgebracht sind, weil ich diese „Ehrung" angenommen habe...* Das schreibt Waggerl dem Kippenberg und nicht Kippenberg dem Waggerl. Und es ist Waggerl, der hört, daß *die „Nationalen" aufgebracht sind.* Und wenn Waggerl das schreibt, kann er keineswegs die deutschen Nazionalsozialisten meinen, sondern österreichische Nationale. Leute wie Mühlmann, die Waggerl in den Ohren liegen und den ohnehin schon Deprimierten in eine noch tiefere Depression stürzen. Und aus dieser heraus ist zu verstehen, was er seinem Verleger erneut versichert: *Und wenn mir je was geglückt ist,*

Waggerl mit seiner Mutter (ganz hinten), der Schwester Elisabeth und deren Tochter Hildegard (heute Frau Benedetto, die mit vielen Informationen zum Entstehen dieses Buches beigetragen hat) auf einer Bergwanderung (Sommer 1933)

dann verdanke ich das [...] Ihnen allein. Das eben brauche ich ja, Ihre gute, feste, wegweisende Hand, und die behutsame der verehrten Frau. Ich bin so leicht entmutigt, und wenn ich mich auch meines Vermögens sicher weiß, so ist doch der Angst kein Ende, ich könnte nicht die Kraft haben, es recht zu verwalten und anzuwenden.

Und aus dieser Angst, dieser Unsicherheit eines, der in kleinen Verhältnissen aufgewachsen ist und immer wieder die Furcht hat, er könne in diese – auch geistig – zurückfallen, eine Unsicherheit, die den meisten Söhnen aus „gutem Haus" fremd ist, verwirft er die Idee des Keppler-Romans und kehrt wieder ins Dorf zurück. Es entsteht sein letzter Roman: *Mütter.*

Ein Titel, der – wäre er 1938/39 entstanden – schon wieder den Verdacht hätte aufkommen lassen können, Waggerl habe sich einer Konjunktur in die Arme geworfen. Waggerl aber schrieb den Roman 1935. Und die Mutterschaft findet in diesem Werk keineswegs gloriose Verherrlichung.

Der Heimatroman geht von einer festen Tafel der Werte aus,
und folgt man ihm darin, dann ist in der Tat
kein Scherben so klein, daß sich nicht Gottes Sonne
darin spiegeln könnte, um mich stilgerecht ausdrücken zu können.

Robert Musil

Vielleicht wundern sich manche Leser, daß ich erst jetzt in Mißkredit gekommene Begriffe wie *Heimatdichtung*, *Provinzliteratur* und *Bauernroman* einer näheren Betrachtung unterziehe. Aber da ich mir vorgenommen habe, das Schicksal eines um die Jahrhunderwende in den Österreichischen Bergen Geborenen zu schildern, dem es trotz aller sozialen Hindernisse gelang, für etliche Jahrzehnte zum Inbegriff eines österreichischen Dichters zu werden, so mußte ich alle in diesem Zusammenhang herumschwirrenden Worte wie lästige Fliegen vor mir herscheuchen. Nunmehr – vor Waggerls letztem Roman – wird es Zeit, der verbalen Mückenplage Herr zu werden.

Wendelin Schmidt-Dengler charakterisiert in seinem Aufsatz *Hohe Berge, starke Frauen* in Hansers Sozialgeschichte der deutschen Literatur die österreichische Literatur der Zwischenkriegszeit, der Waggerl zugezählt wird, folgendermaßen: *Der Hang zur Rustikalität und der antiurbane Affekt, der sich bereits in der von Hermann Bahr proklamierten Formel „Entdeckung der Provinz" (1892) niederschlug, ist kein Spezifikum der Zwischenkriegszeit, doch läßt sich sehr wohl die Verstärkung dieser Tendenz vor allem in den dreißiger Jahren beobachten.*

Und wenn ich in Schmidt-Denglers Aufsatz weiterblättere, stoße ich auch auf eine Erklärung zu Musils Kritik am *Grimmingtor* von Paula Grogger, dem ich die Floskel vom *Land kerniger Kuriosa* entnommen habe. Wendelin Schmidt-Dengler – ein Germanist, der glücklicherweise schreiben kann – formuliert: *Als der österreichische Ständestaat die Regeneration des ganzen Lebens durch ein agrarideologisches Zukunftsprogramm ins Werk setzen wollte, brauchte er für die Autoren das Konzept nicht eigens zu entwickeln, sondern konnte bereits bestehende Strukturen nutzen. Zugleich sollte dies aber auch ein Moment des Widerstandes gegen die Nationalsozialistische Infiltration sein; daß indes das volkstümliche Element nach 1934 ein Einfallstor für die [...] Nazis sein konnte, ist eine von der Forschung mehrfach hervorgehobene Tatsache.*

Nun verstehen wir also: Musil zielte mit seiner Kritik von Paula Groggers *Grimmingtor* nicht so sehr auf die Autorin, noch auf das Leben der *heimischen Primitiven im Land kerniger Kuriosa*, als auf die Politiker des Ständestaates, die selbiges zum Lebensideal auch für Städter stilisieren wollten. Ein *Zurück zur* Berg-*Natur* an Stelle eines Programms.

Das war ja das Problem aller Faschisten: Sie konnten außer der „Aversion gegen das Neue“ nichts Neues verkünden. So mußten sie an Stelle der von anderen prophezeihten besseren Zukunft eine bessere Vergangenheit anbieten. Und da Politiker nur selten gute Literatur machen, mußten sie Literatur empfehlen, die griffbereit dalag.

Zwar warnt Schmidt-Dengler seine Kollegen, Schriftsteller wie in der Zoologie in Klassen, Ordnungen, Familien, Gattungen und Arten einzuteilen. Doch sichtlich kann auch er Klassifizierungen nicht ganz vermeiden, wenn er von der *österreichischen Provinzliteratur der zwanziger Jahre* spricht.

Nun wäre ja gegen das Wort Provinz gar nichts einzuwenden, zumal sich auch noch Hermann Bahr als freudvoller Entdecker der Provinz betätigte. Und gälte es nur den Ort der Entstehung einer Literatur anzudeuten, die Weimarer Klassiker wären bestimmt die größten Provinzautoren der deutschen Sprache. Will man hingegen damit eine Literatur kennzeichnen, die nicht nur in der Provinz entstanden, sondern auch das Leben in selbiger schildert, es fänden sich unter dieser Art literarischer Provinzler ein Giono, ein Hamsun, eine Lagerlöf und letztlich auch Turgenjew oder Tolstoi; dazu etliche österreichische Stadtschwänzer von Anzengruber bis Wildgans.

Nun hat in Skandinavien, in Frankreich und wohl auch in Rußland das Wort *Provinz* nicht diese dünkelhafte Abwertung erfahren wie bei uns. Genauso wie *Heimatdichter*. Dabei träfe dieser Titel auch auf Dante zu, der sich so sehr nach seiner Heimatprovinz sehnte, daß er in seiner Verbannung Himmel und Hölle mit den Figuren seiner Heimatprovinz bevölkerte.

Komme ich gar im Linnéschen Literatur-Klassifizierungssystem von der Klasse der allgemein Skribenten ausgehend über die Ordnung der Provinzliteraten zur Familie der Heimatdichter, so entdeckte ich unter den sich von hier aus verzweigenden Arten vor allem den Bauernromanschreiber. (Schreibt so einer nun Romane für Bauern, über Bauern, oder ist er einer?)

Doch ernsthaft. Natürlich wird man Strömungen, Beziehungen, Beeinflussungen von Schriftstellern immer wieder mit Etiketten versehen müssen, um Zusammenhänge aufzuzeigen. Aber dann halte man die Etiketten doch bitte wertfrei*. Im Linnéschen System wird ja auch keine Pflanzen- oder Tiergattung durch ihren Namen als verwerfliches Geschöpf denunziert.

Betrachten wir, so gewappnet, eine Chrakterisierung Waggerls durch Karl Müller, der in *Zäsur ohne Folgen* meint, Waggerls *„Anschauung der Welt“ kommt einer Lesermentalität entgegen, die analog zu Waggerl nicht in Kathegorien historisch-sozialer Bedingtheit und Veränderbarkeit denkt, sondern in Kathegorien naturgesetzlich-methaphysisch-mythischer Schicksalsgläubigkeit und Unveränderlichkeit.*

Diese Charakterisierung trifft allerdings auch auf eine ganz andere Art von Bauerndichter zu, auf einen, der 1941 über sein Werk die folgende Aussage macht: *Die Themen der Dichtung sind „ewige“: sie sind des Menschen einfachste Grundhaltungen in Geborenwerden, Aufwachsen, Essen, Schlafen, Erkennen, Lieben und Streben; die Gestalt der wahren Dichtung ist stets „Jedermann“, und jede wahre Dichtung schafft daher menschlich typische Gestalten.*

Das schrieb allerdings kein „typischer“ österreichischer Provinzdichter, sondern der Freund Robert Musils: Hermann Broch. Und er schrieb diese Sätze nicht mehr im einsamen Bergdorf**, wo er seinen „Bauernroman“ *Die Verzauberung* begonnen hatte, sondern er schrieb sie im Staate New York zu dem Zweck, sich ein Stipendium loszueisen, damit er sein Werk ohne Störung vollenden könne. Wollte er damit auch *einer Lesermentalität entgegen*kommen, die *analog zu Waggerl nicht in Kathegorien historisch-sozialer Bdingtheit und Veränderbarkeit* denken konnte? Möglich. Amerikaner sind halt so.

Nun scheinen mir die Linnés der Literatur wegen Brochs Ausflug ins Gebirge tatsächlich in Verwirrung zu geraten. Sie meinen, Broch habe hier eine Art Gegen-Bauernroman schreiben wollen, einen, der zeigen sollte, wie ein Bauernroman zu sein habe, um in den Himmel der Weltliteratur zu gelangen. Aber ich glaube, Broch hatte wirklich andere Sorgen. Er wollte dem Ent-

---

* Man tausche das Wort *Bauernroman* etwa gegen das Wort *Farm-Art.* Und eine kommende Generation von Germanisten wird Waggerl nicht nur rehabilitieren, sondern noch zum Faulkner des österreichischen Westens stilisieren.

** Broch war 1936 extra nach Mösern in Tirol übersiedelt, um in diesem Dorf für sein unter dem Arbeitstitel *Bergroman* entstehendes Werk das nötige Lokalkolorit zu finden.

stehen von Massenhysterien des Faschismus auf die Spur kommen. Und er hat, wie er schreibt, die Handlung deshalb in ein einsames Gebirgsdorf verlegt, weil *dessen Abgeschiedenheit es erlaubt, einfache Gestaltungslinien zu ziehen.* Aber wenn auch seine Ausgangs- und Zielpunkte ganz wo anders liegen mögen als die in Waggerls Arbeit, unwillkürlich gibt es im engen Rahmen ähnlicher Schauplätze Berührungsflächen. Ähnliche Gestalten tauchen auf. Interessant dabei, daß Brochs Bösewicht Marius, der die Bergbewohner in die Hysterie treibt und zu Mord und Todschlag, daß diese Negativfigur genau wie die Negativfigur im *Schweren Blut* ein Fremder ist. Einer der von außen kommt. Noch dazu ein dunkler Typ mit krausen Haaren. Das alles könnte – wäre Broch nicht Broch – als Anstiftung zum Fremdenhaß oder gar als üble antisemitische Hetze gedeutet werden. Auf solche Fehlspekulationen kommt bei Broch natürlich niemand. Und auch die große heidnische Frauengestalt in *Die Verzauberung,* Mutter Gisson, wird bei Broch mit ehrfürchtigem Schauern zur Kenntnis genommen. Bei Waggerl löst ein ähnlich matriachales Wesen, Mutter Gertraud im Roman *Mütter,* einen Schwall politischer Verdächtigungen aus. Natürlich heizt der Arbeitstitel dieses Romans, *Fruchtbarkeit,* die Spekulationen von Waggerl-Nichtkennern noch an. Während selbst flüchtige Leser wissen, daß es Waggerl in diesem Buch eigentlich um das Elend der Fruchtbarkeit bei den Ärmsten der Armen im Dorf ging. Das Elend der geschwängerten Mägde. Und das Elend der unehelichen Kinder. Wohl erfahren wir in diesem Roman auch einiges über soziale Auffangnetze in den Dörfern. Nachbarschaftshilfe etwa. Eine Art von „Versicherung auf Gegenseitigkeit“. Doch die Ärmsten des Dorfes fielen durch dieses Netz. Vor allem schwangere Mägde, deren Liebhaber sich rasch aus dem Stroh gemacht hatten. Wohl gab es für deren Kinder Asyle, von Wohltätern oder von der Gemeinschaft gesponserte Stiftungen. Aber diese Asyle produzierten wieder nur Parias. Die Mutter Gertraud ist Betreuerin eines solchen Asyls für verstoßene Kinder. Und sie gerät dem Dichter zu eben jener mythischen Gestalt wie Broch seine Mutter Gisson.

Mutter Gertraud nämlich sitzt inmitten der Stube in einem Lehnstuhl; seit sie die Wassersucht in den Beinen hat, kann sie sich nicht mehr legen. Es ist ein Stuhl, wie eine Arche anzusehen, wie ein bäuchiges Schiff, ein Gehäuse, aus schwarzen Bohlen gezimmert, aber Mutter Gertraud hat dennoch nur notdürftig darin Platz, so ungeheuer ist die Fülle ihres Leibes. Gewissermaßen gleicht sie selbst ei-

nem uralten und ehrwürdigen Gerät oder einem ungefügen Bildwerk. Alles an ihr ist dreifach gerundet und gebuchtet, mühsam bewegt sie ihre schweren Gliedmaßen, und nur die Augen spielen merkwürdig lebhaft unter weißen Brauen, es sieht aus, als schauten sie wachsam und scharf von einem Berg herab. Geh zu ihr, sagen die Leute im Dorf, wenn kein anderer Trost mehr zureicht ...

Doch es ist nicht mehr sehr viel Tröstliches in diesem Dorf, wie in jenem andern, das den kleinen David in Atem gehalten hat. Die Landschaft verdüstert sich. Die Menschen werden grauer. Dabei hat Waggerl angekündigt: *Nun arbeite ich an einem neuen Buch, das „Fruchtbarkeit" heißen und alles in sich schließen soll, was dem Urbegriff des Mütterlichen zugehört. [...] Man wird neuerlich feststellen, daß ich an unserer Zeit und ihren Geschehnissen vorübergehe. Als ob nicht auch in ihr die Menschen von dem bewegt würden, was sie zu aller Zeit bewegt hat.*

So schrieb Waggerl 1934. Und stellte schon damals fest, daß er an der Zeit vorbeischreibe. Aber letzten Endes schrieb er auch am selbstgestellten Thema vorbei. Zum Teil wenigstens. Es ist kein Roman der *Fruchtbarkeit* geworden. Zumindest kein Roman segensreicher *Fruchtbarkeit.*

Spielt bei Waggerl noch immer die Angst hinein, Kinder dem Horror des Lebens auszuliefern? Ist er vielleicht gar nicht Herr seiner Gestaltung? Später wird er über seine Arbeitsweise einmal sagen: *Der Plan für eine Erzählung entspringt, wenigstens bei mir, nie einem einzelnen, spontanen Einfall. Ich habe nur eine ungefähre undeutliche, geräumige Vorstellung von dem, was ich machen will, aber diese Vorstellung war neben etlichen anderen schon immer da, seit ich überhaupt den Entschluß faßte, mich aus der Gemeinschaft der Vernünftigen zu entfernen und Schriftsteller zu werden. Die Wahrheit zu sagen, mein Kopf ist nicht reich mit Ideen gesegnet und es sind leider zeitlebens die gleichen gewesen, die mich beschäftigt haben. Erfinderisch bin ich nur dort, wo ich mich schon an Gegenständliches halten, in Bildern denken kann ...*

Sich erinnern, eine Geschichte erzählen, die eigene, die eines andern, ist immer eine Verkürzung. Die Wirklichkeit wird auf das Wesentliche zugeschnitten. Mythisiert. Ohne Verkürzungen kommt kein Erzähler aus. Selbst Joyce's Odyssee durch den Verlauf eines einzigen Dubliner Tages, in der auch der Gang aufs Clo nicht ausgespart wird, bleibt – trotz mancher realistischer Details – letztlich Mythologie. Erzählen heißt, am Mythos arbeiten.

Wenn also Otto Amann immer wieder betont, Waggerl mythologisiere die Gestalt seines Vaters, kann man nur sagen: Aber ja! Wie könnte er anders? Neben dem David – also sich selbst – ist der Vater eine seiner gelungensten Figuren. Ihm wird allerdings kein Roman mehr gewidmet. Er taucht zum ersten Mal in der nächsten Arbeit auf; der Erzählung *Wagrainer Tagebuch.*

Roman aber wird Waggerl keinen mehr schreiben. Ein bewußt gefaßter Entschluß? Schwer zu sagen. Es gib Beurteiler, die meinen, mit seinen vier Romanen habe Waggerl sich sozusagen eine gesicherte Existenz geschaffen, auf der er glaubte, sich ausruhen zu können. In dieser Behauptung steckt natürlich wieder eine Verunglimpfung. Es wird unausgesprochen ausgesprochen, daß es also doch nicht ein unwiderstehlicher Trieb gewesen sei (wie er es im ersten Brief an Ginskey ausdrückte), der ihn zu schreiben gezwungen habe, sondern lediglich niederes Gewinnstreben. Nun gut, leben wollen wir alle. Deshalb schiebe ich diesen Einwurf nicht beiseite. Wenn ich auch nochmals Broch bemühen muß. Dieser begüterte Industrielle hatte sich entschlossen, auf ein gutes Einkommen zu verzichten, um sich voll und ganz seinen Geistigen Interessen widmen zu können. Doch er entbehrte dabei nichts. Auch wenn er mit der schriftstellerischen Arbeit kaum etwas verdiente, so standen ihm immer seine wichtigsten „Lebensmittel" zur Verfügung: exzellente Gesprächspartner und Bücher. In Wien noch die eigene Bibliothek, die er bei seinem sparsamen Lebensstil bei Freundinnen einlagerte, während er selbst in billigen Untermieten oder Bauernquartieren Unterschlupf fand, in New York diverse Institutsbibliotheken.

Fast in all diesen Belangen war Waggerls Ausgangspunkt konträr. Wohl trieben auch ihn geistige Interessen aus dem vorgezeichneten Lebenskreis. Aber allein um das kleine Stück Bildung, das ihn ein wenig über die seines Vaters erhob, hatte er schon ungeheure Entbehrungen auf sich zu nehmen gehabt. Danach erst der Weg durch Krieg, Hunger, Krankheit zum Bestsellerautor, der Kraft kostete. Dazu Freunde, die ihn vielleicht bewunderten, aber kaum wirklich geistige Anregungen brachten. Zumindest ein Augenblick des Verweilens wäre ihm Mitte der dreißiger Jahre zu gönnen gewesen.

Ich glaube aber nicht, daß es Müdigkeit war, die seiner Romanproduktion ein Ende setzte. Es gibt tiefergreifende Gründe. Zwar bedrängt ihn Kippenberg noch immer mit der Idee, den Roman der Pongauer Protestantenvertreibung zu schreiben, doch Waggerl hat begriffen, daß er trotz des Erfolgs seiner Romane eigentlich kein Romanschreiber ist. Nicht nur, daß er vor Beginn jedes Werkes in ein verzweifeltes Suchen und Tasten gerät, das ihn glauben läßt, er habe sich und sein Handwerk total verlernt, nicht nur, daß er nach jedem Roman in tiefe Depressionen stürzt, weil er merkt, daß er den Leuten wieder etwas verkauft hat, was eigentlich nicht sein Metier ist, er weiß auch jetzt endlich, wo seine Stärke liegt. Hatte er mit dem kleinen Text *Tappenkar* zum ersten Mals seinen ureigenen Stil herauskristallisiert, so hat er mit der Gestalt des kleinen David endlich auch sein Thema entdeckt:

Sich selbst!

In diesem Sinn war der Roman *Mütter* ein Schritt in die falsche Richtung. Ein Schritt zurück. Ich glaube also (und das ist wirklich eine Glaubensfrage), daß Waggerl das mit Erschrecken bemerkt hat und sich nun ganz bewußt auf das Gestalten kleinerer Texte beschränkte, die man allesamt Miniaturen nennen könnte. *Man muß wissen, was man zu leisten imstande ist,* äußerte er sich seinem Freund Exner gegenüber. Und er porträtiert den Rest seines Lebens, was bisher nur Beiwerk seiner Bücher war, simple Dinge: Blumen, Tiere, sein Bett, seinen Tisch. Ein ganz einfacher Tisch als Thema für einen Text, das müßte doch manchem schon wieder avantgardistisch erscheinen (sofern er nicht an einen Tisch mit Preßspanplatte denkt; oder vielleicht gerade dann). Aber indem Waggerl uns seinen Tisch schildert, sehen wir auch, wie er sich zu ihm setzt, ihn umfaßt, seine Hände darauf stützt, und wir erkennen jenen Menschen wieder, den Waggerl einzig und allein wirklich kennt: ihn selbst. Und wir mit ihm erkennen uns selbst. Mit allen unseren menschlichen Unzulänglichkeiten.

Schon das *Wagrainer Tagebuch* macht mit der Erkenntnis ernst, sich nur mehr mit sich und den einen selbst umgebenden Dingen zu beschäftigen. So ist der Ich-Erzähler in diesem Tagebuch Waggerl porträt-ähnlich in allen Zügen. Ein seßhafter Landbewohner, dessen Beruf wir ahnen. Sein Gegenspieler, das ist eigentlich auch wieder Waggerl. Vielleicht der ein paar Jahre jüngere Waggerl. Einer der durchs Leben zigeunert und kein rechtes Sitzfleisch hat. Ein Grenzgänger wie sein Erfinder. Und wenn der Ich-Erzähler gleich zu Beginn einmal sagt: *Denn die Heimat ist das Bleibende, das Sichere, sie ist die Erbgnade für unser unseliges Geschlecht,* so ist es der andere, der zugereiste Waggerl, der diese Behauptung ad absurdum führt. Er schnappt dem Ich-Erzähler das umworbene Fräulein weg und verschwindet.

Hier kämpft ein Ich mit seinem Schatten. Fast glaubt man, Nestroy zwinkert einem aus seiner Holofernes-Parodie zu, wo der Held am Höhepunkt seiner Kraft und Macht sich am liebsten selbst zum Zweikampf fordern möchte, nur um endlich dahinterzukommen: *wer ist stärker: i oder i?* Waggerl persifliert den Kampf mit sich selbst noch auf einer dritten Ebene; als Spiegelbild seiner selbst läßt er noch einen struppigen Köter auftreten. Einen, der sich auch in hoffnungsloser Liebe nach der verzärtelten Hündin des Krämers die Seele aus dem Leib heult. Ich Nummer Eins berät ihn, doch alle Hoffnung schnellstens zu begraben, das Hundefräulein sei zu fein für ihn.

Ein Nichts an Geschichte, wird man sagen. Noch dazu in dieser hochexplosiven Zeit geschrieben. Dabei sind es gerade diese Nichts, die unser Leben ausmachen. Die kleinen Katastrophen, die uns die großen leichter überstehen lassen.

Im Grund aber erzählt uns Waggerl diese Liebesgeschichte nur so nebenbei. Das was ihn damals wirklich bewegt, ist der Kauf eines Stücks Erde. Eine größere Geldsumme ist bei ihm eingetroffen (Waggerl greift, wie so oft, ein ihn gerade selbst betreffendes Ereignis auf), und die Frage erhebt sich, wie dieses Geld nun angelegt werden soll. Der Erzähler hat schon lange ein Grundstück im Sinn, das er gerne sein Eigen nennen möchte. Und er entschließt sich nun, den Bauern aufzusuchen, dem dieses Stück Land gehört. Waggerl entwickelt nun meisterlich die Verhandlung mit dem Bergbauern. Doch auch das ist nicht der innerste Kern seiner Erzählung. Es ist vielmehr der Traum des Vaters, Waggerls „Über-Ich", einmal so ein Grundstück zu besitzen: *Ständig hatte er zu kämpfen, in alles schickte er sich, wenn sich nur ein Groschen daran mehr verdienen ließ [...] Aber bei aller Unrast hatte er zeitlebens ein Ziel: ein Gütchen zu erstehen, ein kleines Anwesen im Gebirge. Und oft in einer guten Stunde konnte er uns wunderbar beschreiben, wie alles aussehen würde, das Haus am Brunnen und dem Holunder daneben, wir aßen doch alle so gern süßes Holunderkoch! Und hinten der Stall für die Geißen, den er selber zimmern wollte. Darüber freute ich mich immer am meisten; daß wir auch einen Ziegenbock haben würden.*

Eine Idylle. Mit einem Haken: Der Vater konnte den Traum vom Haus mit Hollerbusch und Brunnen nie verwirklichen. Und der Sohn, der ihn nun verwirklichen könnte, kann den Vater nicht mehr teilhaben lassen: *Ach, mein Vater, wenn er heimkehrte und müde saß, mit seinem schweren Atem, wenn er mir die Hand in den Nacken legte, wie er es gerne tat, seine rauhe ruhige Hand*

- er starb mir ja viel zu früh! Ich war noch nichts, ich fing erst an, in seinem Sinn zu leben, so beharrlich und unverzagt, wie er es mich gelehrt hatte...

Im August 1937 kommt der andere, der geistige Vater nach Wagrain. Kippenberg. Ist es wirklich nur ein Freundschaftsbesuch? Oder war es eine Gelegenheit, über Dinge zu reden, über die man nicht mehr schreiben konnte. Über die Gründe, die Zweig veranlaßten, sich aus Österreich abzusetzen, wird man geredet haben. Und wenn Kippenberg auch in dieser freundlich-friedlichen Atmosphäre sicher nicht seine geheimsten Gedanken über jenen anderen Österrreicher, der nun in seiner Heimat das Sagen hatte, ausgesprochen haben wird, einen Gedanken werden sich beide nicht verschwiegen haben, daß Österreich als selbständiger Staat nicht mehr zu retten sei.

Sicher nicht das einzige Thema, das Dichter und Verleger miteinander besprochen haben. Dieser weiß genau, daß nicht nur das Dorf, die Provinz ihre Stunde hat, auch die Historie. So wie es einem Mirko Jelusich mit seinem Cäsar-Roman gelungen war, ein idealisiertes Hitler-Porträt mit Lorbeer-Kranz und Toga zu entwerfen, so konnte man ja auch eine humane Idee mit Hilfe dieses neuen Modeartikels verbreiten. Kippenberg kam wieder mit seinem alten Steckenpferd: Die Vertreibung der Protestanten, wozu Waggerl tiefsinnig genickt haben mochte, um nicht unhöflich zu sein. Im übrigen machte man Ausflüge, besuchte das Grab von Franz Mohr – es war das erste, wovon Kippenberg seinem Geschäftsführer Dr. Michael nach der Rückkehr erzählte – und er bewunderte Waggerls Werkstatt und seine ungeheuere Blumenpracht im Garten.

Am 1. September 1937 schreibt Kippenberg aus Leipzig: *Zuletzt möchte ich Ihnen aufs herzlichste danken für die so freundliche und liebevolle Aufnahme, die ihre Gattin* * *und Sie mir in Ihrem Hause bereitet haben. Die Tage in Wagrain zählen - ich übertreibe nicht - zu meinen schönsten Erinnerungen aus dieser nicht leichten Zeit. Ich habe mich auch gefreut, einmal wieder zu sehen, wie sehr wir in allen wesentlichen Dingen einverständlich sind. – Das Manuskript der beiden Legenden ist, wie Ihnen schon bestätigt wurde, eingegangen; die dritte erwarte ich nun...*

In dieser *nicht leichten Zeit* schreibt Waggerl also Legenden. Und nicht für die fundamental-klerikale Regierung Schuschniggs, sondern für einen Ver-

---

* In einem P.S. läßt Kippenberg noch Berta Kramer grüßen.

lag in Nazi-Deutschland. Legenden, Märchen. Sie bieten die einzige Möglichkeit, noch etwas in Frage zu stellen, wie es Jewgenij Schwarz in Moskau mit seinem *Drachen* gelang oder Kästner in Berlin mit seinem *Münchhausen.* Hier kann auch Waggerl dem falschen Pathos ein Bein nach dem andern stellen und daran erinnern, daß die nunmehr entrückten Heiligen einst Menschen waren, beladen mit allerlei menschlichen Schwächen, die sie uns nur menschlicher machen. So erzählt Waggerl vom fränkischen Ritter Leonhard, daß es ihm, trotz guten Willens nicht so recht gelingen wollte, ein Eremit zu werden. *Denn ein wahrer und geborener Herr wird seine Sporen so schwer los, wie ein armer Teufel die Holzschuhe. Leonhard mußte wider Willen ein Kloster gründen und Abt werden, und als er starb, war er ein mächtiger Mann Gottes und weit berühmt. [...] Aber ich selbst kenne den Heiligen noch anders. In meiner Knabenzeit war er jahrelang unser nächster Nachbar, er wohnte eigentlich ganz mitten unter uns, gleich neben dem Roßstall.*

Haben nicht immer wieder Dichter in eigener Bedrängnis versucht, sich daraus zu retten, indem sie die Geschichten der (und des!) Heiligen neu erzählten. Die Lagerlöf, Keller, Shaw, Brecht. Jeder auf einer anderen Stufe der Naivität. *Es gehört zum Wesen der Dichtung,* sagt Hermann Broch, *welche zwischen zwei Kulturepochen steht, daß sie an der Religionssuche beteiligt ist; es ist dies vielleicht ihr schönstes Vorrecht. Überall wo sich Dichtung dem Religiösen nähert, greift sie mythologische Vorstellungen auf; dies ist nicht Absicht, sondern ergibt sich ungezwungen.*

Übrigens ist Kippenberg nicht der einzige, der in dieser Zeit kommenden Unheils sein Heil bei seltsamen Heiligen sucht. Es war die Verlagsbuchhandlung Herder zu Freiburg im Breisgau, die Waggerl zuerst den frommen Auftrag gab. Sie plante einen Sammelband *Die Vierzehn Nothelfer,* Untertitel *Heilige des Volkes,* für die Waggerl eben den St. Leonhard beisteuern sollte. Eine Kopie des Vertrages habe ich vor mir. Die Stempelmarke der Urkunde – um dem Bild dieser Zeit ein kleines Blitzlicht aufzusetzen – ist mit dem deutschen Adler geziert; der hält das unvermeidliche Hakenkreuz in den Krallen. Und mit diesem Kuckucksei in den Fängen wurde er so appliziert, daß er wie der Heilige Geist über der Überschrift *Die Vierzehn Nothelfer* schwebt.

Selbst Heilige wurden solcherart zu Parteigängern der Partei.

Als Sozialdemokrat und somit als Verfechter des Selbstbestimmungsrechtes der Nationen, als erster Kanzler der Republik Deutschösterreich und als gewesener Präsident ihrer Friedensdelegation zu St-Germain werde ich mit Ja stimmen.

Karl Renners Bekenntnis zum Anschluß an Hitlerdeutschland
(im *Neuen Wiener Tagblatt,* 3.4.1938)

Das millionenfache „Ja" der Deutschen am 10. April ist mehr als ein Bekenntnis brüderlicher Verbundenheit, es ist ein lauter Ruf in die Welt. Mit diesem Tag ist in Wahrheit der große Krieg zu Ende.

Karl Heinrich Waggerl
(im *Bekenntnisbuch österreichischer Dichter,* 1938)

Erschreckend! Übrigens beide, auch der Staatsmann. Der erste Kanzler der Ersten und später wieder der Zweiten Republik Österreich und deren erster Bundespräsident sagte also *Ja* zu Hitler. Ein politischer Kopf geht einem unpolitischen Dichter mit ungutem Beispiel voran. Der Dichter stolperte hinterdrein. Der einzige, der laut und deutlich *Nein* in den Äther schrie und *Ich weiche der Gewalt! Gott schütze Österreich!* war Bundeskanzler Schuschnigg. Dafür kam er ins KZ. Renner wollte zu Hause bleiben, dabei hätte er im KZ viele seiner Genossen treffen können. Waggerl aber nur wenige seiner Kollegen; ein paar jüdische Kabarettisten und Operettentexter, die schon vor dem *Anschluß* den Anschluß zur Elite ihrer Zunft verloren hatten. Die Großen der Branche waren weg: Werfel in Südfrankreich, Roth und Horvath in Paris, Zweig in London, Zuckmayer auf dem Weg in die Schweiz, Broch schon untergetaucht. Nur Musil ist noch beim Packen.

Sie alle haben Freunde im Ausland, die ihnen weiterhelfen werden. Sie sind international bekannt. Auch wenn es sie im ersten Schrecken in alle Windrichtungen zerstreut, im Geist kommen sie einander näher. Künstler, die sich früher nicht leiden mochten, die Bedrohung macht sie zu Brüdern. Sie helfen einander, organisieren Schiffsplätze für Kollegen, lassen auf kompliziertesten Wegen einander Tips zukommen, wie man über die Pyrenäen, über Spanien, über Portugal und über Kuba, über die Insel Man, über Schottland ins gelobte Land kommen könne – in die USA. Thomas Mann setzt sich für Zuckmayer ein. James Joyce für Broch. Eine große Gemeinde für den totkranken Freud. Der Geistesadel Europas – Söhne aus gutem Haus – findet in einer weltweiten Dorfgemeinschaft zusammen.

Der Dörfler Waggerl wäre ausgeschlossen geblieben, selbst wenn er hätte fliehen wollen. Die wenigen Fans, die er in Übersee hatte, waren von zu geringem Einfluß. Aber warum sollte Waggerl fliehen? Noch glaubt er, wie die Masse der Österreicher, an das Ende der beklemmenden wirtschaftlichen und politischen Misere. Er g l a u b t e , wo ein Karl Renner, der den größeren politischen Weitblick gehabt haben sollte, nur heucheln konnte. Gezwungen wurden sie beide nicht zu ihren Bekennntnissen. Im Gegenteil. Renner hat sich förmlich zu einem Interview gedrängt. Und auch Waggerl hätte im *Bekenntnisbuch österreichischer Dichter* nichts schreiben müssen. Immerhin fehlten zwei Daheimgebliebene in dem Buch, die das Dritte Reich schreibend überlebten: Alexander Lernet-Holenia und Franz Nabel. Und trotzdem durften sie weiter publizieren. Auch Waggerl hätte sich die Peinlichkeit ersparen können, die – wenn ich seinen Begrüßungstext weiterzitiere – so lautete: *Wir Leute, die wir damals von der Front heimkehrten, glaubten wir denn jemals an den Frieden? Sind wir nicht bewußt oder unbewußt immer Soldaten geblieben, warteten wir nicht insgeheim auf eine letzte große Entscheidung? Nun hat Adolf Hitler für uns alle gehandelt. Bedenkt es doch, Freunde: ein einzelner Mann, und nicht durch die Kniffe des Diplomaten, nicht durch die blutige Kunst des Feldherrn, sondern durch die hinreißende, die befreiende Kraft einer wahrhaft großen Menschlichkeit.*

Eulenspiegelei? Abgefeimte Ironie? Dummheit? Oder Kriecherei? Waggerl begrüßt den Diktator als Friedensbringer und lobt ihn ob seiner Menschlichkeit. – So sehr ich in Waggerl anfänglich einen Schweyk oder Eulenspiegel vermutet habe, hier ist er es nicht. Man darf bei allen diesen so ironisch wirkenden Sätzen nicht vergessen, daß Hitler für die meisten seiner Landsleute noch kein Mörder ist. Auch als blutiger Feldherr hat er sich noch nicht gezeigt. Mit Drohungen, die er ausstößt, steht er nicht allein da. Fahrlässig sind sie alle mit Worten umgegangen, die Politiker. Was dem einen die Rasse, ist dem andern die Klasse und dem dritten die Kasse; alle wollen etwas aus der Welt schaffen, damit diese endlich lebenwert würde. Das ist „Zeitjargon".

Außerdem betont Hitler mit gekonnt brechender Stimme immer wieder seinen Friedenswillen. Er will ja nichts, als nur alle Ungerechtigkeiten, die den Deutschen angetan wurden, aus der Welt schaffen …

Natürlich darf heute jeder von seinem Wissens-Hochstand stolz auf Menschen der dreißiger Jahre herunterschauen. Er sollte sich dabei nur vorsichtig umsehen, denn vielleicht steckt auch er mit dem Kopf in irgend einer Massenverrücktheit, die er genausowenig zu erkennen fähig ist, wie Menschen der dreißiger Jahre die ihre. In den Sog veitstanzähnlicher Ausbrüche zu geraten, davor ist niemand gefeit, auch wenn es sich nur um so harmlose Formen wie Weltmeisterschafts-Veitstänze handelt. Gefährlicher schon National- oder Befreiungs-Veitstänze. Am schlimmsten, wenn mehrere solcher Ausbrüche einander steigern. Hitler kam ja nicht nur als Wiedervereiniger. Er kam vor allem auch als Befreier. Er befreite Österreich vom Austrofaschismus, von der Arbeitslosigkeit, vom Parteienhader, von der Vorherrschaft des Klerus, von inneren Unruhen, von den Juden und – von seinen Goldreserven; ohne die hätte er seine Rüstung nicht fortsetzen können. Letzteres wurde erst Jahrzehnte später von nüchternen Historikern entdeckt. Männer ohne Veitstanz-Neigung. Oder Angehörige von anderen Veitstanzgruppen.

Genug. Jeder Massenwahn, auch der harmloseste, endet mit Katzenjammer. Waggerl dürfte ihn ziemlich rasch bekommen haben. Ihm, dem un*vergesellschafteten* Einzelgänger, wurde alles, was er früher freiwillig anstrebte, zur Pflicht. Die *Akademie zur wissenschaftlichen Erforschung und zur Pflege des Deutschtums* verlangt (durch Eilboten) seine Mitarbeit. Jeden Mittwoch finden Dichterabende in München statt. Am 17. August soll Waggerl dort erscheinen. *Reise zweiter Klasse wird bezahlt. Heil Hitler!* Die Redaktion eines *Sammelbuchs der Tapferkeit* erwartet seine Mitarbeit; ausgerechnet von ihm! Die *Heidelberger Gesellschaft zur Pflege der Heimatkunde* bittet den *Heimatdichter* zu einer Lesung. Der *Verband Deutscher Vereine im Ausland* gibt *Heimathefte* heraus; der *Volksdichter* Waggerl hat Beiträge zu liefern. Der Verlag R. Olddenburg gibt einen Band *Weltkriegsgedichte* heraus; Waggerl soll sein Urteil abgeben. Hat er dafür den Soldatenrock ausgezogen? Das *Reichsamt Deutsches Volksbildungswerk, Abtg. III/3* schickt einen Antwortbogen, der ausgefüllt werden muß. Wann K. H. Waggerl zu Dichterlesungen im *Arbeitsabschnitt 1939/40* zur Verfügung stehen könne (ob er will, wird nicht gefragt)? Das *Vortragsamt der Reichsschrifttumsstelle* wünscht für die Buchwoche im Oktober 1939 eine Lesung von Waggerl. Da dieser nicht gleich antwortet, kommt die Mahnung, die einem Befehl ziemlich ähnlich sieht: *Im Interesse einer lückenlosen Vorbereitung wäre ich Ihnen dankbar, wenn Sie mir Ihre Zusage, in der Zeit vom 22-29. Oktober Vorlesungen übernehmen zu wollen, übermitteln würden. Heil Hitler**. Es muß endlich etwas mehr Disziplin in den Kulturbetrieb der ostmärkischen Brüder kommen!

Bei der Neuausgabe von Waggerl-Geschichten wird notwendig, einige Stellen zu ändern, die nicht mehr der Zeit entsprechen. So steht etwa im *Wagrainer Tagebuch* der Satz *... denn die Heimat ist das Bleibende, das Ewige, die Erbgnade auch für unser unseliges Geschlecht.* Doch: *unser Geschlecht* sei nicht mehr *unselig*, darf es nicht sein, meint der prüfende Kollege Josef Friedrich Perkonig und schlägt vor, ohne seinem Kollegen *vorgreifen zu wollen*, man könne das unselige *unselig* einfach weglassen.

Der Reichsbauernführer Reichsminister R. Walther Darré wünscht *die Schaffung eines abendfüllenden Spielfilms, der die grossen Fragen neuzeitlichen Bauerntums zur Grundlage hat. Der Film soll besonders dem Städter die grossen Aufgaben näherbringen, die im Landvolk als Blutsquell und Ernährer des deutschen Volkes von unserm Führer Adolf Hitler gestellt sind.* Das bereits von Hanns Arens herumgereichte Treatment von *Brot* kommt für diesen Auftrag nicht in Frage. Der Simon in *Brot* ist zu sehr Eigenbrödler (zu wenig *vergesellschaftet*, nach heutigem Sprachgebrauch!).

Da ist das Angebot des Kunsthistorischen Museums Wien, an einer *Serie* mit Kunstwerken der *Ostmark* mitzuarbeiten, direkt erholsam. *Staatssekretär* Mühlmann (Staatssekretär! Einsitzen lohnt!) fördert sie. Bruno Brehm arbeitet bereits daran, Waggerl soll Salzburger Themen behandeln und auch die Herausgeberfunktion übernehmen.

Dazwischen suchen Familienangehörige Waggerls aufgeregt nach allen nur erdenklichen Tauf- , Heimat- , Geburts- und sonstigen Scheinen, denn jeder muß seine arische Abstammung nachweisen. So schreibt Waggerls Mutter am 5. Dezember 1938 an ihren Sohn: *Mein lieber Bub! [...] Wegen Vater seinem Vater brauchst Du Dir keine Sorgen zu machen [...] bei ledigen Kindern ist es nicht unbedingt notwendig, daß der Vater aufscheinen muß.* Gleich-

* Wiederum befinden sich die zitierten Briefe an Waggerl im Waggerl-Archiv zu Wagrain

zeitig beruhigt ihn die Mutter, sie ist ganz sicher, daß er kein Jude war, der Großvater. Aber nicht nur die Mutter sucht. Ein *Vötter* aus Goldegg schreibt mit ungelenker Hand seinem berühmten Namens*vötter*, daß er keinerlei Unterlagen habe, aber gern seinen werten *Vötter* kennengelernt hätte, während eine Nichte Magareta Puschkey wiederum beim Onkel nach den Daten jenes Großvaters fragt, den zu suchen die Mutter bereits aufgab. Und die Nichte verabschiedet sich, wie üblich: *Inzwischen grüßen wir euch alle mit Heil Hitler!*

Und dieser Hitler befiehlt seinen Dichter zu sich: *Herr Karl Heinrich Waggerl wird vom Führer und Reichskanzler aus Anlass des Tages der Deutschen Kunst am 8.Juli 1938 ab 20 Uhr zum Empfang in den Führerbau des Braunen Hauses zu München eingeladen. Anzug: Frack.*

Ob Waggerl einen Frack hatte und dort war, weiß ich nicht. Aber wenn einen der Führer und Reichskanzler eines auf tausend Jahre geplanten Reiches ruft, hat man zu erscheinen.

Die einzige von allen Pflichten, die Waggerl Freude zu machen versprach, die Ostmark-Serie, bringt ebenfalls Ärger. Da neuere Kunst durchwegs „entartet" ist, kann sich die Serie nur mit älterer Kunst beschäftigen. Das aber ist vor allem kirchliche Kunst, was nicht nur Spannung mit Parteistellen bringt, die nun wieder Kirchliches überrepräsentiert finden, es bringt auch Kritik von der religiösen Gegenseite, der die Betonung des österreichischen Barock – einer Kunst der Gegenreformation – zu viel ist. Waggerls Antwort auf den kritischen Brief einer Protestantin aus nördlichen Gefilden enthält ein für die Zeit erstaunliches Credo über die Verantwortung des Künstlers: *Freilich wurde auch den Meistern des Mittelalters ihre „Aufgabe aus dem Großen und Ganzen gestellt", aber nicht so sehr, weil ihr Auftraggeber es so wollte oder weil er selber es so verstanden, sondern weil ein wirklicher Meister eine Aufgabe eben nicht anders lösen kann als „groß und ganz", nämlich umfassend und für alle gültig. Der Tempel der Kunst ist zugleich der Tempel der Toleranz und er bleibt es, mag er noch so oft entheiligt worden sein.***

„Toleranz". Allein dieses Wort ist für die Nazis ein Fremdwort. Aber es kommt noch erstaunlicher: *Auch ich, gnädige Frau, gehe „unters Volk", ich lebe sogar seit zwanzig Jahren mittendrin, ich weiß, daß die Kirchen gefüllt sind, trotzdem oder gerade weil es „Einige" anders haben wollen.*

** Waggerl-Briefe, herausgegeben von Lutz Besch

Der Veitstanz ist ausgeheilt; bei Waggerl wenigstens. Aber wohin jetzt? Auch wenn er sich absetzen hätte wollen, er könnte nicht mehr, die Nachbarländer sind ebenfalls gefährdet und riegeln sich ab. Es gibt für einen wie Waggerl nur einen Fluchtweg: zurück in einen zivilen Beruf. Nach Kriegsbeginn fährt er nach Salzburg zum alten Streit-Freund Springenschmid. Der – nunmehr Parteigenosse, Bonze, Landesrat* – soll ihn wieder als Lehrer einsetzen. Springenschmid sträubt sich, er hat sichtlich Angst, die extravaganten Unterrichtsmethoden des einstigen Schulkollegen könnten bei seinen Parteifreunden Anstoß erregen, und so meint er, Waggerl solle seine kostbare Zeit doch einzig und allein dem Schreiben widmen, worauf dieser geantwortet haben soll: *Ich habe genug geschrieben, mehr geschrieben als gut ist ...***

Ob der Satz nun wirklich so gesagt wurde oder anders, Waggerl hatte sichtlich keine Lust, sich von dem System, das er mehr und mehr durchschaute, auffressen zu lassen. Als Lehrer konnte er sich den Kulturbefehlen leichter entziehen. Und so setzte er hartnäckig seinen Wunsch durch und kehrte in die Schule zurück. Dort freilich regte sich wieder die Lust, mehr zu tun als Stunden abzuhaspeln. Nicht nur, daß er wieder den ungewöhnlichen Freiluftunterricht einführte, für das Geld, das er für seinen Aushilfsdienst bekam, kaufte er wieder einmal Ski für arme Schulkinder und setzte sich mit Vehemenz für einen neuen Schulbau ein. Der war dringend notwendig, da ab dem Schuljahr 1938/39 die Volksschule Wagrain sechsklassig geführt wurde und der Unterricht nur im Schichtbetrieb erteilt werden konnte. Außerdem setzte er sich für eine Subvention für ein Heimatmuseum ein.

Und noch mehr bürdete er sich auf. Schon seit April 1937 war er wieder in der Gemeinde tätig, eingesetzt als Vertreter für das Bildungswesen noch von der alten Landesregierung, den „schwarzen Faschisten". Seit dem sogenannten „Umbruch" behinderte ihn allerdings ein „brauner Faschist" in seiner Arbeit. Der neue Bürgermeister von Wagrain, ein vom *Strome* herbeigeschwommener Gendarmeriebeamter, Kriegsinvalide, illegaler Nazi, also einer, mit deren Hilfe die „Schwarzen" gestürzt wurden, dieser Mann der neuen Zeit verhielt sich wie ein orientalischer Potentat. So entnehme ich es Auszügen aus Untersuchungsakten des Landrates, Kreis Bischofshofen, Oktober

* Karl Müller nennt ihn den *Goebbels von Salzburg*

** Nach Springenschmid: *Servus Heiner*

Waggerl anläßlich eines Festes auf Schloß Hohensalzburg im Gespräch mit einem Funktionär

1940, die das Verhalten des Wüterichs schildern: *Gegenüber den Parteien, die im Amt vorsprachen, war er äusserst tyrannisch und grob. Es kam vor, dass Leute aus der Gemeindekanzlei hinausgeworfen, ja dass ihnen sogar die Krücken nachgeworfen wurden. Die Bevölkerung, die beim Umbruch den Nationalsozialismus begeistert begrüsste, wurde durch den Terror des Bürgermeisters Hudez schwer enttäuscht und verängstigt, sodass ein wahres Aufatmen durch die Gemeinde ging, als seine Dienstenthebung bekannt wurde.**

Es war aber nicht nur das Benehmen dieses Mannes. Auch seine Kassengebarung war sagenhaft. So hatte er mit Gemeindegeldern ein Grundstück für ein selbst entworfenes Nazidenkmal angekauft; und allein für die Festlichkeit, die den Grundstückkauf feierte, wurde derart viel Geld ausgegeben, daß für das Denkmal selbst nichts mehr übrigblieb. Manche Rechnungen wurden zweimal verbucht, manche gar nicht. Standesamtliche Eintragungen vernachlässigt. Von Hudez durchgeführte Eheschließungen waren ungültig. Gemeinderatssitzungen wurden nicht protokolliert. Alle Entscheidungen traf der Potentat vom *Strome* in einsamer Größe.

Die Bevölkerung wünschte Waggerl an seiner Stelle.

Ich möchte diesmal die Stimmen all jener Nachgeborenen übergehen, die Waggerls Ernennung zum „Nazibürgermeister" schockte, empörte oder gar

* Waggerl-Archiv

entsetzte. Ich glaube, es war für eine verängstigte Bevölkerung immer noch besser, einen *unvergesellschafteten* Dichter zum Bürgermeister zu haben, der sich selbst als *Ja-ja-Bürgermeister* persiflierte, als einen hoch-*vergesellschafteten* Hudez, der nicht nur alle tyrannisierte, sondern die Gemeinde an den Rand des Ruins getrieben hatte. Waggerl – wie dem Briefwechsel mit Hudez zu entnehmen – hatte das Amt nur widerwillig angenommen, hat aber, als er von allen Seiten dazu gedrängt worden war, alles getan, um die Gemeindearbeit wieder in normale Bahnen zu bringen. Die Gemeinderäte wurden demokratisch angehört und ihre Meinung von Waggerl in so hohem Maße berücksichtigt, daß er eben nur noch als letztes Zünglein an der Waage fungierte. Daher der Ausdruck *Ja-ja-Bürgermeister.* In seiner Amtszeit wurden Wohnungen saniert, notwendige Reparaturen am Schulhaus durchgeführt, sinnlose, unter Hudez getätigte Ankäufe rückgängig gemacht und so die Finanzen wieder mühsam geordnet. Alle, die mit der Zahlung von Gemeindeabgaben im Rückstand waren, hatten Holz ins Armenhaus zu liefern. Vor allem aber versuchte der neue, nur kommissarisch eingesetzte Bürgermeister, mit allen Mitteln Geld für den Schulbau aufzutreiben, und drang mit Bitt- und Bettelbriefen bis zum Reichsminister Fritz Todt vor, dem Generalinspektor für das deutsche Straßenwesen. Das war zwar nicht der richtige Mann, aber es gab zwischen Todt und einigen Salzburgern private Beziehungen, die Waggerl nutzte. So wurde er vom Minister eingeladen, nach München zu fahren und mit einer Dienstmaschine des Ministeriums nach Berlin zu kommen, wo Todt ihm die Wege zu Ministerkollegen öffnen wollte.

Zur Aufmunterung des hilfsbereiten Ministers schrieb Waggerl die Novelle *Pfingstidyll an der Reichsautobahn*, die 1941 in einer Auflage von nur 100 Stück in der Schriftenreihe der Presseabteilung des Reichsministers Todt erschien. Es ist der einzige längere Text, den Waggerl während des Naziregimes geschrieben hat. Er entstand nicht, um einem Bonzen zu huldigen, sondern um Wagrain ein neues Schulgebäude zu verschaffen. Vergebliche Mühe übrigens. Todt mußte 1941 ins Rüstungsfach überwechseln und hatte da kaum mehr den Kopf, an einen Schulbau in Wagrain zu denken. 1942 starb er bei einem Flugzeugunglück; ein Ende, das auch manch hohen Offizier ereilte, der beim Führer in Ungnade gefallen war.

Die Handlung der *Idylle* ist belanglos, sie schildert zwei mit dem Auto reisende Paare, die sich immer wieder in der herrlichen Landschaft rechts und links des neuen Verkehrsweges umtun. Einer der Reisenden ist ein Maler, der ab und zu seine Maluntensilien auspackt, um zu arbeiten. Das Vorbild zu diesem Maler war Waggerls Malerfreund Ernst Huber, der Bilder zu dem Text entwarf. Und die gedruckten Exemplare handkolorierte. Hundert Mal.

Ernst Huber war in den zwanziger Jahren Mitglied der Wiener Sezession gewesen, gehörte – wie einer Lebensbeschreibung Elisabeth Kornhofers zu entnehmen ist – dem Kreis um Faistauer, Böckl und Kokoschka an und zählte zu seinen Freunden Josef Hoffmann und Ernst Krenek, Künstler also, die bei den Nazis für *entartet* galten. Vielleicht war es der geringere Grad seiner Bekanntheit, der ihn vor solcher Verdammung rettete. Auch vor jener zweiten nach 1945, die so manchem Künstler wiederfuhr, der die Nazizeit in der Heimat überlebt hatte.

Waggerl läßt seinen Maler auf dieser Reise eine unheimliche Geschichte erzählen: Er sei einmal mit seinem Malgerät nachts zu Fuß in einen düsteren Wald geraten. Habe einen Schrei gehört, ein verlassenes Feuer gesehen. Habe sich in seiner Müdigkeit trotz aller Unheimlichkeit an das Feuer gesetzt. Da aber habe er plötzlich das Gefühl gehabt, ein riesiger Mensch stünde hinter ihm. Eine Hacke in Händen. Bereit ihn zu erschlagen. Ohne sich umzublicken habe er sich ruhig erhoben, habe sein Malzeug genommen und sei bedächtigen Schrittes weggegangen. Das habe den Mörder so verblüfft, daß er wie angewurzelt stehenblieb, ohne ihm ein Leids zu tun.

Und der Schrei? erkundigten sich die Zuhörer der Erzählung.

Ich habe mich nicht weiter gekümmert, lenkte meine Schritte zur Straße und ging ins nächste Gasthaus.

Eine merkwürdig unbefriedigende Geschichte, nimmt man sie als reales Erlebnis des Erzählers und nicht als Traum, der das eigene Verhalten in einer immer unheimlicher werdenden Realität zu verarbeiten sucht. Wohl hört der Träumende die Schreie aus dem Dunkel. Wohl fühlt er die eigene Bedrohung durch die gleiche grausame Macht. Er aber er versucht, die Gefahr zu bannen, die Angst zu unterdrücken, indem er das Schreckliche ignoriert. Der Erzähler in der Erzählung weigert sich gegenüber seinen fragenden Zuhörerern plötzlich, auf die geahnte Wirklichkeit einzugehen und rettet sich in die Banalität eines Kurz-Schlusses.

Die Diskrepanz zwischen dem düsteren Wald, in dem Ungeheuerliches geschieht, und dem dann doch so nahe gelegenen, sicher scheinenden Wirtshaus machte mir lange zu schaffen. Eines Tages entdeckte ich aber bei Arthur Koestler den dazu passenden Gegentraum. Der ungarische Schriftsteller wurde in den Jahren seiner Flucht immer wieder von einem Zyklentraum heimgesucht: Männer zerrten ihn in das Gebüsch einer Parkanlage und schlugen auf ihn ein. Er schrie! Keine zehn Meter weit weg war eine belebte Straße. Er hörte Lachen. Singen. Aber niemand kümmerte sich um ihn.

Zweifellos gehörte Waggerl oder besser gesagt, sein erzählender Maler, zu den Passanten in Koestlers Traum. Menschen, die sich um den Schreienden nicht kümmern. Aber des Malers Traumgesicht erklärt, warum er sich nicht kümmern kann. Er ist wehrlos. So sehr ihn alles beunruhigt, der Wald, der ihn umgibt, ist undurchschaubar. So findet er im Traum keine andere Lösung, als den – oder die – Mörder zu ignorieren; andernfalls würde er selbst ein Opfer. Ein stummes Opfer noch dazu, das keine Zeichen setzt.

Nun muß ich freilich das Geständnis ablegen, daß diese Geschichte noch nicht in der für den Minister Todt gedruckten *Pfingstidylle* zu finden ist. Vielleicht stand sie im Manuskript und wurde von „sensiblen“ Redakteuren des Ministeriums eliminiert. Vielleicht hat Waggerl sie selbst weggelassen und erst in die Neufassung des Textes eingefügt, die nach dem Krieg unter dem Titel „Die Pfingstreise“ erschien. Wir wissen es nicht. Ich bin aber überzeugt, daß sie noch im Krieg entstanden ist, als Waggerl die *„Idylle“* schrieb, da sie uns den Blick ins Unterbewußtsein der Menschen jener Zeit auftut. Und da Waggerl uns immer wieder versichert, er sei kein großer Erfinder, bin ich geneigt, auch den Albtraum für keine Erfindung zu halten. Es wird tatsächlich der Maler gewesen sein, der den Traum geträumt hatte. Dieser Ernst Huber, Freund von *Entarteten* wie Kokoschka und Krenek, was blieb dem übrig, als die Schreie aus dem Dunkel zu ignorieren. Mehr noch als für den Ersten Weltkrieg galt ja Stefan Zweigs Satz im Zweiten: *Denn selbst im Exil ist es nicht so schlimm zu leben als allein im Vaterland. Und mit der langsam aufdämmernden Erkenntnis des Ungeheuerlichen, das alle umgab, war man lange Zeit auch unter Freunden allein.*

Auch Waggerl war mit seinem immer größer werdenden Mißtrauen gegen das Regime ziemlich allein. Vor allem in seiner gefährlichen Amtsfunktion. Niemand soll sich einbilden, ein Bürgermeistersessel sei zu dieser Zeit ein angenehmer Sitz gewesen. Zumal für Waggerl, der seinen Mund doch nicht halten konnte. Und der Hudez saß noch weiterhin im Dorf. Keineswegs ohnmächtig: trotz der ungeheuren Mißwirtschaft, die man ihm vorgeworfen hatte. Aber er war, wie das im Regimejargon hieß, ein *alter Kämpfer*. Ein Unberührbarer. Behörden und Justiz konnten gegen so einen nicht einschreiten. So war er Ortsgruppenleiter der NSDAP geblieben, die eigentliche politische Figur im Markt, der so die Menschen weiter tyrannisieren und vor allem jede kritische Äußerung weitergeben konnte.

Da scheint Waggerl mit Hilfe von Freund Mühlmann (Waggerl weist nach 1945 auch auf die Hilfe eines Regierungspräsidenten Dr. Albert Reitter hin) ein diplomatisches Glanzstück gelungen zu sein. Die Verschworenen bedienten sich dabei einer auch heute noch gebräuchlichen Technik. Sie lobten den unheimlichen Funktionär hinaus und hinauf. Ich entnehme dies der Abschrift eines Briefes, der mit *Der Kreisleiter* unterschrieben und an den Ministerialrat Dr. Wolsegger im Distrikt Krakau gerichtet ist. Er beginnt: *Mit Berufung auf die seinerzeit erfolgte Intervention des Herrn Staatssekretär a.D Dr. Mühlmann wird hiemit Parteigenosse Leopold Hudez, derzeit Ortsgruppenleiter in Wagrain, für eine Stelle eines Kreishauptmannes oder einer ähnlichen Funktion im Generalgouvermant empfohlen.*

Pg. Hudez ist [...] ein Mann von außergewöhlicher Tatkraft und tadellosem Charakter und verfügt über eine ungewöhnliche Bildung. Seine jetzige Stellung entspricht jedoch seinen Fähigkeiten in keiner Weise, abgesehen davon, daß nach den langen und entbehrungsreichen Jahren der Kampfzeit auch eine materielle Besserstellung wünschenswert wäre.

Pg. Hudez hat als Weltkriegsteilnehmer große Gebiete des Generalgouvernments kennengelernt und besitzt daher in dieser Hinsicht schätzenswerte Kenntnisse. Es kann versichert werden, daß er jede Aufgabe in gehobener Stellung vorbildlich lösen wird.

Der Kampf mit Hudez hat Waggerl keineswegs vorsichtiger in seinen Aussprüchen werden lassen. Im Gegenteil. Seit klar war, daß aus dem Schulbau nichts werden konnte, legte er sich keine Zügel mehr an. In Wagrain, wo man von allen Anschluß- und sonstigen Viren schon dank Hudez gründlich geheilt war, mochte das noch angehen. Aber Waggerl plauderte auch in der Stadt Salzburg im Café Bazar so, als ob es keine Gestapospitzel gäbe. Gerade dort aber trieben sich diese Kreaturen herum und horchten; und wurden fündig.

So soll er, nach Springenschmid, einmal mit seinem raumfüllenden Baß erklärt haben*: *Solange nicht alle politischen und militärischen Stellen im sogenannten Großdeutschen Reich von Österreichern besetzt werden, wird alles schief gehen.* Aus heutiger Sicht ein harmloser Scherz, damals eine Bemerkung, die einem die Tore ins KZ öffneten. Das war umso gefährlicher, als über Waggerl schon ein Akt angelegt war. Er gelangte auf den Schreibtisch des Gauleiters Scheel, der Springenschmid – von dem er wußte, daß er mit Waggerl befreundet war – rufen ließ. Dabei erlaubte sich der Schwabe Scheel auch wieder einen Scherz, den er sich allerdings als Gaufürst wohl eher erlauben konnte als der Dichter. Er meinte nämlich: *Genügt Ihrem Freund nicht, daß ohnehin an der Spitze des Reiches ein Österreicher steht?*

Doch sofort ernst geworden, forderte er Springenschmid auf, seinem raunzenden Schulkollegen ins Gewissen zu reden, da man, wenn der sich weiter in der Öffentlichkeit so äußere, gegen ihn vorgehen müsse.

Als Springenschmid daraufhin Waggerl – ebenfalls im Café Bazar – ansprach, bekam dieser einen Zornesausbruch, der sich vor allem gegen den Freund und sein politisches Engagement richtete. Und als ihn dieser auf die Gefahr aufmerksam machte, in der er schwebe, meinte Waggerl, der Krieg sei verloren und er werde den Mund nicht halten, sondern in alle Welt hinausschreien, daß es ein Unrecht sei, ihn noch weiterzuführen.

Springenschmid hielt seine Mission für gescheitert und verließ den Freund. Ein paar Tage später, so schreibt er, habe er per Post einen von Waggerl selbst gebundenen kleinen Band mit Blumengedichten erhalten, Vorläufer des Jahre später erschienenen *Heiteren Herbariums.* Wie eine Entschuldigung Waggerls für sein lautes Betragen sei auf der Innenseite des Heftes handgeschrieben gestanden:

Wir wissen nicht,
womit der Steinbrech Steine bricht.
Er übt die Kunst auf seine Weise
und ohne Lärm. Gott liebt das Leise.

Als aber Gauleiter Scheel sich erkundigte, wie die Unterredung mit Waggerl ausgegangen sei, habe er, Springeschmid, geantwortet, Waggerl habe ihm ein Gedicht geschickt. Scheel habe dazu die Bemerkung gemacht: *Dichten,*

* Karl Springenschmid: *Servus Heiner*

das ist gut, das kann er. Besser dichten als dummes Zeug schwätzen. Außerdem [...] werden wir den Waggerl einrücken lassen. Da muß er auf jeden Fall den Schnabel halten. So kam Waggerl in die Armee. Laut Springenschmid.

Die Geschichte scheint typisch für Waggerl. Vor allem in der Art, wie Springenschmid seinen Freund erst in selbstmörderischer Weise aufbrausen, nach einigen Tagen aber zur „Vernunft" kommen und Blumengedichte zur Versöhnung schicken läßt. Die ganze Erzählung hat nur einen Haken. Springenschmid schildert sehr genau, wie er Waggerl in dem mit Brettern vernagelten Café Bazar aufsuchte, dessen Scheiben bei einem Bombenangriff in Brüche gegangen waren. Doch die ersten Bomben in der Nähe des Cafés fielen erst zu Ostern 1945. Außerdem gibt Springenschmid für den Tag des belauschten Gesprächs den 13. Oktober 1944, Uhrzeit 21 Uhr 20, an. Das ist leider zu genau. Im Oktober 1944 war Waggerl längst eingerückt. Er hatte sich 1941 ins Militär geflüchtet, als ihm der Boden als Zivilist zu heiß wurde. Freiwillig. Denn er galt mit seiner Tuberkulose, die im Ersten Weltkrieg ausgebrochen war, als Invalide. So wurde er zuerst als Oberfeldwebel im Wehrkreiskommando XXVIII der Abteilung Wehrpropaganda zugeteilt. Am 30.12.1941 wurde er zur Beförderung zum Kriegsoffizier eingereicht. Seine Funktion als Bürgermeister behielt er bis Oktober 1942 bei. Danach wurde er vom Landrat des Kreises Bischofshofen für die Dauer seines Einsatzes beim Militär von dieser Funktion entbunden.

Er sollte sie nie mehr aufnehmen.

Vater, es wird nicht gut ablaufen,
bleiben wir von dem Soldatenhaufen!

Friedrich Schiller
(*Wallensteins Lager*)

Dieses *Bleiben wir von dem Soldatenhaufen!* schrieb der Oberleutnant des Generalkommandos 1C des Stellvertretenden Generalkommandos XVIII Karl Waggerl seinem Schreibstubenhelfer nach der Aufführung von *Wallensteins Lager*, an der sie beide mitgewirkt hatten, ins Tagebuch.

Die Aufführung war, wie mir dieser Helfer, der Grazer Schauspieler und Kabarettist Sepp Trummer berichtete, eine jener kulturellen Veranstaltungen, die Waggerl auf die Beine zu stellen hatte. Dazu kam die Organisation von Ausstellungen, die der Zivilbevölkerung das Heer von seiner besten Seite zu zeigen hatte, wie etwa die Wanderausstellung *Gebirgsjäger im Einsatz*. Außerdem hatte sich Waggerl um *Heldengräber* und Leichenbegängnisse großer Militärs zu kümmern. Dabei setzte er Handlungen, die nicht immer klar erkennen ließen, ob sie ihm aus Zerstreutheit passierten oder ob eine Eulenspiegelei dahintersteckte, wie etwa beim Begräbnis von Generaloberst Eduard Dietl. Dieser General erfreute sich, wie Rommel, großer Popularität in der Bevölkerung. Waggerl bereitete ihm eine besonders eindrucksvolle Totenfeier vor, die er überall plakatieren ließ. Erst wie schon alles im Rollen war, stellte sich heraus, daß Dietls Beerdigung als *Geheime Reichssache* hätte behandelt werden sollen, das heißt, daß sie kein Aufsehen erregen hätte sollen. Dietl war mit seinem Flugzeug in der Nähe von Hartberg in der Steiermark abgestürzt, und es ging das Gerücht, daß er – wie manch anderer beliebter Militär – eben weil beliebt, umgebracht worden sei. So ging die *Geheime Reichssache* Dietl unter großer Anteilnahme der Bevölkerung vor sich. Erstaunlicherweise geschah Waggerl nichts.

Mein Gewährsmann berichtet aber auch, wie Waggerl seine Stellung nützte, um Schauspieler, Maler, Musiker von der Ostfront zu holen, da sie – wie er in den Anforderungen erklärte – dringend an der *Heimatfront* gebraucht würden. So hat er u.a. dem großen Zeichner und Maler Hans Fronius und dem Surrealisten Franz Regler – beide für die Nazis *Entartete* – wahrscheinlich das Leben gerettet. Ebenso etlichen Schauspielern, Schrift-

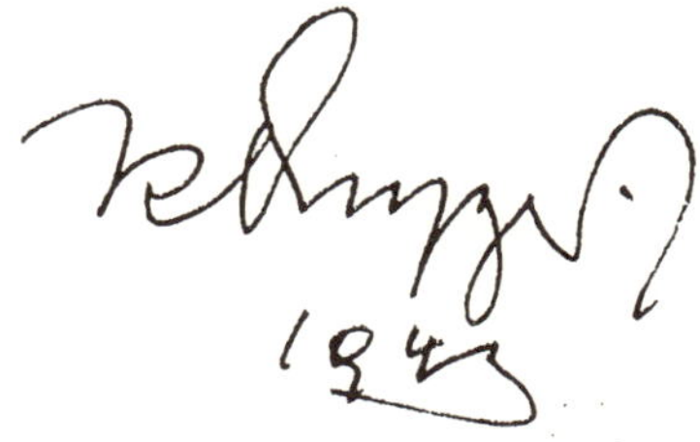

Waggerl als Soldat und seine Widmung in das Tagebuch des Schreibstubenhelfers (als Motto dieses Kapitels auf der gegenüberliegenden Seite transkribiert)

stellern und Musikern. Auch von Lernet-Holenia fand ich einen Brief, in dem er Waggerl bittet, seine Versetzung nach Salzburg zu unterstützen. Und einen Brief Weinhebers, der ihn ersucht, sich des Malers Werner Berg anzunehmen, welcher hoch oben in Lappland eingesetzt war und wegen seiner im slowenischen Teil Kärntens lebenden Familie schreckliche Ängste ausstand. Er wollte ihnen näher sein. Wahrscheinlich hielt er sie von den Tito-Partisanen bedroht; aber so etwas schrieb man damals nicht.

Zu Lesungen wurde Waggerl nach wie vor abberufen. Vor allem las er vor HJ und BDM. Nie in Uniform, immer in Tracht, wie ich es als Dreizehnjähriger vor dem Schloß Eggenberg bei Graz selbst miterlebte. Es war nicht unbedingt ein mein Leben prägendes Erlebnis, immerhin kann ich mich erinnern, daß die Stimme des vor einem Mikrophon Lesenden im Lautsprecher seltsam verzerrt geklungen hat. Wir hielten den Mann für einen Bauchredner. Angenehm war uns, daß er uns nicht mit Durchhalteparolen langweilte. Vielmehr erzählte er die höchst unkriegerische Geschichte eines halbzahmen Rehbocks, den er aus irgend einem Grund in seinen Garten eingesperrt hatte und später durch ein Hintertürl laufen ließ. Lediglich das Wort vom Hintertürl hab ich im Gedächtnis behalten.

Zu den militärischen Aufgaben Waggerls zählte auch die Redaktion des vom XVIII. Armeekommandos herausgegebenen Nachrichtenblattes *Unser*

Alpenkorps. (Da war er nun so etwas wie Musil im Ersten Weltkrieg.) Er hatte die Seite *Die Heimat erzählt* zu betreuen. Und da schmuggelte er manche das Heldentum persiflierende Geschichte ein, etwa die vom Vater Röck, der Kriegserlebnisse des vergangenen Jahrhunderts erzählte: *... wie also die Jäger über ein ebenes Feld hin in die große Schlacht rückten, nach der Schnur ausgerichtet und Horn und Trommel dabei, und gegenüber lag der Feind in einem verdammten Gemäuer und schoß heraus wie nach der Scheibe, aber da wich keiner. Wo einer fiel, trat der Hintermann in die Lücke.*

Einen Bäckergesellen [...] warf es auch um, aber im Todeskampf rollte er ihm (dem Vater Röck) *unter die Beine und verbiß sich in seine Wade. Kein Wunder, daß die Front ein wenig aus der Ordnung kam, als der Tod den Flügelmann am Stiefel festhielt. Was aber tat der Hauptmann? Er sprang zornrot heraus im Pulverrauch und schwang den Säbel: „Der linke Flügel hängt!" Darauf tat der Bäckergesell auch gleich seine Schuldigkeit und starb auf dem Fleck.* *

Das war nicht unbedingt der Ton, in dem man in Soldatenzeitungen den Heldentod glorifizierte. Noch sarkastischer wurde Waggerl in der kleinen Geschichte *Marschmusik.* Ein zwielichtiger, man könnte fast sagen ein melancholisch-ironischer Sarkasmus, wenn es das geben sollte. Waggerl schildert die Darbietung einer Blaskapelle, die wiederum eine Schlacht in erhabenen Tönen schildert. Mit dem rührenden Abschied des Kriegers von daheim, den schluchzenden Klarinetten, dem tröstenden Flügelhorn und den gewaltigen Trommel-Kanonaden, Posaunenrückzügen und einem wilden Gegenangriff mit Beckenschlägen und wiehernden Klarinetten. Doch am Ende wechselt Waggerl wieder einmal die Erzählerrolle, indem er allen Sarkasmus ablegt und – nur mehr er selbst – mit einem tiefen Aufstöhnen über seinen Helden zu sagen weiß: *Gott helfe ihm, daß er bald heimkehren und wieder an seinem friedlichen Herd sitzen darf, er und wir alle.*

Wohl dröhnt noch aus den Volksempfängern das Propagandageplärr der frontschwänzenden Moderatoren, aber die Friedenssehnsucht hat insgeheim alle erfaßt. Im Jänner 1944 schreibt Waggerls Mutter ihrem Sohn: *Mein lieber Bub! [...] Vielleicht wird es doch noch einmal anders werden, aber ob ich es erleben werde ist eben die Frage. Und nun habe ich die Absicht am Mittwoch den 19. nach Salzburg zu fahren. Ich fahre früh um* 6^h *hier weg u. Abends nach* 5^h

* *Unser Alpenkorps,* Juni 1941

Waggerl 1944 bei einer Lesung auf Schloß Eggenberg in der Steiermark. Rechts ganz im Hintergrund unter den HJ-Buben der Autor dieses Buches.

*wieder heim. Vielleicht wäre es Dir möglich zum Zug herauszukommen, daß wir uns grad Wiedersehen u. ein paar Worte reden könnten. Zu uns kommen wirst Du ja doch nicht können, bevor der Krieg aus ist. Wer weis wie lange der noch dauern wird [...] Sehr in Sorge bin ich halt immer um Dich da draußen. Gebe Gott daß ich das nicht auch noch erleben muß, daß Dir etwas zustößt.**

Gefährdet scheint mir der *liebe Bub* da draußen in Salzburg nur durch sein Mundwerk. Die Stadt war 1944 noch – wie man zu sagen pflegte – bombenfrei. Eine Art Kulturenklave. Noch kaum von Bombenangriffen gestört, läuft 1944 einer der ersten Farbfilme mit den ersten Nacktszenen der Filmgeschichte in den Kinos an. Besondere Delikatesse: das Drehbuch für diese von Goebbels sanktionierte Unterhaltungsspritze schrieb der mit Berufsverbot belegte Erich Kästner. Im Festspielhaus aber kommt ein Stück zur Welturaufführung, an dessen Konzeption schon Hofmannsthal und Stefan Zweig gearbeitet haben: *Die Liebe der Danae.* Musik Richard Strauss. Allerdings nur für den greisen Meister und einige geladene Gäste. Goebbels hatte knapp vor Beginn dieser *Kriegsfestspiele* den *Totalen Krieg* ausgerufen und dafür die Festspiele abgesagt.

So findet die totale Kultur nur noch hinter verschlossenen Türen statt. Hier kursieren die kühnsten Nachrichten: Der Krieg mit den Westmächten

* Waggerl-Archiv

soll beendet werden, um mit gemeinsamer Kraft gegen das Weltungeheuer Sowjetunion vorgehen zu können. Die Friedensschrift Ernst Jüngers wird in Durchschlägen weitergegeben, ein Stück Prosa, das dem Autor den Tod hätte bringen können, das aber nach dem Krieg als üble Anbiederung Jüngers an die Siegermächte betrachtet wurde. Auch der Versuch Rommels, Hitler zur Abdankung zu bewegen, wird in diesen Zirkeln besprochen.

Einer dieser Zirkel war in Salzburg der um Gretel Lanz. Das Modehaus *Lanz* war Ende der zwanziger Jahre zu einem Begriff für einen neuen Modestil geworden. Er übernahm Ideen und Materialien ländlicher Festtrachten, modifizierte sie aber für den Gebrauch angesehener Bürger, die damit Verbundenheit mit ihrem Heimatland ausdrücken wollten. Künstler der Festspiele übernahmen diese Mode. Natürlich wird dieser Hang zur Landestracht für den Ideologiejäger zum weiteren Indiz für die *Ideologieträchtigkeit* der Epoche, nur daß er jetzt bei dieser Tracht wird feststellen müssen, wie auch Gäste aus dem Ausland begierig nach ihr griffen und den niederträchtigen Virus sogar nach Übersee verschleppten. Im Hause *Lanz* war der Kontakt dorthin nie ganz abgerissen. Hier ging man kaum uniformiert, aber immer gut informiert aus und ein. Es war ein Umschlagplatz für Nachrichten, die weder aus dem Volksempfänger, noch aus den Zeitungen zu erfahren waren. In diesem Gebäude mit Postkartenblick aus den Arkaden heraus über die Salzach auf Dom, Festung und Untersberg, fand der Stadt-und-Land-Pendler Karl Heinrich Waggerl – auch wenn er dort nicht gerade wohnte – sein Stadt-Zuhause. Hier wartete man sehnsüchtig auf die Rückkehr der alten Kundschaft. Frau Zuckmayer hatte hier eingekauft, Friederike Zweig, Emil Jannings und Josef Kainz... – aber auch Reichsminister Todt.

Dazwischen kam für Waggerl – Ende März 1945 – die tragische Nachricht von der Zerstörung jener Insel, die ihm als Autor immer Schutz gewährt hatte. Das Haus Kippenbergs war durch Brandbomben vernichtet, jenes Haus, in dem Rilke seinen *Malte Laurids Brigge* vollendet hatte, in dem die großen Dichter des Jahrhunderts aus und ein gegangen waren, es bestand nicht mehr. Dr. Friedrich Michael – der Verlagsdirektor – berichtet Waggerl, daß sein Chef glücklicherweise auf Reisen war, während die Katastrophe über den Verlag hereinbrach. Und er schließt den Brief: *Ostern steht vor der Tür – aber ob unsere Passion nicht erst beginnt?*

Michael hatte recht. Die Osterpassion, welche die Alliierten den Deutschen bescherten, war eine letzte große Steigerung des Bombenkrieges. Nun wurde auch Salzburg nicht mehr geschont. Und da ich damals, auf der Flucht vor Titopartisanen, für kurze Zeit ebenfalls in Salzburg untergekommen war, geriet auch ich in der bis jetzt so geruhsamen Stadt in Lebensgefahr. Am 30. April 45 – auf dem Walserberg standen schon amerikanische Panzer – sollte ich zum Wehrwolf eingezogen werden, entkam den Werbern durchs Clofenster des Studentenheims, half noch beim Plündern der Rieder Kaserne, begab mich mit meiner Beute auf die Alpenstraße, wo gewaltige Kolonnen von Militärlastwagen nach Süden rollten, um hinter den Mauern des Hagen- und Tennengebirges eine letzte Zuflucht zu finden. Ich fand in einem Wagen Unterschlupf, wo Offiziere bei Sekt und Kaviar den Endsieg feierten. Ein Friedensfest, dem ich meinen ersten Vollrausch verdanke.

Ich schalte diese persönliche Episode nur ein, weil ich für einige Monate von Waggerl keine präzise Nachricht habe* und den Gedanken nicht loswerde, er müsse auch in dieser Flüchtlingskolonne gewesen sein. Wir fuhren durch das Tal der Lamma – der Paß Lueg war bereits gesprengt – Richtung Radstadt, wo wir etwa um Mitternacht eintrafen, und uns (Waggerl und ich) schon wieder trennen mußten, ohne uns kennengelernt zu haben.

Während ich meinen Rausch in einem Café am Hauptplatz zu Radstadt ausschlief, wird Waggerl wohl zu Fuß bei dichtem Schneetreiben den Weg über Altenmarkt nach Wagrain eingeschlagen haben. Jedenfalls verliert sich seine Spur bis zum Herbst 1945. Ob er in Gefangenschaft kam, ist nicht auszumachen. Ob von der Militärregierung ein Schreibverbot für ihn erlassen wurde – jetzt geht es ja umgekehrt, jetzt dürfen d i e nicht mehr schreiben, die vorher den Markt für sich gepachtet hatten –, scheint unklar. In einem Protokoll des Gemeinderates vom September taucht der Name Waggerl ohne die seit zwanzig Jahren übliche Berufsbezeichnung Schriftsteller wieder auf. Auch die Agentin Cäcilie Tandler, die sich in den dreißiger Jahren sehr um die Verbreitung Waggerlscher Kurzgeschichten verdient gemacht hat, während der Nazizeit aber untertauchen mußte, bringt sich bei Wagger wie-

* In Karl Müllers *Zäsur ohne Folgen* finde ich in einer Fußnote, Waggerl soll schon im April wegen seiner Tätigkeit als Wagrainer Bürgermeister in St. Johann inhaftiert worden sein, was mir ziemlich unwahrscheinlich scheint, weil die Amerikaner die Linie Bischofshofen-Radstadt-Schladming erst Anfang Mai zu besetzen anfingen.

der in Erinnerung, mit dem vielsagenden Satz: *Auch wenn die Möglichkeit, sie in der Presse unterzubringen, im Augenblick wohl nicht gegeben ist, so hoffe ich doch über kurz oder lang, die Leser mit Ihren schönen Beiträgen wieder beglücken zu können.*

Ein Brief Waggerls vom 18. Jänner 1946 an die *Salzburger Nachrichten* zeigt, daß Waggerl zu dieser Zeit nicht mit seinem Namen in Erscheinung treten wollte. Er schreibt: ... *ich weiß nicht, ob Sie die beiliegenden Manuskriptseiten werden gebrauchen können oder ob Sie sich überhaupt noch meines Namens erinnern. Wenn aber beides zutreffen sollte, so müßte ich Sie bitten, diesen meinen Namen nicht zu nennen. Ich habe zwar nichts zu verbergen und wäre rauflustig genug, mich mit einem anständigen Gegner auseinanderzusetzen. Aber [...] das ganze politische Dazuhältertum dieser Zeit möchte ich mir nicht auf die Fersen locken. Wenn Sie also meiner Bitte nicht entsprechen können, dann lassen Sie mich lieber wieder schweigen, wie ich seit vielen Jahren geschwiegen habe.*

Zugegeben, der letzte Satz gibt sich eine ihm eigentlich nicht zustehende dramatisch-tragische Pose. Er hat zwar in den letzten Jahren geschwiegen; fast. Aber er wurde gedruckt und neu aufgelegt. Sein Roman *Mütter* wurde in letzter Minute noch als Feldpostausgabe herausgebracht. Auch wenn Waggerl davon keinen Pfennig sehen wird, weil der Zusammenbruch des *Tausendjährigen Reiches* schneller vor sich geht als Auslieferung und Verrechnung: man wird es ihm übel vermerken, daß er überhaupt gedruckt wurde. Und da liegt die Wurzel seines Zorns, der sich in dem Wort vom *politischen Dazuhältertum* entlädt. Denn wenn auch die meisten aufatmeten, weil die tägliche Todesdrohung aus der Luft zu Ende war, der Hunger war größer denn je, die Denunzianten waren auch wieder da, sie hatten nur die Farbe gewechselt, und wenn ein paar Nazibonzen, die etwas auf dem Kerbholz hatten, tatsächlich erwischt worden waren und nun auch die Welt hinter Stacheldraht kennenlernten, so war diese Lagerwelt für die Insassen ein Paradies, denn sie wurden besser mit allem Lebensnotwendigen versorgt als ihre ehemaligen Opfer außerhalb der Zäune. So sah es zumindest in den ersten Monaten in den Besatzungszonen der Westmächte aus. Im Osten entfalteten dagegen die Sowjets, von einheimischen Kräften unterstützt, einen Terror, der den Nazigreueln zumindest ebenbürtig war.

Das *politische Dazuhältertum*, von dem Waggerl sprach, machte sich vor allem in jenem Vakuum in den Ämtern und im Wirtschaftsleben breit, das durch das Verschwinden jener entstanden war, die das Land bis jetzt verwalteten. In dieses Vakuum drängten angebliche Antifaschisten, Angeber und Schleichhändler; nicht die kleinen, die in ihrer oft lebensrettenden Tätigkeit von der Polizei verfolgt wurden, nein die großen, die gleich nach dem Einmarsch der alliierten Truppen mit den führenden Besatzern Verbindung aufgenommen hatten und den Schleichhandel en gros betrieben.

Natürlich wäre es falsch, diesen sich nur langsam aus Krieg und Grauen auferstehenden Staat als Werk einzig und allein von Ganoven, Denunzianten und Schleichhändlern zu bezeichnen. Aber mitgewirkt haben sie alle. Und in Massen. Wer nicht verhungern wollte, mußte sich ihrer bedienen. Zwar standen in den obersten Rängen der neu sich bildenden Regierung durchwegs ehrlich an das neue Österreich glaubende Männer, die ihre Ablehnung des Nationalsozialismus und ihr Eintreten für das vergangene Österreich mit Emmigration und KZ-Haft hatten zahlen müssen. Vor allem letzteren war es zu verdanken, daß Österreich von den Allierten einen Sonderstatus bekam. Wir galten – trotz der freudig bewegten Menschenmassen, die 1938 Hitler zugejubelt hatten – als erste Opfer der Hitler-Aggression. Dieser unser Opferstatus erleichterte uns zwar den Weg in die Demokratie, bedurfte aber einer großen Portion Heuchelei, einer Heuchelei, die insofern nicht schwer fiel, da sie kollektiv absolviert werden konnte. Eine bis zur Virtuosität gesteigerte Heuchelei hat unser Land zusammengeschweißt und davor bewahrt, Teil des Ostblocks zu werden.

Die nach außen gerichtete Heuchelei des neuen Staates brauchte natürlich nach innen eine Fortsetzung. Schließlich hatte dieses Land, trotz seiner staatlichen Unschuld, dem Nazistaat neben Hitler noch eine Menge anderer Kriegsverbrecher geliefert. So mußte rasch ein Kriegsverbrechergesetz her. Doch wer fiel unter dieses Gesetz, wer nicht? Die großen Verbrecher, soweit sie nicht längst geflohen, untergetaucht oder gar in den Dienst der Allierten getreten waren, kamen hinter Gitter. Wer von den mittleren und kleineren Mitmachern fiel noch unter das Gesetz? Und wer sollte – ohne gleich hinter Gitter zu kommen – vom neuen Staat gezüchtigt werden? Durch Entlassung aus dem Staatsdienst. Durch Berufsverbot. Es ging also darum festzustellen, wer ein überzeugter Nazi war und wer es am Ende noch ist. Damit begann in Zusammenarbeit mit den Besatzern ein Untersuchungsprozeß, dessen Benennung sehr an das Wort Entlausung erinnerte: Die *Entnazifizierung.*

Eine Groteske. Schon deshalb, weil niemand genau sagen konnte, was ein Nazi ist. Außerdem der Nazi im Nazi von außen nicht zu erkennen war. Doch man mußte die *Entnazifizierung* rasch vorantreiben, denn viele mittlere und kleinere Nazis wurden in der Wirtschaft und im Staatsdienst wieder gebraucht. Daher nahm man als Kennzeichen, ob einer Nazi war oder nicht, sein Parteibuch. Das war unkorrekt, denn es gab Nazis, die durch und durch Nazis waren und doch nicht bei der Partei. Und es gab, wie Erich Kästner in einem „Persilschein“ für Hanns Arens feststellte, Parteimitglieder, die keine Nazis waren, die nur in die Partei eingetreten waren, um einen bestimmten Beruf ausüben zu können. Einen besonders krassen Fall hatten wir in der Familie. Mein Stiefvater war ein Illegaler, einer jener Maulwürfe, die Hitler die Wege nach Österreich gewühlt hatten. Einer, der 1938 eine große Zukunft vor sich hatte. Doch schon wenige Wochen später hatte er sie hinter sich. Als er sich die Papiere für den Ahnenpaß beschaffen wollte, erfuhr er von seiner Mutter, daß sein Vater Jude war. Er griff zur Pistole und erschoß den Juden in sich. War er nun Opfer oder Täter? Und wie weit war die Familie nun Nutznießer oder Opfer des Nationalsozialismus?

Auf solche Spitzfindigkeiten konnten die Entnazifizierungskommissionen bei dem großen Andrang, den sie zu bewältigen hatten, nicht eingehen. Wer am lautstärksten seine innere Wandlung hinausschrie, sich schuldbewußt auf die Brust klopfte und dazu noch überzeugende Weißwäscher aufmarschieren ließ (wie der Hanns den Erich), der hatte schon gewonnen und konnte fortan selbst als Weißwäscher oder – wenn er sich besonders nützlich machen wollte – als Denunziant auftreten.

Das alles muß man sich vor Augen halten, wenn Waggerl vom *politischen Dazuhältertum* spricht. Er selbst versuchte sich aus diesem Jahrmarkt von Be- und Ent-Schuldigungen herauszuhalten, indem er alle Verlagsangebote ignorierte. So gab er keine Antwort auf den freundlichen Brief der Cäcilie Tandler. Auch auf ein Angebot des Stockerverlags vom 5. September reagierte er nicht. Der Verlag Johann Schönleitner in Oberösterreich versuchte sich ebenfalls vergeblich an den Dichter heranzumachen.

Untern den Werbern war auch der *Verlag der Arche,* der zu seinen Autoren Ricarda Huch, Ernst Jünger, Werner Bergengruen und Lernet-Holenia zählte, Namen von „Daheimgebliebenen“, die sich dem Nationalsozialismus gegenüber distanziert bis ablehnend verhalten hatten, ja sogar gemaßregelt worden waren*. Doch trotz dieser guten Gesellschaft, die freilich keinen einzigen „Exildichter" aufwies, scheint Waggerl auf das erste Angebot des Verlags nicht reagiert zu haben. Und das Winken des Otto Müller Verlags in Salzburg ignoriert er gleichfalls, wie aus einem Brief des Verlegers vom 9. Mai 1946 hervorgeht.

Dabei ist Waggerl ohne Einkommen. Vom Inselverlag völlig abgeschnitten. Auch seine Lehrerrente soll eingestellt werden, weil er ja Nazibürgermeister war. Er muß Hausrat verkaufen. Und er versucht sich wiedereinmal in einem neuen Beruf. In einem, für den er glänzend geeignet scheint. Am 15. Oktober bekommt er von einer *Vereinigung Weihnachtsmarkt der Salzburger Künstler für Salzburger Kinder* einen Brief, dem zu entnehmen ist, daß er sich bereit erklärt hat, für den Christkindlmarkt der Stadt mit einigen Helfern Spielzeug herzustellen. Auch im Protokoll der Gemeinderatssitzung vom 28.10.45 taucht sein Name auf: *Hr. Waggerl* – nicht Bürgermeister, nicht Altbürgermeister, nicht Schriftsteller – *hat um Belassung eines Teils der Wirtschaftsbaracke des ARD Lagers angesucht.* Er will sie als Arbeitsstätte für kunstgewerbliche Heimarbeit verwenden. Das Gesuch wird bewilligt, so der Gemeinde dadurch keine Kosten erwachsen. In einer Zeit, wo es nichts zu kaufen gibt, auch keine Spielsachen, wo auf der andern Seite viele Menschen verzweifelt Arbeit suchen, gründet er also eine Spielzeugmanufaktur.

Außerdem bekommt er *Care-Pakete* aus Amerika. Ernst Waldinger, der Lyriker, der 1938 geflohen ist, schickt welche. Auch vom *Goucher College* kommen sie; dort haben die Studenten des *Department of German* auch während des Krieges Waggerltexte gelesen. Ebenso an anderen Colleges. Seltsam berührend, wie der Haß des westlichen Auslandes auf Deutschland nach Zusammenbruch des Nazistaates dem Mitleid für die Überlebenden wich. Es scheint, daß man im westlichen Ausland Verständnis für das Martyrium aller hatte, die unter diesem Krieg gelitten haben, und nicht so sehr zwischen schuldig und unschuldig unterschied, denn schließlich – das schien man aus der Ferne besser zu erkennen – lag die Schuld nicht allein bei denen, die mit ihren Hakenkreuzen herumfuchtelten. Es gab genug andere Symbole-Fuchtler, die nunmehr triumphierten und wieder nicht verstanden,

* Die Huch mit Schreibverbot, Jünger mit Ausstoßung aus der Armee und Lernet-Holenia mit dem Verbot eines Romans.

daß sie Mitschuld an der Katastrophe trugen. Waggerl hat das gegenüber einem Schriftstellerkollegen* so ausgedrückt: *Es ist wahr, ich hielt den Nationalsozialismus eine Zeitlang für eine Erscheinung, die Vertrauen verdiente. Ich schäme mich jetzt dieses Irrtums, es ist nicht der einzige, leider, dessen ich mich zu schämen habe. [...] Ich wäre sogar eines Gefühls der Reue fähig und würde das öffentlich eingestehen, wenn jene, die alles immer schon gewusst haben, mir zeigen wollten, dass sie wirklich weisere und menschlichere Menschen sind.*

Aber selbst wenn Waggerl das Eingeständnis seiner Scham öffentlich gemacht haben würde, in der Heuchelatmosphäre jener Zeit wäre es sicher als Heuchelei belächelt und als Anbiederung an die neuen „Machthaber" empfunden worden. Dazu aber war Waggerl nicht schamlos genug.

Wie, wann und warum Waggerl sich nach dem Krieg dann doch verantworten mußte, ja sogar einmal inhaftiert worden sein soll, dafür gibt es keine präzisen Daten**. Es existiert nur eine Erklärung aus dem Jahr 1945, die Waggerl sichtlich verfaßt hat, um sie Behörden vorzulegen, wie etwa der Schulbehörde, die ihm seine Rente streichen wollte. Darin steht unter anderem: *Ich habe mich niemals um die Aufnahme in die nationalsozialistische Partei beworben. Sollte ich trotzdem in irgendwelchen Listen als Parteimitglied genannt worden sein, so handelt es sich um einen Übergriff des damaligen Ortsgruppenleiters [...] Ich habe selbstverständlich auch kein Parteiabzeichen besessen oder getragen. [...] Ich habe nie den sogenannten Ariernachweis erbracht.****

Tatsächlich findet man Waggerl in Briefen der Schulbehörde und verschiedenen Parteidienststellen nie als *Pg.* angesprochen. Der einzige, der ihn brieflich als *Parteigenosse* anspricht, ist eben jener Bürgermeister und Ortsgruppenleiter Hudez. Aber selbst wenn Waggerl in diesem Punkt gelogen haben sollte – wir waren zu einem Volk geworden, das sich von einer Lüge in die andere rettete –, so war es doch eigentlich unmöglich zu behaupten, man habe nie ein Parteiabzeichen getragen; wir hatten zwar viele Lügner, wir hatten aber noch mehr Denunzianten.

Auf schwachen Füßen hingegen stünde der Versuch, Waggerls Behauptung zu untermauern, er habe keinen Ariernachweis erbracht. Daß die ganze Ver-

---

* Brief an Georg Rendl, zitiert nach *Zäsur ohne Folgen*

** Die NS-Registrierungsakten sind aufgrund gesetzlicher Sperrfristen laut Dr. Müller noch nicht zugänglich.

*** Zitiert nach der Briefausgabe von Lutz Besch

wandtschaft 1938 Unterlagen für dieses Dokument suchte, das zu besitzen Pflicht war, wissen wir bereits. Bleibt nur die Möglichkeit, daß Waggerl im nachfolgenden Kampf mit Hudez auf dieses Papier tatsächlich vergessen hatte. Und wenn Waggerl behauptet, daß drei seiner Bücher in Deutschland verboten waren und nicht gedruckt wurden, dann ist das auch eine sehr gewagte Behauptung. Selbst wenn ich mich in seine Denkart hineinversetze und den nie gedruckten *Georg*-Roman an die erste Stelle setze und das von den Nazis nicht geförderte *Jahr des Herrn* an die zweite, so müßte ich noch sein *Wägen und Wagen* dazusetzen, das später als Fragment gedruckt wurde, oder ein anderes unfertiges Manuskript aus dem Nachlaß kramen.

Aber einer Zeit, in der ein ganzer Staat sich aus seiner Vergangenheit herauszulügen suchte und viele seiner Bürger mit ihm, scheint mir Waggerl vergleichsweise eher ehrlich reagiert zu haben. So hat er nie geleugnet, dem Nationalsozialismus anfänglich Sympathien entgegengebracht, nie behauptet, das Nazisystem rechtzeitig durchschaut zu haben, und hat sich nie gebrüstet, dem Regime irgendwann Widerstand geleistet zu haben. Wo andere sich großer menschlicher Taten* rühmten, schwieg er; vermutlich weil er sich für die vielen Selbstlober schämte. Immerhin platzte ihm, der sich mit politischen Äußerungen mehr als zurückhielt, auch einmal der Kragen über die zweierlei Maß, mit denen mancher Leute Vergangenheit gemessen wurde**:

Es muß nicht jeder ein Schwein sein, der einmal genötigt ist, sich durch einen Morast zu wühlen. Am Morast kann es überhaupt nicht liegen; wie wäre es sonst möglich, daß so viele Schweine in Klubsesseln sitzen!

---

* Hier gäbe es noch etliche Unterlagen zu prüfen, die zum Teil überhaupt nicht zugänglich sind oder durch das Veto von Waggerls Tochter nicht zitiert werden dürfen.

** Offener Brief an Otto Basil in *PLAN,* 2. Folge 1947, Heft 5

Der Grashalm
Wer rühmt des Ungerühmten Ehre?
Er lebt und stirbt im großen Heere
der grünen Plebs.
Und dennoch: daß er wiederkehre,
Und Kuh und Schaf und mich ernähre,
Gott gebs!

Karl Heinrich Waggerl

Mitten im Elend der Kriegs- und Nachkriegszeit, mitten im Kampf ums Überleben, mitten zwischen argen Be- und verweigerten Ent-Schuldigungen, entstand dies seltsam-zarte Gebilde aus dem Umkreis des Zyklus *Heiteres Herbarium**, welcher erst 1950 erschien, dann aber die größte Auflagenziffer von allen Werken Waggerls erreichen sollte. Der Zyklus kam heraus, als der körperliche Hunger der Menschen nicht mehr ganz so groß war und dafür der andere Hunger, den die Italiener so ungeniert *appetito di bellezza* oder gar *appetito di poesia* nennen, wieder stärker wurde.

Aber was ist das für eine Poesie, wird man fragen, die sich nach einem mörderischen Krieg mit einem Grashalm beschäftigt? Wortspielerisch noch dazu. Doch dann horcht man hinein und hört, wie der getretene, unbeachtetete, niedergemetzelte Halm den gleichen dithyrambischen Auftakt bekommt wie Beethovens Chorruf *Die Himmel rühmen des ewigen Ehre.* Wie aber der gleiche Aufschwung schon von Zweifel durchsetzt ist, ob für das hilflose Geschöpf sich je einer finden werde, der es des Rühmens für wert befände. In seiner Kürze ist das Gedicht ein Mantra – eine buddhistische Gebetsformel – für die Gedemütigten und Vergessenen, für alle Getretenen und Unbeachteten. Heute noch mehr als damals, denn damals zitterte *die grüne Pleps* vor Panzerketten und Marschtritten, heute wird sie mehr noch vom sauren Regen, von Insektiziden und der Gefahr des Einbetoniertwerdens bedroht.

Das *Heitere Herbarium* wäre also, wenn wir dem leider nur sehr bedingt glaubwürdigen Springenschmid glauben, zum Teil wenigstens noch in den letzten Kriegsjahren entstanden. Für den *Grashalm* habe ich ein sicheres Datum. Er und die *Gemeine Brunelle* wurden in Waggerls Handschrift im Juni 1949 von Dr. Michael dem Inselherrn Anton Kippenberg zum fünfund-

Karl Heinrich Waggerls erfolgreichstes Werk. Das Titelblatt ziert ein Aquarell des vielseitigen Autors

siebzigsten Geburtstag überreicht.* Doch welchen Anlässen diese Blumengedichte auch ihr Entstehen verdankten, gewidmet sind sie fast alle den Unbedankten, leicht zu Übersehenden, den stillen Duldern, wie der Taubnessel, dem Steinbrech, dem Vergißmeinnicht oder dem erbärmlich zitternden Zittergras, von dem es heißt:

* Offensichtlich wollte Waggerl die Einmaligkeit dieses Geschenks nicht entwerten und hat deshalb beide sichtlich dem Zyklus angehörigen Gedichte nicht in die Erstauflage des *Heiteren Herbariums* aufgenommen. *Der Grashalm* erschien gedruckt zum ersten Mal 1955 in der von Dino Varese herausgegebenen *Inneren Biographie* Waggerls in *Das Lebenshaus.*

Im Erdreich fühlts den Höllenwurm,
in Lüften Gottes Atemsturm. –
Du, Mensch, mit deinem Hirngewicht
du spürst das nicht.

Wer möchte dem armen Geschöpf – trotz eigenem zu groß geratenem *Hirngewicht* – sein Mitgefühl versagen? Wir jedenfalls, wir Jungen 1950, wir, die wir uns ein paar Jahre zuvor als Knaben zitternd ins Erdreich vergruben, wenn über uns, wenn schon nicht *Gottes Atemsturm*, so doch die Feuergarben der Tiefflieger, die Luftminen und Brandteppiche hinwegbrausten, wir spürten aus diesen spärlichen Zeilen noch das hilflose Ausgeliefertsein an ein Ungeheuerliches, dem wir nicht wehren konnten. Das heißt aber nicht, daß wir deshalb ausschließlich Waggerl lasen. Da sich unsere Lehrer und Vormünder über das Vergangene gründlich ausschwiegen, suchten wir bei den noch vor kurzem verbotenen und noch immer kaum zugänglichen „modernen Autoren" Hilfe. Wir entdeckten Kafka. In der Erzählung *In der Strafkolonie* fanden wir das Grauen der Konzentrationslager in einem sensitiven Kopf bereits in einer Zeit vorgebildet, in der noch niemand wußte, was das ist, ein KZ. Und wir fragten, ob diese Lager wirklich nur die einmalige schauderhafte Entgleisung eines einzelnen Volkes (des Volkes, dem wir noch vor kurzem angehört hatten) gewesen sei oder ob nicht jede Massenkultur, in eine ideologische Einbahnstraße gedrängt, Gefahr liefe, ähnliche Greuel zu produzieren. Und wir verdächtigten die Sowjetunion ähnlicher Ungeheuerlichkeiten. Uns empörte auch, wie die Älteren so taten, als hätten sie die vergangenen Jahre auf einem anderen Planeten gelebt, und wie viele wirklich Schuldige bereits wieder zu Ansehen und Einfluß gelangten, während Unschuldige büßten. Aber zu all dem durften wir den Mund nicht aufmachen, sonst hätte man uns *Nazibuben* geschimpft. Oder Schlimmeres.

Ein „Trostbuch" jener Zeit war für viele von uns der *Dr. Faustus* des Thomas Mann. In diesem Roman erlebten wir Menschen der Vorkriegszeit, die in einer geistigen Welt lebten, die wir in unserer Gegenwart vergeblich suchten, aufregende Gestalten, auch wenn sie alle samt ihrer Geistigkeit in den Abgrund geschlittert waren. Unsere reale Welt aber war eine Welt hohler politischer Phrasen, wie sie uns erst die Nazis tagtäglich vorgeschnarrt hatten und wie sie danach, mit geänderten Vorzeichen, die neuen Demokraten herunternuschelten. Wir waren der Phrasendrescherei müde. Thomas Mann schien im fernen Amerika besser begriffen zu haben, daß jenes *Dritte Reich* nicht nur deshalb grauenhaft war, weil es Menschen in Konzentrationslager sperrte, sondern weil es insgesamt zu einem Konzentrationslager geworden war, in dem wir alle gesessen hatten und uns von unseren Führern aus unnahbarer Höhe erklären lassen mußten, daß diese von ihnen geschaffene Hölle eigentlich das Paradies sei.

Doch schon gab es neue Paradiesverkünder. Einer davon war der Wiener Kulturstadtrat Viktor Matejka. Sohn aus gutem Haus – und überzeugter Kommunist. Damals.

Dieser Matejka, das muß man ihm zugestehen, kannte die alten Höllen gut. Er war schon während des Austrofaschismus ins KZ gekommen und wurde von den Nazis gleich übernommen. Ein integrer Mann, dem die Sozialdemokraten im Kampf gegen das Unrecht in der Welt zu lax erschienen und der deshalb zu den Kommunisten übergewechselt war. Ein ehrlicher Mann, gewiß, aber einer, der wieder einmal glaubte, den einzig möglichen Weg zur Seligkeit gefunden zu haben, und jedem mißtraute, der ihn nicht zu gehen gewillt war. Dieser Mann fand es unmoralisch, daß für Waggerls Texte kostbares Papier verschwendet wurde, wo manch Wahrheitsprediger der eigenen Partei darben mußte. Er war nicht der einzige Intellektuelle, der die Meinung vertrat, nach Auschwitz seien Gedichte sinnlos geworden. So ließ Hermann Broch seinen sterbenden Vergil sagen: *Was aber war all dem Blute, all den vielen Opfern, all den Qualen entgegenzuwerfen? Verse? waren Verse nicht zu wenig und doch zu viel? vermochten Verse eine Welt zu ändern?*

Doch mochten Verse auch nichts ändern in dieser Welt, Broch war so fasziniert von dieser Frage, daß er dem sterbenden Dichter eines aufblühenden Kaiserreiches Hunderte von Seiten seines ekstatischen Prosagedichts widmete. Waggerl – nein, kein Vergleich mit Broch, der mit Albert Einstein verkehrte, mit Thomas, Erika und Klaus Mann, der an literarischen Werken nur deshalb arbeitete, um seinen Lebensunterhalt zu bestreiten, der aber seine eigentliche Aufgabe in der Erneuerung der Demokratie und der Erforschung von Massenwahn-Phänomenen sah – Waggerl hatte sicher ein naiveres Verhältnis zur Lyrik. Auch wenn er genausogut wußte, daß Verse die Welt nicht zu ändern vermögen, glaubte er doch, daß sie wenigstens für Augenblicke die Zeit zum Stillstand bringen und uns Momente ruhigeren Atmens schenken können. Waggerl war viel zu einsichtig in seine Schwächen, um zu hoffen, er könne mit seinem Wort die Welt verändern. Das einzige, was er sich zutraute, war, dem Einzeln-Einsamen ein Fenster zu öffnen.

Wenn ich Broch und den Wagrainer hier noch einmal zusammenbringe, so deshalb, weil es zwischen den beiden, wenn auch dünne, so doch, wie mir scheint, wichtige Verbindungsfäden gibt. Da ist einmal Ernst Waldinger, der heute fast vergessene österreichische Lyriker, der in New York mit Broch freundschaftlich verkehrte, während er, voll Verständnis für die Schwierigkeiten des daheim gebliebenen Kollegen, Waggerl *Care-Pakete* schickte. Ein vor den Nazis geflohener, der nun in Amerika einer neuen Verfolgungswelle ausgesetzt war: Er wurde von McCarthys Sbirren verdächtigt, Kommunist zu sein. Da hatte also der Massenwahn des Jahrhunderts nur neue Züge angenommen und war von den wahnsinningen Massen auf deren Verfolger übergesprungen. Während die Amerikaner Nazi-Kriegsverbrecher nach Südamerika entwischen ließen, andere bereits in ihre Kriegsindustrie integrierten, während einer der schrecklichsten Massenschlächter des Jahrhunderts gemütlich pfeiferauchend aus den Wochenschauen auf uns heruntergrinste, begann man kleinen und kleinsten Intellektuellen, die das Dritte Reich relativ unbeschädigt überlebt hatten, ihre Mitschuld an diesem vorzurechnen; vor allem wurden jene mit aller moralischen Strenge zur Verantwortung gezogen, die es aus intellektuellem Eigensinn verabsäumt hatten, sich im richtigen Moment bei einer der wieder auferstandenen Parteien der Ersten Republik Schutz zu suchen.

Mochte sich Waggerl als junger Mann noch den Intellektuellen zugezählt haben, schon bald – erinnern wir uns – versuchte er, sich von jenen zu distanzieren, deren Kulturgeschwätz ihm auf die Nerven ging. *Intelligent ist jeder Trottel*, rotzte der eben zu Dichterruhm aufgestiegene Waggerl schon 1932 in der Zeitschrift *Die neue Literatur*. Doch mit Sprüchen kann niemand seinem Intellektuellenschicksal entgehen. Nicht einmal die Anfeindung durch andere Intellektuelle befreit von diesem Stigma.

So wurde Waggerl als einer der herausragenden Salzburger Intellektuellen – wenn ich mich auf Karl Müllers Recherchen verlasse * – nach kurzzeitiger Haft im April/Mai 1945** ein Jahr darauf noch einmal vor ein Tribunal zitiert, dem Tribunal der amerikanischen Besatzungsmacht. Den Anzeiger

* *Zäsur ohne Folgen.* ** Die Bedenken gegen diese Behauptung auf Seite 283

kennt man nicht. Waggerl verdächtigte den Dichterkollegen Georg Rendl. Elf Stunden soll das Verhör gedauert haben. Eine mit General Keynes befreundete Waggerl-Leserin soll aber bereits 1945 für den Dichter eingetreten sein. Wer das war, erfährt man bei Müller leider nicht. Waggerl hatte Leserinnen in den USA. Lehrerinnen. Verehrerinnen. Übersetzerinnen. Aber es könnte auch Gretl Lanz gemeint sein, zu deren Kunden und Geschäftsfreunden vor und nach dem Krieg viele Amerikaner gehörten.

Es gab aber noch jemanden, der dem bedrängten Dichter geholfen haben wird, einer, der bisher übersehen wurde: Hermann Broch junior. Er hatte bis 1946 als US-Offizier unter General Keynes in Salzburg gedient. 1949 begann er seine Tätigkeit bei General Motors. Auch er stand dem Kreis um Gretl Lanz nahe. So kann man wohl annehmen, daß der Broch-Sohn dem Waggerl, dem Verleumdeten, vor den Richterstühlen der Militärs Beistand geleistet hat.

Vor dem Richterstuhl Matejkas aber mußte Waggerl sich selber helfen. In einen Krieg mit dem strengen Moralisten geriet er auf folgende Weise:

Otto Müller war es nach mehreren Anläufen gelungen, Waggerl zu überreden, doch endlich wieder zu publizieren. Ende 1946 war die *Pfingstreise*, die überarbeitete *Pfingstidylle an der Reichsautobahn,* in diesem Verlag erschienen. Danach bemühte sich Müller, das ganze Werk Waggerls aus der *Insel* herüberzuholen. Das empörte – nein, nicht Kippenberg – das empörte Matejka. Im Herbst 1947 erschien von ihm ein Artikel im *Österreichischen Tagebuch* mit dem Titel *Unangenehme Notizen über Bücher und Mörder,* in dem der Kommunist Matejka unter anderem sein Bedauern aussprach, daß 1945, nach dem Einmarsch der Russen, eine bestimmte Gruppe von SA- und NSKK-Leuten nicht sofort und ohne Prozeß gehenkt worden seien, nachdem sie am 6. April 1945 einen Gasarbeiter in Simmering ermordet hatten; einen Mann, der sich bemühte, das heimische Gaswerk vor der Zerstörung durch die Nazis zu retten. Nun war das Verhalten jener SA- und NSKK-Leute nicht nur empörend, es war auch grenzenlos dumm. Sie waren dieses Mordes wegen nach Kriegsende auch gefaßt worden. Daß aber ein Wiener Stadtrat im nunmehr demokratisch gewordenen Österreich noch immer von der Lynchjustiz des Jahres 1945 schwärmte, zeigt, wie sehr die Verkünder zukünfter Paradiese einander glichen; in diesem Fall der Kommunist mit den von ihm mit recht verdammten Nazis. Zwar mag seine verbale Lust an Lynchju-

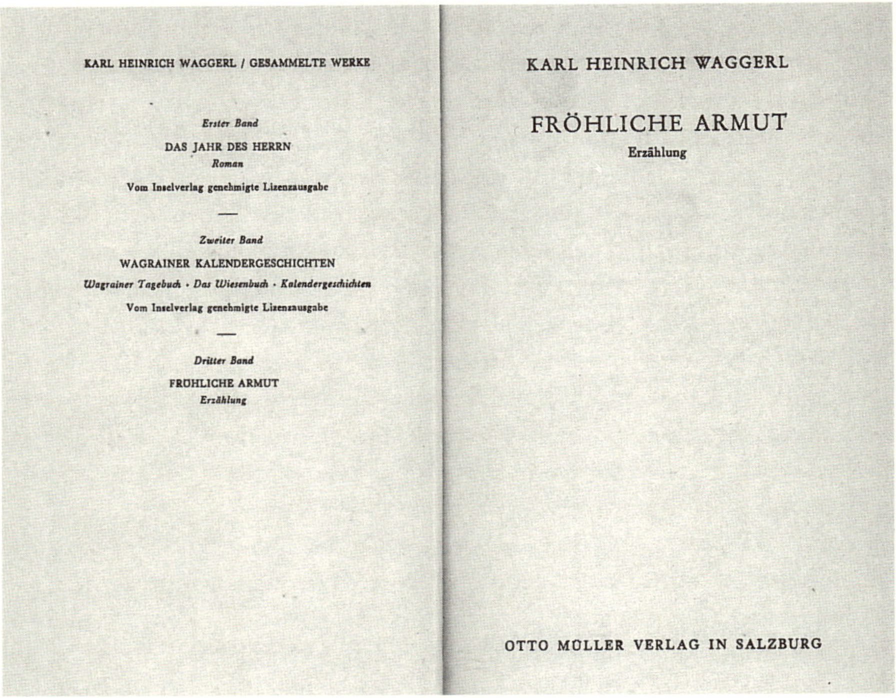
KARL HEINRICH WAGGERL / GESAMMELTE WERKE

Erster Band

DAS JAHR DES HERRN

Roman

Vom Inselverlag genehmigte Lizenzausgabe

—

Zweiter Band

WAGRAINER KALENDERGESCHICHTEN

Wagrainer Tagebuch · Das Wiesenbuch · Kalendergeschichten

Vom Inselverlag genehmigte Lizenzausgabe

—

Dritter Band

FRÖHLICHE ARMUT

Erzählung

KARL HEINRICH WAGGERL

FRÖHLICHE ARMUT

Erzählung

OTTO MÜLLER VERLAG IN SALZBURG

Die Titelei eines Waggerl-Buches als Dokument des Verlagwechsels

stizen leichter zu begreifen sein, wenn man weiß, daß die damalige Justiz bei der Aufarbeitung der Nazigreuel sträflich lax vorging und sich damit verdächtig machte, Mördern Schützenhilfe leisten zu wollen, daß aber Matejka von den Simmeringer Mördern in einem Atemzug auf den Dichter von Wagrain zu sprechen kommt, zeigt, wie weit ein Lynch-Atem reichen kann.

Papier war 1947 noch immer knapp. Der Stadtrat ärgerte sich, daß für Schriften des ehemaligen Bürgermeisters von Wagrain genügend Papier vorhanden sei, während seine Genossen zu kurz kämen (hier spielt natürlich auch die Wut eines vom *Strome* gegen eine vermeintliche Bevorzugung eines vom *Land der Berge* mit). So setzt er fort: *Bei Waggerl aber fehlt nur noch, daß man ihn, einen geschäftstüchtigen Wegbereiter der Blubodichtung*, zum Ehren-*

* Soll *Blut-und-Boden-Dichtung* heißen.

bürger von Salzburg macht. Zwar forderte der aufgebrachte Stadtrat für Waggerl nicht gleich die Todesstrafe, aber er verlangte vom Unterrichtsminister Ernst Fischer, ebenfalls ein Kommunist, eine „gerechtere“ Verteilung der Papierkontingente.

Waggerl hatte sich in derselben Zeitschrift schon in ein ähnliches Scharmützel mit Otto Basil eingelassen, welcher anschließend zugestand: *Ich halte den Fall Waggerl für relativ harmlos. Private Recherchen in Salzburg [...] haben mit ziemlicher Einhelligkeit ergeben, daß dem Wagrainer Dichter keine einzige unehrenhafte oder politisch kriminelle Handlung nachgesagt oder nachgewiesen werden kann.* Waggerl glaubte, bei dem glaubensstarken Marxisten Matejka einen sanfteren Ton anschlagen zu müssen und beging die Unvorsichtigkeit, ihm eine Art von Gutwillbrief zu schreiben, in dem er sagte, er sei kein Kämpfer und wolle nichts als Frieden für seine zukünftige Arbeit.

Das war Wasser auf Matejkas Mühle. Waggerl stand einem Menschen gegenüber, der für die Wahrheit – was immer das sein mag – bereit war, sich zu zerfetzen, und der das auch von anderen verlangte. Und wenn Waggerl darauf hinwies: *In der Zeit zwischen 1934 und 1945 habe ich kein Buch geschrieben, es kann also, was vorher erschien, nicht gut die Frucht einer politischen Konjunktur sein*, fährt ihn Matejka in seiner öffentlichen Replik an: *Auch wenn Sie zwischen 1934 und 1945 „kein Buch geschrieben“ haben, so können Sie kaum in Abrede stellen, daß ihre literarische Produktion sehr gut in die allgemeine Verwischungstaktik gepaßt hat.* Natürlich hätte Waggerl antworten können, daß die Nazis für ihre Verwischungstaktik auch Plato verwendeten, Shakespeare, Cervantes, Swift und die deutsche Klassik und daß man wohl auch diese erst einmal *entnazifizieren* müßte. Aber er bringt als sein wesentlichstes und nicht ohne Stolz vorgetragenes Argument: *Denn ich bin Künstler, und nur in Sachen der Kunst bin ich wirklich verantwortlich. Seit dem Zusammenbruch erreichte mich ein rundes Tausend von Briefen, und dahinter stehen sicher Hundertausende [...], die mich bitten, wieder zu schreiben.* In einer Demokratie ein starkes Argument.

Aber diese *Hundertausende* überrollt Matejkas Gegenangriff: *[...] möge Ihr Wagen* schwerbeladen durch Salzburgs Gefilde und darüber hinaus fahren,*

---

* Den Scherz mit Waggerl und Wagen hatte sich schon Otto Basil erlaubt und war von Waggerl deshalb noch gerügt worden.

die Weltgeschichte spielt auch künftighin nicht im Salzburger Marionettenwelttheater – was nicht hindert, daß dort aus welchen Gründen immer gut und gern Theater für die Halbwelt aus der halben Welt inszeniert wird.

Hier wütet also nicht nur ein Strombewohner gegen einen vom Berge, hier spricht im „gerechten Zorn“ der Anti-Imperialist, Anti-Kapitalist, Anti-Faschist, der allerdings ein paar Jahre später erkennen wird, daß er ein wichtiges „Anti“ vergessen hatte, nämlich das Anti vor jenem Kommunismus zu setzen, der zumindest genauso imperialistisch war wie der von Matejka gehaßte US-Kapitalismus, und sicher faschistischer. Eines allerdings kann man Matejka nicht nachsagen, seine Replik sei nur vom Haß diktitiert worden, so wenn er schrieb: *Wenn Sie bisher kein Kämpfer sind, so können Sie einer werden für den Rest Ihres Lebens, den Sie mit Ihrer „reinen“ und „legalen“ Kunst allein nicht verantworten können. Denn wir leben nicht mehr in idyllischen Zeiten, da man mit solchen Illusionen auskommen konnte.* Und auf die flehentliche Bitte Waggerls, ihn doch in Frieden arbeiten zu lassen, meint Matejka im Ton des Moralisten: *Es geht nicht um den Frieden Ihrer Arbeit, es geht um den Frieden aller Menschen, und die Neuordnung der Welt.*

Neuordnung der Welt. Für den Kommunisten Matejka damals wohl nur unter der Führung der brüderlich hilfsbereiten Sowjetunion denkbar. Was konnte man da gegen so gewichtige Worte noch sagen? Die Antwort konnte kein Waggerl geben – nur wieder einmal die Zeit.

Waggerl wurde aber nicht nur von linksaußen angegriffen. Auch rechtsganz-draußen war man mit ihm unzufrieden. Springenschmid, der untergetaucht war, meldete sich von einer Deckadresse. Er, den Karl Müller den *Goebbels von Salzburg* nennt, machte Waggerl ebenfalls Vorwürfe: *Lieber Heiner! Bestürzt Dich dieser Brief? Es würde mir leid tun; aber ich kann es nicht ändern. Es gehört anscheinend zu meiner jetzigen Aufgabe, Leute, die zu wenig Mut besitzen, zu bestürzen.*

Und er liest dem Heiner die Leviten, weil dieser in seinem Essay *Begegnung mit dem Genius* auf menschliche Schwächen von Josef Weinheber eingegangen ist. Er liest Waggerl weiter die Leviten, weil dieser sich von exaltierten Weibern belorbeeren lasse und sich nicht gegen die süßlich-sentimentalen Texte wehrte, die man über ihn verbreitet, und er liest seinem Freund die Leviten, weil er sich gegen die Kippenbergs nicht sehr schön benommen habe, als er zum Verlag Otto Müller überwechselte. Und einen Augenblick glaubt man, Matejka und Springenschmid stünden brüderlich umschlungen auf dem gleichen Podest, wenn der *Salzburger Goebbels* ausruft: *Weisst Du überhaupt was im Lande los ist? Kennst Du die Menschen Deiner Zeit noch? Spürst Du, wieviel Unrecht um die Wege ist? Hörst Du noch die Stimmen der Armen, der Entrechteten, deren Anwalt Du einmal sein wolltest?*

Der Essay über Weinheber ist, das muß zugegeben werden, peinlich. Der Wiener Lyriker scheint Waggerl einst von oben herab behandelt zu haben. Nun versucht dieser, grau geworden, die Eitelkeit des Meisters aufs Korn zu nehmen und dabei doch auf eine verehrende Geste nicht zu verzichten. Dabei steigt der sonst so glänzende Stilist von einem Bein aufs andere.

Überhaupt gelingen Waggerl keine Polemiken mehr. Das ist nicht verwunderlich. Die einzige Polemik, die ihm gelingen könnte, wäre eine gegen die Heucheleien des neuen Staates. Das aber kann er nicht. Darf er nicht. Nicht nur, weil er mit jedem derartigen Angriff sofort wieder zum Neonazi gestempelt würde. Angriffe auf das Fehlverhalten der neuen Politiker würden zum staatsfeindlichen Akt hochstilisiert. Den Mund aufmachen durften nur Leute wie Matejka, nicht Waggerl. Es war ja – so schrecklich das klingen mag – für das Gelingen dieser Demokratie lebensnotwendig zu heucheln. Vor allem den sowjetischen Besatzern Liebe vorzuheucheln. Und wenn Anton Pelinka schreibt: *Die Provisorische Staatsregierung war eine Regierung des Zusammenschlusses aller antifaschistischen Parteien, unter wesentlicher Beteiligung ehemaliger Faschisten, der Antifaschismus dieser Regierung beschränkte sich auf den Antinazismus,* so muß man hinzufügen: es war die einzige Chance dieser Regierung, sich auf solche Art zusammenschließen, die alten Feindbilder der Ersten Republik rasch wegzuretuschieren, um nur mehr ein einziges Feindbild hochzuhalten, das allen Besatzungsmächten gleich lieb war. Das war politisch richtig, hinterließ im Einzelnen aber einen bösen Nachgeschmack, wie Waggerl es Jahrzehnte später gegenüber einem Leser ausdrückte: *Wir alle werden uns nie an ein sicheres Ufer retten können, und die Saat der Gewalt wird immer wieder keimen, solange wir uns in eitler Selbstgefälligkeit nur um das kümmern, was geschehen ist, und nicht einsehen lernen, warum es geschehen konnte.*

Doch über das Warum konnte zumindest bis 1955 schon deshalb nicht laut gesprochen werden, weil ein Aufbrechen des alten Haders zwischen Rot und Schwarz den Sowjets die besten Vorwände für ein Eingreifen und ein

An-sich-Reißen Ostösterreichs gegeben hätte. Und so hat eine nie voll ausgesprochene Angst der Mehrzahl aller Österreicher vor dem kommunistischen Staatsstreich mit sowjetischer Schützenhilfe mehr zur Einigung des Landes beigetragen als der Abscheu vor den Greueln der Vergangenheit.

An die Vorvergangenheit zu rühren, ist zu dieser Zeit ohnehin niemandem gegeben, am allerwenigsten einem Waggerl, der Springenschmid mit einem Schuß von Selbstironie antwortet: *Man muß wohl politisch so unfähig sein, wie ich, um sich noch fragen zu können, woher ihr alle den Mut und die Überheblichkeit nehmt, zu glauben, daß ihr allein den richtigen Weg in dem ganzen Durcheinander einzuschlagen wißt.*

Dem Vorwurf, sich von Poeten „zweiter Wahl" besingen zu lassen, kann nur bedingt widersprochen werden, auch wenn man dagegen Carl Jacob Burckhardt oder Hermann Hesse ins Treffen führen möchte. Ein Mann wie Hanns Arens macht alles zunichte. Vor allem ihm verdankt Waggerl ein Image, gegen das er sich noch vor dem Krieg mannhaft wehrte, als er sagte: *Ich rieche nicht nach Erde. Gott verzeihe denen, die mir solche Dinge nachsagen.* Nach dem Krieg läßt er den Hanns ein ganzes Buch über sich schreiben*, ein Buch, das viel zur Versüßlichung und Verkitschung des Waggerl-Bildes beitrug, er liefert sogar selbst Beiträge dafür. Und wenn Springenschmid Waggerl tadelt, weil er sich von Otto Müller viel zu weit von seinem ehemaligen *geistigen Vater* wegziehen ließ, so hat er wohl auch nicht ganz Unrecht, auch wenn dies nach dem Krieg im Wirrwarr der Besatzungszonen unvermeidbar schien.

Wenn aber Waggerl sich dann vom *Goebbels von Salzburg* die gleichen Vorwürfe anhören muß, wie von ... – nein, ich sage nicht vom Trotzky von Wien –, so findet er doch in seinem Antwortbrief an Springenschmid Worte, die zeigen, daß er die Sinnlosigkeit erkannt hat, mit „politischen Köpfen" zu diskutieren. So schreibt er unter anderem:

... den Wert meiner Arbeit werde ich mir weiterhin nicht von [...] haltungsbewußten Politikern bestätigen lassen, sondern durch Briefe von Menschen, die mir ab und zu sagen, sie hätten ein wenig Trost und Ermunterung aus dem geholt, was ich mit meinen beschränkten Fähigkeiten, mühsam genug, aber mir allein bewußt, abgewinnen kann. Oder wie sonst sollte ich den „Armen und Ent-

---

* Hanns Arens, *Kleines Erdenrund*

rechteten" helfen können, als durch mein armes entrechtetes Wort, da ich doch keine Führernatur und privat ein so übler Charakter bin.

Leb wohl, – noch einmal, es ist traurig, alles in allem. Ich dachte eigentlich, daß wir uns irgend einmal die Hand reichen und „endlich" sagen würden?

Und als Postskript: *Noch einen Vorschlag: Wollen wir uns beide schämen?*

Nicht zu schämen brauchten sich zuletzt die Kontrahenten Matejka und Waggerl. Der geheilte Kommunist und der als Nazi Verdächtigte fanden sich zwei Jahrzehnte später zu einer für Österreich recht ungewöhnlichen demokratischen Aktion zusammen: Franz Olah, dem dieses Land 1950 seine Rettung vor einem kommunistischen Staatsstreich zu danken hatte, war wegen undurchsichtiger Manipulationen mit Geldern der Gewerkschaft (die er während der Besatzungszeit außer Griffweite der Kommunisten gebracht hatte) verurteilt worden. Im Oktober 1970 richtete Matejka zusammen mit Hans Klecatsky und Franz Sobek an den Bundespräsidenten die Bitte um Begnadigung, eine Bitte, die ich ausschnitt-weise zitiere, um zu zeigen, daß es neben der allgemeinen Heuchelei, der unser Land seine Existenz verdankt, immer wieder einmal auch ehrliche Worte gab. Die Verfasser schrieben u.a.: *Wenn wir diese Bitte* [um Begnadigung Olahs] *an Sie, hochgeehrter Herr Bundespräsident, herantragen, dann geschieht das nicht etwa im Zweifel an der Gültigkeit des Urteils, sondern in dem durch die Verfassung ermunterten Glauben daran, daß im demokratischen Rechtsstaat Gnade vor Recht ergehen kann.*

Wir bitten um Gnade für Franz Olah, weil uns scheint, daß dessen vom Gericht festgestellte Verfehlungen in keinem Verhältnis stehen zu seinen Verdiensten um die Freiheit, die soziale Gerechtigkeit und die demokratische Ordnung unseres Landes. Abgesehen davon, daß Franz Olah in nur einem von elf Punkten verurteilt wurde, stellte das Gericht mit Nachdruck fest, daß Franz Olah sich nicht persönlich bereichert habe und daß überhaupt kein „schäbiges, eigennützig-gewinnsüchtiges Motiv als Triebfeder erwiesen [werden] *konnte".*

Daß Franz Olah trotz dieses Gnadengesuchs nicht begnadigt wurde, dürfte bekannt sein. Nicht bekannt ist, daß zu denen, die das Gnadengesuch mit ihrer Unterschrift unterstützten*, auch der ehemalige (Nazi?)Bürgermeister von Wagrain gehörte: der wie Matejka ebenfalls partei- und daher machtlose Dichter Karl Heinrich Waggerl.

---

* Waggerl-Archiv

Man kann mit Recht sagen, daß wir im Laufe des 20. Jahrhunderts alle zu überzeugten Pessimisten geworden sind, was die Geschichte anbetrifft. Natürlich können wir trotzdem als Individuen für unsere Gesundheit und unser persönliches Glück optimistische Erwartungen hegen.

Francis Fukuyamas *
(aus: *Das Ende der Geschichte*)

Waggerls „historischer Pessimismus", geprägt durch die Zeitläufte, und sein „privater Optimismus" hielten sich in den beginnenden fünfziger Jahren die Waage. Das Waggerlgesicht, dem Carl Jacob Burckhardt einen Essay widmete**, veränderte sich zu dieser Zeit merkbar, wurde vieldeutig, drückte Güte aus, Skepsis, Trauer, auch Verschmitztheit und dazu ein ständiges Grantigsein. Doch unter den sich langsam senkenden Lidfalten irrten Augen hin und her, die manchmal noch belustigt blitzten. Fast könnte man meinen, in diesem Gesicht spiegle sich die von Fukuyama charakterisierte Welt.

Vieldeutig wie dieses Gesicht wurde auch das Verhalten seines Besitzers. Wohl schrieb er weiter Texte, nahm mit kleinen gutsitzenden Pointen Auswüchse der Zeit aufs Korn, machte sich auch hie und da über den Kunstbetrieb lustig, doch der Hauptspaß, den er sich leistete, war, mit seiner tiefen, beruhigenden Stimme persönlich vor sein Publikum zu treten.

Wie das Wort so wichtig dort war,
Weil es ein gesprochnes Wort war,

sagte der alte Goethe, der in seiner Jugend, als er noch keine Leser hatte, stets willige Hörer fand, denen er den Eindruck gab, als seien sie Zeugen des Schöpfungsakts. Auch Waggerl verstand es, solche Eindrücke zu vermitteln. Dabei zerriß er vor den Ohren seines Publikums seine sorgfältig gearbeiteten Texte wieder, ließ sie wie plötzliche Eingebungen aufblitzen, gab ihnen den Charakter von Improvisationen, der sich verstärkte, wenn er dazwischen wirklich improvisierte. Das wirkte umso erfrischender, als die meisten der

* Der 1945 in New York geborene Fracis Fukuyama ist stellvertretender Direktor des Planungsstabes im US-Außenministerium
** In: Lutz Besch (Hrsg.): *Karl Heinrich Waggerl – genauer betrachtet*

jüngeren Kollegen des gesprochenen Wortes nicht mehr mächtig waren. Die Wortsteller einer vieltausendjährigen Tradition waren zu Schreibstellern verkümmert. Reden wir erst gar nicht von den halb mythischen Gestalten eines Pindar oder Anakreon, nicht von Wolfram oder dem Vogelweider, noch in unserem Jahrhundert war es der junge Brecht, der seine Texte selbst interpretierte oder Karl Kraus; nach dem Krieg ein Canetti, ein H.C. Artmann, und vor allem Ernst Jandl.

Und wenn sich die übrige Avantgarde bitter beklagte, daß man auf sie nicht höre, so lag es vor allem daran, daß man ihr beim besten Willen nicht zuhören konnte. Sie saßen oder standen mit eingefrorenem Gesicht vor ihrem Text, den sie mit „höchster Objektivität" und unbeteiligter Stimme vortrugen. Als mir H.C. Artmann bei einer Lesung im Rundfunk zu Saarbrücken eingestand, daß er sich schäme, so viel mehr (damals!) als seine Kollegen zu verdienen, sagte ich nur: *Da Sie lesen können, was Sie schreiben, verdienen Sie auch, was Sie verdienen.*

Auch Waggerl verdiente es. Dita nannte ihn bewundernd ihren Rattenfänger, wenn er sich als Liedermacher ohne Gitarre wieder auf Wanderschaft begab. Und das tat er, sobald die Grenzen zwischen den Besatzungszonen langsam durchlässiger wurden. Allerdings wäre es falsch zu sagen, Waggerl sei nur ausgezogen, um alte Hüte zu verkaufen. Selbst wenn er das eine oder andere Mal einen älteren Text hernahm, er veränderte ihn, instrumentierte ihn neu, um ihm so neue Nuancen abzugewinnen. Vor allem ließ er den neuen Waggerl zu Wort kommen, den Waggerl, den die Literaturwissenschaft gern mit dem Waggerl der Romane in einen Topf wirft und übersieht, daß der Waggerl der kritischen Selbstbeobachtungen, der Reflexionen, der Miniaturen ein neuer Waggerl war, der an seinen neuen Texten lange bosselte, ehe er sie vor seine Hörer brachte. Und sie nach Lesungen erneuten Korrekturen unterzog.

Seine Bücher waren nun durchwegs Nachlesebücher, in denen festgehalten war, was man zu hören bekommen hatte. Natürlich hat diese dritte Stilperiode nicht schlagartig 1945 begonnen. Ihre Wurzeln, wie wir schon entdecken konnten, reichten in die dreißiger Jahre zurück. Aber jetzt, wo sich die Menschen aus der Zwangsvergesellschaftung eines *Tausendjährigen Reiches* endlich wieder „entgesellschaften" durften und niemand auf eine von Minderheiten geforderte Neuvergesellschaftung neugierig war, jetzt waren die

Waggerl mit seinen wichtigsten Partnern der Zeit nach 1945: dem Verleger Otto Müller (oben) und Tobias Reiser, dem Begründer des Salzburger Adventsingens. Am Bild rechts auf der Bühne bei der Ehrung zu Waggerls Siebzigstem.

Bekenntnisse dieses Individualisten mehr denn je gefragt. Bei Waggerl fanden Menschen aller Couleurs den privaten Optimismus wieder, der ihnen in der historisch determinierten Welt abhanden gekommen war. Die Zukunft war von waffenstarrenden historischen Materialisten, von kalten Kriegern und einem ständig anschwellenden Arsenal das Leben auslöschender Waffen versperrt. Wer eine von schrecklichen Utopien bedrohte Gegenwart nicht mehr ertragen konnte, dem blieb nur die Flucht in eine utopische Vergangenheit. Waggerl lieferte sie aus voller Überzeugung, denn auch ihm stand die Gegenwart bis obenhin.

Kinder brauchen Märchen, meint Bruno Bettelheim. Aber nur Kinder? Auch Erwachsene leben von jenem *Prinzip Hoffnung,* das sich in jedem Märchen versteckt. Waggerl holte seine Erwachsenenmärchen aus der Kindheit und führte seine Hörer wieder in diese zurück. Wenn er aber Legenden erfand, so waren es Legenden, die vor keiner konfessionellen Schranke halt machten. Hier wurden Räuber zu Heiligen, und Heilige stiegen von ihren Podesten herab und wurden wieder zu Menschen. Und wie im Buddhismus wurden auch die Tiere in diese Welt miteinbezogen, wie etwa der widerborstige Esel auf der Flucht nach Ägypten, der vom Scheitel bis zum Huf ein durch und durch grantiger Waggerl zu sein scheint. Oder jener geängstigte Floh, der seine Rettung dem göttlichen Kind verdankt, das aller Kreatur Mitleid entgegenbringt, auch einem Parasiten, einem uralten Kind übrigens, das erst sehr spät das Christentum für sich allein beanspruchen wollte.

Natürlich ist die beste Zeit zum Erzählen solcher Geschichten die Zeit, da die Tage immer kürzer werden und die Dunkelheit uns aneinanderrücken läßt. Ein Bedürfnis, das in den Nachkriegsjahren besonders fühlbar wurde, als Holz und Strom knapp waren. Eine Zeit, in der sich die Kaufhäuser noch nicht mit Neonlicht überschminkten und ununterbrochen Weihnachtskonserven aus den Lautsprechern plärren ließen. So lag eine innere Logik darin, daß Waggerl und das *Salzburger Adventsingen* zueinander fanden.

Tobi Reiser der Älterere, der Gründer des *Salzburger Heimatwerks,* hatte damit begonnen, mit einem kleinen Kreis von Musikern aus dem Salzburger Land – später gesellten sich auch bayerische Gruppen dazu – alte bäuerliche Weihnachtsmusiken und Lieder auszugraben und wieder ins Bewußtsein der Menschen zu bringen. Das erste dieser vorweihnachtlichen Musiken fand 1946 in einem ungeheizten Raum am Salzburger Rudolfskai statt, einem Gemeinschaftsraum, der auch Obdachlosen als Fluchtort diente. Da sich in den darauffolgenden Jahren immer mehr Menschen für diese Veranstaltung interessierten, mußte die Musiziergemeinschaft in immer größere Räume übersiedeln: erst in den Wiener Saal des Mozarteums, dann in den Kaisersaal der Residenz, später in die Aula der Universität und im Jahr 1960 ins Große Festspielhaus. Hier, wo im Sommer teure internationale Stars ein Publikum aus aller Welt versammelten, fanden und finden im Winter Sänger und Musiker aus dem Bayerisch-Salzburgischen Alpenraum ihre begeisterten Zuhörer. Menschen übrigens, die ebenfalls von weither anreisen, ohne gleich darüber zu sinieren, ob dieses Ereignis nun der Hochkultur oder der Volkskultur zuzuzählen sei, ob der Moderne oder der Antimoderne. Man hört gute Musik aus alten Traditionen, gespielt von Menschen, für die Musik – ohne daß sie davon leben – ein wichtiger Teil ihres Lebens ist. Natürlich keine Musik für alle Jahreszeiten, sondern Musik, die auf ein Fest hinweist, das alt ist wie die Menschheit, ein Fest, in dem sich, besonders im *Land der Berge,* Heidnisches und Christliches wunderbar vermischt.

Wenn Hochkult-Touristen und Avant-Gardisten gleichermaßen über dieses weihnachtliche Fest die Nase rümpften, so scheint mir, daß sich vor allem der Brotneid meldete; immerhin fand ein künstlerisch mustergültiges

Ereignis statt, das dem Staat keinen Groschen kostete. So etwas empörte und empört alle hochkulturellen Handaufhalter. Fast wäre man geneigt, Josef Haslinger zu zitieren, der sagt: *Würden die Konsumenten der seichten Unterhaltungskultur den Intellektuellen und Künstlern mit jener Verachtung gegenübertreten, mit der diese ihnen begegnen, wäre es um die volkseigenen Betriebe der hohen Kultur schlecht bestellt.* Doch dann hält man inne, handelt es sich doch beim Adventsingen um keine seichte Unterhaltung, sondern – ich spreche vor allem von der Zeit, als Waggerl zum Salzburger Adventsingen stieß – um die Pflege alter Hausmusik, die auch solchen Menschen nahegebracht wurde, die selbst zu musizieren weder Talent noch die richtige Schulung hatten. Und die doch gute Musik liebten.

Reiser und Waggerl.

Wie fanden die beiden zueinander? Letzterer hat daraus natürlich eine Geschichte gemacht. Er erzählt, wie er an einem kalten Wintertag, seine Barschaft in der Hosentasche vorsichtig überschlagend, ins *Salzburger Heimatwerk* eingetreten sei, um Handschuhe zu kaufen. Tobi Reiser habe ihn erkannt und auf ein Glas Wein eingeladen. *Nun,* so erzählt Waggerl weiter, *ein Glas Wein ablehnen, das gehörte zu den wenigen Sünden, die ich noch nie begangen habe. Beim dritten Einschenken fragte mich mein Gastgeber, ob ich etwa Lust hätte, beim Adventsingen mitzuwirken. Aber ich mußte gestehen, daß ich nur gelegentlich singe, am liebsten daheim in der Speisekammer, um die Mäuse zu vertreiben. Erst als mir Tobi Reiser mit Handschlag versprach, daß ich nie singen oder Zither spielen müsse, gab ich schließlich nach. Die Fäustlinge gehörten dann mir, und ich gehöre seither nicht ungern dem Tobi Reiser.* *

Soweit Waggerl. Tobi Reiser erzählte die Geschichte prosaischer. Der Verleger Otto Müller habe vorsichtig angefragt, ob es nicht eine Bereicherung des *Adventsingens* wäre, wenn zwischen Liedern und Musikstücken Weihnachtsgeschichten von Waggerl gebracht würden. Auf die Frage Reisers, wer um Himmels Willen die Texte lesen solle – schließlich fände sich in seiner Laienschar niemand, der dieser schwierigen Aufgabe gewachsen sei – habe Müller nur sibyllinisch gelächelt: Da werde sich schon eine Lösung finden, und angedeutet, Waggerl sei selbst ein hervorragender Leser … Die Geschichte endet dann wieder beim unvermeidlichen Glas Wein, wobei Reiser

* Zitiert nach: *Das Salzburger Adventsingen.* Hrsg. von Tobias Reiser und Kurt Vössing.

– Müller sitzt jetzt auch dabei – dem Dichter feierlich in die Hand verspricht, er werde bestimmt nie singen müssen.

Das sind natürlich Verdichtungen einer Geschichte, die sich in der Wirklichkeit langsamer entwickelt hat; zumindest aber am Glas Wein wird man nicht zweifeln dürfen. Und nicht am Handschuhkauf.

Dieser Kauf müßte wohl bald nach dem Krieg stattgefunden haben, als Waggerl jede Mark und später jeden Schilling noch um und um drehen mußte. Doch das erste schriftliche Zeugnis einer Beziehung zwischen Reiser und Waggerl, das ich gefunden habe, stammt erst aus dem Jahr 1949. Der Dichter hatte zum hundertjährigen Jubiläum der Wagrainer Blaskapelle ein großes Musikertreffen organsiert und den Musiker Reiser eingeladen, bei diesem Fest zwei Stücke zu dirigieren. Doch dirigierende Musiker riß es schon damals weitum herum im Land, und Reiser mußte bedauernd absagen, da er sein Erscheinen bereits bei einem alpenländischen Sängerfest auf der Kehralm bei Ruhpolding zugesagt hatte.

Der nächste mir zugängliche Brief* stammt vom September 1951. Darin wird kund, daß Reiser mit dem Dichter schon eine Vereinbarung über die Mitarbeit beim Adventsingen getroffen hat und gespannt auf die ersten Textbrücken wartet. – Er wartete wohl vergeblich, denn das Adventsingen 1951 fand ohne Waggerl statt. Erst 1952, als man aus dem Kaisersaal der Residenz in die Aula der Universität übersiedelte, war auch Waggerl dabei.

Und da erzählte er zum ersten Mal die Geschichte von dem geängstigten Floh und vom Christkind. Die Geschichte einer verzweifelten Kreatur, welche das große Saubermachen des Erzengels Gabriel im Stall zu Bethlehem verschlafen hatte und dem – aufgeschreckt von den Geräuschen der andrängenden Hirten – nur mit Hilfe des göttlichen Kindes die Flucht vor seinen mutmaßlichen Mördern gelingt. Natürlich über die rettende Glatze des Heiligen Josef hinweg.

Die Lesung der anscheinend so harmlosen Erzählung löste einen Skandal aus. In deutschen Blättern kursierte die Nachricht, der anwesende Erzbischof habe wegen der Unterstellung, ein Floh stecke mit dem Jesusknaben unter einer Decke, den Saal verlassen. Erregte Leserbriefe erreichten Dichter, Verlag und Zeitungen. Waggerl selbst meldete sich zu Wort und meinte**: *Kaum*

---

* Waggerl-Archiv ** Undatierter Zeitungsausschnitt im Waggerl-Archiv

einmal hat mir eines meiner Erzeugnisse so viel Ärger eingebracht wie die Geschichte vom Floh im Ohr des Christkinds. Ich wollte damit ja keinen theologischen Disput entfachen. Auch wollte ich niemanden ärgern und ich werde diese Flohgeschichte nicht mehr erzählen, obwohl mir das ein wenig leid tut, weil sie die einzige ist, die mir selber gefällt ...

Nun hatte er sich's also nicht nur mit Modernisten, Kommunisten, Atheisten verscherzt, auch die Kirche wendete sich mit Grausen. Dafür folgten bald anderweitig ehrenvolle Aufgaben und Preise: Er ist in den fünfziger Jahren in der Jury des Georg-Trakl-Preises, in der Jury des Charles-Veillon-Preises, korrespondierendes Mitglied der Bayerischen Akademie der schönen Künste, Mitglied der Humboldt-Gesellschaft, Träger des Wappenrings der Stadt Salzburg, Ring des Landes Salzburg, Träger der Adalbert-Stifter-Medaille, Ehrenbürger von Gastein und zuletzt – Matejka hatte es befürchtet – Ehrenbürger von Salzburg.

Wohl steht er mit vielen zeitgenössischen Schriftstellern in loser Verbindung: Carossa, Lernet-Holenia, Burckhardt, Bergengruen. Aber es sind die Daheimgebliebenen. Fast könnte man glauben, das sei eine andere deutsche Literatur als die der Exilanten. Und sie ist es wohl, auch wenn Hermann Hesse – laut Hanns Arens – einmal schrieb: *Die eigentlich dichterischen Bücher werden immer seltener, und die von Waggerl gehören zu ihnen. Aber eben deshalb gehört Waggerl nicht mehr zum Literaturbetrieb. Er gehört nur den Lesern und Hörern. Nicht den Machern.*

Einer köstlichen Begegnung Waggerls mit Günther Grass in einer Sendung des Fernsehens im Jänner 1966 ist zu gedenken, einer Sendung, die leider nicht aufgezeichnet wurde. So erfuhr ich es zumindest im ORF-Studio Salzburg. Also versuchte ich, meine Erinnerung wenigstens an Hand von TV-Kritiken wieder aufzufrischen. Prof. Häussermann – damals Direktor des Burgtheaters – hatte die Sendung initiiert, in der unter anderem Günther Grass, Werner Hofmann, Herbert von Karajan und eben Waggerl über das Thema *Ist Kunst für das Volk?* diskutieren sollten. Es war eine *Wienerische Komödie* und weiter nichts. Karajan war interessiert, für seine Opernproduktionen auf Schallplatten, Magnetaufzeichnung und Film zu werben. Er wollte „dem Volk" diese Produktionen über alle Medien einbläuen. Hofmann, damals Direktor des *Wiener Museums des 20. Jahrhunderts,* meinte gleich zu Beginn recht kühl, Kunst sei kein Konsumartikel, und man solle

Das Ehepaar Waggerl um 1970. Ein seltenes Photo, denn die früher von ihrem Mann so viel photographierte Dita war in den späten Jahren äußerst photoscheu.

niemand Kunst aufzwingen. Ernsthaft versuchte Günther Grass, auf den Titel der Sendung einzugehen und meinte: *In unserem Jahrhundert haben wir die Forderung „Kunst ins Volk" schon zweimal gehört und immer von totalitären Staaten.* Waggerl aber setzte sich in Szene, indem er sich von „der (ganzen) Szene" distanzierte. Erzkomödiant und Eulenspiegel, erklärte er, daß er in dieser Gesellschaft von Männern der Hochkultur völlig fehl am Platze sei und auch gar nicht wisse, wie er zu dieser Ehre komme, da er ja keine Literatur mache, sondern ausschließlich für Menschen schreibe, die das, was er schreibe, eben mögen.

Auf die Anfrage einer Wiener Studentengruppe, die unter anderem wissen wollte, was er von Hans Magnus Enzensberger halte, antwortete er: *Sehr geehrte Damen und Herrn, bei allem Respekt vor Ihrer Entschlossenheit werde ich Sie leider enttäuschen müssen: Ich sage nichts zu Hans Magnus Enzensberger, es trete denn das [...] Unwahrscheinliche ein, daß er mir etwas sagt.*

Und auf die Frage, welches die Rolle des Schriftstellers in der Gesellschaft sei, antwortete er: *Ich weiß nicht, welches, oder (auch nicht besser) w a s die Rolle des Schriftstellers in der Gegenwart ist. Fast möchte ich meinen, daß er überhaupt keine Rolle spielt. Aber das Bleibende stiftete er immer noch, nämlich Unfug.*

Waggerl wird zum Clown. Hält sich jede weitere Form von Kultursalbaderei vom Leib. Züchtet, wie Hermann Hesse, Blumen. Ansonsten lebt er das Leben eines Strawanzers zwischen Stadt und Land, streitet ein wenig mit seiner Dita, versöhnt sich mit ihr aufs zärtlichste, fährt nach Salzburg zur Gretel Lanz oder macht Tourneen, wobei er wie ein Pop-Sänger die größten Hallen zu füllen vermag; das veranlaßt eine Wiener Zeitung zu der Bemerkung, die nächste Lesung Waggerls werde man ins Stadion verlegen müssen.

Er, der Unvergesellschaftete, liest auch vor sozialistisch *vergesellschafteten* Gewerkschaftern. Und er liest vor geistlichen Würdenträgern, die sich nun doch gern einen Floh ins Ohr setzen lassen. Und er macht – warum soll man es verschweigen, da er es uns in einigen seiner Erzählungen selbst gesteht – gerne Damenbekanntschaften. Schickt aber von allen seinen Tourneen tagtäglich seiner Dita rührende Karten und Briefe, auf denen er ihr Bilderrätsel zeichnet oder die Landschaften skizziert, in denen er sich gerade aufhält. Einmal im Jahr finden wir ihn in Ischia, wo er sich Linderung von Ischiasschmerzen erhofft.

Zum siebzigsten Geburtstag legt sein Freund Lutz Besch ein Buch mit dem Titel *Karl Heinrich Waggerl – genauer betrachtet* auf den Gabentisch des Jubilars. Es enthält eine Sammlung von extra zu diesem Zweck verfaßten Beiträgen von Schriftstellerkollegen wie Edzard Scharper, Jürgen Eggebrecht oder Manfred Hausmann. Auch die Schweizer Carl Jacob Burckhardt und Peter Schifferli sind vertreten. Und zwei *vom Strome:* Robert Neumann, der Satiriker und Parodist, der eine rührende kleine Momentaufnahme liefert, die man dort nachlesen sollte. Und Hans Weigel. Er, der in seinem Essay auf die Stadt-Land-Spannung in der österreichischen Literatur anspielt, wird von Karl Müller sanft getadelt: *Ob Waggerls Dichtung als genuiner und wesensbestimmender Bestandteil der „österreichischen", d. h. bei Weigel der antiprovinziellen Literatur genannt werden kann, darf bezweifelt werden.**

Natürlich ist es jedermanns gutes Recht, an Weigels Worten zu zweifeln. *Zweifle, damit du nicht verzweifelst***, könnte man Karl Müller mit Waggerl zurufen.

Waggerl selbst war schon lange vor seinem Siebzigsten aus dem Kreis der Rufer und Zurufer geschieden. Er hatte, wie er allen sagte, *seine Werkstatt ge-*

* *Zäsur ohne Folgen* ** *Aphorismen*

Über das „Waggerl-Gesicht" schreibt Carl Jacob Burckhardt zum 70. Geburtstag des Dichters

schlossen. Sein Gedächtnis spielte ihm böse Streiche. Sobald er merkte, daß sich irgendwo eine Lücke auftat, überspielte er sie elegant mit seiner Phantasie. Die Gattin des Malers Exner, der sich nach dem Krieg in Gastein ansiedelte, erzählte mir, daß Waggerl 1972 einen Herzanfall erlitten hatte und sich gesundheitlich noch recht schwach fühlte, als Landeshauptmann Lechner ihn anrief und bat, gemeinsam mit ihm nach Berlin zu fliegen; dort sollte eine Ausstellung der Salzburger Galerie Welz eröffnet werden. Waggerl erklärte, er würde nur fliegen, wenn auch sein Freund Exner mitflöge. Das wurde bewilligt. Da aber entschloß sich Exner plötzlich, nicht zu fliegen, sondern mit dem Auto nach Berlin zu fahren, da dann auch seine Frau mitnehmen konnte. So war Ilse Exner mit von der Partie und registrierte alles, was auf der Fahrt passierte. Auch die Ausweisleistung an der Zonengrenze, die relativ rasch ohne Komplikationen vor sich ging. Waggerl las bei dieser Gelegenheit im Berliner Literaturhaus. Auch das ging ohne Panne.

Drei, vier Tage nach der Heimkehr aber überraschte Waggerl seine Freunde mit folgender erstaunlicher Nachricht: *Wißt ihr, wo ich war? Ich war in Berlin. Ich bin geflogen. Und ich kann euch erzählen ... Diese ständige Beunruhigung einer friedlichen Verkehrsmaschine durch russische Jäger. Und die Volkspolizisten ... diese wahnsinnigen Kontrollen ...*

Das Ehepaar Exner hatte nicht den Mut, den Freund zu unterbrechen, und hörte staunend, was Waggerl auf seiner Reise, die er ja doch mit ihnen gemacht hat, alles erlebt hat. Er war in die seltsame Traumwelt seiner Kindheit zurückgekehrt, in die Zeit, als er zwischen altersgrauen Riesen in der letzten Bank saß und sich der Drang, Einbildung und Wirklichkeit unentwirrbar zu vermengen, zum ersten Mal zeigte. *Und erneut gewahrte er mit leisem Grauen, aber auch mit heimlicher Lust, wie sich die Dinge verwandelten, während er sie nannte, wie sie zu Bildern wurden und vor seinen Augen deutliche Gestalt annahmen, bis ihn endlich selber daran nichts mehr wunderte, außer der Umstand, daß ihm seine Zuhörer nicht glauben wollten.*

Die letzte Reise trat er mit seiner Frau an. Sie endete an jenem Leitungsmast an der Straße von Wagrain nach Radstadt. Der ständige Grenzgänger zwischen Stadt und Land war zur Ruhe gekommen. Nach seinem letzten großen öffentlichen Auftritt gehörte er wieder – ganz wie in den ersten Wagrainer Jahren – nur mehr seiner Dita. Niemand konnte ihn ihr, den sie um beinah zwei Jahrzehnte überleben sollte, je wieder von ihrer Seite reißen.

In der Zeitung aber lasen wir:

Der Dichter Heinrich Waggerl ist tot. Ein Mensch, dessen Werk vielen Hunderttausenden Freude, Trost und Erbauung brachte, starb an den Folgen eines Autounfalls. Fünf Wochen vor seinem Geburtstag: Ein stiller Mann, der sich nicht genug darüber wundern konnte, daß ein Dichter aus ihm geworden war.

Ein Nachwort, das ein Vorwort hätte werden sollen

Die Geschichte ist ein schlechter Lehrer; sie legt zuerst die Strafe auf und überläßt es dem Schüler, den Grund herauszufinden.

Arthur Koestler

Die vorliegende Biografie – ich gebe es zu – verliert manchmal den von Biografien erwarteten Ton der Sachlichkeit: Allzuoft nimmt der Autor Partei für den, den nüchtern zu beobachten er angetreten ist, allzuoft gerät er ins Polemisieren. Zwar werden die Anlässe seines Zornes gestreift, doch das weite Feld des fröhlichen Waggerl-Abschlagens der letzten Jahre kommt im biografischen Zusammenhang nicht zur Sprache, da ich mich doch meist mit ernsthaften Forschern und nicht mit den dazugesellten Kläffern auseinanderzusetzen hatte.

Auch dieses Nachwort kann keine Analysen zu den Ursachen der Waggerl-Hatz bieten, sondern lediglich Kostproben jenes ätzenden Tones, mit dem der einstmals Vielgeliebte in letzter Zeit „nachbehandelt" wurde. Ich greife aus der Vielfalt der vor allem 1993 wild heranwogenden Anti-Waggerl-Welle eine Podiusmdiskussion heraus, die der ORF Salzburg dankenswerter Weise wenigstens ausschnittweise festgehalten hat.

Anlaß war die Eröffung einer Ausstellung jener Fotografien, die der Dichter Ende der zwanziger Jahre gemacht hat und die nun zum ersten Mal der Öffentlichkeit gezeigt wurden. Die Presse nahm sich vor allem der „skandalösen" Tatsache an, daß ein „Heimatdichter" seine Gattin und sich nackt fotografierte (wobei das moralische Entsetzen den Waggerl-Anhängern in die Schuhe geschoben wurde, von denen sich in Wirklichkeit kaum einer aufregte). Nur nebenbei erfuhr man, daß der Dichter mit seinen Fotos Kunstwerke geschaffen hatte, die man zu den besten seiner Zeit zählen konnte. Wo aber ihn zu loben unvermeidbar wurde, funktionierte man seine künstlerischen Leistungen zu moralischen Entgleisungen um. Und das in einer Sprache, die Waggerl zum Lachen gebracht haben würde.

Besonders peinigend in jener Podiumsdiskussion die Statements des Kulturpublizisten Dr. Gerd Kerschbaumer, der u. a meinte: *Es sind also seine Romane ... ä ... ideologieträchtige... befrachtete ... äh ... Werke, die ihm selbst wahrscheinlich meines Erachtens ... äh ... sehr mißfallen haben müssen.* Und ein paar Sätze später erfährt man: *[...] seine Bauernliteratur konnte natürlich von allen möglichen Ideologien vereinnahmt werden.*

Ein bißchen viel Ideologie auf einmal: Die *ideologieträchtige* Bauernliteratur, die zusätzlich noch mit anderen Ideologien *befrachtet* ist, wird zu allem Überfluß von ungenannten weiteren *Ideologien vereinnahmt.* Ein gegen seinen Willen vereinnahmter Waggerl also! Schon bekommen wir den Eindruck, der Dichter sei nur Opfer und nicht Täter gewesen. Er, der niemanden vereinnahmen wollte, wurde von anderen vereinnahmt. Doch solche Gedanken läßt bei dieser Diskussion niemand aufkommen. Wir erfahren dagegen, daß *Waggerls Romane v o r dem Dritten Reich auch von Marxisten gut besprochen wurden.* Woraus man natürlich schließt, daß *Waggerl ein Opportunist* gewesen sein muß, der es allen recht machen wollte. Sozusagen ein Hans Dampf in allen Sackgassen.

Das gehört zu den sich ständig wiederholenden Kurz-Schlüssen: Es war ja nicht Waggerl, der den einen oder anderen nach dem Munde redete, sondern es waren die Politiker, die sein unverändertes Wort nach ihrem Winde drehten.

Natürlich tischt Kerschbaumer in dieser Diskussion die Geschichte von Waggerls Förderung durch Stefan Zweig auf *, wobei man sich fragt, warum nicht schon Zweig erkannt hatte, welche *Ideologieträchtigkeit* in Waggerls Werk steckte. Doch seien wir milde: Bis hierher könnten wir den kämpferischen Kulturpublizisten noch für einen ehrlich Suchenden halten: Natürlich steckt in dem Werk eines sich aller Ideologie Verweigernden schon wieder ein Stück Ideologie, die auch tatsächlich vereinnahmt werden kann. Und man glaubt einen Augenblick, daß es das war, was Kerschbaumer sagen hatte wollen.

Doch schon setzt dieser zu einer wirklichen Verleumdungsarie an, und man merkt, ihm geht es nicht um Suche nach Wahrheit, sondern um Verteufelung. So wenn er von Waggerls Miliärzeit „plaudert" und uns geheimnisvoll zuraunt: *... andere sagen, er* [Waggerl] *sei in der Presseabteilung des Wehrkreiskommandos gewesen, und wenn man dös – äh – decouvriert – die Presseabteilung – so muß man dahinter den Nachrichtendienst vermuten; das heißt mit ziemlicher Wahrscheinlichkeit – C-Offizier ...* ** – Huiii! *C-Offizier.* Dieser Waggerl!

Wahrscheinlich wußte niemand von den Zuhörern, was ein C-Offizier war. Ich weiß es auch erst seit der Arbeit an diesem Buch. Aber, indem der Kulturpublizist seine Rede kunstvoll abbricht, läßt er uns in einer Welt wilder Spekulationen zurück: Waggerl der 007 der deutschen Wehrmacht! Vielleicht sogar ein persönlicher Freund Martin Bormanns. Waggerls Förderer Stefan Zweig wiederum nach Südamerika entwichen! Dorthin, wo *mit ziemlicher Wahrscheinlichkeit* Martin Bormann Zuflucht fand. Das heißt doch ... – *wenn man dös decouvriert* – , daß auch Stefan Zweig ...

Hier wird eine Technik angewandt, die auch die Nazis anwandten, wenn sie jemanden erledigen wollten. Selbst wenn es für Kerschbaumer klar wäre, daß er es bei Waggerl mit einem Übeltäter zu tun hatte, müßte er Fakten auf den Tisch legen.

Doch statt der Suche nach Fakten fand im Fall Waggerl nur eine Befriedigung der Sensationslust statt. Und Selbstprofilierung. Und Leichenschändung. Besonders deutlich in der Diskussion um die Aktfotos, die – wie man dem Tagebuch von Waggerls Frau Dita entnehmen kann*** – als Experiment und zur privaten Freude der beiden entstanden. Doch ein Diskutant glaubte zu wissen, Waggerl habe das alles getan, um Geld zu machen. Er erklärte aber nicht, warum diese Fotos erst jetzt ausgegraben und nicht vom Dichter zu dessen Lebzeiten verscherbelt wurden. Nicht einmal die in der Ausstellung gezeigten Landschafts- und Blumenbilder – die der Fotoexperte der Sendung allerdings als *konservativ* einstuft – hat er seinerzeit zu Geld gemacht. Noch weniger die Aufnahmen, die ihn – wie der gleiche Experte andeutete – auf avantgardistischen Wegen zeigen.

Waggerl also ein Avantgardist! Das ließ mich beim Abhören endlich für Waggerls Image hoffen. Doch nix da! Da Waggerl das Fotografieren plötzlich aufgegeben hatte, glaubte der Experte daraus schließen zu dürfen, Waggerl habe nur damit aufgehört, um nicht mit seinen Modernismen die Nazis zu vergrämen und vor ihrem strengen Blick als entarteter Künstler dazustehen. *Das ist natürlich nur Vermutung,* fügte der Mann vorsichtig hinzu.

Aber verdammt noch mal, warum wird beim armen Waggerl immer nur das für ihn Schlechteste vermutet? Wenn er schon ein Opportunist war, der Waggerl, warum griff er nicht wieder auf den vom Experten als konservativ eingestuften Stil zurück? Der hätte doch

---

* Wie es sich wirklich verhielt, siehe S. 188 ff. ** Siehe S. 280 ff. *** Siehe Seite 184.

den Nazis getaugt. Und wer sagt, daß Waggerl nicht schon aufgehört hatte zu fotografieren, ehe die Nazis kamen?

Aber nicht nur Fotos *decouvrieren* den Waggerl. Auch Tonbänder. Diesmal verdanken wir die Aufdeckung einem, der ein Waggerl-Portrait drehen wollte. Ihm hat der Waggerl-Freund Exner Tobandaufnahmen zukommen lassen, die ohne des Dichters Wissen entstanden waren. Bei einem Glas Wein (oder mehreren) gab Waggerl allerlei Sottisen von sich, die nur für die Ohren von Freunden bestimmt waren, wie man sich eben manchmal vor Freunden gehen läßt. Doch nun lauschte die Welt. Weiß Gott, was Geheimrat Goethe nach der obligaten Abend-Bouteille alles zum besten gab. Es war sicher *bedeutend.* Waggerl jedenfalls machte sich nur über Karajan und den hochsubventionierten Kulturbetrieb lustig, auch über sich selbst und sein Auftreten im Adventsingen, und gab – was besonders verwirrte – den lapidaren Satz von sich: *Schreiben ist ein Roßtäuschergeschäft.*

So tief also schätzte Waggerl seine Arbeit ein, so niedrig war seine Gesinnung. Aber ...

Aber vielleicht, nicht auszudenken, wenn dieser Waggerl das anders gemeint haben sollte und nicht an sich und sein eigenes Schreiben gedacht hätte, sondern an seine damaligen wie späteren Kritiker. Das wäre – *mit einer an Gewißheit grenzenden Wahrscheinlichkeit* – ein weiterer Beweis von Waggerls faschistoider Haltung. Denn solche Pauschalurteile dürfen zwar avantgardistische Kulturpublizisten über *Bauernliteraten* fällen, niemals aber diese über jene.

Woher all diese Gehässigkeit? Wenn Waggerl diesem Dr. Kerschbaumer und anderen nichts bedeutet, warum lassen sie ihn nicht einfach links liegen (oder meintewegen rechts)? Warum wird der vom einstigen Wiener Literaturpapst Paul Kuntorad als *Anathema für jeden, der sich mit Literatur befaßt,* gebrandmarkte Waggerl von Literaturexperten nicht einfach ignoriert oder Kollegen von der Psychologie oder Soziologie überlassen? Oder geht es vielleicht gar nicht um Waggerl, sondern um seine Leser?

Die Waggerl-Leser! Alle verdächtig! Altnazis vermutlich! Doch nicht nur! Es gab in der Sendung noch andere Vermutungen über die Ursache von Waggerls großem Verkaufserfolg: *Waggerl wurde zur Adventzeit von verschiedenen Tanten reflexartig gekauft und an Kinder verschenkt, die sie nicht gelesen haben. [...] Diese Geschenkbändchen hat man ja meist von Leuten bekommen, die man nicht ausstehen konnte.* Eine kühne Hypothese. Man bedenke: Millionen verkaufter Waggerl-Bücher. Und alle von *reflexartig kaufenden unausstehlichen Tanten* erworben und sofort an wehrlose Kinder weitergegeben. *Unausstehliche* Schweizer *Tanten, unausstehliche* japanische *Tanten, unausstehliche* amerikanische *Tanten, unausstehliche* französische, holländische, englische, ungarische, slowenische *Tanten.* Alle *unausstehlich.* Und alle *reflexartig* Waggerlbücher kaufend. Dreißig Jahre lang. Ein grausige Epidemie ...

Allerdings schlägt Eva Kreissel in eine ähnliche Kerbe, wenn sie im Wagrainer Museumsführer schreibt: *Kaum ein Kind, das in den 50er und 60er Jahren nicht mit Waggerl „gequält" worden war. Als diese Generation dann erwachsen wurde und sich aus den Fesseln gesellschaftlicher Traditionen befreien wollte,* wurde ihnen eben Waggerl zum Symbol dieser *Traditionen.*

Daß die Angriffe gegen ihn sich gerade Ende der achtziger Jahre verdichteten, hing auch damit zusammen, daß damals die Gegenwelle zur Heuchelei der Nachkriegsjahre anlief. Behaupteten die Politiker 1945 – und wir beteten es alle zu unserem Wohle nach –, Österreich sei von Hitlers Truppen überfallen worden, fünfzig Jahre später sollten wir – wieder auf Zuruf – unsere Mitschuld eingestehen. Wir wurden aufgefordert, „Trauerarbeit" zu leisten. Daß aber Trauerarbeit nicht auf Grund von Verordnungen geleist werden kann, sondern nur aus dem tiefen Schuldgefühl jedes einzelnen entsteht, hatten die Trauer-Vorarbeiter nicht in Erwägung gezogen. Ihnen ging es ja nicht um einen Wandel im Denken, sondern nur darum, außenpolitische Schwächen innenpolitisch zu überschminken. Davon abgesehen waren die meisten, die wirklich tiefen Grund zur Trauer gehabt hätten, 1988 schon dahin.

Für die Nachkommen, die glaubten, keinen Grund zum Trauern zu haben, mag es eine günstige Gelegenheit gewesen sein, mit ihren Vätern endlich ins reine zu kommen. Aber nicht mit den namenlosen eigenen Vätern. Der Kampf mit den Altvordern mußte, um spektakuläre Wirkung zu haben, ins Allgemeine gehoben werden. Sündenböcke mußten her. Prügelknaben, die das Dritte Reich straffrei überlebt hatten. Doch es gab nur wenige, deren Namen noch bekannt genug waren, die zu prügeln sich lohnte. Wie gelegen kam da Paul Kuntorads dröhnender Bannspruch gegen Waggerl. In seinem Schutz konnten sich die von bösen Oberlehrern mit Waggerl Gequälten zur Rache rüsten. Auch hier wieder scheint Eva Kneissel ins Schwarze zu treffen, wenn sie schreibt: *Das Mißverstehen, mit dem sie* [die Generation, die Ende der fünfziger, Anfang der sechziger Jahre vor allem in Salzburger Schulen ging] *an Waggerl herangeführt worden war, wurde nun zur Grundlage ihrer Kampfansage.*

Das bestätigt Karl Müller, wenn er in seinem Buch *Zäsur ohne Folgen* schreibt, daß in der Schule *Waggerls Texte nicht nur der üblichen Erbauung* dienten, *sondern auch dazu herhalten mußten, eleganten Stil zu lernen.* Und Müller schildert, wie er, um vor seinem Lehrer zu glänzen, in einen *Erlebnis-Aufsatz* Passagen von Karl Heinrich Waggerl einbaute. Der Unterrichtende aber, der anscheinend nicht merkte, was er beanstandete, rügte ausgerechnet die Waggerl-Texte im Aufsatz. Er empfand sie als zu geschwollen. Nun ist in diesem Fall nicht nur der Lehrer oder Waggerl zu tadeln. Der kleine Karli hatte mogeln wollen, ohne zu wissen, welch heikle Sache Textmontagen sind; es gehört artistisches Feingefühl dazu, Texte so zu montieren, daß sie in sich stimmig bleiben und sich ins übrige Ganze einpassen.

Es darf nicht verschwiegen werden, daß sich in dieser Diskussion auch Menschen zu Wort meldeten, die Sachliches zu sagen hatten. Aber Sachliches ist nicht publikumswirksam und wurde rasch übergangen. Auch hier – wie bei vielen Diskussionen um Waggerl – ging es kaum um Literatur. Auch nicht um biografische Fakten. Da wurden lediglich auf dem Rücken eines Toten Generationskonflikte ausgetragen. Fragt sich nur, warum ausgerechnet auf dem Buckel Karl Heinrich Waggerls.

Aus engbegrenzten Verhältnissen stammend, aus einer engbegrenzten Welt kommend, gelang es Waggerl in seinen Werken, eine eigene, ganz persönliche Sprache zu finden, eine Sprache, die sich um innere Harmonisierung in einer zerrissenen Welt bemüht. Das Schicksal, seine Zeit nicht so genau durchschaut zu haben, wie das posthume Kritiker von ihm verlangen, teilt er mit (fast) allen Altersgenossen! Vergessen wir auch nicht, daß dieser Eigenbrötler aus dem Grenzland zwischen Zivilisation und Wildnis sich immer wieder als ein für andere Tätiger und Helfender bewährt hat, auch wenn er sich ohne ideologische Krücken fortbewegte. Daß er dabei einige Male über fremde Krücken stolperte, soll gar nicht nicht verschwiegen werden.

Gedenkt,
wenn ihr von unsern Schwächen sprecht,
auch der Zeit, der ihr entkommen seid.

Bert Brecht

Danksagung

Da eine wissenschaftliche Aufarbeitung des Waggerl-Nachlasses bis jetzt nicht erfolgte, Waggerl seine Briefe selten datierte, bedurfte es vieler Helfer, um sich durch das noch sehr unerforschte Land von Waggerls Leben durchzukämpfen.

Ich möchte an erster Stelle dem in meinem Buch einige Male kritisierten Doz. Dr. Karl Müller danken, daß er mich als Erster darauf aufmerksam machte, daß Waggerls Tochter, Lacerta Santoricelli, jede Verwertung bisher unveröffentlichten Materials von der Hand ihres Vaters untersagte und damit jede wissenschaftliche Arbeit in hohem Maß erschwerte. Des weiteren danke ich Dr. Karl Müller, daß er mich in die bei ihm verwahrten Tonbänder aus dem ehemaligen Besitz von Prof. Exner hineinhorchen ließ; vor allem hat aber sein Buch *Zäsur ohne Folgen* meine Zurechtrückung des Waggerl-Bildes auf- und angeregt, da er in dieser Arbeit ziemlich vollständig die gegen Waggerl gerichteten Angriffe auflistet.

Tobias Reiser danke ich für weitere, in diesem Fall positive Anregungen, sowie für Hinweise auf Zeitungsberichte und Sendungen, die sich vor allem 1993 mit dem Thema Waggerl beschäftigten; auch seine persönlichen Erinnerungen an Waggerl waren wertvoll.

Von den unzähligen Informanten möchte ich allen voran Frau Hildegard Benedetto Dank sagen, die mir immer wieder Details aus der Familientradition zukommen ließ. Desgleichen Lutz Besch, dem Freund Waggerls, Prof. Laurenz Krisch, dem Erforscher von Waggerls Kindheit, Herrn Dr. Otto Amann, dem Kennen von Waggerls ersten Jahren in Wagrain, und Herrn Sepp Trummer, der während des Krieges Waggerls Schreibstubenhelfer war.

Von Institutionen ist allen voran der Marktgemeinde Wagrain zu danken, deren Bürgermeister Michael Ellmer mir für die Zeit meiner Arbeiten mit dem Waggerlnachlaß den Sitzungssaal der Gemeinde zur Verfügung stellte. Ebenso danke ich Frau Mag. Elisabeth Kornhofer für organisatorische Unterstützung und unzählige gute Hinweise, sowie Frau Magarete Kühhas, der Betreuerin des Waggerlarchivs, die manch längst vergessenes Detail wieder ans Licht brachte. Weiterer Dank gebührt dem Deutschen Literaturarchiv in Marbach, aus dessen freundlichen Mitarbeiterstab ich Frau Eva Dambacher heraushebe, die mir immer wieder bei Fragen half, die sich erst während des Schreibens abzuzeichnen begannen.

Dank auch dem *Verein der Freunde des Salzburger Adventsingens*, der mir einige Male finanziell unter die Arme griff. Und Dank an Friedemann Layer, der für mich in der Staatsbibliothek zu Berlin den Text der *Pfingstidylle an der Reichsautobahn* durchgesehen und mit der Umarbeitung zur *Pfingstreise* verglichen hat. Zu guter Letzt auch Dank meinem Freund Stefan Prokesch, der meine vorlauten zeitgeschichtlichen Exkurse heftiger Kritik unterzog.

Der Dank an alle Helfer, auch an viele ungenannt bleiben wollende Informanten, sei verbunden mir der Klarstellung, daß natürlich alle Fehler in diesem Buch auf mein Konto gehen.

Ernst Pichler

An Archiven und Bibliotheken wurden benutzt:

Waggerl-Archiv in Wagrain
Deutsche Literaturarchiv in Marbach
Universitätsbibliothek Salzburg
Staatsbibliothek Berlin Unter den Linden

Werkverzeichnis K. H. Waggerl und benützte Literatur in Auswahl

Das Werkverzeichnis unter teilweiser Verwendung der *Kleine Bibliographie der Werke Karl Heinrich Waggerls,* herausgegeben 1967 vom Otto Müller Verlag, ergänzt durch Otto Amanns Literturverzeichnis in *Das andere Gesicht,* 1986

Drei Wünsche. Spiele (enthält auch *Kasperl beim Lieben Gott*), geschrieben 1920, im Druck Zürich 1973
Über Willensfreiheit, in *Freundschaft. Monatsschrift zur Förderung d. proletarischen Kulturbewegung,* Wien 1922
Aphorismen. Wagrain 1924 (selbst gedruckt und verlegt)
Meine Gestalten, in: *Die Kultur.* Halbmonatszeitschrift, 4. Jg. Heft 8, Wien-Leipzig, 0000
Der Held, in der Unterhaltungsbeilage des *Salzburger Volksblattes* vom 10.10.1924
Die Entfesselten, in der Unterhaltungsbeilage des *Salzburger Volksblattes* vom 14.3.1925
Die Decke, in der Unterhaltungsbeilage des *Salzburger Volksblattes* vom 11.12.1926
Die Falle, in der Unterhaltungsbeilage des *Salzburger Volksblattes* vom 3.4.1926
Der Gast, geschrieben vermutlich 1926, veröffentlichicht im *Wagrainer Bilderbuch,* Zürich 1973
Die Pelzstiefelchen, in *Deutsche Rundschau,* 1928,
Der Übeltäter, in *Jugend,* 33. Jg., 1928, Nr. 17
Zorn, in *Jugend,* 33. Jg. 1928, Nr. 33 und Nr. 39
Tappenkar, in *Jugend,* 33. Jg., 1928, Nachdruck in *Kasseler Post,* 15.3.1939
2000 Dollar, erstmals erschienen vermutlich 1929, Nachdruck in *Magedeburger Zeitung,* 4.6.1933
Gespräch in der Nacht, in *Das Inselschiff,* Sommer 1930.
Brot. Roman, Leipzig 1930,
Autobigrafische Notizen, in *Das Inselschiff,* Herbst 1930
Schweres Blut. Roman, Leipzig 1931.
Stoßseufzer des Verfassers von Brot, in *Die neue Literatur,* Heft 5, Mai 1932
Du und Angela. Fünf Erzählungen, Leipzig 1933
Aus der Kindheit, in *Das Inselschiff,* Herbst 1934
Das Jahr des Herrn. Roman, Leipzig 1934
Joseph Mohr. Der Dichter des Liedes Stille Nacht, heilige Nacht. In *Das Inselschiff,* Herbst 1934
Mütter, Roman, Leipzig 1935
Lob der Wiese, Frankfurt 1935
Liebhabereien, in *Die neue Linie,* Leipzig-Berlin 1935
Wagrainer Tagebuch. Leipzig 1936
Freundschaft mit Büchern, in *Insel-Almanach auf das Jahr 1938*
Der Engel, in *Insel-Almanach auf das Jahr 1939* (später verarbeitet in *Fröhliche Armut*)
Aus der Heimat, Bertelsmann-Feldpostbriefe 1941
Vater Röck, in *Unser Alpenkorp,* 1941, 100 nummerierte Exemplare, Potsdam 1941
Unsachliches über Malerei, in *Dichter über Bildwerke die sie lieben,* München 1943
Kalendergeschichten. Legenden, Leipzig 1944
Feierabend (enthält unter anderem *Marschmusik* und *Der Roßheilige*), *Salzburger Hefte,* Nr. 7, Graz 1944
Die Pfingstreise (überarbeitete Fassung von *Pfingstidyll*), Salzburg 1946
Der Schriftsteller und seine Verantwortung, Brief an Otto Basil, in *Plan,* 2. Folge, Heft 5, 1947
Brief an Viktor Matejka, in *Österreichisches Tagebuch,* April 1948
Fröhliche Armut, Salzburg 1948
Arbeitsbericht, in *Wiener Literarisches Echo,* 1. Jg., April-Juni 1949 (auch als Sonderdruck der Oltener Bücherfreunde erschienen und als *Blick in die Werkstatt* in den *Gesammelten Werken)*
Heiteres Herbarium, Salzburg 1950

Wagrainer Geschichtenbuch (neu darin: *Legende von den Worten, Nachts unter Bäumen, Gott sitzt hinter dem Busch, Die Welt ist ein Meer, Das Schlüsselchen*), Salzburg 1950
Vom Wesen des Österreichers, Geleitwort zu *Österreich - Landschaft, Mensch, Kultur.* Innsbruck 1952
Und es begab sich... Inwendige Geschichten um das Kind von Bethlehem, Salzburg 1953
Über Bergblumen, Geleitwort zu *Die schönsten Alpenblumen*, Innsbruck 1955
Die grünen Freunde (zusammen mit *Der Garten meiner Jugend*), Kassel 1955
Das Lebenshaus. Eine innere Biografie. Herausgegeben von Dino Larese. (Enthält neben bereits Veröffentlichtem u.a. *Klang einer Stadt* und *Eiermalen*), Zürich 1956
Advent..., in *Das ist die stillste Zeit im Jahr. Salzburger Adventsingen.* Salzburg 1956
Liebe Dinge. Miniaturen, Salzburg 1956
Kleine Münze. Sentenzen und Sprüche, Salzburg 1957
Immer schauten Berge auf mich herab, Geleitwort zu *Der Berg*, hrsg. von K.H. Waggerl, München 1957
Wanderung und Heimkehr (später in *Ein Mensch wie ich* übernommen), Hamburg 1957
Das Badgasteiner Jahr, Begleittext zum gleichnamigen Bildband, Salzburg 1958
Und Friede den Menschen ... Ein Krippenbuch. München 1959
Jedermanns Stadt, Begleittext zum gleichnamigen Bildband, 1959
Von meiner Blumenwiese, Geleitwort zu *Die schönsten Blumen in Wiese und Feld*, Innsbruck 1960
Über die Frauen, in *Der Lückenbüßer. Karl Heinrich Waggerl erzählt vor der Kamera*, Salzburg 1961
Geliebtes Land, Begleittext zum gleichnamigen Bildband, Salzburg 1961
Otto Müller zum Dank, in *Werke und Jahre*, Salzburg 1962
Die Traumschachtel. Mit Bildern von Agnes Muthspiel. Salzburg 1962
Ein Mensch wie ich. Mit Auquarellen und Zeichnungen des Dichters, Salzburg 1963
Begegnung mit dem Löwenzahn, Geleitwort zum gleichnamigen Buch, München 1965
Alte Karten, in *Liebhabereien*, Sonderdruck aus *Das Lebenshaus*, Zürich 1966
Sämtliche Werke, Salzburg 1970
Wagrainer Bilderbuch, Zürich 1973

Nach Waggerls Tod erschienen:

Briefe. Eine Auswahl, herausgegeben von Lutz Besch, Salzburg 1976
Karl Heinrich Waggerl. Nach-Lesebuch, (u.a. mit *Kriegstagebuch*) hrsg. von Lutz Besch, Salzburg 1977
Das Waggerl Lesebuch, Salzburg 1984
Fotografien von K. H. Waggerl in Bodo Hells *Frauenmantel* (Beiträge von Kurt Kaindl über den Foto grafen Waggerl und von Elisabeth Kornhofer über die Entdeckung der Fotos), Sbg. 1993

Von Dita Waggerl:

Das dunkle Lied. Gedichte, hrsg. von Lutz Besch, Salzburg 1994

Literatur über Waggerl:

Hanns Arens und K.H.Waggerl: *Kleines Erdenrund*, Ebenhausen 1951
Otto Amann: *Stürmische Jahre - Waggerls frühe Zeit in Wagrain*, Vortrag gehalten am 10.12.1987
Otto Amann: *Das andere Gesicht*, in *Innsbrucker Beiträge zur Kulturgeschichte*, 1986
Lutz Besch (Hrsg.): *Karl Heinrich Waggerl - genauer betrachtet*, Salzburg 1967
Edwin Hartl: *Der Erzähler Karl Heinrich Waggerl*, in *Wort in der Zeit*, 3.Jg., Heft 12, 1957
Laurenz Krisch: *Der Gasteiner Karl Heinrich Waggerl*, in: Schriftenreihe des Gasteiner Museums, 1977
Karl Springenschmid: *Servus Heiner*, München 1979
Antwort auf einen Leserbrief, in: Weltbühne Berlin 1930, Wort in der Zeit 3. Jahrgnag 1957 Heft 12
Museums-Führer des Karl Heinrich Waggerl-Hauses, Wagrain 1994
Im Herbst 1997 erscheint im Otto-Müller-Verlag eine Bildbiografie von Karl Müller.

Über österreichische Literatur:

Friedbert Aspetsberger: *Literarisches Leben im Austrofaschismus*, Wien 1980
Karl Müller: *Zäsur ohne Folgen*, Salzburg 1990

Beiträge v. Hilde Spiel u. Paul Kruntorad in Kindlers Literaturgeschichte der Gegenwart, Zürich 1976
Gerd Kerschbaumer: *Faszination Drittes Reich*, Salzburg 1988
Wendelin Schmidt-Dengler: *Abschied von Habsburg*, in Hansers Sozialgeschichte der deutschen Literatur, München-Wien 1995
Horst Glaser (Hrsg.): *Deutsche Literatur - Eine Sozialgeschichte*, Hamburg 1983
Hans Mayer: *Außenseiter*, Frankfurt 1975

Biografien, Briefe, Tagebücher, Dokumente:

Stefan Zweig: *Tagebücher*, Frankfurt 1988
Stefan Zweig: *Die Welt von Gestern*, Frankfurt 1970 (Stockholm 1944)
Donald A. Prater: *Thomas Mann - A Life*, Oxford 1995
Erika Mann: *Mein Vater der Zauberer*, Hamburg 1996
Paul Michael Lützeler: *Hermann Broch*, Frankfurt 1988
Van Gogh in seinen Briefen, Frankfurt 1977
Berthold Brechts: *Dreigroschenbuch*, Frankfurt 1960
Elias Canetti: *Die Fackel im Ohr und Das Augenspiel*, München 1985
Karl Kraus: *Die dritte Walpurgisnacht*, Frankfurt 1989
Heimito von Doderer: *Selbstzeugnisse zu Leben und Werk*, , München 1995
Carl Zuckmayer: *Als wärs ein Stück von mir*, Frankfurt/Main 1966

Zeitgeschichtliche Werke:

Francois Fukuyama: *The End of History*, New York 1992
Ernst Hanisch: *Der lange Schatten des Staates*, Wien 1994
Manfried Rauchensteiner: *Der Sonderfall*, Wien 1995
Politische Ökonomie und Wirtschaftspolitik im Austromarxismus (Quellen), Wien 1987
William M. Johnston: *The Austrian Mind - An Intellectual and Social History 1848-1938* , University of California 1972
Kurt Schuschnigg: *Im Kampf gegen Hitler*, Neuauflage 1988
Viktor Reimann: *Zu groß für Österreich*, Wien 1968

Lokale Geschichte

J. A. Schultes: *Reise durch Salzburg und Berchtesgaden*, Wien 1804
Heinrich von Zimburg: *Die Geschichte Gasteins und des Gasteiner Tales*, Wien 1948
Sebastian Hinterseer / Laurenz Krisch: *Gastein und seine Geschichte*, Bad Gastein 1996
Wagrainer Chronik, hrsg. von Bürgermeister Michael Ellmer, Wagrain 1993/94

Bildnachweis

Der Verlag dankt dem Waggerl-Archiv in Wagrein für die Erlaubnis, Fotos und andere Dokumente aus den dort verwahrten Beständen abzudrucken. Trotz der Fülle äußerst reizvollen Materials wurde – wie im Text – darauf verzichtet, bisher unveröffentlichte Bildwerke des Autors zu publizieren, da dies den Bestimmungen der Erbin widersprochen hätte.

Für die Überlassung von Fotos sei weiters gedankt:

Frau Hilde Benedetto, Schwaz (Familien- und Jugendfotos); Inselverlag, Frankfurt/Main (Porträt Kippenberg); Salzburger Heimatwerk (Tobias Reiser, aus dem Buch „Das Salzburger Adventsingen"); Verlag Otto Müller, Salzburg (Waggerl mit Verleger Otto Müller); die Ansichtskarte von „Wildbad Gastein" wurde der Broschüre „Der Badgasteiner Karl Heinrich Waggerl" von Laurenz Krisch entnommen, die Porträtzeichnungen (Waggerl und Springenschmid) dem Buch „Servus Heiner" von Karl Springenschmid, die Zeichnung von Olaf Gulbranssons dem Buch „Pegasus auf Reisen", hrsg. von H. Grothe.